librería
"el parnasillo"

Castillo de Maya, 45
Teléfono 23 72 58
31003 PAMPLONA

D1679501

CABALLEROS DE FORTUNA

colección andanzas

LUIS LANDERO
CABALLEROS DE FORTUNA

1.ª edición: febrero 1994
2.ª edición: marzo 1994
3.ª edición: abril 1994

© Luis Landero, 1994

Diseño de la colección: Guillemot-Navares
Reservados todos los derechos de esta edición para
Tusquets Editores, S.A. - Iradier, 24, bajos - 08017 Barcelona
ISBN: 84-7223-411-8
Depósito legal: B. 16.065-1994
Impreso sobre papel Offset-F Crudo de Leizarán, S.A. - Guipúzcoa
Libergraf, S.L. - Constitución, 19 - 08014 Barcelona
Impreso en España

Indice

Primera parte 11

Segunda parte 163

Final 319

Para Luisa, Angela y María Antonia

Primera parte

I

Cuando se supo con certeza que Belmiro Ventura y Vega (el Chileno, como se le decía por aquí) volvía para quedarse, y que su regreso era ya inminente, don Julio, nuestro cronista local, proclamó de voz y por escrito que acaso aquel suceso viniera a ilustrar providencialmente su teoría de que una nueva edad histórica se alumbraba en el mundo. «Después de medio siglo de dictadura de las masas», redactaría esa misma tarde para *La Voz de Gévora,* mientras al hilo de tan altas palabras Amalia Guzmán habría iniciado ya su concierto diario de piano, que quizá Luciano escuchase escondido y abrasado de amor tras el castaño solitario de la placita de Ultramar, «diríase que las élites comienzan tímidamente a regresar al escenario de la Historia», y los Tejedores andarían reivindicando junto a la lumbre un porvenir espléndido, autorizado por cuatro siglos de miseria y oprobio, «listas una vez más para asumir sus responsabilidades de clase y empuñar las riendas del futuro», y mientras nosotros, como siempre a esa hora, como también en este instante de 1993, estábamos en la Plaza de España, aprovechando la última bonanza de la tarde, sentados en hilera y mirando todos a lo lejos.

Desde que se recuerde, nunca ha faltado aquí un grupo de observadores imparciales. En otros tiempos llegaron a ser más de treinta, pero ahora apenas somos media docena, y aquí nos pasamos las jornadas, alineados en un banco corrido de piedra y con los pies mecidos en el aire. El forastero o el curioso no necesita observar siquiera las novedades que se producen a su alrededor; con vigilar los pies es suficiente. Si se mueven, es que algo está ocurriendo, y según el vaivén así el tamaño del suceso; si enseguida vuelven a pararse, es que se trata de una falsa alarma. La historia de este pueblo, como la de tantos, la han ido escribiendo las generaciones al ritmo de los pies. De tanto golpear, el banco tiene abajo una franja erosionada y sucia, y allí a su modo está esculpida, como en un bajorrelieve, la crónica ilegible y exacta de nuestro pasado cotidiano. Y a unos pocos metros, presidiendo la plaza, entre seis naranjos y dos palmeras, con más hilazón y facundia, también el Conquistador ofrece su versión de los tiempos. «A don Quintín de Vargas y Ventura, héroe de la Conquista de Chile», se lee en el pedestal. Es una estatua ecuestre, achaparrada y tremendista, y allí aparece el héroe baldando con el peso de su armadura y sus hechuras de titán a un caballejo como de carrusel de feria que exagera una pata, rizándola en el aire con un alarde épico solidario con el del jinete, que hinca un índice hacia el nordeste, no tanto en la distancia como en el vislumbre de algún futuro legendario. Al cabo de los siglos, sin embargo, el dedo sigue apuntando a un entorno llano, con dehesas de encinas y baldíos arenosos donde medran la cabra y la oveja, el asfódelo y el verbasco, y con una ribera de aguas inestables y mansas que define y nombra la comarca: los Baldíos de Gévora. Y es ese mismo rumbo el que lleva a la estación de ferrocarril más próxima, que dista unos treinta kilómetros por un camino que sale de unos cerros azules en días claros y viene dando vueltas hasta que luego se endereza, se esconde un trecho entre los álamos de la ribera, rodea unos huertos y, convertido ya en calle de San Antón, desemboca en la plaza. Y era allí hacia donde mirábamos aquella tarde de octubre de 1977, esperando que apareciese algún automóvil para poder comprobar, aunque sólo fuese fugazmente, hasta qué punto había envejecido Belmiro Ventura después de tanto tiempo de ausencia.

Pero, desde aquel día, han pasado ya más de quince

años, y algunos de los cronistas han muerto y otros deben de andar sabe Dios por qué tierras. Ahora, el emporio Cele's —que era cafetería y restaurante en el bajo, *dancing* en el sótano y hostal Celton en los otros dos pisos— tiene la puerta principal condenada por dos tablones clavados en aspa, y si se mira con cuidado, sobre los restos de la marquesina aún pueden distinguirse algunos fragmentos de tubos de neón que en su mejor época formaron dos copas burbujeantes de brindis, cruzadas también en aspa, que al anochecer se ofrecían al mundo con un parpadeo que acabó siendo más obstinado que insinuante. Y al lado, en el escaparate de la perfumería Celeste, desde hace más de un lustro sólo hay un tapón de corcho y unos puñados de virutas. ¡Miserias de los tiempos! Lo único que sigue exactamente igual es la tienda de tejidos de don Julio Martín Aguado, con sus vitrinas lánguidas y polvorientas atestadas de muestrarios de botones, bobinas de hilo y madejas de lana. Y también él, don Julio, continúa como siempre escribiendo sus crónicas quincenales en *La Voz de Gévora*, nuestro boletín local. Allí indaga y discute las causas últimas del esplendor y del declive de nuestra comarca y del propio Occidente a la luz de la historia, que es su materia favorita desde el día en que el destino le concedió de golpe, en plena plaza madrileña de Cibeles, y unos minutos antes de que dieran las once de la mañana en el reloj del palacio de Correos, el don supremo de la elocuencia carismática. Eso ocurrió el 11 de noviembre de 1976 y hasta esa fecha él —don Julio Martín Aguado, fundador del comercio de telas, hilos y botones Aguado y Martín: Textiles, lector pasmado y trascendente de Ortega y Gasset y aficionado en sus ratos libres a rememorar las gestas orientales de Alejandro Magno, y de ahí el trueque de apellidos— había sido un hombre como tantos, un hijo indigno de su época, y aquí dudaba de la palabra exacta: ¿insustancial, superfluo, fruslero, anecdótico, gris?, e iba enseñando los dedos de la mano. «Inane», le apuntaría siempre desde el extremo del banco una voz resignada a la burla a la tercera o cuarta vez que nos contara la historia de aquel memorable día de otoño, a lo que él, brindando con la palma extendida y poniendo en el tono un trémolo de evocación dramática, confirmaría claudicante: «¡Inane, caballeros, una criatura inane!», y al hilo de la confidencia invitaba de nuevo a considerar aquella miserable paradoja: un hombre contemporáneo de la rebelión de las masas, de la conquista de la Luna, de la Ley de la Relatividad, del octubre soviético, de la guerra fría, de la eclosión de la genética, y no obstante, señores, un hombre huero, plano, sin ideas ni criterio, y sin un pasado que pudiera contarse: en fin, una vida sin norte ni sustancia.

Paradoja, por cierto, proseguía el orador, a la que había que añadir el complemento de un sarcasmo: el drama festivo de un hombre serio y rubicundo, con papada ciceroniana, chaleco y reloj de bolsillo, y al que así y todo la fortuna le ha escatimado la sal de la retórica. ¿Por qué el destino, Dios mío, gusta tanto de ultrajar a sus mejores hijos con tales despropósitos? Pues era el caso que hasta aquel día de noviembre de 1976 su inanidad era tal que, cuando veía la televisión, oía la radio o leía los periódicos, a lo más que alcanzaba en cuestiones de opinión era a una retahíla de «¡pero bueno!, ¡vamos venga!, ¡hombre por Dios!, ¡pues sí que!, ¡anda que!, ¡vaya con!», recitaba al contarlo como un escolar aplicado las preposiciones. Y eso cuando no le daba por exclamaciones más agrestes. Exclamaba, por ejemplo, «¡uff!, ¡puaff!, ¡brrrgg!, ¡jjjooorrr!, ¡uajx!», y a veces, en momentos de mucha inspiración, ebrio ya de inanidad, emitía verdaderos rugidos, tan formidables que despertaban y sumían en una llantina histérica a los niños, sobresaltaban a los ensimismados y arrancaban suspiros a los sordos. «Es don Julio, que está comentando las noticias del día», corría la voz entonces por el vecindario, y todos escuchaban sobrecogidos y admirados de la rotundidad y fluidez de las opiniones, pues sólo ideas muy fuertes, inefables en su audacia, podían justificar aquel concierto de berridos. Pero luego, según iba debilitándose su ímpetu intelectual y dejándose ganar por la querencia de Alejandro Magno, desembocaba en una salmodia de gorjeos, gemidos, gruñidos, ronceos de modorra y zureos de placer, a cuyo arrullo volvían a dormirse los niños y a sosegarse los espíritus, y toda la vecindad quedaba como cautiva de un momentáneo ensueño. ¡Así era entonces!

Y esto pasó durante muchos años, durante largas tardes, unas soleadas, lluviosas otras, rodeado por cortes de tela, por géneros de punto, por cajas y cajas de botones, por carretes de hilo, pero sobre todo por el espacio ilimitado de su propia y fatídica inanidad. Y nunca se le ocurría nada. A pesar de la atención con que escuchaba, veía o leía las noticias, y aun por mucho que exigiera silencio a su alrededor (y a Antonia, su mujer, le tenía prohibido abrir el pico, y hasta removerse, durante aquellos trances reflexivos), y por mucho que se ayudara en la concentración poniendo una mirada de lontananzas limpias, como de tenor de los Alpes, y aunque oscureciera con un capirucho la jaula del loro para no oír parodiados sus gritos y comentarios, a pesar de todo aquel ceremonial, no había manera de encontrarle el cabo a alguna reflexión airosa. A veces pensaba incluso haciendo un rombo con los índices y los pulgares, pero ni por ésas. Al rato, ya estaba otra vez con la mente emplumada de sueños y leyendas.

Don Julio tenía un gato capón, de lomo servicial, que atendía por *Alejandro Magno*, y un loro al que llamaba, sin la menor sombra de malicia, *Ortega y Gasset*. Porque don Julio admiraba a Ortega y Gasset en el terreno filosófico tanto como al rey macedón en el militar. «¡Vaya un par de elementos!», exclamaba a veces para sí, y enseguida resoplaba abrumado ante tanta grandeza. «¿Te pasa algo?», le preguntaba Antonia. Y él: «Pero ¿es que no se va a poder resoplar en esta casa?», y daba otro resoplido de contrariedad. Además de resoplar, a don Julio le gustaba el cacao humeante, que bebía a dos manos, solemne y con babero, y las grandes anécdotas históricas. La historia era para él un retablo de chafardeos memorables. Pero, sobre todo, le gustaban las arengas, y las frases redondas, y los discursos capaces de suspender y hechizar a las masas. ¡Los líderes, los caudillos, los ideólogos, los conductores de pueblos! A veces se imaginaba que era alcalde, y se veía en el balcón del Ayuntamiento, con bastón de mando y banda al pecho, saludando con uves de victoria en ambas manos a una multitud enfervorizada, pero luego volvía a la realidad y se avergonzaba más que nunca de su triste condición de tendero. ¡Vaya destino el suyo! Y así, fascinado por la política y la filosofía, a menudo le ordenaba a Antonia: «Atiende a la clientela que yo voy un momento a revisar unos papeles». Entonces subía por una escalera de barco al altillo de la tienda, que era una casilla acristalada de madera, se rodeaba de facturas y muestrarios y, a hurtadillas, se engolfaba en Ortega y Gasset, intentando imbuirse de su espíritu y empaparse bien de los secretos de su método. «¡Cómo se le podrían ocurrir tantísimas ideas, y tan bien dichas, a este cabroncete!», refunfuñaba, envidioso e incrédulo. Y del mismo modo que el gran filósofo observa un día cualquiera de 1926 cómo la muchedumbre se agolpa en las taquillas de los teatros, en los asientos del ferrocarril o en los cuartos de los hoteles, y de ese hecho elemental extrae la idea de la rebelión de las masas, así don Julio cogía a veces el sombrero y le decía a Antonia: «¡Voy a hacer una gestión!», y salía a dar una vuelta por el pueblo con objeto de observar también él cualquier fenómeno sencillo que lo pusiera en la pista de algún hallazgo intelectual de primer orden, y brillante, y emblemático de la época en que le había tocado vivir.

Días hubo por ejemplo en que acudía bien temprano a la Plaza de Abastos y, tomando una distancia asombradiza, vigilaba el trajín del motocarro del pescado, de los vehículos de hortalizas y legumbres, de la camioneta de la carne, de las furgonetas con quesos, aves y embutidos, y oía el guirigay de las voces, los pleitos y las risas, las manos tendidas a cientos unas hacia otras, y todo aquel humano conflicto lo examinaba don Julio con el cráneo nublado de trascendencia y los ojos pasmados de asombro, tal como aconsejaba el gran Ortega en unas consignas que él llevaba grabadas a fuego en la memoria («Sorprenderse, extrañarse, es comenzar a entender: tal es el deporte y el lujo del intelectual»; «Mirar el mundo con los ojos dilatados por la extrañeza»; «Todo en el mundo es extraño y maravilloso para unas pupilas bien abiertas»), pero sin que la fúlgura de la clarividencia se dignara venir a iluminarlo. Ni un pensamiento, ni una palabra, ni un verdadero y bien ganado motivo de estupor. Nada. ¿No sería que él era parte de la masa y no élite, como rumbosamente había dado por supuesto? Al rato, agotado por los trabajos de la extrañación y de la duda, miraba arriba con la vista ya desgobernada y se quedaba viendo los techos encumbrados, con bóvedas y claraboyas, que hacían allí arriba un acuario con tornasoles por donde volaban las golondrinas, y cuando quería darse cuenta la conciencia se le había llenado ya de imágenes asiáticas, y de crujir de naves y de barritos de elefantes. Entonces salía del devaneo, resoplaba y decía: «Aquí no hay nada extraño ni maravilloso que observar», y seguía su camino. A veces, y éste era su trayecto acostumbrado, tomaba la calle Real, que cruzaba el pueblo desde la plaza de toros a la gasolinera, mirándolo todo pero sin conseguir asombrarse de nada. Como mucho, iba señalando y nombrando lo que veía: «Enfermos», anotaba al pasar frente al dispensario, de donde se remontaba a la idea general de dolor; «menestrales y escribanos», al avistar oficinas y talleres, y añadía: «Industria, burocracia»; «fe, ortodoxia», deducía ante una iglesia; «pigricia y roncería», al cruzar junto a algún grupo de hombres desocupados; «historia y tiempo», al oír las campanadas del reloj, y de vez en cuando recolectaba los hallazgos: dolor, industria, fe, pigricia, tiempo, y no le parecía del todo mal aquella cosecha de términos abstractos, y hasta se entretenía en combinarlos para formar expresiones tan sugerentes y enigmáticas como «la burocracia del tiempo» o «el dolor de la historia». Y seguía caminando y mirando alrededor como si buscase pistas en el escenario de un crimen, acariciándose lenta y astutamente la barbilla o enlazando las manos a la espalda y caminando con reposada gravedad de mandatario, hasta que el pensamiento escapaba al control de la voluntad y corría retozando tras cualquier fantasía pueril o inane. Entonces, también él aceleraba el paso, como si se apresurase en efecto a hacer una gestión, braceando y descomponiendo la figura, cada vez más y más deprisa, hasta que de pronto se detenía sin saber dónde estaba ni cómo había llegado a aquel lugar. «¡La madre que parió al Ortega y a la filosofía!, ¡la puta de bastos!, ¡el copón!», exclamaba entonces, irritado con su inanidad y con su época, y a los niños los amenazaba de lejos con el puño. «¡Invertebrados!», los increpaba a voces, porque ése era precisamente su insulto favorito. Pero enseguida volvía a sosegarse y enderezaba el rumbo hacia la Plaza de España, donde tomaba posiciones junto a la estatua del Conquistador, dispuesto de nuevo a encontrar algún motivo de asombro en aquel paisaje urbano mil veces indagado, y allí permanecía al acecho durante mucho tiempo, hasta una y dos horas, con la vista bien repartida y la mente en tensión, sin conseguir cobrar ninguna pieza intelectual pero indesmayable en la esperanza de que alguna vez el destino habría de recompensar con creces sus pesquisas. Pero no había manera. Examinaba a quienes aguardaban el autobús de línea, a quienes más acá golpeábamos con los pies en el banco de piedra, a los niños que jugaban en el templete de la música, a los curiosos que se acercaban a ver las carteleras del cine Celux, a las vendedoras de altramuces y castañas pilongas, a los bebedores, a los que esperaban sin prisas nadie sabía qué, a las parejas de novios, a los que iban y a los que venían, sin encontrar en todo aquel acontecer cotidiano nada singular y mucho menos prodigioso. ¿Dónde estaba la tan cacareada rebelión de las masas, y dónde las minorías, y de dónde manaban las fuentes secretas de la existencia y de la historia? ¿O no sería que le habían tocado en suerte unos tiempos insulsos? «Pues sí que», «anda que», «vamos venga», decía despechado, hasta que finalmente, exhausto por tanta vana expectativa, salía de su observatorio, se componía la dignidad y el traje y murmuraba: «¡Nada, tampoco aquí hay materia de reflexión!», y seguía su camino.

Si entraba en el casino y estudiaba a los jugadores de cartas o de dominó, su pensamiento sólo lograba reflejar como en un espejo la impotencia de sus ojos esforzadamente especulativos y suspensos. Si se daba una vuelta por la estafeta de Correos, lo mismo. Y lo mismo cuando llegaba a la gasolinera, que era donde acababa su itinerario filosófico. Había allí dos surtidores y un hombre amodorrado en una silla a la sombra mezquina de una caseta de mezcla. Aquel hombre se pasaba el día hurgándose en las orejas, en la nariz, en la boca, en los pies, en la entrepierna o en el pelo, con un punzón o a pura uña. Con lo que extraía de su propio cuerpo, iba haciendo a su lado, en un cucurucho de papel, un montoncito de excrecencias. Al atardecer o a mediodía, cuando le daban el turno, se levantaba, se metía el cucurucho en el bolsillo y se marchaba con mucha indolencia hacia su casa. Y todo eso, un día y otro, lo observaba don Julio, y con aquella última y estéril imagen en su mente, también él regresaba a casa y se derrumbaba agotado en su sillón de orejas. «En este pueblo nunca pasa nada», le decía amargamente a Antonia, y luego, desembocando en el sarcasmo, exclamaba: «¡El deporte y el lujo del intelectual!, ¡todo en el mundo es extraño y maravilloso!, ¡pues sí que!, ¡anda que!, ¡puaff!, ¡brrrg!, ¡uajx!», y se ponía a resoplar y a maldecir y a removerse. Al oírlo, el loro gritaba: «¡*La rebelión de las masas!*, ¡*El tema de nuestro tiempo!*, ¡*La España invertebrada!*», y así hasta doce títulos que se sabía de carrerilla, y que eran como doce dardos en el orgullo de don Julio, maltrecho de inútil asombro, de infatigable inanidad. Pero enseguida el gato le saltaba al regazo y él, risueño y beatífico, cerraba los ojos, le acariciaba el lomo y se ponía también a ronronear, mientras le llegaba un trajín de cacerolas y aparecía en el horizonte de su memoria Alejandro Magno refulgente de acero, y cada vez que Antonia refunfuñaba en la cocina, él oía en sueños los relinchos alborozados de *Bucéfalo,* y los rumores de la calle le traían el oleaje arrullador del Helesponto.

Y toda esa historia nos la volvió a contar a su modo la tarde de octubre de 1977 en que esperábamos la llegada de Belmiro Ventura. Después de la siesta, se había recluido en el altillo para escribir una crónica urgente de elogio y bienvenida, y hacia las siete lo vimos aparecer entre los naranjos, con los pulgares embolsados en las sisas del chaleco y ondulando triunfalmente los dedos. Justo en ese momento, oímos acercarse por el camino no el ruido de un automóvil sino el estruendo del ingenio rodante de Esteban, que venía como siempre a repartir la leche, y entonces dejamos de mover los pies, y fue como si se hubiera roto el hechizo de un día cargado de promesas finalmente incumplidas.

II

1

Esteban Tejedor Estévez, el hijo único de Manuel y Leonor (o de los Tejedores, como también se les decía), era más bien corto de criterio, y hasta casi la adolescencia no logró la primera palabra. No se sabía con precisión su edad. Hacia 1977, lo mismo podía tener diecinueve que veintitrés años. Durante mucho tiempo, todos los días a media tarde venía al pueblo a repartir leche en una especie de vehículo manual construido con el armazón de un enorme carricoche de recién nacido y ampliado y reforzado con tablas, latas, cuerdas, alambres y hasta piezas de desecho de maquinaria agrícola, todo lo cual le daba a aquel ingenio un aspecto formidable, incomprensible y amenazador. Lo escoltaba un perro de color carne de membrillo, cóncavo y ufano, que atendía por *Viruta* y hacía honor a su nombre. Desde el banco, nosotros divisábamos los trechos altos del camino ondulado y lo veíamos aparecer y desaparecer a lo lejos, y según se agrandaba iban también creciendo los chirridos, y luego se oía un petardeo ronco de motor de dos tiempos, algo así como tuf-tuf-tuf, y de vez en cuando unos gritos destemplados y exóticos, que parecían consignas militares, y que el perro retrucaba con ladridos parejos.

Los Tejedores vivían a unos tres kilómetros del pueblo, en una casita amarilla de pizarra y adobe con zócalos de azulete, con geranios y claveles en latas y pucheros y gallinas sueltas en la cocina, y un corral trasero con suelo de estiércol donde metían por la noche a los chivos, que eran unos cincuenta, y que cada mañana sacaban de pastoría a una tierra pequeña y pedregosa, y que por un naranjo imperial que había en la huerta le llamaban la Levantinita. Criaban además unos cerdos, una vaca torina y algunos pavos, y de eso malvivían. También los Tejedores, por parte de padre, descendían del Conquistador, pero la suya era la rama pobre de la familia, y la de Belmiro Ventura la rama rica, y entre las dos hubo en otros tiempos un pleito acerca de los derechos del palacio, que así era como llamaban los desheredados al caserón de la placita de Ultramar, y de cuantas riquezas, reales o legendarias, pudiera haber en él. Pero desde entonces habían pasado muchos años y ya casi nadie recordaba el litigio, y apenas siquiera el parentesco.

Durante su infancia, o durante el tiempo impreciso que se supone que fue su infancia, cuando todavía no hablaba ni había sucumbido a los desafueros de la locomoción, Esteban apenas salió de los alrededores de la casa y la huerta. Asoleándose en las paredes, solía haber lagartijas. Esteban las contaba a su modo cada algún tiempo. Unas veces había siete; otras, sólo cuatro; luego, otra vez siete, y al rato cinco, y de pronto ninguna. ¡Misterios de la vida! Así que las cosas menguaban o crecían como por arte de magia, y quizá por eso, a cada rato iba a ver a sus padres y a mirarse él mismo en el espejo por si también a ellos les ocurriera lo que a las lagartijas, y después de comprobar que eran siempre tres, corría a donde su madre y le hacía una seña pícara de confabulación, como diciendo: aquí seguimos todos, ni uno más ni uno menos. Luego, con una apertura de extrañamiento en los ojos, que los tenía puros, atónitos y azules, se sentaba en el poyo de la puerta bajo una parra moscatel a recapacitar sobre los grandes misterios de la vida. ¿Por qué el aire tan pronto iba como volvía? ¿Cuáles eran los caminos de las arañas y los pájaros? ¿Por qué el humo hacía monstruos y el cielo se ponía rojo algunas tardes? Sus padres le habían contado algunas de las cosas maravillosas que ocurrían en el mundo. Le habían contado por ejemplo que las chicharras se alimentaban de rocío y que, cuando se juntaban muchas, podía pasar que al amanecer ellas se hubieran comido ya todos los brillos y el sol no encontrase entonces un asidero donde agarrarse y prender su lumbre. En ese caso era preciso que todos los gallos uniesen sus fuerzas para orientar con sus cantos al sol y ayudarlo a salir. Pero ¿qué ocurriría si un día vencieran las chicharras y no saliese el sol? ¿Cómo sería vivir siempre de noche? ¿Y por qué, como también le habían contado, el toro se volvía manso si se ataba a una higuera, y quien plantaba un laurel moría por fuerza joven? Así se le pasaban los días, yendo y viniendo a vigilar las cosas o indagando misterios debajo de la parra. Cuando se cansaba de tanto pensar, a veces le daba un repente y se ponía a correr. En el tiempo de los escarabajos peloteros, aprovechaba para coger uno, atarle un hilo largo en una pata y llevarlo volando como si fuese una cometa. Sus padres entonces lo llamaban de lejos: «¡Esteeebannn!, ¡Esteeebannn!», pero él simulaba no oírlos y, con una risa muda y destartalada de mellas y encías, la blusa hinchada de aire y el pelo revuelto, seguía corriendo y dando zapatiestas con el zumbido negro y dorado del escarabajo en lo alto, hasta que era sólo un pelele feliz brincando en la distancia. Luego volvía y se sentaba en su sitio de nuevo, agotado y orgulloso de haber corrido tanto y de llamarse Esteban y de haber conseguido escapar una vez más a aquellos gritos que querían detenerlo. La vida era así: hermosa y dulce, pero velada de misterios, y fatigosa en ocasiones, y llena de sobresaltos y asechanzas.

A Esteban le gustaba la leche migada, la lumbre alta, las filas de hormigas y el peinarse de mañanita hacia atrás con el peine muy bien mojado en agua fría. También le encantaba ir con sus padres al pueblo las tardes de domingo y pasear por la plaza donde olía a escabeche en lata y a tela en piezas, a celofanes de caramelos de menta y a galletas de helado al corte, a cerveza, a raciones y a pólvora quemada. Y también era un gusto ver pasar a los viajeros que cruzaban los campos: el recovero que compraba huevos y pellicas, el piconero de camisa blanca y cintura breve, la pareja de la Guardia Civil con sus capas al viento, el contrabandista, el zahorí, y hasta algún saludador portugués que curaba las fiebres con un aliento y un ensalmo. Esteban se levantaba entonces y se hacía una visera para verlos llegar o marcharse, y a todos les daba de lejos con la mano. Después se recostaba con un hombro en la pared para considerar aquel enigma melancólico de cómo unos van y otros se quedan. En el sitio del hombro negreaba la cal, y allí iban mucho a trasegar las moscas. Pero aún le complacía más ir al atardecer a buscar los huevos al gallinero, y no tanto por recogerlos como porque el techo de bálago estaba reforzado con una lona que unos cómicos ambulantes le habían regalado a Manuel, y donde aún se veían las figuras borrosas de una doncella coronada de flores, de un joven muy triste cerrado de luto con una calavera en la mano y de algunos restos de almenas y de aposentos palaciegos. Y todo eso lo miraba Esteban sin encontrarle el fin a aquel nuevo misterio.

Pero lo que más le gustaba de todo era mirar por las noches a la luz del carburo las tres fotografías que había colgadas en la alcoba principal de la casa. En una aparecía su hermano Florentino, a quien apenas había llegado a conocer, montado con tres años en un cohete espacial de feria, sobre un fondo donde se veía la luna llena en un campo de estrellas. Los otros dos eran retratos idealizados, de tonos ocres, donde parecía que el artista había conseguido captar también la presencia del aire. En el primero aparecían juntos sus padres de primera comunión, y en el otro vestidos de novios, y en ambos miraban a la cámara con una obstinada vocación de permanencia, y sus expresiones, a pesar de la diferencia de más de veinte años, eran casi idénticas. Entonces Manuel, si estaba de buenas, volvía a contarle que él y Leonor habían nacido en casas contiguas el mismo día y a la misma hora, y que se habían enamorado antes incluso de aprender a andar, desde que se oyeron llorar en la cuna uno al otro, y luego cuando jugaban a intercambiar los chupetes y a perseguirse a gatas por todos los rincones, y con tanta madurez que el día de la primera comunión acordaron en secreto que aquella ceremonia sería en realidad una boda, y que el único juramento sincero ante el altar había de ser el del amor hasta la muerte. Y desde ese día se llamaban marido y mujer y se comportaban entre ellos con el formalismo de un matrimonio veterano y tan bien avenido como el que, en efecto, llegaron a formar muchos años después. Y Leonor, que a pesar de las desventuras de la vida seguía siendo la misma mujer alegre, cantarina y vital que ya se adivinaba en el primer retrato, se sumaba a la broma con un gesto fingido de protesta. Lo que más le hubiera gustado a Leonor en el mundo era haber llegado a ser tonadillera, y aunque el destino le había torcido por completo aquel rumbo, de la misma manera que no le había permitido ver el mar, así y todo se pasaba el tiempo cantando como si estuviera en escena y aprendiendo en la radio las canciones de moda. Manuel, sin embargo, que había sido siempre un hombre simple y de buen conformar, aparecía en el segundo retrato con un cierto aire de complicación interior, como si estuviese envuelto en la nube de un presagio inquietante. Era menudo, enjuto, con una sonrisa como de vela recién apagada, y más tieso que un palo.

La historia de su vida era triste y extraña. Cuando volvió de la guerra, vestido aún con traje de faena, entró en su casa después de tres años de ausencia y, sin hablar, con el aire seráfico e impenetrable del hombre humilde que medra en cualquier época a expensas de su propia condición, empezó a sacar todo tipo de cosas de un par de mochilas que traía: unos gemelos de campaña, unos lentes de oro con uno de los cristales astillados, una guerrera militar de gala, con muchos entorchados y alamares, un retrato donde remotamente se le veía subido a un carro de combate y en cuyo dorso ponía a lápiz: «Teruel, 1938», una insignia de tanquista que era una calavera con las tibias en aspa, un libro manchado de sangre, una pitillera de plata, una máquina fotográfica en miniatura, una pistola Lüger con cuatro cartuchos guardados en el nudo de un trapo, otro retrato con un grupo de camaradas que agitaban fusiles y botellas, un reloj de bolsillo, un anillo de paloma mensajera, una estilográfica y otros muchos objetos curiosos, inútiles o meramente absurdos. Sin hablar, dejó todo sobre la mesa ante la expectación de la familia, como si viniese de cumplir un encargo doméstico, o quizá como si aquel fuese el botín o el salario de tantas penalidades y peligros, y finalmente dijo: «Esto es lo que hay», y ya en ese instante divagaba en sus ojos aquella neblina de lejanía o de ausencia que se adivinaba en el retrato de recién casado y que ya se le quedó latente, o en estado de gestación, como un rasgo definitorio e inconfundible de su carácter, hasta que casi veinte años después la neblina se desvaneció de pronto y en el confín de su mirada apareció una luz nueva, vehemente y pueril, que acaso había estado allí en acecho desde los tiempos incomprensibles de la guerra.

Aquello ocurrió exactamente la tarde de principios de septiembre de 1959 en que Florentino, que entonces tenía cuatro años, se escapó de casa durante la siesta, fue a la huerta, y por coger un higo miguelino se cayó en el pozo y se ahogó. Manuel estaba en ese momento durmiendo la siesta al fresco del zaguán y, cuando se despertó con los primeros gritos de Leonor y quiso darse cuenta de lo que ocurría, y de si estaba despierto o soñando, ya medio pueblo venía corriendo hacia la huerta con un tropel de perros ladrando a la zaga. Apenas llegaron los primeros curiosos rodearon el brocal y durante algunas horas estuvieron mirando abajo y tanteando el pozo con la rebañadera, mientras la huerta se iba llenando de gente y las ranas cantaban cada vez con más fuerza. Y era ya casi de noche cuando subió del fondo una culebra y se puso a hacer un círculo en el agua. Así estuvo un buen rato, y cuando tenía ya la estela bien formada, que parecía de plata, de pronto salió la luna y llegó a reflejarse, grande y amarilla, justo en medio del círculo. Después de temblar un poco se sosegó por fin, y con ella las ranas, y entonces lentamente fue dibujándose dentro de la luna la cara de Florentino, y empezó a mecerse con los ojos abiertos y el pelo inflamado ondeando hacia atrás. Parecía un ángel fúnebre, con aquella cabellera de estatua y los ojos abiertos más allá de las cosas. La gente lo veía a él y veía en los bordes del agua el redondel de caras temblonas de los que miraban desde arriba, hechizados por aquella visión de Florentino dentro de la luna y la culebra girando y limando alrededor su círculo de plata. En ese momento, por encima de los grillos llegaron sordas del pueblo las campanadas de las nueve. Apenas sonó la última, en aquel silencio enorme y como acobardado por los gritos de espanto que ya se presentían, se oyó algo así como un eructo de satisfacción, y todas las caras se volvieron a una en el agua para ver a Manuel, que se había incorporado del brocal y miraba arriba, a la luna de verdad, cabeceando descoyuntado como esos perritos que se ponen de adorno en las bandejas de los coches. «Garbanzos», dijo, y luego más alto: «¡Garbanzos y cohetes espaciales!», en el mismo tono de deslumbradora evidencia que debió de usar Arquímedes al salir del agua, y entonces la neblina de incertidumbre que se le había extendido por el rostro como una máscara de humo al volver de la guerra se disipó de golpe, y en su lugar fue alumbrándose un resplandor de lucidez que parecía atender a razones situadas en un tiempo y en un espacio vedados ya a los meros mortales. Y así estábamos, sin comprender bien lo que ocurría, cuando de pronto Leonor dio un chillido de loca y las ranas se pusieron otra vez a cantar. Un hombre patizambo se encaramó al brocal pidiendo a gritos una soga. Los perros, creyendo que aquéllas eran voces de aliento que reclamaban sus servicios, se echaron a ladrar y a amagar carreras en todas direcciones. En la confusión, algunos se apartaron del pozo y vieron a Manuel andar hacia su casa con pasos de sonámbulo. Iba solo, sonriendo y mirando a la luna. Algunos todavía se acuerdan de que la noche era clara y había una brisa fresca que venía a ráfagas y estremecía las hojas del naranjo.

Cuando Leonor, acompañada de algunos curiosos, regresó a casa, ya casi a medianoche, lo encontró tumbado en la colchoneta al fondo del zaguán, que es donde solía hacer las siestas en verano. Al oír pasos, se incorporó en un codo y dijo: «¿Sabéis que Florentino, el muy tunante, se ha ido a la luna en el cohete?», y enseñó en la mano la fotografía donde, en efecto, Florentino aparecía subido en un cohete espacial de tiovivo. «Si podéis oírme, le decís que cuando me despierte iremos juntos a la ribera a segar hierba para la vaca. ¡Ay!», añadió, «como dijo Lacordaire: "La desgracia abre el alma a una luz que la dicha no ve"», y de inmediato se echó con un suspiro de alivio, se hizo un ovillo y se puso a roncar.

Y así fue como se trastornó. Al principio vino un médico forastero con barbas ilustradas. Lo golpeó con un martillito en las rodillas, le dio unas guantaditas medicinales en la cara y lo interrogó después de hacerle unos pases de magia por los ojos. Él contestó a todo con muy buen juicio, pero sin perder la sonrisa y sin dejar de repetir que nunca debió comer tantos garbanzos y que aquélla era la siesta más larga y confusa de su vida. Le repitieron lo de tantas veces: que ya estaba despierto, que Florentino se había ahogado de verdad y que sólo quedaba resignarse a los designios de la providencia. «Os engañáis», argumentaba él, «porque si eso fuese cierto entonces vosotros, que aseguráis que estáis despiertos, me despertaríais también a mí de un empujón. Pero si no podéis, es que estoy dormido y soy yo quien os anda soñando.» Y los otros: «Pero ¿no ves que no tienes razón?». Y él: «Como dijo Cammerson: "La razón es una gota de luz en un lago de tinieblas"», y de ahí no había quien lo enmendara. Para mejor demostrar hasta qué punto era absurdo lo que estaba soñando, pedía por ejemplo que le explicasen cómo podía ser siquiera verosímil que la vaca mugiera justo en el instante en que un pájaro levantaba el vuelo del naranjo e inmediatamente después de que él encendiera tabaco con el mechero donde acababa de posarse la misma mosca que enseguida iría a lavarse la cara al espejo donde él se había visto encender el cigarro antes de mirar a la calle y ver volar al pájaro al mismo tiempo que mugía la vaca y que la mosca volvía a posarse de nuevo en el mechero. «Os digo yo que es imposible que todas esas cosas puedan coincidir en un punto. Ni que la realidad fuese cosa de malabaristas.» Así que los demás acabaron por seguirle la corriente. «¡Qué siesta tan larga y tan negra!», decía. Y los otros: «Pronto, pronto despertarás ya».

Desde entonces, y durante tres años, vivió con la convicción, o más bien con la esperanza de que estaba soñando, y de que cuando despertara iba a encontrar la vida en el mismo punto en que la dejó, y a Florentino sano y salvo, y cada cosa en su sitio como antes del sueño. En su libro de frases célebres había encontrado muchas donde se afirmaba que la realidad se confundía a veces con las apariencias, y otras que proclamaban la naturaleza engañosa del mundo, y las repetía a menudo para perseverar en la ilusión. Aquel libro formaba parte de su botín de guerra. Lo había encontrado abierto y manchado de sangre junto a un cadáver solitario, las hojas movidas por el viento, y era un tomo con una cubierta de becerro leonado que se titulaba así: *Frases célebres,* y por bajo: *Breve joyero del saber universal.* Fue el único libro, fuera de algún otro de aventuras, que leyó en su vida, pero con tanta devoción que, una frase hoy y otra mañana, acabó por aprenderse todas de memoria. Dignificada por la miopía su estampa insólita de lector, lo recordamos por esas fechas armado con unos lentes de oro que, miope o no, había usado para cualquier labor menuda desde que los encontró colgados de un árbol en la retirada de Teruel, buscando las frases que mejor apuntalaran su esperanza, y todo él con un aspecto de zapatero remendón en trance de descifrar un texto hermético.

Total que nunca llegamos a saber bien si Manuel Tejedor creía de verdad en el sueño o más bien era que se había abandonado a aquel alivio, como si habitase ventajosamente en una especie de limbo terrenal. Fuera de aquella manía, siguió siendo el hombre servicial y sereno de siempre, aunque la confianza del sueño le inspiraba a veces ideas demasiado audaces para su temperamento real, que era un tanto medroso. Un día se le ocurrió desde las brumas de su septiembre infuso que podía afinar las esquilas de las cabras para que hiciesen música, y se pasaba las tardes templándolas con una lima y concertándolas entre sí. Aquella campanillería sonaba desde luego a música del demonio, pero él no se cansaba de asegurar que, combinando los graves y agudos al andar presto o largo de los animales, y dirigiendo luego sus movimientos con maestría de pastor de orquesta, había conseguido sacar algunos compases de zarzuelas famosas. «¿Es que estas cosas pueden pasar de verdad en la vida?», preguntaba como argumento de su tesis, «porque ¿dónde se ha visto que una tropa de chivos ande haciendo zarzuelas por el monte?» Y Leonor lo miraba de reojo sin saber qué decirle. Y él: «Nunca debí comer tantos garbanzos», y se quedaba pensativo y triste, quizá porque a veces le faltaban las fuerzas para porfiar en aquella esperanza y mantenerla viva, y del tamaño y del peso apropiados a su penalidad.

Sucedió un tiempo de mansa expectativa. Sentado en el umbral o en la mesa camilla miraba tercamente la lluvia o la noche, como si fuesen paisajes espectrales vistos desde un tren que lo llevaba de regreso hacia la tarde intacta de septiembre donde una parte de él aguardaba la llegada del otro, del viajero, para salir al fin del laberinto de dolor o de sueño en que uno de los dos debía de haberse extraviado. Pero luego, de pronto, el paisaje comenzó a cambiar y a acelerarse ante sus ojos. Un día de noviembre de aquel mismo año nos enteramos de que había recibido del jefe de sindicatos una propuesta laboral que muchos habían rechazado antes pero que él aceptó en el acto, en parte por la osadía de su condición quimérica, y en parte porque necesitaba comprar una bomba de agua y pensó que aquella oferta, fuese real o ficticia, le venía que ni llovida del cielo. Todos aquí en el banco nos pusimos a mover los pies cuando apareció en la plaza vestido con un traje marrón de cutí, el chapeo negro terciado sobre el rostro curtido y ausente, y en la oreja un aroma de menta. Venía flanqueado por Leonor y Esteban, que entonces debía de tener dos o tres años, y andaba como si interrogase el suelo a cada paso. Se subió a un camión Chevrolet muy viejo, de manivela, con la caja cerrada por una lona verde y con un parasol azul donde ponía a brochazos: «Centro de Estudios Sociales». Se sentó muy formal junto al conductor, desoyendo los últimos ruegos de su mujer, y cuando el camión se puso en marcha, pegó la cara al cristal y se despidió de los suyos con una sonrisa fatigada por los trabajos inclementes de la ilusión. Y allá se fue, temblándole la sonrisa en el aire distorsionado por el gasoil, como si habitase efectivamente dentro de un espejismo.

2

Las primeras cartas, escritas con una letra florida y un estilo de fantasía desconocidos entre sus cualidades hasta entonces, empezaron a llegar desde pueblos distantes de la provincia en la primera semana de diciembre. Contaba en ellas, por si no lo sabíamos, que trabajaba a comisión para un organismo estatal, el Centro de Estudios Sociales, y que ahora iba por los pueblos en un camión sanitario rescatando a los héroes caídos en la guerra por Dios y por España, y que en todas partes los recibía la Guardia Civil con los fusiles a la funerala, los curas revestidos de tinieblas y la

Falange con el rantantán, y que al marcharse los seguía un trecho, llorando y cantando, una gran muchedumbre. Lo contaba con ánimo festivo, como si intentara asegurarse el absurdo de aquellas escenas, y siempre se quejaba de para qué escribiría cartas que nadie habría de recibir jamás, y para qué tantos esfuerzos debajo de aquel cielo continuo de lluvia si total dentro de un rato tendría que levantarse a pleno sol en su tarde intacta de septiembre. «Desde esta mañana calculo que han pasado más de seis semanas, y me han ocurrido tantas cosas que no sé si cuando me despierte conseguiré acordarme de todas. A Florentino le dirás que luego iremos a la ribera a segar hierba para la vaca. Y a ti, Leonor, ya te contaré luego lo que ha ocurrido en este tiempo, que sólo Dios sabe si son horas o meses. Pero como dijo doña Concepción Arenal: "Sólo la ilusión nos hará del todo libres".»

El último envío era una postal navideña fechada en Madrid el 21 de diciembre, donde afirmaba como prueba incontestable de sus esperanzas que esa mañana había tenido ocasión de saludar personalmente a Eisenhower, el presidente de Estados Unidos de América, y que luego, animado por aquella atrevida circunstancia, había comprado cuatro libras de turrón de almendra y una caja de sidra para celebrar por todo lo alto la Navidad, aunque ya sabía que no era el tiempo de la Navidad, porque según sus cuentas todavía era septiembre, y nunca había dejado de ser septiembre en los últimos meses, y que, siguiendo con esa conjetura, también el turrón y la sidra (a pesar del verismo de las marcas: Turrones Antiu-Xixona, Sidra el Gaitero) debían de estar hechos del mismo material ilusorio que Eisenhower, que el Centro de Estudios Sociales y que los héroes de guerra que había rescatado en su gira estatal de casi seis semanas. «Hasta pasado mañana a todos», decía en una posdata, «o hasta dentro de un rato, que las cosas del mundo no hay Dios que las entienda.» Porque, en efecto, él debió de ser el último en enterarse de que en abril de aquel año de 1959 se había inaugurado oficialmente el Valle de los Caídos, con una sección titulada «Centro de Estudios Sociales del Valle de los Caídos», que organizó y coordinó el traslado al panteón desde todos los puntos del país de los muertos en guerra, y tal era el trabajo que le habían ofrecido a Manuel. Así que durante más de un mes anduvo de pueblo en pueblo entre duelos y músicas, bajo una llovizna continua y desolada, recibiendo y cargando unas sacas impermeables de lona precintadas con anillas de cobre de manos de comitivas lúgubres donde nunca faltaba algún general o algún obispo, y niños de escuela formados en escuadra, y dobles de campanas, y otros honores y grandezas que lo confirmaron en la irrealidad de su aventura.

Había llovido sin tregua durante todo el trayecto, pero cuando el 21 de diciembre llegaron a Madrid para entregar la carga, amaneció un día alto y luminoso, y de perfiles tan nítidos e ingenuos que parecía como sacado de una viñeta infantil. Manuel, buscando donde comprar la bomba de agua y confiado en que la propia lógica del ensueño lo llevaría por donde más le conviniese, se dio a callejear a la ventura, preguntando aquí y allá y con el alma muerta de risa de lo que le estaba ocurriendo y de lo mucho que iba a disfrutar cuando esa noche le contase a Leonor aquella porción de cosas asombrosas. Asombrosas como pocas, ciertamente, y no sólo por la naturaleza del viaje sino por el ambiente festivo y ocioso que presentaba la ciudad. La Gran Vía especialmente, adonde llegó no supo cómo, hervía de gente vestida de domingo, a pesar de ser día de diario, y por todas partes —en las ventanas y balcones, y colgadas de lado a lado de la calle, y en los semáforos y en las farolas— ondeaban banderas de todos los tamaños, unas con águilas y otras con estrellas, y globos de colores con lo mismo, y en las fachadas había retratos gigantescos de Franco y de otra personalidad que Manuel al pronto no acertó a reconocer. «¿Qué hago yo aquí?», se preguntó. «Desde luego estas cosas sólo pueden pasar en los sueños.» Todos los guardias y soldados, y había cientos de ellos, lucían trajes de gala, con guantes blancos y correajes de charol, y lejos se oían retumbos de cañones que iban poniendo penachos desmayados de humo en el cielo puro de diciembre. El gentío cegaba las aceras y era imposible caminar. Manuel tocó entonces la espalda de alguien y le preguntó con su mejor sonrisa de ángel pícaro qué significaba toda aquella frangolla. El otro abrió abrumado los brazos: «¡Cómo! Pero ¿no sabe que va a pasar por aquí Eisenhower, el presidente de Estados Unidos?».

«¡Eisenhower!», cayó en la cuenta Manuel, y entonces recordó a Florentino subido en el cohete espacial, y lo evocó meciéndose en la luna, y en su enajenación, o en su sueño, o en su negra esperanza, estableció una rápida y furiosa relación entre aquellas y otras imágenes (cohete espacial, luna, Cabo Cañaveral, astronauta, Eisenhower) y comprobó que encajaban con la coherencia elemental de las pesadillas más absurdas. Así que, abriéndose paso entre la multitud con el semblante alucinado de un tullido al paso de un santo milagrero, consiguió ponerse en la primera fila. Y en ese estado de bienaventuranza vio venir y cruzar ante él el Rolls negro descapotable envuelto en las sirenas y fogonazos de la motorizada, y vio a Franco que alzaba a intervalos un brazo, con rigidez de autómata que anduviese flojo de pilas, y a Eisenhower que, en contrapunto, como si un mecanismo secreto sincronizara ambos movimientos, se quitaba y se ponía rítmicamente el bombín.

Esa misma mañana, en la tarjeta navideña, le contó a Leonor que, al pasar junto a él, Eisenhower lo había mirado (no a la multitud sino precisamente a él, a Manuel Tejedor, padre de Florentino Tejedor Estévez, quien en el sueño se había convertido en astronauta allá en América) y que al reconocerlo había hecho un gesto de sorpresa, y que aún tuvo tiempo de sonreírle y de girar noventa grados para ofrecerle con el bombín una cortesía confidencial. Eso es lo que contó en su última carta y lo que siguió contando durante mucho tiempo, cada vez con menos aplomo, mientras veía sucederse y girar las cuatro estaciones como paisajes ficticios de aquel viaje soñado que habría de llevarlo de regreso a septiembre, hasta que un día, a finales de 1962, leyó en un periódico el resumen de los hechos más destacados del año. Leyó, por ejemplo, que en la primavera habían comenzado las sesiones del concilio Vaticano II con asistencia de más de tres mil obispos, que en la Feria del Campo se había presentado una gallina mecánica que hablaba para explicar cómo se ponía un huevo, y lo ponía, y una vaca viva con la panza de plástico transparente para ver el proceso digestivo por dentro, y una casa de dos pisos que funcionaba toda ella con un gas nuevo que se llamaba butano; y después leyó en una página publicitaria los precios exactos de algunos artículos: la lavadora Hoover, la televisión Marconi, la Vespa con sillín biplaza: 4400, 15.750, 22.300, fue deletreando con sus lentes de oro, cada vez más desilusionado, y aún más cuando leyó que se había comercializado una fibra nueva que se llamaba en-ka-le-ne, se ayudó con el dedo, y otra que se llamaba ter-vi-lor; que se imponía en la confección el popelín y la espuma de nailon, que el baile de moda era el *twist*, y el cómico de moda era el Zorro, y las canciones de moda, *La balada de las trompetas* y *Quiéreme muy fuerte,* de Paul Anka; y siguió leyendo, o más bien soñando, mientras oía a los chivos en el corral, con una novela titulada *Tiempo de silencio,* y con un tal Julián Grimau, detenido en Madrid el siete de noviembre hacia las cuatro de la tarde, y con el bloqueo de Cuba, y con que el salario mínimo había subido de 11 a 12 pesetas la hora, y con otras muchas cosas notables y extrañas, y entonces se quitó los lentes, miró por la ventana el último esplendor del día y se dijo que por mucho poder de inventiva que tuviesen los sueños, y por mucho que lograsen hacer ingeniosos y ponderados a los charros y a los zurambáticos, él carecía de luces para soñar con tanta exactitud aquellas maravillas. Y así fue como, de golpe, después de tres años de siesta, despertó a la realidad. Lloró con tres años de retraso la muerte del hijo, abjuró de todas sus vanas fantasías y en un instante se desvaneció la luz vehemente e ilusa que vimos aparecer en sus ojos la tarde aciaga de septiembre.

Entonces reparó de verdad en Esteban, y empezó a ocuparse de él después de haberlo ignorado o soñado durante tanto tiempo. Y vinieron años de paz. Por las noches, reunidos en la cocina a la luz del carburo, no sólo le contaba a su hijo la historia combinada de los retratos de primera comunión y de recién casados, sino que le enseñaba las prendas de su botín militar, que guardaba en un arca junto con otras cosas, sacándolas una a una y explicando con fantasías improvisadas las ocasiones heroicas en que las ganó, y lo mucho que había que bregar en las guerras para obtener de ellas algo en claro. «Hijo, yo he andado mucho por el mundo», le decía. «Sólo en la guerra recorrí más tierras que las que en toda su vida vuela un cuervo. Y tanto y tanto anduve, que llegué hasta la mar y vi a los buques trasconejarse por el horizonte, figúrate tú», y Esteban, en efecto, se figuraba la vida como un feliz y largo caminar. También había en el arca un libro muy viejo de aventuras marinas, con grabados en acero de tempestades y naufragios, de bulliciosos puertos orientales, de veredas de luna en aguas calmas, de persecuciones, gentilezas de amor, tesoros y abordajes, que Esteban no se cansaba nunca de mirar. Algunas noches, Manuel leía pasajes escogidos de aquel libro y le imitaba el trajín de las olas y las voces marineras de mando, y él escuchaba con una especie de fervor malogrado, como pidiendo clemencia ante aquellos portentos que desbordaban su capacidad para el asombro. Al final, sólo quedaba en el fondo un tubo de lata del tamaño de un diploma escolar, pero ahí Manuel volvía a meter todo en el arca, la cerraba con dos vueltas de llave, que se embolsaba luego en el chaleco con un arabesco de prestidigitador, y decía: «En ese tubo hay un papel historiado de pergamino, muy noble y antiguo. Cuando seas un hombre y sepas leer, te enseñaré también eso. Pero, por el momento, cada mochuelo a su olivo. ¡A discreción!», y se levantaba, daba una palmada en el aire y se iban todos a dormir.

A veces, Esteban soñaba con el mar. Al despertar se le notaba porque conservaba todavía en los ojos el alcance alucinado de las distancias infinitas, y ya en todo el día no lograba restablecer la perspectiva real de las cosas. «¡Ay, has vuelto a soñar con el mar!», le decía Leonor, y le contaba en secreto que también ella soñaba alguna noche con lo mismo, porque tampoco el destino le había dado ocasión de verlo, y sólo lo conocía por las películas, la radio y las canciones. Y él sonreía y señalaba el arca, como si fuese allí, y no en su cabeza, donde estaba la verdadera y mágica sustancia que entretejía sus sueños, y luego se sentaba debajo de la parra y oía el ruido de las olas, mirando fijamente a lo lejos, hacia el camino ondulado, al final del cual se veía la punta del campanil de la iglesia, y aún más allá, donde ya sólo estaban, desvanecidos en el horizonte, los grabados terribles o amables del libro de aventuras. Y ya todo el día era como si la imagen del mundo real, que él captaba tras una larga observación extrañada, se descompusiera a cada momento en piezas que volvían a combinarse en su mente febril como un caleidoscopio, y entonces la vaca aparecía subida en el naranjo y el naranjo sumergido en el pozo y el pozo surcado por pequeños bajeles piratas, y todo revuelto en una visión que resultaba tan placentera como monstruosa. Así era el mundo, con la luna encima, la guerra en el pasado y el mar en los confines.

Hacia 1972, cuando Manuel vio que pasaban los años, que Esteban entraba en la adolescencia y que no le llegaba el lenguaje ni con él el uso de razón, decidió hacer lo único que sabía: señalarle las cosas con el dedo y pronunciar sus nombres exagerando la boca en cada sílaba: ga-to, ca-mi-no, na-ran-jo. Esteban miraba el dedo, la boca y los objetos con los belfos pasmados y los ojos mórbidos, y sin ningún indicio aparente de luz en sus tinieblas de estupor. Ante el fracaso de aquel método pedagógico, y ya con la sospecha de si no tendrían un hijo menguado, acordaron mandarlo para la escuela, por si allí pudieran hacer algo por él. Todas las mañanas, salía muy repeinado y animoso al camino con un cabás de latón que sostenía como si de una espuerta se tratase y donde, además de un lápiz, una libreta y un poco de merienda, guardaba como su padre en el arca una porción de objetos desparejos: una cuerda, unas plumas de pájaro, un frasco vacío de penicilina, una pila gastada de linterna, una jaula de grillo o un trozo pulido de cristal. El perro *Viruta* lo acompañaba un trecho, y luego él se volvía desde el primer alto del camino y se despedía de sus padres agitando una mano.

Don Pedro Sánchez, el maestro, le asignó la última fila de pupitres, bajo la foto divulgativa de un conejo con mixomatosis en un campo de lavanda silvestre y junto a un cartelito de cartón donde ponía: «Albacete», y Esteban se pasaba allí las horas, trajinando las cosas del cabás o mirando alrededor con el mismo inalterable asombro del primer día. La escuela quedaba en el piso bajo de una casa privada, y como a don Pedro le gustaba montar a caballo con la fresca, y como para entrar en la cuadra debía pasar forzosamente por el aula, ocurría que a veces, si se retrasaba, irrumpía en la clase montado en el caballo, y alguna mañana aprovechaba ya para examinar desde la montura los deberes, o pasar lista, o tomar la lección. «¡Esteban Tejedor Estévez!», gritaba, y Esteban se levantaba entonces y saludaba a lo militar, tal como su padre le había enseñado que hacía él en su época de soldado. Don Pedro, que era mutilado de guerra y tenía un ojo tuerto y una mano ortopédica, dividía la clase en zona nacional y zona republicana. Unos eran los listos y los otros los torpes, y todos empezaban de republicanos menos él, cuya misión consistía precisamente en liberar de la ignorancia a la zona rebelde. Y a los primeros en pasar les concedía los nombres de Ceuta y

Melilla. Después, a final de curso, quienes acabaran de republicanos, suspendían, y los otros aprobaban, según la ciudad así la nota. En aritmética, sin embargo, calificaba con unas piedrecitas de río que nadie sabía de dónde se procuraba y que eran inimitables por la forma lenticular y por su transparencia encendida por vetas azules de luz. A quien se aprendía bien una lección le daba una piedrecita, y a quien no, se la reclamaba con la mano ortopédica, y si no tenía ninguna, se la apuntaba al debe. «¡A ver, voluntarios para la lección!», decía don Pedro. Pero ocurría que los alumnos más aventajados no se animaban a salir por no arriesgarse a perder alguna de sus muchas piedrecitas, y los medianos tampoco porque, si tenían por ejemplo cuatro, era más fuerte el miedo a quedarse con tres que la esperanza de llegar a cinco, de modo que al final siempre acababan saliendo los que, al no tener nada, nada tenían tampoco que perder. Meses hubo en que no lograban desatascarse de la misma lección. ¡Cosas de la pedagogía! Había allí escolares mezclados de todas las edades, algunos de hasta dieciocho y veinte años, y otros de cinco y seis, y todos con el cartelito de su ciudad y con sus guijarros transparentes y azules. A Esteban, por caridad, don Pedro le adjudicó la ciudad de Albacete y le dio una piedrecita para todo el año, que él llevaba sonando en el cabás y que enseñaba a todo el mundo, avaro y orgulloso, y con la mano sucia a medio abrir.

A finales de ese mismo curso, cuando ya había cumplido catorce o quince años sin que hasta entonces se le hubiera oído pronunciar una sola palabra ni se hubiera alterado su expresión de ilegible y extática pureza, un día Manuel lo llevó con él al pueblo a repartir la leche. Durante un rato anduvo a la zaga dando rebotes de pelele, y luego trotando estupefacto junto al carricoche, hasta que de pronto, quizá cuando alcanzó a entender el funcionamiento de aquel ingenio rodante y chirriante, dio un aullido de triunfo, le arrebató la barra de la dirección a su padre y, animado por los ladridos no menos triunfales de *Viruta,* empezó a empujar con una determinación exultante y feroz. Desde entonces, como si aquélla fuese la sagrada misión que le había encomendado el destino, ya no vivía más que para empujar el artefacto a todas horas, por los caminos o campo a traviesa, en torno a la casa o alrededor de la huerta, y de un modo tan fanático e incansable que Manuel tuvo que esconder el vehículo bajo llave en un cobertizo, ante cuya puerta Esteban se pasaba los días en un estado de jubilosa y gimoteante exaltación. De modo que, cuando al otro otoño dejó la escuela y se hizo cargo del reparto diario de la leche, lo veíamos y oíamos llegar todas las tardes por el camino, entrar en el pueblo y cruzar varias veces la plaza, desgalichado y torvo, boquiabierto y feliz, y aplicado al monstruo rodante —que había mejorado con una capota para el sol y la lluvia confeccionada con un viejo tapete de hule donde aún se distinguía un mapamundi entre desconchones y zurcidos— con una figura patética de titán en plena tarea cósmica. Vestía ahora un mono de mecánico, una gorra de visera con un anuncio de abonos que llevaba siempre al revés y unas sandalias donde echaba semanalmente, en sustitución de los calcetines, un par de puñados de serrín.

¿Qué apuntará ahí esa alma de orégano?, nos preguntábamos al verlo detenerse a trechos regulares, sacar del bolsillo delantero del mono una libreta de alambre y un cabo de lápiz y anotar algo, un signo breve que trazaba con la misma terquedad enojada y eufórica con que impulsaba el carricoche. Y luego fue derivando hacia lo que parecía una idiotez pacífica y ensimismada, como ya había ocurrido con su padre y con algún otro antepasado, y que según se decía era un estigma familiar causado por el pleito de varios siglos que habían mantenido con sus adversarios, los Ventura y Vega, sobre los derechos del Conquistador, y que habían perdido definitivamente hacía ya mucho tiempo. El único síntoma de que algo debía de estar removiéndose en las tinieblas de su mente, es que de pronto empezó a acudir a la iglesia a confesarse sabe Dios de qué culpas. Y fue tanto el gusto que le cogió a aquella súbita devoción, que algunas tardes estaba sentado a la puerta de su casa, o cuidando los chivos, y de repente salía corriendo para el pueblo a arrepentirse una vez más de sus pecados. Sus padres lo llamaban a voces: «¡Esteban!, ¡Esteban!», pero él corría y corría sin volver la cabeza, tenaz y cepón, como un erudito obstinado repentinamente en un lance de rugby, y cuando al cabo de una o dos horas lo veían regresar y sentarse a la lumbre, había en sus ojos una expresión indefensa y atónita, como si hubiese soñado de nuevo con el mar.

Una tarde, cuando ya parecía que su destino estaba consumado, Manuel y Leonor se precipitaron de la cocina a la puerta de la casa, y luego un poco más allá, y lo vieron venir por el camino, manejando el ingenio rodante a toda velocidad y gritando las primeras palabras que habían salido nunca de su boca. Eran voces extrañas, que al principio no entendieron, y que siguieron sin entender cuando él remontó la última cuesta y bajó al trote hacia ellos gritando ya nítidamente: «¡*Extra vas!, ¡intra vas!, ¡in partibus verendis!, ¡inter alterius speciei!, ¡cum animo consumandi!*». «¡Dios bendito!», dijo Leonor, «¿pero en qué clase de cosa habla este hijo?» Lo siguieron, casi acosándolo, mientras él limpiaba las cántaras de la leche y las ponía a secar, preguntándole qué tipo de palabras eran aquéllas, y dónde las había aprendido y qué querían decir. «Latín», dijo él, mientras entraba en la cocina. «Así que nos ha salido hablando en latín», murmuró Manuel, y por un momento pensó si no estaría soñando todo aquello desde su laberinto de septiembre. Y aunque esa noche se turnaron para interrogarlo con voces tiernas y apremiantes, él no salió de su salmodia exclamativa. «*¡Extra vas!, ¡intra vas!, ¡atqui!, ¡Summa Hispania!*», y a veces añadía más bajito: «¡Soto!, ¡Cano!, ¡Diana!, ¡Fagúndez!, ¡Villalobos!», en el tono sobrecogido y nostálgico de quien evoca dulces leyendas de la antigüedad. ¡Arcanos de la religión!

III

Fue a los postres del banquete de despedida que le ofrecieron sus colegas a principios de octubre cuando la lluvia de una semana cesó de golpe con la misma vehemencia con que había empezado y un sol prodigioso iluminó violentamente la sala y los espejos, y entonces por todas partes se oyeron risas y exclamaciones, se alzaron y entrechocaron copas, quisieron algunos echar discursos que otros les retrucaron de inmediato y a los que dos o tres del fondo opusieron el coro de un estribillo regional, hasta que al fin sobrevino un silencio que el director del instituto, catedrático de filosofía y experto en agasajos, tras imponer la autoridad de un carraspeo, aprovechó para pronunciar el elogio oficial de Belmiro Ventura. Se rendía homenaje a un hombre bueno y sabio, que generosamente había entregado su vida a la docencia y al estudio, y por eso aquél era un día de regocijo y esperanza (y los del fondo hicieron suya la ocasión para intentar de nuevo el estribillo); pero también era aquélla una jornada de pesar (y cada cual volvió a ensimismarse en lo que parecía un acto conjunto de contrición), porque este país no podía concederse el lujo de dilapidar a hombres de tal temple, y más en estos tiempos fáciles que corren, donde cabía sospechar que se había renovado la maldición bíblica de que quien mire atrás, a su pasado o a su historia, quedará fijado en sal y excluido para siempre tanto de la viña de la actualidad como de las bienaventuranzas del porvenir. Refulgían los espejos, la vajilla y las lámparas, se oían en la cocina, confundidos con el tintineo de los cubiertos y las copas, los gritos de los guisanderos y el fragor del menaje, y se oían sobre todo las palabras del orador, que hablaba abrumado y grueso, como si tuviera una joroba en la voz, y que cada vez que lograba cerrar una frase se la ofrecía al homenajeado con la palma extendida, como si le brindase la agonía de un toro o la hondura de un cante. La calle de caras, borrosa por el humo del café y de los puros, concertada en una misma consternación, giraba entonces hacia aquel hombre de sesenta años, soltero, huraño y ejemplar, vestido con un traje de corte académico, sin otra concesión al desenfado que una pajarita de terciopelo color miel, de aspecto frágil pero animado y trascendido por un soplo de fortaleza interior que más que una cualidad del espíritu parecía el rasgo físico que, en su imprecisión, mejor lo definía, y que en esos momentos escuchaba cabizbajo y con las manos a dos aguas, y no tanto por timidez como por el deslumbramiento intolerable que le producía la luz. Un hombre cuya vida había sido una lección constante, un alto paradigma, no por humilde menos duradero, pues era seguro que la huella de su noble tarea permanecería indeleble en el alma de todos cuantos habían tenido la fortuna de conocerlo y de beber del inagotable venero de su sabiduría.

Se oyó un chaparrón de aplausos, se oyeron vítores, probaron otra vez sin éxito el estribillo regional y finalmente quedó descollante la voz curda y deforme de un bedel, celebrado hasta entonces por su circunspección y diligencia, que coreaba el nombre del agasajado al ritmo de las palmas. Y fue como una señal para que todos lo animaran con gestos juveniles, los más próximos hicieron escorzos para darle en la espalda, los más lejanos gritaron que no fuese a desairarlos ahora, don Belmiro, que dijese algo, y de mano en mano le pasaron una copa de brindis y de nuevo la voz del bedel se elevó tambaleante para solicitar que, ya puestos, cantase también alguna tonada, una canción de sus tiempos mozos, o que recitara al menos una poesía, una poesía sentimental y verdadera, de las que hacen llorar, como aquella que empezaba diciendo «Oigo, patria, tu aflicción y escucho el ronco lamento», gritó desgarrado y viril, pero en ese instante arreciaron las voces: «¡Que-ha-ble!, ¡que-ha-ble!», y todos los comensales se pusieron a batir palmas y a oscilar a ritmo y a corear la petición.

En las raras ocasiones en que por cortesía había condescendido a ser dócil con el ingenio ajeno, Belmiro Ventura había experimentado luego un malestar muy parecido al que sentía ahora, cuando agradeció los cánticos y los gritos plebeyos enseñando las manos con una apertura indefensa de pobre de solemnidad. Pero no fue bastante, y las aclamaciones lo forzaron a ponerse en pie, cegado por la luz y aturdido por las voces, y entonces se vio en un espejo levantando la copa para corresponder al brindis. Se hizo el silencio, y de la mesa algo se cayó al suelo y se desplegó en varias clases menudas de ruidos, como un surtidor de fantasía. Con la mente nublada por los tres vasos de vino que lo habían obligado a beber, se le ocurrió que acaso podía empezar diciendo, y lo diría en latín de Horacio, que el arte es largo y la vida breve, porque por un segundo descubrió en el espejo su propio asombro ante la extrañeza de verse a sí mismo como a un hombre de sesenta años ya cumplidos. «Que forman, tocando a muerto, la campana y el cañón», se oyó aún el drama del bedel, y entonces sí, entonces los del fondo iniciaron de nuevo el estribillo y esta vez prendió por fin en todas las gargantas, y todos los rostros cantores y todas las copas se adelantaron y formaron orquesta en torno a Belmiro Ventura, que cerró emocionado los ojos, pero no por los cantos y la tristeza del adiós sino por el desconcierto que le había producido allá en el espejo el fantasma de su identidad.

Había cumplido, en efecto, sesenta años hacía unos seis meses, y todavía hoy, que han transcurrido más de quince, recuerda que al levantar la copa en el banquete e intentar buscar inspiración en la memoria para juntar unas frases de gratitud, sólo acertó a encontrar en el pasado un episodio aislado y remoto, como unas ruinas alzadas al final de un desierto. Era el mismo episodio con el que soñó la noche de primavera del 77 en que cumplió sesenta años, nos cuenta todavía si alguna tarde se siente ameno y hablador, y chafa los labios para hacerlos solícitos tanto al tabaco como a la dignidad, sólo que no fue exactamente un sueño sino un recuerdo, algo que le pasó de niño y que luego olvidó, o creyó haber olvidado, para siempre, y que según sus cuentas debió de ocurrir hacia 1920. El tenía entonces unos cinco años y todos los jueves venía a casa un hombre alto y serio, por no decir fúnebre, de cabeza pequeña y bamboleante, lo cual le daba un aire de gigantón vertiginoso, piel cenicienta y ojos de tizón vivo, que se llamaba Contreras y era viajante de ortopedia. Había hecho la guerra de Marruecos con el padre de Belmiro Ventura, y como su recorrido comercial era fijo, aprovechaba los jueves para entrar a verlo y recordar los viejos tiempos. Llegaba a las cuatro en punto en una moto Harley Davidson con sidecar, polvorienta y resudada de aceite, y su llegada coincidía siempre con las campanadas de los relojes públicos. Se desabrochaba el guardapolvos, se descolgaba sobre el pecho las gafas de piloto, que parecían de pionero de la aviación, cortaba el paso de la gasolina y, sacándose los guantes y el casco de cuero, entraba en casa sin llamar.

Y todos los jueves lo primero que hacía era reclamar la presencia de Belmiro, mirarlo con ojos disgustados y preguntarle muy despacio, como si le dolieran o le asquearan las palabras: «¿Sabes ya quién soy yo?». «Contreras.» El se echaba atrás con un respingo de asombro, ladeaba la cabeza, espesaba las cejas y preguntaba amenazante: «¿Estás seguro?». «Sí señor.» «¿Y sabes lo que vengo a hacer aquí?» «Sí señor.» «¿Qué?» «A recordar los viejos tiempos.» «¿Y qué sabes tú, insensato, de los viejos tiempos?» Y Belmiro: «Pues los tiempos gloriosos de las Españas coloniales». Contreras, al oírlo, nublaba la mirada y, tanta era en ese instante su cólera, que el ojo derecho le empezaba a llamear y a titilar con un tic diabólico. Y entonces golpeaba el suelo con el pie y, con voz de trueno, le planteaba enigmas insolubles: «¿Es que acaso sabes tú, mequetrefe, de qué metal estaban hechas las trompetas de Jericó, o con qué mano empuñaba Sansón la quijada de burro?», y volvía a golpear más fuerte y a acercarle a Belmiro la cara y el aliento, «¿y podrías responder a la gran cuestión de los filósofos capadocios de por qué los burros cagan cuadrado teniendo el culo redondo, o decirme quizá cuántos hombres con los calcetines a medio uso crees tú que murieron en las trincheras de Verdún? ¿Es que conoces tú los secretos últimos de las cosas?». Y al final hacía una pausa y decía, con un quiebro de piedad en la voz: «¡Ay, pobre mamón! El tiempo está cumplido y tú no encuentras las respuestas. ¿Qué escarmiento ejemplar te tendrá ya reservado el destino?».

Y todos los jueves, al salir de la habitación donde se encerraba con el padre para hablar de los viejos tiempos, aquel hombre fúnebre e inhumano se paraba ante la jaula de un mochuelo que Belmiro estaba criando y que se llamaba *Santa Lucía* y hablaba en alto para sí: «¡Ah, ya va estando a punto!», y volviéndose sobre el hombro preguntaba: «¿Cuánto tiempo hace, compañero, que no comemos mochuelo en el jugo de su propia pluma?». «Desde la batalla del Gurugú», contestaba el padre sin dudar. «Pues la próxima semana, ¡me lo comeré!», eran sus últimas palabras.

Y así fue como Belmiro Ventura fue obsesionándose con las visitas de aquel hombre funesto, y con sus preguntas misteriosas, y con la amenaza de comerse al mochuelo y con la incertidumbre de su propio destino. Sin embargo, unos meses después Contreras empezó a no venir los jueves. «¿Por qué no viene ya Contreras?», se atrevió a preguntarle un día a su padre. «Contreras ha muerto», dijo él, «se cayó en la moto por un barranco y se mató.» Desde ese día, Belmiro soñaba a veces con Contreras. No le cabía en la cabeza que la muerte tuviese el poder de acabar con aquel hombre, y se lo imaginaba en la caja y cómo de pronto el ojo derecho le empezaba a llamear con su visaje diabólico mientras preguntaba con voz deforme de ultratumba: «¿Cuál es la gran cuestión de los filósofos capadocios?, ¿cuántos hombres con los calcetines a medio uso murieron en las trincheras de Verdún?». Y luego añadía: «¡Ay, pobre mamón! El tiempo está cumplido y tú no encuentras las respuestas», y aquellas palabras se desdoblaban en eco en su memoria durante muchas noches.

Poco tiempo después era un jueves de marzo y Belmiro hacía los deberes junto a una ventana que daba al patio inflamado de luz. Había sacado a *Santa Lucía* de la jaula, le había recortado las alas y ahora lo estaba viendo inmóvil sobre el brocal del pozo que había junto al laurel. De repente, y en el momento en que los relojes públicos comenzaban a darse la réplica de las cuatro, lo vio encogerse e intentar un vuelo sin fortuna. Cayó aleteando al suelo al tiempo que por las losas del patio la flecha de una sombra cruzó velozmente y, en una pasada limpia, se llevó a *Santa Lucía* por los aires.

Belmiro Ventura tuvo entonces la angustiada certeza de que aquel águila era Contreras en espíritu que venía a cumplir su promesa de volver a comer mochuelo. Desde entonces, no sólo se llenó de aprensiones y pánicos sino que empezó a alumbrar la sospecha de que, como al mochuelo, también a él lo acechaba un destino inclemente, encarnado en el espíritu de Contreras o en cualquier otra potencia maléfica de las que andaban sueltas por el mundo, y que algún día, quizá muy pronto y cuando menos lo esperase, caería sobre él y se lo llevaría cautivo por los abismos de la muerte. La muerte: tal fue su continuo e inagotable motivo de terror. Enseguida contrajo la manía supersticiosa de buscar en el cielo, en los pájaros, en el agua de las tinajas o en la forma de las sombras señales adversas o propicias, o de oír el silencio como la antesala de un oráculo inapelable y terrible sobre su porvenir. Y empezó a encontrar segundas intenciones en las cosas y a observarlas a la luz de los presagios y las conjeturas. Un día en la escuela proclamó el maestro que la vida es río, que nadie puede repetir las mismas aguas, que todo cambia y nada permanece. Aquella doctrina lo confirmó un poco más en la certeza de que, en efecto, el mundo no era la vivienda sólida que él había creído habitar hasta entonces sino apenas un frágil tenderete expuesto al torbellino de las pasiones y al desorden ciego de las casualidades. Porque la vida era sólo eso: pasión y desorden, y finalmente muerte. En su continua mudanza, todo negaba a todo, y nada se afirmaba sino para mejor asegurar la evidencia de su destrucción. Así que, para encontrar un remanso en el río infame de la vida y hacerse invisible a la adversidad, le dio por esconderse y por rehuir los espacios abiertos, de modo que cruzaba las plazas y las salas pegado a las paredes, sin bracear, encogido de hombros y como en un ensalmo. Y fue tal la pericia que adquirió de vivir entre rincones y silencios, y de apagar los pasos, y de cerrar los ojos y contener la respiración cuando quería que no lo viesen, y de no pensar en nada para que ningún espíritu pudiera descubrirlo por el pensamiento, que muy pronto se convirtió en un muchachito pálido y temeroso (el Chilenito, como ya le decían), casi invisible de verdad, que volvía de la escuela en un vuelo y enseguida buscaba los lugares más hondos de la casa para pasar inadvertido a los agentes de la fatalidad. Lo que no sabía, claro está, es que era allí, en los desvanes y rincones, donde habría de encontrar precisamente su destino, ni mucho menos que el espantajo de Contreras le saliera al encuentro tantos años después.

Ese fue el episodio con el que soñó cuando cumplió sesenta años y el que volvió a evocar en el banquete de homenaje, y dice que entonces alzó un poco más la copa y que de pronto tuvo una visión espléndida de su porvenir: se vio bajo el laurel leyendo a Montaigne y escuchando *El elixir de amor*, de Donizetti, y aún hoy al contarlo levanta en brindis el cigarro, y balanceándose fanfarrón y abriendo los brazos como si abarcase una tinaja, infla el papo y entona: «*Stretta: fra lieti concenti*». Y luego ríe y tose con el puño en la boca, y al final se rasca la barba y a veces murmura con un cabeceo de ensoñación: «Sí, entre alegres armonías», y se queda mustio y absorto, sonriéndole confidencialmente a la nostalgia y meciendo en el aire los pies.

«Sesenta años», se dijo, mientras le cantaban a coro el estribillo y se miraba como a un extraño en el espejo. Los había cumplido, en efecto, en la primavera pasada y no necesitó recordar que también ese día, como todos los días desde los tiempos ya lejanos en que decidió emprender su largo y solitario camino de perfección, se levantó con el amanecer. Siempre había sido así. A las seis en punto sonaba el timbre eléctrico del despertador, y unos segundos después, gracias a un mecanismo que conectaba el equipo de música con un interruptor junto a la cabecera de la cama, sobre los primeros tumultos de la ciudad comenzaban a oírse los claros compases de un madrigal de Luca Marenzio o de una sinfonía de Mozart, y entonces podía decirse que se iniciaba una jornada más en la vida ascética y lineal de Belmiro Ventura. Durante los veinticinco años que anduvo por Madrid ocupaba dos cuartos de pensión, uno para dormitorio y el otro, que era el más hondo y sosegado de la casa, para despacho, y los dos para biblioteca, separados por una puerta corredera que nada más saltar de la cama abría a dos manos con la misma energía con que acto seguido ejecutaba la tabla de gimnasia frente a la ventana abierta de par en par, siempre en camiseta imperial y al compás de una música que seleccionaba cuidadosamente la noche anterior.

Pero aquélla era una mañana muy especial, y no sólo por el cumpleaños sino porque el recuerdo remoto de Contreras y *Santa Lucía* le había dejado en el alma un sedimento oprimente de añoranza infantil. Al abrir la ventana, había mirado incluso el cielo, bajo y sucio de industrias a esa hora, intentando buscar como entonces algún presagio ominoso o propicio. No descubrió nada, salvo los signos alarmantes de su propia inquietud ante aquella murria pamplinosa e insólita que le venía del confín de los tiempos. Un sentimiento ajeno, supuso, que no pertenecía al presente sino a la leyenda de la infancia y que, como la niebla del amanecer, no tardaría en desvanecerse. Y como le parecía que la música de esa mañana conspiraba para perpetuar la tristeza sobrante del sueño, se acercó a la consola y la sustituyó por una sonata de Domenico Scarlatti, cuya risueña geometría lírica lo invitó de nuevo a reconciliarse consigo mismo y con la realidad. Un, dos, un, dos, reanudó jovialmente la tabla de gimnasia.

A pesar de los años, sus movimientos eran bruscos y vigorosamente articulados, como los de un autómata, y los despachaba con el mismo rigor espartano con que se exigía hacer todas las cosas en la vida. Tenía los brazos blancos y un poco mujeriegos, con relieve de venas y tendones, y el pelo entrecano y todavía abundante, peinado a la raya, como lo había llevado desde niño, y aunque los trabajos de la soledad y de los libros le habían hundido y achicado los ojos, esquematizado la figura y agobiado ligeramente la espalda, y a pesar de que el bigote, negro y marcial en otro tiempo, había languidecido hasta equivocarse con el color marchito de la piel, así y todo conservaba algo de la buena planta de galán romántico que le conocimos en su mejor época juvenil, y más aún cuando, coincidiendo con el último acorde, se quedó en posición altanera de firmes frente a la bruma urbana del amanecer. Así de cabales eran siempre sus actos.

Concluida la tabla, un día y otro día, se dirigía al baño llevando con los índices en alto el ritmo de una nueva música. Los huéspedes de sueño liviano podían saber entonces que eran las seis y veinte, y no sólo por la descarga del grifo en la bañera y el chapoteo posterior, sino también por el olor del agua perfumada con hojas de eucalipto y brotes amargos de lavanda o por los pasos apresurados de la patrona, que aprovechaba esos momentos para hacer una incursión fulgurante en el despacho y dejar sobre la mesa la bandeja con el desayuno: una taza de leche, dos bizcochos y un vaso de limonada con miel. Y luego, cuando cesara definitivamente la música, sabrían sin error que eran las 6.45. En ese instante, con sincronía de ballet, Belmiro Ventura se cerraba el último botón de la camisa y se ajustaba el lazo de la pajarita. Desde casi la adolescencia había gastado trajes oscuros y formales, y desde los treinta y cinco años —quizá cuando se animó a aceptar su condición de hombre definitivamente solitario, y quizá como signo penitencial y advertencia de su ya intrépida soltería—, cambió la corbata por la pajarita, lo cual ponía en su aspecto un aire anómalo de irrealidad. Usaba también tirantes elásticos, y un braguero para la hernia, y zapatos serios y acordonados que se hacía lustrar religiosamente cada noche. Así que a las 6.45, impecable y purificado por la fragancia de las hierbas, se sentaba en el escritorio, se aseguraba los lentes de acero, comprobaba el caudal de la estilográfica, la punta de los lápices, la posición de la luz, la calidad del silencio, el orden de cada costumbre y cada cosa, corregía mínimamente el emplazamiento de algún objeto díscolo, daba una palmada en el aire y se abismaba en la lectura.

Leía con desahogada gravedad, y después de cada párrafo hacía una pausa para tomar algún apunte, dar sorbos alternos de leche y limonada, mordisquear un bizcocho o pensar un instante con los ojos cerrados y subrayando con lentos cabeceos el curso de la reflexión. Las manos, largas y serenadas por la fluidez de la letra inglesa, se movían con cierta amplitud litúrgica. Por otra parte, todo invitaba allí a la exactitud y al estudio. El mobiliario lo formaban el escritorio de nogal, tallado con guirnaldas y columnas salomónicas, y que databa de la fecha del Conquistador, un sillón frailero de alto respaldo gótico, otro de orejas junto a la ventana, media docena de ficheros metálicos, un equipo de música y las estanterías repletas hasta el techo. Los claros de las paredes estaban decorados con láminas sin enmarcar prendidas con saetines: el *Coloquio de sabios,* de Rembrandt, *Retrato de dama con armiño,* de Leonardo, un arlequín de Picasso, un paisaje de Renoir. Bajo el cristal de la mesa había dos fotos, una de Charlot y otra de Einstein, y encima, una bandeja con útiles de escribir, algunos libros y carpetas, una agenda de piel y un vaso con un clavel blanco que él mismo renovaba al volver los domingos de un largo paseo madrugador.

Sin embargo, a pesar de aquel ambiente tan propicio al estudio, no conseguía Belmiro Ventura aquella mañana concentrarse en sus cosas. La luz de afuera (también hoy iba a ser un día insufrible de calor prematuro) comenzaba a trazar entre los objetos en penumbra una vaga fuga de perspectivas irreales, y en aquellos senderos engañosos reconocía Belmiro Ventura la inconsistencia de su propio futuro. Un mes antes, cuando entró la primavera y empezó a sentir en la conciencia y en los huesos la proximidad irreparable de los sesenta años, consideró que al fin había llegado el momento, tantas veces previsto y anhelado, de pedir la excedencia, que a su edad equivalía a una jubilación anticipada, y retirarse un poco más del mundo a coronar su vida con una vejez apacible, digna y laboriosa. En realidad, siempre había supuesto que aquella ocasión llegaría con la jubilación reglamentaria, pero ahora, como si obedeciese a las exhortaciones de un augurio, en un instante se llenó de ilusiones y urgencias y decidió que no podía esperar, que cinco años eran a su edad un plazo temerario. Durante algún tiempo lo persiguió a todas horas la imagen bucólica de sus días dedicados a los placeres del estudio, a los paseos campestres y a la mansedumbre de los atardeceres oyendo a Bach o entregado a la contemplación estética de su colección de láminas de arte. Y tanto se internó en el prodigio de aquel sereno acontecer, que muy pronto se llenó de temores y culpas ante el recelo de que, a la hora de la verdad, no se atreviese a dar el paso decisivo. Examinaba las ventajas y los inconvenientes, y tan pronto se resolvía por una como por otra alternativa. ¿Por qué no esperar unos años más?, se preguntaba. Pero, por otra parte, ¿por qué no partir ya mañana mismo? Los amaneceres lo sorprendían ahora debatiéndose en ese dilema. Perdía continuamente el hilo de las frases, y al acabar las líneas, la vista se le salía a menudo del libro y se le despeñaba en el vacío. Cada dos por tres se sorprendía jugando con los lentes y pensando en algo que, apenas entraba en contacto con la conciencia, se convertía en humo de ilusión. Tenía que hacer un esfuerzo titánico para reunir en un punto todas sus facultades, darle alcance a la idea fugitiva y reconocer en ella el sentimiento estupefacto de perdición que le producía la amenaza de cumplir pronto —y miraba alrededor buscando en sus cosas un refugio para su desamparo— sesenta años, pero no uno a uno sino de golpe y todos juntos, y le parecía que aquella visión monstruosa del tiempo superaba en atrocidad y finura a la de Dante y sus infiernos. «Sesenta años», pronunciaba en alto y muy despacio, como si intentara sacar por el sonido el enigma de aquellas dos palabras. Recordaba entonces que otras veces, al volverse para divisar panorámicamente su pasado, se le había figurado como una sucesión de años distintos y de acciones armónicas que iban formando una secuencia capaz de ser examinada a la luz de un orden y un sentido, pero ahora, desde que le había visto la cara a la vejez, toda su vida se desplegaba como un interminable yermo sin accidentes ni vegetación, y cuyo confín se perdía en las tinieblas del olvido.

En esos devaneos se le iban las primeras horas de la mañana, que eran siempre las más lúcidas y provechosas del día. Luego, con la impresión de ser víctima de un malentendido o de un conjuro, agarraba la cartera y, tirando de ella como si fuese un animal remiso, cerraba la puerta a sus espaldas, encaraba el corredor y, con él, una nueva jornada de incertidumbre y esperanza. Los otros huéspedes, al oír sus pasos lentos e iguales sabían que, antes de que se apagaran en las escaleras, comenzarían a dar las ocho en el reloj de la pensión. Pero aquella mañana de su cumpleaños, los pasos se apagaron y el reloj no sonó. Suspendieron todos entonces sus tareas y quedaron en guardia, preguntándose qué podría haber pasado para que don Belmiro anduviese ese día tan desusado y estrambótico.

Si en la pensión lo adivinaban sobre todo por la maquinaria bien engrasada de sus hábitos, en el instituto de bachillerato donde daba clases de historia lo conocían además por su carácter, que era tanto como decir que por su cartera. Algún colega ocioso la había bautizado atolondradamente como «el baúl de la Piquer». Era grande y negra, amansada y desconchada y deformada por el uso, con algo de maletín de malabarista ambulante, y el largo trato confidencial, unido a la docilidad del asa y de las hebillas, broches y correas, le habían ido otorgando cierto aspecto malogrado de animal de compañía. En ella, Belmiro Ventura portaba todo tipo de enseres pedagógicos y privados. Llevaba, por ejemplo, carpetas de evaluación, apuntes, boletines de notas, fichas y listados de alumnos, cuaderno de tutor, un plumier de lata abarrotado de material de papelería, y hasta un puntero telescópico para explicar los mapas y las diapositivas de arte. Y, en los días turbios, llevaba además un paraguas plegable, y en los de viento una gorra de *tweed*, y en las honduras, en una bolsa de tela con nudo corredizo, un cuchillo, una servilleta, una pieza de fruta y un termo pequeño con una infusión de manzanilla endulzada con violetas silvestres. Así que la cartera, más que el baúl de la Piquer, cuando estaba sola parecía un perro apaleado; juntos, semejaban los dos únicos socios de una mínima empresa de distribución fundamentada en la perseverancia, en el merodeo, en la lealtad y en la desdicha.

El instituto quedaba cercano a la pensión, y aquel itinerario fijo prolongaba los placeres de su mundo privado. En la vitrina de una tienda de antigüedades, desde hacía muchos años, había un teatrillo neoclásico de porcelana que representaba una fiesta campestre; en un piso bajo, entre el vuelo de visillos de una ventana siempre abierta a esa hora, se veía sobre un aparador el retrato enmarcado en bordados de cobre de un soldado de principios de siglo, vestido de colonial, con mostachos de valentón y los brazos en jarras. A veces, al ir o al venir, le gustaba también asomarse a las calles grandes, populosas a esas horas, y comprobar con una especie de satisfacción sombría que, en efecto, el mundo seguía deslizándose hacia el abismo de la inconsciencia y la barbarie. En aquel desorden de bocinazos, gritos, risas y carreras, en el humazo de los cafés y en el brillo obsceno de los escaparates, en la suciedad de las aceras y en las noticias de los periódicos donde un día más se atestiguaba que el hombre seguía matando o sojuzgando al hombre y que nunca faltaba algún letrado talentoso que pusiera la razón y el saber al servicio de argumentos sabios y razonados, capaces de enmendar cualquier oprobio con sutilezas y donaires dignos de mejor causa, en todo eso, él podía leer como en un libro abierto el retrato moral de una época de la que prefería mantenerse discretamente aparte. «La gente ríe con demasiada facilidad», pensaba a menudo, «porque nadie recuerda la guerra de los Cien Años, ni la batalla de Verdún, ni la del Ebro, ni los campos de concentración, ni la bomba de Hiroshima, ni el hambre ni la muerte. Si los recordaran, quizá no reirían tanto.» Pero más allá volvía a encontrar otras cosas estables que lo confirmaban en la unidad de su mundo y en la solidez moral de su propia existencia. Y seguía su camino.

Cuando llegaba la primavera, sin embargo, los dos socios daban un rodeo, internándose por lo que parecía un laberinto y deteniéndose misteriosamente cada algunos pasos. Unos años atrás, Belmiro Ventura encontró una mañana entre un montón de escombros de la calle Hortaleza unas flores cuyo nombre ignoraba, y un poco más allá un corro de tréboles en un alcorque, y luego, en la plaza de Alonso Martínez, unas grietas donde nacían otras flores sin nombre. No sólo siguió buscando sino que esa misma tarde se compró un libro de plantas y, dispersos aquí y allá en terrenos de nadie, fue descubriendo arbustos vivaces, lirios, mijo, mostaza, salvia, malvas enanas y hasta orquídeas silvestres, y entonces se le ocurrió que aquellas flores huérfanas, unidas por un trayecto laberíntico, formaban un jardín privado e invisible, que sólo él conocía y que sólo por su voluntad e invención podía existir y tener un orden y un sentido en el mundo. Aquel capricho fue una de las escasas licencias imaginativas que se permitió durante los años de su retiro madrileño. Cuando llegaba la primavera, recorría su jardín y evaluaba los daños, y a veces agregaba otras porciones al conjunto. Caminaba deprisa, parándose apenas para comprobar el aspecto de cada ejemplar y nombrándolo por su gracia latina, que era lo que más le gustaba de su labor de jardinería. «*Salvia officinalis*», «*Lithospermum arvense*», «*Erucastrum gallicum*», iba diciendo, y en cada cita se le enaltecía el entrecejo y se le purificaba el alma de malicias terrenas. Abajo, a cada paso, el socio asentía a todo entre complaciente y afligido, y cuando el de arriba no recordaba algún nombre, el otro acudía de inmediato en su auxilio. Porque había pocas dudas que la cartera no supiera resolver al instante. ¡Qué no habría allí!

Pero la mañana en que Belmiro Ventura se debatía entre el miedo a la vejez y a la muerte y la esperanza de la excedencia, se encontró con que los calores prematuros habían agostado por completo el jardín. De algunas plantas sólo quedaba el tallo, y otras aparecían como carbonizadas por un fuego instantáneo que acaso era el mismo, pensó sombrío, que lo había transformado a él, precozmente y de golpe, en un anciano de sesenta años, porque fue entonces cuando por primera vez en su vida se sintió de verdad viejo y entrevió su futuro como un agua que, incapaz ya de hacer curso, empieza a disgregarse en diminutos afluentes erráticos. Quién sabe, se dijo, si aquellos estragos del jardín no valdrían por una invitación del destino a culminar de una vez por todas el proyecto intelectual en el que llevaba trabajando tantos años, y al que su misma veteranía había convertido en una ilusión tan utópica como impostergable. En su imaginación de historiador, aquel objetivo se confundía a veces con el monstruo ilustrado de la reforma agraria, y miró a las alturas, como buscando algún remedio a aquel nuevo acceso de perplejidad. Pero la claridad deslumbradora lo obligó a cerrar los ojos, que se le llenaron de chispitas de luz. Entonces se acordó otra vez del episodio de Contreras con el que había soñado su memoria esa noche, y comprendió que con él, y como en la infancia, le volvían de nuevo sus viejos terrores al destino, al desorden y a la destrucción. «Sesenta años», se dijo una vez más, e intentó calcular, con un sentimiento de pánico, los que le restaban por vivir. ¿Ocho, diez, cinco, quince como mucho?, y los comparó con los libros que le quedaban por leer, óperas y sonatas que escuchar, pensamientos por pensar y proyectos siempre aplazados que cumplir. En ese momento un viandante, dirigiéndose más a la cartera que a su dueño, lo empujó enérgico y cortés: «¡Vamos, hombre, apártese o camine!». Así que, confundidos y desalentados por los malos presagios, más lentos que de costumbre, los dos socios siguieron a la par su camino.

Por los tiempos en que Esteban iba a la escuela, había allí otro muchacho más pequeño, casi un niño, que se llamaba Luciano Obispo Rebollo y era monaguillo. A veces los primeros oficios lo obligaban a llegar tarde, revestido aún con los ornamentos litúrgicos, y no era raro que a mitad de una clase, o a cualquier otra hora del día, tuviese de pronto que salir corriendo a tocar las campanas y a cumplir con los muchos deberes de su dignidad: que a san José Carpintero no le faltase nunca su candela encendida, ni flores silvestres a la Virgen, que había que regar mañana y tarde y reponer cada dos o tres días, y lustrar además al anochecer la paloma del Espíritu Santo para que brillara siempre en toda su clarividencia, y bruñir los oros, perfumar las maderas, vigilar para que las lechuzas no se bebieran el óleo de las lámparas, ni las polillas devorasen los paramentos sagrados, ni entrasen los perros a dormir al fresco de los sepulcros ni las golondrinas a anidar en las bóvedas, y renovar luego el agua bendita, recoger la limosna de los cepillos, lavar y peinar a los santos y otros muchos preceptos que le tenía encomendados el padre Juan Mirón y que le hacían vivir entre continuas carrerillas y recordatorios. Por si fuese poco, todos los días debía repartir de casa en casa los dulces que hacía su madre, y aún había de sacar tiempo para rezar sus propias oraciones, ir a la escuela, hacer los deberes, confesarse todos los días de sus pecados, honrar a su padre y a su madre, querer a Dios y al prójimo como a sí mismo, no concebir malos pensamientos, y otras obligaciones menudas que no lo dejaban sosegar ni un instante. A veces, de puro cansancio, se quedaba dormido en clase o en la iglesia, y un anochecer el sueño lo venció mientras tocaba las campanas y siguió tocándolas con tanto ardor que todo el mundo pensó que eran de fuego. Su carácter sin embargo trascendía una serenidad mirífica, como si más que la compulsión de las actividades lo definiese la quietud de las treguas. Iba siempre muy limpio, y muy peinado y perfumado, y se sentaba en la primera fila, en posición aplicada y extática, con su cartelito de ciudad liberada y su montoncito aventajado de guijarros azules. Sabía tocar la flauta, dibujar y tallar la madera, y no eran ésas las únicas gracias de que lo había dotado la fortuna. Su mismo aspecto revelaba ya al artista innato, de esos que no le conceden importancia a sus méritos porque tampoco nada les ha costado conseguirlos.

Tenía ciertamente una linda figura. Era delgado y ágil como un arlequín, y con unos rizos y unas pestañas y un perfil ensimismado de príncipe antiguo que trastornaba a las mujeres. Le bastaba con entornar los ojos y mirarlas desde su hondura angelical y umbría para arrancar suspiros y rubores hasta en las niñas y en las viejas. Ante su inocencia, sólo comparable a su involuntaria capacidad de seducción, a veces pensábamos si no habría sido engendrado en verdad por un santo debajo de una higuera, como contaba la leyenda.

Era hijo único de doña Cándida Rebollo, una mujer otoñal que vivía sola desde que murieron sus padres, y en la misma casa donde había vivido enclaustrada desde mucho antes, prácticamente desde que siendo niña sufrió unas calenturas perniciosas y sus padres la encomendaron como última esperanza a san Luciano Obispo, que era el santo del día. No sólo se curó en poco tiempo sino que enseguida, de ser pálida y enclenque, empezó a crecer y a echar cuerpo y a ponerse altiva hasta convertirse casi de golpe en la mujer más hermosa que se había visto nunca por aquí, y de una exuberancia terrenal que el pudor y los lutos hacían más perturbadora aún. Porque fue el caso que en acción de gracias, y animada por sus padres, había decidido consagrarse de por vida a su benefactor, y desde entonces vestía siempre de oscuro y sólo salía de casa para ir a la primera misa del día y a los oficios de la tarde. El resto del tiempo se lo pasaba esperando que se le apareciese el santo, y según los rumores conversando a todas horas con él en interminables parlamentos místicos llenos de reproches y requiebros, y rogándole que le mandase alguna señal de que su servicio era bien acogido. Ningún cortejador logró arrancarle nunca ni una mirada de piedad, y entretanto su belleza iba haciéndose más inquietante cada día. Y así pasó el tiempo, y cuando ya se acercaba a los treinta y estaba en lo más granado de su madurez, un día el santo se le apareció por fin.

Fue una tarde de junio. Cándida Rebollo tenía entonces la costumbre de dar un paseo al atardecer por los alrededores del pueblo. Salía de la iglesia con su traje oscuro, su mantilla de encaje y su librito de oraciones, llegaba hasta la ribera, se demoraba allí un rato rezando y conversando con san Luciano Obispo, y con las mismas regresaba. Pero aquella tarde en que la primavera exhalaba ya la fragancia de su propia podredumbre, al llegar a la orilla, sentada bajo una higuera y envuelta en la atmósfera polvorienta y dorada del crepúsculo, vio una figura extraña y al mismo tiempo familiar. Tenía el pelo rizado y ceñido por una corona de lirios, y luengas barbas rojas y cabrías, vestía una piel de oveja, calzaba sandalias de hierbas y tocaba una flauta silvestre. A modo de báculo obispal, había contra la higuera una vara de asfódelo, y abierto sobre el pasto, un libro de Aristóteles. No había duda: aunque con algún accesorio mitológico, aquéllos eran, en efecto, los atributos del santo varón. Y ella misma contó que los lirones nadaban panza arriba acunados por el son de la música pastoril, y que los peces y tritones subían del fondo y se asomaban a la superficie para oírlo tocar. Una luz milagrosa ponía un entorno de anunciación en la cabeza del aparecido, el cual al ver a la doncella dejó la flauta a un lado, empuñó el báculo, se acarició regiamente las barbas y le tendió una mano invitadora: «Acércate, mi prosélita», le dijo, «y ofréceme homenaje». Y ella se acercó, se sentó junto a él y, murmurando «hágase tu voluntad», con un suspiro de éxtasis se abandonó en el pecho de su benefactor.

De aquel encuentro, que se prolongó hasta el alba, nació Luciano, y aunque según las malas lenguas el santo no era otro que un viajante de tejidos, que en su despecho se había sentido industrioso y audaz, y del que nunca más volvió a saberse, el caso es que aquel niño nació con una gracia de arlequín que hacía honor en verdad a su origen divino. Desde entonces, Cándida Rebollo traspasó la última frontera de su soledad y se internó en una suerte de beatitud tan irrevocable como equívoca. Era como si se hubiese convertido de golpe en un híbrido de viuda, casada y soltera y viviese a un tiempo en el fatalismo del pasado, en la plenitud del presente y en la promesa ilimitada del porvenir. Todas las tardes comparecía junto a la higuera con la puntualidad ilusionada de una cita primeriza de amor, y después de una espera durante la cual pasaba de los temblores de la soltería a la dignidad enojada de la viudez, regresaba al hogar envuelta en un aire de dulzura y desastre, se daba un baño lento y perfumado, se paseaba por la casa cerrando puertas y ventanas y dejando a su paso un rastro aromático de aceites esenciales, se arrodillaba junto a la peinadora para rezar sus oraciones de la noche, y luego se soltaba sobre los hombros la cabellera de recién casada y se peinaba lánguidamente frente al espejo hasta que, al oír las campanadas de las doce, se despojaba del salto de cama con un gesto de inmolación trágica, apagaba las luces y se tendía en el lecho conyugal a esperar la llegada del esposo místico, atenta a cualquier ruido, a cualquier brisa, a cualquier presagio que anunciara el deseo tan temido y el temor tan deseado, y alzando un monólogo de plegarias que al amanecer desembocaba en un revoltijo de impudicias litúrgicas, donde se unían en una misma desazón su trinidad inseparable de viuda de día, soltera al atardecer y recién casada a medianoche.

Y también desde el primer día vivió con la ilusión de que a su hijo podía brotarle en cualquier momento un halo de santo que probara su alcurnia celestial. Por las mañanas lo examinaba al contraluz del patio, vigilando la calidad de los brillos y los claroscuros, y sin perder nunca la esperanza, ni siquiera cuando Luciano Obispo llegó al uso de razón y ella pudo explicarle cuál era su origen y cuál habría de ser su destino ejemplar. «Hijo, yo te concebí por obra y gracia de san Luciano Obispo», le decía, mientras le peinaba y le repeinaba los rizos rebeldes, «y debes estar preparado para cuando tu padre decida venir a visitarte», y lo perfumaba con agua de jazmín y le contaba de qué manera vendría vestido su progenitor. «Y hazte el cargo de que serás sacerdote, y de que algún día llegarás a ser santo, porque es seguro que El no tendrá corazón para negarte la palma del martirio», y le limpiaba las uñas y le alisaba bien alisado el cuello de la camisa y le lustraba los zapatos para que en todo momento fuese digno de recibir la visita celeste. Y cuando algunos años después él replicaba a la promesa del martirio, «pero si ya no hay moros ni romanos», ella contestaba sin perder la dulzura del tono: «Pero hay comunistas, y anarquistas, y masones, y republicanos, y nihilistas, y separatistas, y salvajes y cafres en las selvas. El diablo no descansa, hijo mío, y acabará por encontrarte. Pero nuestro protector vela por ti».

Así que muy pronto Luciano Obispo Rebollo se encontró envuelto en una actividad frenética, y no sólo por las obligaciones de escolar y de monaguillo, y de tener que aprender a tocar la flauta e ir siempre hecho un primor, además de acompañar cada noche a su madre en los rezos ante el altar improvisado en honor del cabeza de familia y repartir diariamente de puerta en puerta unos melindres de miel y piñones en forma de báculos y mitras que hacían en casa tanto por devoción como por negocio, y a los que la gente llamaba «perendengues de obispo», sino también y sobre todo porque la expectativa de la aparición lo mantenía en un estado permanente de excitación y de zozobra. Se pasaba los días aguardando un aviso del cielo. «Tu padre debe de estar ya de camino», le decía su madre a todas horas, y a todas horas él tenía en su incertidumbre inspiraciones súbitas que lo obligaban a cerrar los ojos, allí donde estuviese, a concentrarse con todo su fervor en la figura de san Luciano Obispo, a exclamar con la mente: «¡Ahora!», y a abrirlos con la certeza de que esta vez el espíritu no iba a desairarle. O creía captar de pronto en el silencio el anuncio de una voz inminente, o algún temblor anómalo en el aire, y entonces se paraba y decía: «Padre, heme aquí ante tu sacrosanta voluntad», que era la fórmula convenida para cuando llegase el gran momento. «¿Ha habido algo, hijo?», le preguntaba su madre por la noche, «¿has oído algún mensaje interior o tenido algún trance?»

Así vivía: corriendo de aquí para allá y atento siempre a los más leves síntomas de advenimiento. De modo que, entre tantos deberes y sobresaltos, la vida era en verdad difícil y cansada. Cumplió los doce años y seguía sin poder jugar con los muchachos de su edad, ni ir sucio y desaliñado como ellos, ni subirse a los árboles ni tirarles piedras a los perros ni ir a nidos o a ranas. Pero él lo aceptaba todo porque estaba seguro de que tales eran los designios paternos, como también aceptaría sin protesta la misión que se le quisiera encomendar, aunque fuese el martirio en lejanas tierras de gentiles. Sus compañeros de escuela le llamaban el «Obispito mártir», pero no sólo no se burlaban de él sino que lo trataban con un respeto casi reverencial desde la tarde en que a la salida de las clases y en una meada conjunta descubrieron que, a falta de nimbo, que no acababa de brotarle, había heredado en cambio, y con creces, los atributos terrenales del padre. Tenía ciertamente una herencia sobrecogedora, y él fue el primer sorprendido cuando sus compañeros le formaron corro, como pastorcillos ante una aparición, mirando arrobados aquel grande prodigio. Entonces cayó en la cuenta de por qué su madre, cuando lo bañaba, miraba también su envergadura con una especie de doloroso asombro, sin atreverse a jabonarla y dudando si habría de interpretar aquel fenómeno como prenda de santidad o como signo de herejía. «Sin lugar a dudas, tú eres hijo de san Luciano Obispo», declaró una tarde solemnemente, observándolo desde una distancia objetiva y pasmada. Y los que habían conocido a su madre en todo el esplendor vedado de su belleza, reconocían también en él aquella mezcla turbadora de lubricidad y de inocencia, capaz de confundir a cualquiera con los encantos de su arte angelical. El mismo padre Mirón, que pertenecía ya más al limbo de la teología que al reino de este mundo, lo miraba a veces durante la misa con un vago recelo, como si percibiese un aire ambiguo en la ceremonia y buscase en él el origen de aquellos efluvios inquietantes.

Y en esos trabajos y vislumbres lo sorprendió la mañana del nuevo curso de 1976 cuando llegó a la escuela con retraso, como casi siempre, vestido de monaguillo y oloroso a jazmín, y entró sin mirar, con la cabeza baja y el paso sigiloso, y fue a sentarse en la primera fila. Sobre el encerado, y en medio de los retratos del Rey y la Reina, que hasta hacía poco habían sido de Franco y José Antonio, había una lámina de colores de la Virgen María, que Luciano a veces miraba fijamente hasta apoderarse de la imagen para poder reproducirla luego en otro sector de la pared o suspendida en el aire, con todos sus detalles pero con una riqueza de volúmenes y de temblores que suscitaban el efecto de una visión sobrenatural. De ese modo se figuraba él que se le revelaría muy pronto el espíritu de su padre celeste, y también aquella mañana se concentró en la lámina durante unos instantes y después cerró y bajó los ojos, ya con la imagen dentro, y esperó hasta que de repente el espejismo se puso a vibrar y a transfigurarse ante el soplo de una inspiración como nunca hasta entonces había experimentado. «¡Ahora!», se dijo, dibujando en el rostro un grito de ansiedad, y seguro de que esta vez algo iba a ocurrir, pues era tanta la autoridad de los indicios que podía oír incluso con toda nitidez una voz melodiosa que parecía incluirlo también a él en el prodigio. «¿Cómo te llamas tú?», le preguntó la aparición. Y él, sobreponiéndose al pánico e intentando en vano recordar la fórmula de pleitesía, levantó bruscamente la cabeza, abrió los ojos y entonces la vio. Sólo que el espíritu no se correspondía con la imagen de la Virgen que aún guardaba en sus ojos, porque ni llevaba su manto de luceros ni pisaba triunfante los cuernos del demonio, pero tampoco venía ataviada con una piel de oveja, ni traía un báculo en una mano ni un libro de Aristóteles y una flauta en la otra, ni tampoco una corona de lirios, ni menos aún las barbas coloradas, como le había enseñado tantas veces su madre, y ni siquiera era un santo varón sino una mujer terrenal de una belleza que le pareció sencilla y portentosa, vestida con una falda escocesa y una blusa blanca con una flor de lis bordada en el bolsillo, y con una melena azulada de paje que enmarcaba una expresión burlona, risueña y confiada. Tragó saliva, parpadeó varias veces para borrar los restos etéreos de la lámina, y al final dijo con un hilo de voz: «Luciano Obispo Rebollo», y se quedó boquiabierto, mirando incrédulo hasta que el espíritu se acercó, le revolvió cariñosamente los rizos y le dio en la cara una palmadita de atención: «Pues yo, señor Luciano Obispo Rebollo, para que lo sepa, me llamo Amalia Guzmán y soy la nueva maestra», dijo, agachándose a su altura y acercando tanto la cara que Luciano vio su sonrisa minuciosamente definida por el rojo de los labios y el blanco perfecto de los dientes, y se vio reflejado en sus ojos negros y quedó envuelto por un momento, o quizá para siempre, en la brisa tibia y secreta de su olor a perfume de hierbas, a laca y a carmín.

Se llamaba, en efecto, Amalia Guzmán. Había llegado al mismo tiempo que el camión de la mudanza una tarde de hacía apenas un mes para sustituir a don Pedro Sánchez, de modo que a la mañana siguiente apareció ya instalada en la casa oficial de los maestros, que estaba en la placita de Ultramar y era de una sola planta, con un patio pequeño que lindaba con las traseras del caserón sombrío del Conquistador. Y fue también al otro día, antes casi de haber tenido ocasión de verla, cuando escuchamos su primer concierto de piano. Tocaba piezas clásicas amenas y fáciles, además de canciones melódicas, y a ratos se atascaba e insistía en las mismas notas hasta ocho y diez veces, con una paciencia que acababa siendo pura terquedad, y con intervalos de silencio donde la inminencia de la repetición gravitaba como una amenaza mortal en el ambiente. Durante los primeros días apenas salió de casa salvo para ir al mercado o dar un breve paseo al anochecer. Debía de andar cerca de los treinta años, y un cierto aspecto de fragilidad la hacía parecer más alta de lo que era, del mismo modo que sin ser exactamente guapa poseía el encanto impreciso pero indudable de las mujeres que de cualquier forma han decidido ser hermosas. Daba ciertamente la impresión de tener la cara y la figura que le había dado la gana tener. Por lo demás, toda ella era una unidad enriquecida de contrastes. Vestía con una elegancia sencilla, y con algún toque adolescente que ponía en su madurez un aire amuchachado; caminaba con una especie de dominio varonil de sí misma que subrayaba la maestría de su feminidad; tenía un modo tranquilo de andar y brusco de volverse, y su desenfado resaltaba aún más cuando sus ojos, levemente dormilones por la miopía, se ausentaban en una visión soñadora del mundo. Pronto hizo algunas amistades, y a veces salía con ellas y formaban tertulias en la cafetería Cele's, pero otras muchas prefería quedarse en casa, tocando el piano o entregada a actividades que poco a poco fuimos conociendo. Supimos por ejemplo que dibujaba muy bien porque a

Esteban, que le llevaba la leche por las tardes, le hizo un dibujo a plumilla conduciendo el carrito, con toda suerte de detalles verídicos, que él enmarcó y colgó junto a las tres fotografías que resumían e ilustraban su historia familiar.

Un mes después, cuando comenzó el curso, parecía que viviese aquí desde hacía mucho tiempo. Luciano debió de ser el único que no se enteró de su llegada hasta el día en que surgió ante sus ojos como una aparición. A partir de ese instante, ya no hubo treguas para su incertidumbre. Ahora, en vez de mirar a la Virgen o al aire, miraba a Amalia con un embeleso angelical, al que al principio ella correspondía ocasionalmente con una sonrisa de gratitud pero que luego fue evitando, desconcertada por aquel fervor cuyo significado no lograba entender. Pero tampoco era posible rehuirlo por completo, y más cuando él, por imitarla, o por pudor, empezó también a espaciar las miradas y a esquivar las suyas, de modo que hubo momentos en que la situación llegó a invertirse, y era ella quien, contagiada por su belleza celestial y pesarosa de su propio desdén, lo espiaba a hurtadillas, y él quien sonreía luminosamente al sorprenderla en aquella infidencia. Amalia, ofuscada por un juego que ya le iba pareciendo un tanto enfadoso, decidía entonces ignorarlo durante algunos días, pero ocurría que tal estratagema, o tal castigo, creaba una expectativa peor que la anterior, porque los dos se sabían confabulados en la misma renuncia, o quizá en el mismo desafío, y sabían además que cuando sus ojos acabaran encontrándose ya no sería posible el recurso de la sonrisa sino sólo el sonrojo de haber sucumbido finalmente a la curiosidad.

Desde el primer día, Amalia había introducido en la escuela un aire nuevo, dinámico y festivo. Salía con sus alumnos al campo a conocer en vivo las cosas de la naturaleza, fundó sin apenas medios una modesta biblioteca escolar y hasta consiguió una subvención municipal para convocar un premio artístico, literario e histórico en torno a la figura del Conquistador. Luciano asistió fascinado a aquellas novedades. Se apuntó al servicio de biblioteca, presentó el mejor herbario de la escuela, talló en madera la estatua ecuestre de don Quintín e incluso dio en clase un breve concierto de flauta a petición de Amalia, que sirvió para reconciliarlos de su secreta rivalidad de sonrisas tontas y miradas furtivas. Porque para entonces Luciano Obispo se había consagrado ya a Amalia con una devoción similar a la que había profesado al fantasma paterno, y hasta tenía la impresión de que el milagro que tanto había esperado se producía ahora diariamente cuando llegaba a la escuela y ella se le aparecía con la misma fuerza mística que había sentido en sus mejores momentos de inspiración y de abandono. No hacía ya nada que no significase un homenaje cifrado para Amalia —o para santa Amalia Guzmán, porque las oraciones a su padre iban también secretamente dirigidas a ella, y una vez hasta la había visto en sueños tocando la flauta y vestida con sandalias de juncias y una piel de oveja en vez de la falda escocesa—: tocaba a rebato las campanas a cualquier hora para que ella las oyese, y las flores que reponía en los floreros de los santos las cogía para ella, y era por ella por lo que confundía en la misa el agua con el vino, o a san Francisco de Asís con san Cristóbal Caminante, o intentaba moldear la peluca de santa Lucía con el modelo de peinado que llevaba Amalia. Un domingo la vio en misa y, sin darse cuenta, creyendo que ya era la Consagración, se puso a tocar en su honor la campanilla ante el estupor de los fieles y del padre Mirón, que hubo de suspender la ceremonia, acercarse a él y darle un coscorrón en la cabeza para que saliera de su arrobo y dejara de repicar.

En ese estado de distracción y de lealtad anduvo durante todo el curso. Por las tardes rondaba la casa de Amalia para escuchar sus conciertos de piano —y sobre todo la canción *Mirando al mar,* que era la que más le gustaba y la única que ningún día Amalia dejaba de tocar—, y al anochecer le bastaba salir a la calle y abandonarse a la intuición para verla al rato aparecer en cuerpo y alma por obra y gracia del mero prodigio, cuando en realidad lo que pasaba es que de tanto vigilar sus hábitos se adelantaba a ellos, y hasta había llegado a prever sus imprevisiones, y le bastaba con caminar sin rumbo para encontrar la fragancia desvanecida de su rastro, como si un poder fatídico o sabio lo guiase sin un solo titubeo por el laberinto de su ansiedad. Y Amalia, que había aceptado aquella especie de adoración como lo que era, cosas de niño, acabó resignándose a verlo aparecer por todas partes y en cualquier momento, y siempre con aquella mirada atónita y aquella sonrisa seráfica ante la cual era incapaz de otro gesto que no fuese de ternura y un punto de inquietud. Así que también ella lo miraba, fingiendo a veces sufrir un sobresalto, y le sonreía, o lo saludaba con la mano o las cejas o le revolvía el pelo y le acariciaba la cara cuando pasaba junto a él. Su madre, creyendo que aquellos ensimismamientos y zozobras eran señales de la proximidad del portento, le preguntaba si sentía los apremios de alguna exhortación interior, y lo examinaba al contraluz y lo peinaba y lo perfumaba con más celo que nunca. «Tienes que estar preparado», le decía, «porque la anunciación debe estar ya cercana.»

Hasta el padre Juan Mirón hubo de amonestarle por sus continuos descuidos y equivocaciones. Era un anciano de más de noventa años, amojamado y tembloroso, que hablaba con trémolos de balido de cabra y caminaba como asomándose a un abismo. Siempre le habían gustado más las agudezas teológicas que el prosaísmo de su ministerio, y con el tiempo había acabado por rodear de sutilezas los actos más sencillos del culto. Parecía vivir al margen de los asuntos terrenales, pero una tarde, en la confesión rutinaria de cada día, le dijo inesperadamente: «Hijo mío, ante Dios y ante su Santísima Madre, y por la salvación de tu alma, te conmino a que expulses al instante la ponzoña que anida en tu corazón. Porque bien sé que estás en pecado, y más de una vez al mirarte he notado que Lucifer me mira por tus ojos. Muy grande ha de ser tu culpa cuando no has osado proclamarla ante Dios. Pero ahora, hijo, te exhorto a que hables desahogadamente con claridad cristiana, que yo también soy hombre y conozco la suma fragilidad de estos vasos de barro que son nuestros cuerpos. Porque, o yo sé poco de conciencias, o se trata de una mujer, ¿no es así?».

El confesionario quedaba en las tinieblas de una capilla lateral, entre dos losas sepulcrales, y hacía ya tiempo que las últimas viejas habían abandonado la iglesia, iluminada ahora apenas, allá en el altar, por una remota y débil tiritona de cirios.

«Sí», murmuró Luciano, porque fuese o no pecado lo que le ocurría, lo cierto, desde luego, es que se trataba de una mujer, y hasta estuvo tentado de declarar su nombre y apellido, su domicilio y profesión, y hasta el color de sus ojos y su modo de andar, para que también el padre compartiera su estupor y su orgullo, y participase del milagro de aquella diaria y sobrenatural aparición.

—Nada escapa a los escrutinios de Dios —dijo el padre, cabeceando ante la evidencia de lo que él ya había sospechado—. Pero vayamos al centro de la cuestión y dime, sin que el pudor ate tu lengua, si esa mujer es virgen o corrupta. Y, en uno u otro caso, si es soltera, casada, religiosa o pariente hasta en cuarto grado de consanguinidad.

Y él: «Es soltera, padre», contestó trémulo, sin saber hacia dónde podía encaminarse el interrogatorio.

—Y deduzco por tu silencio que también es corrupta. Pero, en lo malo, mejor es así, porque si fuese casada —dijo el confesor en un tono monótono, como si recitase en sueños para un dictado escolar—, y según advierte el doctor Moya en el *Tractatus* 3, artículo 4, número 9, dos malicias podrían seguirse de ello: una, el adulterio; otra, la injusticia que harías al marido de tu amiga. Aunque, según Layman y Sierra, en un mismo pecado no puede haber dos pecados. Mucho se ha debatido sobre esta grave cuestión de cómo lo diverso puede llegar a formar una unidad de culpa. Pero, en fin, siendo soltera, como afirmas, nos ahorramos perplejidades sin cuento, y aún más en el caso de que hubieses pecado con una religiosa. Y ahora dime, por cierto, ¿has cometido polución a propósito de esa mujer, con delectación en alguna torpeza?

Luciano Obispo, sin saber qué decir, hundió un poco más la barbilla en el pecho y escondió la cara entre las manos juntas. Allá dentro, en la oscuridad absoluta del confesionario, que despedía un olor fermentado a sopa fría, a orines y a vejez, sólo se escuchaba el fragor anheloso de la respiración del sacerdote, que al fin dijo, con su trémolo de cabra erudita:

—¿Callas pues? En tal caso, basta con tu silencio, que ya voy conociendo el origen de tus extravíos. Y ahora, velemos cristianamente las palabras. Has de saber que el pecado *contra naturam* consta de tres especies: la polución o molicie, la sodomía o pecado nefando, y la bestialidad. Polución o molicie es efusión *humani feminis extra vas,* esto es: verter fuera de la cavidad de la mujer. Pero ahora has de decirme, hijo mío, cuántas veces, unas con otras, has cometido polución.

Y entre silencios, evasivas e hipótesis, vinieron a acordar una cifra aproximada de unas trescientas poluciones.

—¡Trescientas! —exclamó el confesor admirado—. Trescientos pecados mortales a los que habría que añadir todos cuantos, por perjurio o malicia, se deducen de ellos. Pero sigamos adelante, y dime si ha habido ósculos y tactos *in partibus verendis,* esto es, y apréndetelo ya para otras veces, en las partes vergonzosas de la mujer, y si resultó de ello alguna conmoción.

Luciano se encogió un poco más y esperó a que su silencio se resolviera de nuevo en elocuencia. Las palabras del confesor, incomprensibles al principio, empezaban ahora a fascinarle con una mezcla de terror y de gozo. Era como si de pronto hubiera visto, a la luz de un relámpago, el fondo hasta entonces oscuro de su propia ansiedad.

—Comparto tu vergüenza, hijo mío, pero has de saber

que la conmoción *in eisdem partibus* es pecado mortal, según los doctores Sánchez, Bonacina y Fagúndez. Pero Navarro, en *Summa Hispania,* capítulo 16, número 11, a quien sigue Murcia, arguye que esas liviandades son sólo pecado venial. Claro, que esta opinión se hizo insostenible después del Decreto de Alejandro VII, Proposición 40. *Atqui:* es pecado mortal. Y ahora, hijo, contéstame con franqueza, o calla en su defecto si la decencia te lo impide: ¿efectuaste cópula con esa mujer?

Y Luciano, que empezaba ahora a comprender algunos rumores enigmáticos que había oído en la escuela sin prestar atención, calló largamente.

—Crecidas lástimas me inspira tu silencio —prosiguió al fin el anciano—. Y, sin embargo, hemos de continuar examinando tu conciencia. Veamos. *Et fuit per vas naturale, aut per vas praeposterum?,* y has de entender que el primero es el molde fértil y anverso de la mujer, y el segundo el yermo y ulterior, y todo esto es de suma importancia para calibrar el número y la magnitud de tus pecados. Porque, retomando el curso de la exposición, conviene recordar que la cópula sodomítica, aun entre parientes en primer grado de consanguinidad, no tiene malicia de incesto, en opinión al menos de Belloco, Homobono, Fernández Pantoja, Villalobos y Parra, pues en sentir de estos doctores, sólo se contrae malicia de incesto cuando hay cópula apta para causar afinidad. Ahora bien —y parecía que hablase ya consigo mismo y a la luz problemática de sus propias cavilaciones—, como las llanezas sodomíticas se ordenan al acceso, de ello se sigue que si el acceso con parientes es incesto, también lo son los actos que se encaminan a tal fin, y así lo declaran Cano, Soto y Diana. *Atqui:* es pecado mortal. Y en uno u otro caso, hijo mío, *seminavit intra vas aut extra vas?* Porque, según la autoridad de los doctores Parra y Pantoja, *refricare membrum in superficie vasis praeposteri feminae, cum animo consumandi copulam in vase naturali, non est peccatum mortale* (es decir, y sólo por esta vez te lo explicito: frotar el miembro en la superficie ulterior de la mujer con la intención de ir a verter luego en la oquedad natural, no es materia de pecado mortal), pero la efusión *extra vas* siempre es pecado *contra naturam,* y por tanto mortal. Ya ves, hijo, cuán largo e intrincado puede llegar a ser el laberinto de la culpa.

Y así, de pregunta en pregunta, y de cita en cita, y de sobrentendido en sobrentendido, guiando al aspirante a pecador, que contestaba con balbuceos o monosílabos, o con el mero silencio, iba ofreciendo suposiciones hasta fijar los pormenores del pecado. Fue él quien alertó e ilustró a una generación entera sobre los más refinados placeres de la carne. Porque la noticia no tardó en extenderse, y hasta de pueblos vecinos acudieron adolescentes e incluso niños a instruirse cumplidamente en casos de incesto, de violación, de estupro, de zoofilia, de pederastia, de masoquismo y de todas las perversiones sexuales de que el padre Mirón tenía conocimiento. Y así fue como un día, en el sermón dominical, habló de que el espíritu de Sodoma y Gomorra se había reencarnado en aquel pueblo pecador. Y de ese modo fue también como Esteban, incitado por algún bromista, detuvo un día el carricoche de la leche frente a la puerta de la iglesia, entró en la penumbra por primera vez desde que lo bautizaron, avanzó hasta el confesionario, se arrodilló, y cuando el padre le preguntó si había quebrantado el primer mandamiento, él hizo que no con la cabeza, y siguió denegando hasta llegar al sexto, y a partir de ahí el confesor lo interrogaba con preguntas fáciles y excluyentes y él iba diciendo que sí, siempre que sí, y al llegar a los latines gemía exaltado ante el descubrimiento de un mundo que superaba en aventuras y prodigios a las historias de los mares lejanos que le leía su padre por la noche. Y fue como si aquel rayo de la realidad primaria hubiera abierto en su mente indefensa un boquete hacia el mundo exterior, porque de pronto salió de su reducto infantil dando gritos latines y luego llamando a cada cosa por su nombre, no como si las reconociera sino como si las imprecara, y del mismo modo que podía llamar a un perro, o como si las descubriese alborozado después de mucho tiempo de jugar al escondite con ellas.

Y algo similar debió de ocurrirle a Luciano, porque al empezar el nuevo curso, Amalia, que acababa de volver de vacaciones, lo vio como siempre en la primera fila y la sonrisa se le paró a medias con un temblor de vacilación. Creía haber detectado en sus ojos una cierta súplica apremiante, y una cierta dulzura que empañaba ligeramente su inocencia. Desde entonces, y durante todo el curso, volvieron a las miradas y sonrisas furtivas, y a veces Amalia enrojecía apenas y se mordía los labios como si quisiera reprimir y perpetuar al mismo tiempo un sentimiento ambiguo de atracción momentánea, pero que finalmente era sólo de incredulidad: cosas de niños.

V

Desde que sucumbió a la fiebre de la locomoción, Esteban venía todas las tardes al pueblo a repartir la leche. Antes de que empezaran los conciertos de piano de Amalia, la gramola del cine y los alborotos de las tabernas y del baile, y a veces cuando aún persistía en el ambiente el silencio mortal de la siesta, oíamos a lo lejos los primeros gemidos del carricoche y los ladridos ufanos de *Viruta,* y los seguíamos oyendo unos minutos, cada vez más tercos y alarmantes, hasta que al fin desembocaban del camino de tierra a la calle con piso de pavés que conducía a la plaza y todo era entonces un estruendo como de piedras por un derrumbadero, y una trepidación de terremoto que amenazaba con derribar las cántaras y dasarticular el artefacto rodante en sus mil piezas de desecho. Y luego, hasta el anochecer, lo oíamos avanzar de casa en casa, gritando en cada puerta: «¡La leeecheee!», y lo veíamos ir y venir por el laberinto de calles y pararse de vez en cuando a apuntar algo en una libreta de alambre que guardaba en el bolsillo delantero del mono.

No hubo que averiguar mucho para saber que a Esteban le había dado ahora por contar los pasos exactos que llevaba andados por el mundo. Junto a los desafueros de la locomoción y a los latinajos perturbadores del padre Juan Mirón, nada le gustaba más en la vida que las noches en que su padre se animaba a abrir el arca y a sacar con mucha solemnidad y una a una las piezas de su botín de guerra, contando la historia que correspondía a cada cual con palabras que venían a ser siempre las mismas pero que Esteban escuchaba con el asombro intacto del primer día. A veces, para darle mayor verismo a la narración, Manuel imitaba y hasta escenificaba las explosiones de las bombas, el tableteo de las ametralladoras, el silbido de los obuses, el clamor de las ofensivas, las alarmas de la aviación y los ayes y los escorzos de los heridos y los muertos.

—¿Y tú mataste a muchos?
—Y qué sabemos acá, si yo disparaba sin apuntar.
—Así y todo, seguro que mataste a muchos.
—Eso sólo Dios lo sabe.
—Pero, ¿tú viste a los muertos?
—Ya lo creo que los vi.
—Y ¿cómo eran?
—¿Cómo eran? Pues como son ellos. Allí estaban en su sitio tan quietos.
—Pero, ¿cómo de quietos?
—¿Tú no has visto a una cabra muerta? Pues igual, unos sentados, otros acostados, y otros de cualquier forma, como la vida los dejó.
—Pero, ¿qué cara se les quedaba?
—Pues de susto, ¿cuál si no se les iba a quedar?
—Pero, ¿estaban con los ojos abiertos?
—Unos sí y otros no, según y cómo.
—¿Y qué más?
—Pues ya no hay más. ¿Qué más iba a haber?
—Pues, por ejemplo, qué hacían con las manos, o qué les pasaba con los nombres, si tenían cara de seguir llamándose Fulano o Mengano.
—Qué cosas se te ocurren.
—Y qué es más importante, ¿un general o un muerto?
—Pues tampoco lo sé.

Y Esteban miraba al vacío pensando en la guerra, y su mente atónita se iba llenando con el fragor y el resplandor de las batallas y con el misterio inagotable de los muertos. Pero al final, cuando ya sólo quedaba en el fondo el tubo de lata, Manuel volvía a meter las cosas en el arca, la cerraba con dos vueltas de llave y con una palmada disolvía la reunión: «Señores, ¡rompan filas!, que mañana hay que madrugar», y a veces imitaba la diana floreada, haciendo trombón con los mofletes. Y nunca había tiempo para enseñar aquel último objeto y contar su origen y su historia. «Cuando seas mayor», le decía su padre. Y a la noche siguiente, cuando preguntaba si ya era mayor, Manuel contestaba: «Ay, todavía te queda mucho por andar».

Fue así como a Esteban se le ocurrió empezar a contar los pasos que daba por el mundo. Como sabía contar hasta ochenta, iba apuntando tramos de ochenta pasos con una raya en la libreta, y a la noche Manuel le pasaba a limpio las cuentas del día y las agregaba al total en un cuaderno que habían destinado a tal efecto. «Llevas andados 12.250.397 pasos. Pronto serás un hombre», decía al final Manuel. Y a Esteban se le iluminaba la cara con una sonrisa de orgullo. Para complacer a su hijo, también Manuel puso en claro las cifras de su vida. Calculaba que, sólo en la guerra, que la había hecho en infantería, había dado más de doscientos millones de pasos, y en total, debían de pasar de ochocientos. Esteban admiraba mucho a su padre. Le parecía un héroe, como los de las novelas de aventuras marinas, por haber andado tanto en la vida y haber conseguido hacer tantísimas cosas. Había combatido en una guerra, había matado a muchos, se había casado, había tenido hijos y camaradas, había dormido durante tres años, había viajado en un camión por lugares lejanos, había visto el mar, había saludado al presidente de Estados Unidos y aún le había sobrado tiempo para aprenderse de memoria cientos de frases célebres. Pero, sobre todo, lo admiraba por haber logrado juntar todas aquellas cosas magníficas que guardaba en el arca. Muchas mañanas se sentaba debajo de la parra a recapacitar en la enorme suerte que tenía su padre de poseer aquel tesoro. Pero enseguida su mente se iba llenando con los dos ruidos principales que se hospedaban en ella por entonces: el retumbar del mar y el de la guerra. Oía primero uno; luego, el otro, y a veces los dos juntos. Y a veces también se mezclaba con ellos el eco placentero de las palabras sagradas de la confesión, y era tal el estruendo de las olas, las bombas y los latines, que al rato tenía que cogerse la cabeza a dos manos y salir corriendo para huir de aquella resonancia infernal.

De modo que vivía con la ilusión de si también él, andando el tiempo, podría llegar como su padre a hacer una guerra, a ver el mar y a tener un tesoro propio. Y todas las tardes lo veíamos pasar empujando el ingenio rodante con la furia incansable que debía de brotar de aquella esperanza, y deteniéndose cada ochenta pasos para apuntar en la libreta algo que, por la brusquedad justiciera del gesto, más parecía una marca de navaja que un signo hecho a lápiz. No sabemos si sería por los millones de pasos que llevaba ya dados, o por la edad, o por el don súbito y tardío de la palabra, pero el caso es que sin darnos cuenta fue adquiriendo una cierta bonanza de carácter y una incipiente madurez poco menos que milagrosa para quienes lo habíamos conocido unos años atrás. Había dejado incluso de gritar a todas horas y por cualquier parte la sarta de latinajos mezclados con voces marineras de mando aprendidas en el libro de aventuras, y hasta se echó un amigo, porque ahora, al llegar a la casa de Cándida Rebollo, a veces Luciano Obispo se le agregaba con el pretexto de que el último tramo del reparto le quedaba de paso hacia la iglesia. O aprovechaba para hacer también él el reparto de dulces. «Dios los cría y ellos se juntan», comentábamos en el banco al verlos caminar hombro con hombro, mirando siempre al frente, como si llevasen encomendada una misión, y deteniéndose y juntando la cabeza sobre la libreta cada ochenta pasos, con la misma solidaridad con que poco después desembocaban en la placita de Ultramar y se detenían junto a la reja donde Amalia tocaba el piano. Pero esta vez no gritaba: «¡La leeecheee!», sino que empujaba la puerta entreabierta y entraba de puntillas en el corredor para escuchar mejor la música, y esperaba al final de la pieza para apremiar con un susurro: «Señorita Amalia, ¡la leche!». Y ella esperaba aún un instante en actitud soñadora, con las manos sobre el teclado, y no necesitaba volverse ni mirar por el espejo para saber que esa tarde había venido Luciano, y que estaba allí, asomado a la puerta con su carita elemental de asombro, su mirada limpia y oscura y sus rizos de querubín romántico, y no sólo porque hubiese desarrollado la facultad de percibir en el ambiente la cercanía de su presencia, sino también quizá, se animaba a dudar con un sentimiento de travesura y de inquietud, porque en algún momento de la tarde y en algún lugar incontrolado de su alma, también ella lo había estado esperando con la impaciencia adolescente de una cita de amor. «Esto me pasa por leer tanto a Bécquer y a Neruda», se decía entre contrariada y divertida, y entonces repetía el último acorde para aplastar piadosamente aquel ensueño efímero y pueril.

O quizá no, pensaba, o jugaba a pensar, quizá fuesen sus manos, o sus ojos, o su nariz, o alguno de los sucesivos espectros de las niñas y de las muchachas que había sido los que se entregaban por su cuenta a aquellas fabulaciones arbitrarias. Porque desde hacía unos años había creído descubrir que algún sector de su memoria, y hasta de su entendimiento y de su voluntad, se había emancipado de la conciencia y había invadido y colonizado el cuerpo, fundando aquí y allá pequeños reinos soberanos. A lo mejor eran goteras prematuras de la edad, pero el caso es que a veces olvidaba de pronto hechos decisivos, datos espléndidos de mares y batallas, nombres de emperadores y países, y en su lugar aparecían, sin que en apariencia los convocara la nostalgia, el apodo de un gato que tuvo de niña, la forma de una nube que vio a los quince años o el relámpago de un olor cuyo origen y naturaleza no había modo de localizar en el mapa de la memoria, diezmado ya por el olvido pero dilatado por las quimeras hasta lo ignoto y lo infinito, como los mapas fabulosos que se soñaban en la antigüedad. Y otras veces, cuando no lograba recordar una melodía que en otro tiempo había tocado con soltura, le bastaba con abandonar las manos sobre el teclado y dejar la mente en blanco para que los dedos buscaran y encontraran ellos solos las notas fugitivas. «Yo no me acuerdo pero las manos sí se acuerdan», se decía, y lo mismo le pasaba a sus ojos, a su nariz, a sus orejas o a sus pies. «El cuerpo tiene su propia memoria», pensaba, «él no olvida tan fácilmente como el alma», y empezó a vigilarse a sí misma y a sospechar que acaso las manos, por ejemplo, llevasen su propia vida clandestina, a espaldas de la razón, y que acaso se enamorasen por su cuenta de otras manos o que codiciasen riquezas que la conciencia desdeñaba. Más de una vez las sorprendía derribando furiosamente un vaso, esbozando un gesto ilegible, acariciando cosas (a saber qué secretas alianzas habría entre las manos y las cosas), o improvisando melodías que se borraban como la vigilia en el sueño apenas ella intentaba repetirlas desde la voluntad. Alguna tarde había tenido la certeza de que no era ella quien decidía abandonar una reunión sino que eran las manos o los ojos los que anhelaban la soledad y los que imponían la retirada. Y eso por no hablar de la nariz, que era probablemente la parte más atractiva y singular de su cuerpo. Recordaba que desde muy niña su nariz atraía mucho a la gente, y todo el mundo sucumbía a la tentación de tocársela. Hasta los desconocidos se acercaban a veces en la calle, aparentando rendir un homenaje emocionado al candor infantil pero fascinados en realidad por aquel encanto irresistible, y se la acariciaban con una especie de codicia incrédula, como si se entregaran a un placer solitario, y a menudo se la cogían en tenaza con el índice y el corazón doblados, o le daban un golpecito hacia arriba o hacia abajo, o se la aplastaban con un dedo, y ella entonces se la tocaba a su vez, tanto para purificarse del tacto ajeno como para ponérsela derecha y en su sitio, porque creía que con tanto sobo se le acabaría deformando horriblemente. Se hizo mayor el día en que a un desconocido, que ya venía con la mano dispuesta y una sonrisa incondicional de comprensión y de ternura, le dio la misma bofetada con que hubiera respondido a una proposición obscena, y desde entonces se liberó de aquella pesadilla y no permitió que nadie le manosease la nariz, ni siquiera sus padres, y ni siquiera el primer y único novio que tuvo, y con el que rompió el día en que él, después de haber conquistado sus labios, su cintura y sus senos, se arriesgó a extender las caricias a aquel punto prohibido y ella (o quizá no ella sino la propia y ultrajada nariz) lo rechazó con un gesto de repugnancia y escándalo, como si se tratase de un intento sutil pero depravado de violación. Cuando pensaba en lo que había sido su pasado, encontraba una línea divisoria nítida y enérgica entre la época en que su nariz era de todos y la época en que decidió que su nariz era sólo suya, que fue cuando empezó realmente su etapa de madurez, de soledad y de plenitud.

Así que, del mismo modo que el cuerpo tenía su propia memoria y tomaba sus propios acuerdos, quizá también ocurriera que fuesen sus manos, o sus ojos, o sus labios o sus orejas los que pensaran en Luciano y lo esperasen por las tardes, vigilando por los visillos cuando sabía que él rondaba por los alrededores, tocando alguna pieza secretamente para él, haciendo pausas musicales para poder oír a lo lejos los chirridos del carricoche de la leche, mirándolo a hurtadillas durante las clases, devolviéndole la sonrisa o acariciándole el pelo al cruzarse con él en cualquier parte. En los últimos meses, se había incorporado incluso a sus ensueños. Sus ensueños eran siempre el mismo: la invención infantil, inspirada quizá en alguna película, de un hombre alto vestido con uniforme blanco, médico, explorador o marino, con la piel dorada por brisas exóticas y los ojos encendidos por claridades de ultramar, que aparecía al atardecer en el jardín donde ella jugaba a imaginarlo y a verlo llegar entre los claroscuros de los árboles y los arbustos, y a oír sus pasos lentos e iguales en la arena, avanzando con esa inexorable paciencia y segura perfidia con que los asesinos persiguen y alcanzan a sus víctimas, hasta que al final se detenía bajo un sauce en la misma posición en que ella lo había dibujado muchas veces en los cuadernos y libros escolares: delgado y soñador, la cintura quebrada gentilmente, sin rasgos precisos pero con el aura inconfundible de quien llegaba de muy lejos y se llamaba Henry, que así es como bautizó a aquel fantasma que había ideado de niña y al que seguía esperando en el mismo jardín mucho tiempo después, sólo que ahora a veces, cuando era ya de noche y Henry se decidía a descomponer su figura estatuaria y a avanzar unos pasos y ella estaba a punto de verle al fin la cara que nunca le había visto porque la visión se desvanecía siempre en el último instante, ahora quien aparecía era Luciano, con el mismo aire asustado de éxtasis con que habría de verlo en la realidad poco tiempo después. «Pobre niño», se decía entonces, cuando la conciencia la sorprendía en aquellos vagos despropósitos, y se lo imaginaba al anochecer apagando los cirios en la soledad lúgubre de la iglesia o demorándose junto a la ventana donde ella leía a Juan Ramón Jiménez o a Salinas, o a Virginia Woolf, o *El principito,* libro que no se cansaba nunca de releer y cuyos dibujos le recordaban igualmente a Luciano: pobre niño inocente de Dios y de nadie.

A Amalia le gustaba mucho la lectura en el silencio de la noche. También le gustaban los almohadones, las madreselvas, los espejos, la cerámica, las cajitas de laca, los polos de lana lavada y los muebles claros de bambú. A veces le parecía que se había casado consigo misma y que jugaba a seducirse y a gustarse. Había tardes en que consagraba el tiempo entero a recortar fotos y noticias curiosas y a pegarlas en grandes cartulinas que al día siguiente colgaba en las paredes de la escuela, o a hablar consigo misma («¿Te gusta?», se preguntaba al hacer un dibujo, o «Fíjate en ese anuncio, qué cosa más fachosa», al hojear una revista), o a ir y venir por la casa recreándose en una especie de intimidad magistral, probándose ropa vieja, inmovilizándose un instante en escorzos adolescentes al cruzar ante un espejo, abrazándose a un almohadón para comerse una manzana, o largamente se depilaba las piernas con unas pinzas mientras recitaba versos sueltos de sus poetas favoritos, o de repente lo dejaba todo y se llegaba al baño para cambiarse el peinado, pintarse las uñas o darse un rubor de colorete en las mejillas. Cosas menudas que también se supieron porque aquí todo acaba sabiéndose y porque muchas noches, después de apagar desde la cama la luz alta y de encender una lamparita con pantalla de seda azul que la dejaba flotando como en una burbuja sideral, abría su diario con una llave minúscula que llevaba al cuello haciendo manojo con los dos peces del zodíaco, una cruz egipcia de plata, una medalla, una «A» mayúscula, un anillo y algunos otros perendengues, y escribía durante el tiempo que le durase la inspiración, no tanto la crónica objetiva y confidencial de los hechos de la jornada como las sensaciones y las imágenes de lo que venía a ser el reverso secreto y lírico del día. Más que nunca entonces, abandonándose a la cercana impunidad del sueño, dejaba que fuese su cuerpo el que contara sus propias experiencias en su propio lenguaje, recuperando así restos de naufragio del fondo de la memoria que de otro modo hubieran caído inevitablemente en el olvido. Y siempre, aquí o allá, las sombras de Henry y de Luciano planeaban sobre aquellas páginas escritas con una efusión juvenil tan delicada como la propia letra mínima y redonda, o como sus propias manos, que a veces acariciaban distraídamente los labios, el pelo o la nariz, mientras los ojos se extraviaban en alguna imagen vedada a la voluntad y a la conciencia. «Sí, el cuerpo recuerda y tiene su propia vida clandestina y libre», se decía, y de pronto se incorporaba en la cama y estiraba el cuello para alcanzar un espejo y confabularse consigo misma en una carantoña de travesura y levedad, convencida de que sus devaneos nada tenían que ver con su existencia objetiva de cada día.

Y, en efecto, a la mañana siguiente volvía a ser la mujer realista y ponderada de siempre, y cuando Esteban y Luciano llegaban por la tarde a traerle la leche, ella giraba apenas en el taburete para saludar y decir que la lechera estaba en la cocina y el dinero en la consola del pasillo, e iniciaba otra pieza que sólo interrumpía para decir adiós ondulando una mano por encima del hombro. Pero otras tardes era ella quien iba a la cocina y ayudaba a trasvasar la leche. Esteban aprovechaba entonces para hacerle algunas confidencias, con un lenguaje entrecortado y simple donde las palabras no alcanzaban para expresar el bullicio de sus pensamientos. «Allí abajo, ¿sabe usted, señorita?, tenemos un tesoro en un arca», y le enumeraba los objetos uno por uno, desde la guerrera militar de gala y la pistola con los cuatro cartuchos al tubo de lata con el pergamino historiado que nunca había visto, y hasta se ponía ante los ojos los puños entreabiertos y movía la cabeza para explicar cómo eran los gemelos de campaña, y por último hablaba del mar como si también el mar estuviese dentro del arca, pero ahí ya no encontraba las palabras ni las frases precisas, y abría los brazos derrotado por la impotencia. «Cuando ande mucho», y le enseñaba la libreta llena de garabatos, «también yo tendré un tesoro como el de mi padre.» Y le hablaba de su padre, de la gente que había matado (e imitaba los disparos apuntando con ambas manos y el clamor de las acometidas), y de las muchas tierras que había dejado atrás en sus andanzas. Y Amalia, que escuchaba muy atenta, haciendo signos de admiración e intercambiando sonrisas y miradas fugaces con Luciano, le entregaba al final las monedas una a una, los despedía revolviéndoles el pelo y se dirigía a la cocina sintiendo en la nuca la intensidad de la mirada de Luciano, y repitiéndose mientras colaba la leche y fregaba la lechera que aquel juego no era más que una niñería o una licencia literaria, si es que no anunciaba los primeros síntomas de una pasión maternal malograda. Porque Luciano, desde luego, permanecía en la puerta hasta que oía cerrarse el frigorífico, y sólo entonces se resignaba a seguir camino de la iglesia, cabizbajo y absorto, sin escuchar a Esteban, que continuaba hablando interminablemente del arca, de la guerra, de los latines y del mar.

«Dios los cría y ellos se juntan», volvíamos a decirnos al verlos un día y otro cruzar la plaza como si avanzaran por el territorio simbólico de la inocencia o de la inopia, porque era imposible saber en aquel tiempo que no se trataba de Dios, ni de ellos, sino del mero destino, que ya por entonces andaba tejiendo los hilos de sus vidas en torno a un instante azaroso y fatal.

VI

Apenas se enteró del regreso inminente de Belmiro Ventura, don Julio Martín Aguado se retiró en efecto a escribir una crónica urgente de elogio y bienvenida. Subió al altillo de la tienda y, en el último peldaño, trascendente desde la altura, se volvió a su mujer y dejó oír el flautín de su voz: «Antonia, el periodismo me reclama. Cuida tú de todo». Y como abajo, mínima y en chancletas, ella iniciara el bullicio de una lamentación, él extendió una mano, como si la evangelizara desde una ladera, y la acalló con energía: «¡Antonia, paz y concordia en las postrimerías del siglo!», y cuentan los clientes que Antonia, y también ellos mismos, quedaron inermes ante la fuerza del conjuro.

Luego entró en su atalaya, oscureció la jaula del loro, se sentó a la mesa, desenroscó la pluma, rizó el meñique y tituló en cursiva caligráfica: «La abnegación ejemplar de las minorías», y debajo: «Salutación y semblanza», y acto seguido, apoyando la mejilla en un puño, se abismó en los azares de la reflexión. Era aquel un trance difícil, e incluso dramático, porque temía que el fantasma de la inanidad reapareciera de improviso y lo devolviese a su vieja condición insustancial. Así que, para vencer tan terrible sospecha, es de suponer que se remontaría de nuevo a la mañana de otoño de 1976, a aquel momento espléndido en que un golpe magistral del destino torció su vida para siempre. Entre lo que él nos contó y nosotros averiguamos, porque aquí en el banco todo acaba sabiéndose, las cosas ocurrieron más o menos así. Había viajado a Madrid a un congreso de empresarios textiles y al día siguiente, bien de mañana, bajaba de la Puerta del Sol hacia Cibeles con su leve balanceo colonial, muy torácico de presencia, y pensando como casi siempre en Alejandro Magno. Su imaginación, inflamada por la bonanza mañanera, se entretenía inconsciente en superponer la expedición asiática del macedón a la suya propia. Al saludar a la patrona del hospedaje, se le había ocurrido pensar: «Domo a *Bucéfalo*», y cuando un poco más allá defendió la mano de su acera contra el avance de una mujer armada de carrito de la compra y perrito con manteleta de príncipe de Gales, se dijo: «Aniquilo al primer ejército persa», y a partir de ahí fue dejando a su paso un rastro de peripecias correlativas: «Atravieso el Helesponto, cruzo el Taurus, franqueo las puertas de Cilicia, me interno en la llanura de Issos, someto el litoral asirio, pongo sitio a Tiro, me hundo en Egipto, me granjeo las simpatías de Jerusalén», y dirigió una cabezada risueña a un conductor que le cedió el paso, «fundo Alejandría, presento guerra en la llanura de Gaugamela», y vio venir hacia él a cinco rockeros en formación de combate, «desafío las lluvias torrenciales», y rodeó el arco de una manguera de riego, «construyo unos astilleros», y de un tranco salvó limpiamente el arroyo, «y luego me detengo a contemplar mi ilimitado imperio».

Y se detuvo, en efecto, ante un quiosco de periódicos. «Golpe militar en Burundi», «Prosigue la conferencia de Ginebra», «Tropas sirias penetran en el puerto de Trípoli», «Matanza comunista en China», leyó los titulares. Su calva, dorada por el primer sol de noviembre, osciló en el abismo de la inanidad. «¡Pues sí que!, ¡anda que!, ¡venga ya!, ¡ufff!, ¡berrrg!», exclamó, y siguió andando, más liberado ya de la angustiosa compulsión ideológica que le producían siempre las noticias a las que era incapaz de oponer la más mínima opinión personal, pero enseguida volvió sobre sus pasos para leer tres palabras que fugazmente le habían llamado la atención: «aquiescencia», «testimonio» y «señero». De esta última, ignoraba por completo su significado, y las tres le parecían hermosas y capaces de formar entre sí esos conceptos sublimes y frases redondas que a él, por su condición insustancial, les estaban vedados. Lastimeramente giró la cabeza, buscando en el mundo un asidero perdurable. Y se encontró con el cristal de una agencia bancaria y se vio a sí mismo como un tentetieso que hubiese sobrevivido a los embates de la historia. Un tentetieso ridículo, lo admitía, vestido con un traje marrón holgado por el balanceo y las molicies de la medianía, pero también un tentetieso heroico, al que ni los golpes militares, ni las conferencias de paz, ni las tropas sirias ni las matanzas chinas conseguían abatir. Un tentetieso más bien bajo, de tripa oronda, carnes flojas, piernas cortas, mofletes pletóricos, pachón de andares y maneras (se parecía a Hitchcock, se lo habían dicho muchas veces), pero así y todo rocoso en su endeblez. Entonces recordó de nuevo a Alejandro Magno, y en vez de entristecerse por el agravio comparativo, consideró las tres palabras como el primer botín de su algarada matutina. ¡Los tiempos no estaban para empresas mayores! Con lo cual, enérgicamente dio por concluido el ensueño y apretó hacia Cibeles: por hoy, ya estaba bien de inanidad. Y se puso a silbar por lo bajo, y a oscilar a su ritmo, un aire de zarzuela.

Y cuenta que al principio, cuando oyó gritos a lo lejos, pensó que inconscientemente seguía con sus quimeras macedónicas, que acababa de entrar en el valle del Indo y que ya las tribus lo aclamaban. Orientado por las voces o por la ilusión, desembocó en la plaza y vio a una breve muchedumbre congregada frente al palacio de Correos. «La rebelión de las masas», alcanzó a pensar. Corrían los transeúntes, adelantándose unos a otros, y también don Julio (pero él sin apurarse, como correspondía a su figura y a su dignidad) se acercó al centro del conflicto.

Había habido un accidente de tráfico. Dos matrimonios otoñales, junto a los automóviles abollados, los hombres un paso adelantados y las mujeres rezagadas pero alargando ferozmente el gañote, se increpaban con los rostros muy juntos. Cada vez que una de las parejas conseguía largar una buena diatriba, aprovechaba la ventaja para retirarse con un desplante muy taurino, como dando por culminada la faena. Pero como los vencidos, viendo ahora el campo despejado, tomasen entonces la iniciativa de los gritos, los otros volvían a la brega con renovado aliento. Así ocurrió tres o cuatro veces, y ya algunos curiosos habían tomado partido y amagaban avances a los adversarios, y en fin, que la trifulca amenazaba con convertirse en altercado público.

Don Julio, que siempre había rehuido los pleitos callejeros, observaba entre aprensivo y fascinado. Las voces le traían aún el eco de las aclamaciones. Y fue entonces cuando, de pronto, sin saber por qué, ni de dónde le llegaba aquella brisa de inspiración que sentía levantarse en algún rincón de la dilatada inanidad de su mente, dio unos pasos hacia el centro del corro y desplegó los brazos con una apertura ecuménica de consternación. Por un instante, se hizo el silencio, pero enseguida las partes salieron de la perplejidad con nuevos gritos, dirigidos esta vez al intruso, y ya avanzaban hacia él cuando don Julio, ganando un paso más, extendió una mano, como si fuese a sanar lisiados o a separar aguas, y dijo con su voz aflautada:

—Señores: aquiescencia.

Y milagrosamente cada cual se quedó inmóvil en su escorzo. Nadie supo nunca, ni siquiera él mismo, lo que acababa de ocurrir. Miró al cielo: un bando de palomas se descolgó en picado del palacio y a medio camino, asustado por la segunda campanada de las once, remontó el vuelo sin romper la formación y, ya muy alto, giró de golpe hacia Neptuno. «La decadencia de Occidente», se dijo don Julio. Entonces, mientras seguía el vuelo de las palomas, perseguidas a cañonazos por el reloj, creyó tener una visión nueva del tiempo. Sintió no los años comunes de la vida sino el vasto engranaje de los siglos, y por un momento oyó el rugido cósmico de sus ruedas, ejes y poleas, y percibió su lento avance devastador y se vio a sí mismo ocupando un mísero lugar en la historia entera del planeta. Aficionado a las biografías heroicas como era, y admirador atónito de la guerra y de la diplomacia, concentró en un suspiro todos los demonios de plenitud épica que lo acosaban desde la niñez. Se imaginó a sí mismo conduciendo el carro de Cibeles, o que era Neptuno y surcaba las aguas del siglo a lomo de tritones, coronado de pámpanos marinos y vestido apenas con un retal de sábana, y que irrumpía así en el congreso y que con una sola frase, de resonancia misteriosa, apaciguaba el despecho reivindicativo de los empresarios del ramo textil. Más que asombro, le oprimía la angustia de que se hubiese desatado en su interior algún poder que no supiese controlar, alguna fuerza terrible que, aletargada por la insignificancia de los hábitos, sólo se había manifestado hasta ahora en devaneos y exclamaciones. Así que pensó: «¿Los habré contagiado con mi inanidad?, ¿se habrá encarnado en mí por un instante el espíritu de las élites?, ¿tendré yo carisma de líder, como en el fondo siempre he sospechado?». La sombra de su mano, todavía extendida, se alargaba hasta los castaños del bulevar. Se oía el rumor de la fuente y un taladro remoto. Y entretanto todos seguían allí, boquiabiertos y dulcificados, hasta que al fin alguien dijo: «Este señor tiene mucha razón», y don Julio volvió a la realidad con un parpadeo y encaró a los presentes. Un recién llegado preguntó qué razón era aquélla, y él, con una fatigada expresión de súplica, dijo: «Aquiescencia en las postrimerías de este siglo señero», y le pareció que su voz, de una sonoridad vibrante y nítida, se prolongaba en eco por toda la ciudad. Enseguida, el grupo se dispersó y los interpelantes se reunieron, juntaron la cabeza y se entregaron a un apasionado cuchicheo. Y también don Julio, más confuso que otra cosa, retomó su camino, agotado por una esperanza imprecisa y con la cara oscilante ofrecida a los vientos.

Eso ocurrió el 11 de noviembre de 1976, y cuando un

año después se encerró en el altillo a escribir la crónica de bienvenida para Belmiro Ventura, su vida era ya muy distinta. Ahora no sólo era cronista de *La Voz de Gévora* bajo el seudónimo de «El pacificador gevoreño», sino que a aquel éxito de Cibeles había añadido otros, y ya algunos le llamaban, entre bromas y veras, el Moderador. Todo era en el presente sustancia, armonía y trascendencia.

Reconfortado por la evocación, se removió en la angostura del altillo y examinó sus dos principales libros de consulta: un tomo de obras escogidas de Ortega y Gasset y una colección completa de almanaques mundiales, cuyo último número le reveló que la piedra de octubre es la turquesa, y su flor el narciso. En la sección «Eventos» debió de encontrar algunas referencias memorables a Van Gogh y a Guillermo I, y también a la Revolución francesa, porque uniendo todos esos datos, escribió: «Bajo los signos ya clásicos de la turquesa y el narciso, o si se prefiere, de la política y del arte, encarnados en Guillermo I y en Van Gogh, nuestro insigne don Belmiro Ventura y Vega, como hiciese su antepasado hace cuatro centurias, vuelve a los lares patrios. En feliz coincidencia histórica, también ahora viene a cumplirse el medio siglo desde que el gran Ortega advirtiera que aquellas masas levantiscas, nacidas bajo el grosero yugo jacobino, se preparaban en la sombra para la insurrección».

A don Julio le obsesionaba Ortega y Gasset, y en sus crónicas, a las pocas líneas se hacía el encontradizo con él. Y así, traspasando los ecos de una frase a otra, prosiguió sin tropiezos el elogio de Belmiro Ventura, centrando el grueso del halago en la gallardía con que había desatendido los cánticos de las sirenas para asumir el alto deber que las minorías habían contraído con la historia. Abajo Antonia seguía refunfuñando, pero él, ajeno también a aquellos cantos de perdición, continuó con la semblanza. «Nunca como en este fin de siglo es necesaria una voz cívica y señera que exclame: ¡Alerta!», escribió, y él mismo dio un respingo de susto que sobresaltó al gato e hizo gritar al loro en la oscuridad de su jaula: «¡Anda que!, ¡hombre por Dios!, ¡pero bueno!, ¡puaff!, ¡brrrg!», como en los viejos tiempos ya superados felizmente.

En poco tiempo remató la crónica, y a media tarde lo vimos venir hacia nosotros entre los naranjos, con los pulgares embolsados en las sisas del chaleco y ondulando triunfalmente los dedos. Una vez más había ganado la batalla al monstruo de la inanidad.

VII

En las afueras del pueblo, en una finca arbolada y vallada, con césped y rocalla, piscina, glorietas, fuentes y senderos regados de arena, había una casa señorial, de piedra y mármol, techo a cuatro aguas, grandes ventanales y un porche de nogal con barandas rematadas en puntas de lanza. Allí, una vez al año, siempre a final de agosto, se celebraba una fiesta nocturna. Asistían invitados de fuera y algunos notables del lugar, y cuando estaban ya todos reunidos en el salón, cuchicheantes y apenas iluminados por la luz filtrada de las lámparas de pergamino, al rato sonaban las diez y un criado de esmoquin abría a dos manos una puerta corredera del fondo y daba una palmada de atención. Entonces don Celestino Sánchez, el dueño, no sólo de la casa sino también de muchos campos, de la cafetería Cele's, del cine Celux, de la farmacia Sánchez, de la perfumería Celeste y del hostal Celton, aparecía ataviado con uniforme de embajador y, según avanzaba, bienhechor y expansivo, los trajes de noche, las pajaritas, los tufos y los moños, las copas, las perlas, las cabelleras juveniles, los brillos del oro y del charol, se iban apartando y reagrupando hasta formar un corro en cuyo centro don Celestino Sánchez abría los brazos y pronunciaba unas palabras. Debían de ser palabras serias, a juzgar por la gravedad con que escuchaba el auditorio, quizá palabras acerca de la patria, de los valores espirituales, de la tradición, de la leyenda del futuro, pues don Celestino además de embajador era general, y de muchas medallas y fajines, pero luego el corro se animaba, despuntaban sonrisas, gestos obsequiosos de admiración, galantes cabeceos, discretas carcajadas, y entonces el orador prescindía de una mano, que cruzaba en la espalda, y con la otra, tras rematar el discurso, dirigía un ademán a algún lugar, fulgían un instante las bocamangas escarlatas y de pronto el salón se llenaba de luces prismáticas, de música, de aplausos, de brindis y sofocos, de gentilezas y de risas. Y con la danza de apertura podía decirse que el verano había concluido por aquí. Al día siguiente, en su Oldsmobile blanco con banderines delanteros de protocolo, don Celestino Sánchez partiría con su familia hacia Madrid, y con él sus invitados, y la casa se cerraría de nuevo hasta el próximo agosto. Y tras ellos, como si fuese una señal, el primer viento precursor del otoño echaría a volar las primeras hojas, velaría la geometría de los senderos y glorietas y pondría entre la casa y el curioso una perspectiva desolada de ensueño y lejanía.

Y allí, tras un seto y asomado al ventanal con la cara sucia y el pelo agreste bajo la gorra de visera, miraba Esteban en el agosto de 1976, deslumbrado por el lujo insólito de los bailes y sin saber adónde atender entre tantas maravillas nunca vistas ni imaginadas. O quizá las había visto en el cine, pero sin darles crédito, porque él por entonces suponía que el cine no tenía ninguna relación con la realidad. Aquella tarde Esteban andaba retrasado en el reparto de la leche. Lo habíamos visto pasar hacia las ocho por la plaza, empujando su artefacto rodante con una obstinación fatalista que algo iba teniendo ya de expiación mítica, y habíamos oído a intervalos los chirridos lúgubres yendo y viniendo por el laberinto de calles hasta que oscureció y algunos se levantaron para acercarse a curiosear a la fiesta de don Celestino Sánchez. Había sido un día abrasador. Del suelo se levantaba un aliento de horno y el aire era aún un caldo asfixiante que hacía difíciles los gestos y hasta las palabras. Ya hacia las nueve, Esteban pasó por casa de Amalia y derramó los bordes del cuartillo de leche, pero no se detuvo a recogerlo sino que consultó el reloj y dijo que iba con prisa porque no quería perderse el episodio de una novela de bucaneros que ponían en la radio. Mientras Amalia iba a por la fregona, una vecina le preguntó desde la ventana: «¡Eh, Esteban!, ¿tú también vas para la fiesta?», y él giró la cabeza sin detenerse y gritó: «*¡El secreto del capitán Blake!*». Enseguida tomó hacia la Levantinita, y durante un rato oímos los chirridos borrándose en la distancia y finalmente en la memoria.

Debió de ser al remontar un alto del camino cuando miró atrás, tomándose un respiro, y vio las luces de la fiesta. La casa aparecía iluminada a lo lejos por reflectores exteriores y por las centellas de fantasía de los cohetes, y hasta el camino llegarían las detonaciones de la pirotecnia, y más confusamente los ecos de la música y las risas y gritos del jolgorio. Esteban nunca había visto nada parecido, ni sabía que aquella casa, casi irreal entre los árboles, estuviese habitada algún día del año. Así que no se le ocurrió pensar en un festejo, ni en don Celestino Sánchez, de quien habría oído hablar tan vagamente como de Napoleón o Greta Garbo. Estupefacto, buscaría alguna explicación en su memoria, y al no encontrar otra cosa mejor que los dos ruidos que señoreaban en ella desde hacía mucho tiempo, en su lógica alucinada decidió de repente que aquello era la guerra («¡La guerra!», susurró), y con la imaginación inflamada por todos los fragores de destrucción y tempestades que albergaba desde la niñez, giró en redondo, y gritando, «¡Es la guerra!, ¡Teruel, 1938!, ¡al abordaje!, ¡es la guerra!», y pensando quizá que aquel era el momento de emular las glorias y andanzas de su padre y de lograr un tesoro tan bueno como el suyo, a paso ligero arremetió hacia allá con su incierto vehículo, trasmutado ahora en máquina acorazada de devastación y de victoria.

Cuando llegó a la puerta del jardín, ya no había música ni cohetes. Los invitados habían pasado adentro, habían hecho corros y hablaban en susurros, esperando la aparición solemne del anfitrión. Desde el seto donde algunos de nosotros estábamos ocultos, el silencio tenía algo de sobrenatural, herido apenas por un vientecillo manso entre los árboles, por la sordina de las voces y el tintineo musical de las copas. Y fue entonces cuando oímos el chirrido plebeyo y ominoso y vimos a Esteban avanzar por el sendero de arena con el carricoche medio atascado, detenerse perplejo y mirar alrededor sin entender la naturaleza de aquel espectáculo jamás visto ni imaginado. En la penumbra recién regada había automóviles de lujo, entre ellos el Oldsmobile blanco y descapotable con olor a maderas preciosas y a cuero perfumado, había butacas y tumbonas y hasta un carrito dorado de bebidas en el césped y bajo los sauces, y en la piscina iluminada por los reflectores flotaba un salvavidas que era un dragón marino de tamaño casi natural. Estaba allí, con el mono remendado que le dejaba al aire los tobillos desnudos, la boca pasmada y la gorra de visera colocada al revés: una figura lamentable y absurda que echó a andar como en sueños cuando nosotros le chistamos y le hicimos sitio tras el seto. «Es la guerra», dijo, no sabemos si preguntando o afirmando, pero en cualquier caso con los ojos abiertos como platos, y alguien le preguntó: «¿Es que tú oyes los tiros?», y él, «sí», respondió. «Pues fíjate y calla que ahora viene la artillería», lo retrucó el otro. Pero él no sabía bien para dónde mirar: tan pronto atendía adentro como nos miraba a nosotros, y a veces se volvía para comprobar si seguían allí los automóviles, la piscina, el dragón y el carrito dorado de bebidas, y siempre con el mismo lastimoso asombro, un asombro casi animal, como si percibiese en todo aquello una promesa o un peligro, pero sin duda algo tremendo cuyas consecuencias, buenas o malas, no acertaba a prever. Alguien le enderezó la gorra y le explicó que aquélla era la casa de verano de don Celestino Sánchez, y que aquellos hombres y mujeres tan elegantes eran sus invitados, y que eso era una fiesta y que muy pronto aparecería el dueño en persona y habría discursos, músicas y bailes. Y él, boquiabierto, se concentró en el ventanal, y tampoco entendió. Vio en las paredes pieles de tigre y oso, colmillos de elefante, cabezas de león y jirafa, cuernos de antílope, lanzas y escudos africanos, máscaras de hechiceros, barcos en miniatura, cuadros de caballos ingleses y caza del ciervo con jauría. Y él no entendía aquello, como tampoco entendió la luz atenuada y ubicua de las lámparas, ni los vasos largos, ni los trajes de noche, ni los perfumes que saturaban el aire, ni los espejos (había uno al fondo donde se veía la perspectiva en fuga de otro espejo, del cual a su vez partía un corredor hacia una remota sala iluminada), y menos que nada entendió uno de los cuadros, en el que concentró de golpe todo su estupor. Aparecía en él una muchacha, casi una niña, de pie en una playa solitaria, con muchos lazos, tirabuzones y volantes, y con un sombrero de organdí adornado con cintas de seda que sostenía a dos manos para defenderlo del mismo viento que le agitaba el pelo y el vestido y encrespaba al fondo un mar deslumbrante y azul, con horizonte de velas y gaviotas. Al rato, indefenso ante lo incomprensible, emitió un débil gemido gutural, que tanto podía ser de terror como de placer. Y ya sólo tuvo ojos para el cuadro. Ni la irrupción de don Celestino, ni el discurso, ni los aplausos, ni el salón iluminado de pronto por luces altas, ni el baile de apertura, lo distrajeron de su avidez contemplativa. «¡Eh, Esteban!», le dio alguien con el codo, «¿no te gustaría estar ahí dentro bailando con las damas?» Y fue entonces cuando, después de mirarnos largamente y como extenuado por la complejidad de la visión, bajó los ojos del cuadro y de golpe la vio, a la doncella, pero esta vez adolescente y de verdad, Sofía Sánchez en carne y hueso, vestida con un traje de noche blanco y escotado y bordado de pedrería, la melena rubia con entreveros de ceniza suelta hasta media espalda, algo pepona quizá de cara, y más bien baja, pero moviéndose entre los invitados con quiebros de cadera y monerías de ojos, deteniéndose a veces en pasos de danza para escuchar o decir algo al vuelo, haciendo desplantes y morritos, y enseñando al reír el brillo de unos alambres de ortodoncia.

—¡Qué, Esteban!, ¿te gusta la hija de don Celestino?

Y Esteban, que ya no sabía si mirar a la Sofía del cuadro o a la de verdad, y entre ambas repartía su infortunio, se abismó en un cabeceo lento y blando de corcel de tiovivo. «*Refricare membrum cum animo consumandi*», le oímos susurrar. Y allí se quedó hasta mucho después de que nosotros nos marcháramos y la fiesta perdiera su esplendor.

No nos fue difícil deducir entre todos, y sin apenas error, como luego supimos, lo que ocurrió esa noche de agosto. Nos imaginamos con qué incertidumbre, o con qué furia, o con qué presagio funesto agarraría el carricoche, lo desatascaría del sendero de arena y se hundiría con él en la soledad inmensa de los campos. Era una noche alta y astronómica, con todas las estrellas en sus puestos, y allí iría él por el camino ondulado trotando y chirriando, y sintiendo ya acaso cómo su viejo y estéril desconcierto, carente hasta entonces de una finalidad real, reunía sus anhelos erráticos en torno a una ansiedad imprecisa pero a la vez inconfundible. Porque hasta esa noche, su mente había albergado el estruendo del mar y el de la guerra, el número de pasos que llevaba andados por el mundo, la vaga tribulación de los latines, las cosas magníficas del arca y poco más: unos cuantos ruidos e imágenes que interminablemente se combinaban para componer su pasado, su presente y hasta el diseño de su porvenir. Pero ahora su memoria estaba llena de objetos nuevos y distintos (los bailes y las músicas, el Oldsmobile blanco, el carrito dorado, el dragón marino, los brillos y las risas, las dos doncellas, la del cuadro y la otra, y tantas y tantas cosas más), y todos ellos parecían haberse conjurado para formar un sentido indivisible cuyo significado Esteban era incapaz de comprender, pero que percibía simbolizado en el hallazgo más extraño y espléndido de esa noche: la sonrisa de plata de Sofía Sánchez. Cada vez que recordaba aquellos alambres tan inverosímiles como hermosos, sentía en el estómago una punzada de dolor, y tenía que pararse y juntar sus fuerzas para hacerse cargo de tanto enigma y tanta maravilla.

Cuando su padre lo oyó venir se adelantó al camino con un farol en alto, pero él pasó de largo, empotró el vehículo contra las bardas del corral, entró en la cocina sorteando las solicitudes de su madre y fue a sentarse en una silla baja frente a las cenizas todavía tibias de la lumbre. Y cuentan Manuel y Leonor que cada vez que le preguntaban por los motivos del retraso, él contestaba con un aspaviento irrebatible, y en una ocasión hasta agarró a dos manos la silla y, sin levantarse, brincó en ella para situarse de espaldas a la pregunta. Hubo un largo silencio y un grillo se puso a cantar en las vigas del techo, como dando por zanjado el interrogatorio. Así que Manuel y Leonor se fueron a acostar, pensando que ya aclararían el asunto a la mañana siguiente. Pero al rato el grillo se calló y oyeron un gemido ronco, como de alguien que se debate en una pesadilla. «¿Qué le habrá pasado a este muchacho?», se preguntó Leonor. «Quién sabe. A lo mejor se ha metido en el cine o está pensando en el mar», contestó Manuel. Durante algún tiempo estuvieron oyendo alternativamente el grillo y el gemido, hasta que al fin el grillo decidió compartir su suerte con la del gemido y unieron sus fuerzas en un objetivo común y en una única tristeza, y con tanta solidaridad que, ahora, cada vez que el gemido cesaba, el grillo se callaba también. «Desde luego, parece un número de circo», dijo Leonor. «Sí, ha debido de ver una película de aviones», completó Manuel su razonamiento.

Y cuentan que con el sonsonete se durmieron y que cuando despertaron empezaba ya a clarear. Para entonces había concluido el concierto y en su lugar se oía un trajín secreto y numeroso, que algo tenía también de conspiración entre los dos artistas. «¿Qué hacemos por ahí?», gritó Manuel. «Enciendo lumbre», dijo Esteban. Pero poco después el trajín creció en aplicación e intensidad. Primero había sido un estropicio sordo, meticuloso y ruin, de avaro trasegando monedas, pero ahora parecía la tarea de gente condenada a hacer mudanza perpetua en el infierno. «Pero, ¿se puede saber qué estás enredando?», preguntó Leonor. Y él, «esto es la guerra», murmuró, y siguió trajinando. «A lo mejor se imagina que va en un barco y hay tormenta», dijo Manuel. En ese instante se oyó un golpetazo y un aullido de triunfo, seguido de un profundo silencio. «¡Dios mío, qué harás!», dijo Leonor. Saltó de la cama, corrió a la cocina y encontró por el suelo, en un desorden de naufragio, todos los cachivaches que Esteban había ido sacando a puñados del arca y esparciendo a su alrededor hasta encontrar lo que buscaba: la casaca militar de gala, y algunos otros objetos del botín de guerra.

—¡Traiga usted eso acá! —dijo Leonor, e intentó arrebatársela.

Forcejearon unos instantes en silencio, mientras se oían los primeros gallos, y tan confusa debía de ser la brega a la poca luz del amanecer que, al entrar en la cocina, Manuel se figuró que porfiaban entre los dos para reducir a una alimaña o a un ladrón, y se aprestó a entrar en la refriega. Entonces Esteban, al ver venir a su padre, de un tirón arrebató su presa, cogió algo del suelo y salió corriendo y gimiendo de la casa. Y cuentan que al rato apareció tras el establo con la guerrera puesta, además de unos gemelos de campaña al cuello y la insignia de tanquista en la gorra de visera, y denegando con la cabeza, en una expresión de amenaza y de súplica ante el temor de que alguien intentara disputarle aquellas pertenencias. Sólo cuando Manuel le prometió que nadie iba a quitarle nada, y que además le regalaba todo para siempre, se animó a dar un rodeo y a entrar en la cocina.

Encendieron la lumbre, y cuando estuvo alta, Leonor le preguntó:

—Vamos a ver, ¿para qué quieres ahora vestirte así?

El la miró desde el confín de la memoria, como si no

la reconociese, y sólo después de varios intentos consiguió juntar las tres palabras:
—Voy a casarme.
—¿Casarte tú, hijo? ¿Y con quién?
—Voy a casarme como tú, padre. Voy a casarme con la señorita Sofía Sánchez, y a tener hijos y a contarles historias por la noche.
—¿Sofía Sánchez, la hija de don Celestino Sánchez? —preguntó incrédula Leonor.
Y Esteban ensayó una sonrisa y asintió con una expresión feliz e iluminada.
—¿Casarte tú con la hija de don Celestino Sánchez? Vamos, hijo, qué cosas se te ocurren, si eso no puede ser —dijo Leonor, dando por concluido el asunto.
—¿Que no puede ser? Díselo tú, padre, díselo si puede ser o no.
—Pues verás, yo también creo que eso no puede ser —razonó entonces Manuel—. Yo creo que esa mujer no es para ti. Por de pronto nosotros somos pobres y ella es muy rica, y vive hoy en una ciudad y mañana en otra. Y además esas mujeres no son para casarse. Como dijo Thomas Fuller: «Lo más próximo a la felicidad de no tener mujer, es tener una mujer buena». Y ya verás cómo tú con el tiempo encuentras también una mujer que te quiera y que sea de tu mundo. Así que olvídate de esa manía y quítate la casaca. Si te ven con ella se van a reír de ti, y Sofía Sánchez la primera.
Pero Esteban ya no escuchaba. Desde las primeras palabras, se había ido dibujando en su cara un gesto admirado de escándalo.
—¿Pobres? —dijo—, ¿nosotros pobres? —y antes de dar tiempo a la respuesta recogió del suelo el reloj de bolsillo, una estilográfica, la máquina fotográfica en miniatura, la pistola, un puñado de condecoraciones y otros cuantos objetos, y mostrando las manos llenas a su padre, repitió—: ¿Pobres?
—Todo eso junto no vale ni mil duros —dijo Manuel.

Y Esteban no entendió. Se miraba las manos y miraba a su padre, como indagando en cuál de los dos puntos estaba el absurdo de aquella afirmación.

—Pobres —susurró al fin, como deslumbrado por una evidencia—. ¿Es que todo esto no es un tesoro?

—Desde luego que no. Eso son sólo recuerdos.

—¿Y la Levantinita?, ¿y la huerta?, ¿y los chivos?, ¿y la radio?, ¿y el carro del reparto? —enumeró, intentando quizá calcular la distancia que mediaba entre aquellos efectos y el Oldsmobile, el dragón marino, los cuadros, los espejos, los trajes de noche, el carrito de bebidas y los animales africanos. Pero Manuel lo atajó y se puso a explicarle en qué consistía ser rico de verdad.

Comenzó por decirle que ser rico era tener una casa grande como un palacio, y mansiones en las playas, y automóviles, y hasta barcos y aviones privados, y era tener criados y doncellas, y hacerse servir en la mesa con manteles de hilo y cubiertos de plata, y tener tratamiento y ser un caballero, y viajar mucho, fumar habanos, hablar a todas horas por teléfono, vestir de estreno y a medida, firmar papeles, pasearse por un jardín y no preocuparse nunca del mañana. Y Leonor: «Y también es comer lo que uno quiera, ir al teatro y estar desocupado todo el día». «Sí, así vive la gente gorda», convinieron los dos.

Esteban escuchó con la boca pasmada y luego, tras un laborioso silencio, preguntó qué había que hacer para llegar a rico y ser un caballero. «Pues no lo sé muy bien», dijo Manuel, pero aun así explicó que la forma más rápida era ganar en la lotería o acertar la quiniela. «Qué más», dijo Esteban. Y Manuel abordó entonces el mundo de las finanzas, y habló de corretajes, créditos, compraventa, divisas, exportaciones, mayoristas, monopolios, fondos y valores. Y Esteban: «Más», reclamó. Y Manuel habló de robos, contrabando, secuestros, estraperlo, usuras, fraudes, estafas, falsificaciones... «Más», lo interrumpió Esteban. De modo que finalmente Manuel aseguró que también por el trabajo y el ingenio podía llegar uno a enriquecerse y ser un caballero, y puso el ejemplo del hombre que había inventado la cremallera y ganó de golpe una fortuna, o de aquel otro que, después de ahorrar, se compra una furgoneta, adquiere mercancías y las vende ventajosamente en otra parte, y con lo que gana se compra otra furgoneta, y luego un camión, y más mercancías y camiones, hasta tener una empresa internacional de transportes. «Más», dijo Esteban. Pero ahí Manuel no supo ya qué decir. Tras unos momentos de incertidumbre, durante los cuales Leonor dijo que tampoco era necesario hacerse rico para ser feliz, Esteban le preguntó a su padre cuántos pasos llevaba andados por el mundo. Manuel fue a por el cuaderno: 28.783.592 pasos. Entonces él le arrebató el cuaderno y lo tiró al fuego, y acto seguido hizo lo mismo con la libreta que guardaba en el peto del mono. Luego se levantó, se descolgó los gemelos de campaña, se arrancó la insignia de la gorra, se quitó la guerrera y dijo: «Voy a sacar los chivos. Y que sepáis que mañana mismo voy a empezar a trabajar para ser rico y convertirme en un caballero». Desde la puerta, Manuel y Leonor lo vieron arrear el rebaño, y cuentan que, cuando estuvo lejos, se sentó en una piedra y estuvo allí toda la mañana, golpeando con un palo en el suelo y mirando siempre al horizonte.

VIII

Había sucumbido a la pasión de la soledad y la lectura en la adolescencia, o quizá antes, cuando desde el primer día de escuela los otros niños y muchachos encontraron en él —es de suponer que porque su carácter indeciso, su figura frágil y sus modos un tanto atildados discrepaban con la imagen tremenda de su antepasado, el Conquistador—, un motivo inagotable de burla. Le llamaban el Chilenito, y a veces la Chilenita, y no perdían ocasión de mortificarlo incluso fuera de la escuela, así que entre eso y entre el pánico que había contraído después del episodio de Contreras a los espacios abiertos, al mundo y a su propio destino, muy pronto empezó a refugiarse en casa como en una madriguera, y no se atrevía siquiera a asomarse a la calle. Vivía en la placita de Ultramar, en lo que originalmente había sido una recia casona de indiano de dos plantas de piedra y otra para desvanes, con un patio renacentista que ahora tenía ya algo de corral, cuatro balcones de forja, que antes fueron siete, y un portalón en arco con herrajes y llamadores de bronce que eran bolas del mundo en garras de león. En la fachada y en el patio, casi borrados los blasones por el tiempo, aparecía el escudo de armas. Se distinguían aún, entre la geometría mellada de los cuarteles, un resto de yelmo, y unos pétalos rotos de violeta o jazmín.

Aquel caserón, ya entonces destartalado, reducido y parcheado de ladrillo y cemento, lo había hecho construir hacia 1550 su ilustre antepasado don Quintín de Vargas y Ventura, que después de haber participado en los descubrimientos y expediciones de Pedro de Valdivia en Chile y haber regresado con dos arcas repletas de pesos fuertes y perlas de Cubagua pero enloquecido de amor, llegó a aquel pueblo siguiendo el rastro de la amada, que era una monja bernarda que vivió contemplativa hasta su muerte en un convento del que sólo quedaban ya los muros y, a cielo abierto, unos lienzos de bóveda. En la sala principal de la casa, sobre un cubertero inglés de madera de raíz, había un retrato suyo de tamaño casi natural, donde entre los tonos del betún se distinguían apenas la blancura de unos encajes bizantinos, el brillo insomne de los ojos, el de los gavilanes de la espada, el de la barba rubia, el de un ópalo en la mano exánime cruzada sobre el pecho, el de las botas de cordobán morisco y poco más, pero que era suficiente para adivinar el carácter altivo y profundamente triste del Conquistador. Y en los desvanes se conservaban algunas reliquias de entonces: una piel de caimán, un cuerno de pólvora, unos zapatos con suela de piel de manatí y, entre otras cosas, una crónica autobiográfica de diez pliegos donde empezaba contando su viaje a Sevilla y la travesía en el galeón *Virgen de Guadalupe* para enseguida, saltando por encima de tantos hechos memorables, desembocar en una letanía desolada de silvas y tercetos de amor. Y refería la tradición que don Quintín llegó de la conquista y arrastró sus dos arcas por media España antes de dar con el convento donde vivía su amada, a quien llamaba en los versos «cruel Diana imperial», y cómo todos los días durante quince años asistió a misa de maitines para oírla cantar hasta que un domingo de Ramos, durante la Consagración, se volvió al coro y con una daga puso fin a su vida. «¡Diana imperial!, ¡Diana imperial!», dicen las lenguas que fueron sus últimas palabras.

De aquellos tiempos de esplendor sólo quedaba hoy el caserón menguado y el prestigio de las reliquias y las ruinas. Lo demás, los blasones, los pesos, las perlas, los encajes, el fulgor del acero, la resonancia de los apellidos, todo eso, lo habían convertido los años en humo y en leyenda.

Y humo y leyenda fue lo que encontró Belmiro Ventura cuando se refugió en los desvanes para escapar a los peligros y mudanzas del mundo. En una alacena, entre algunos libros de la época de la conquista, descubrió dos breves manuscritos donde su bisabuelo y otro pariente del siglo XVIII habían emprendido y abandonado la biografía del prócer. Belmiro Ventura leyó en ellos la relación ardiente de hechos atroces y magníficos, que vinieron a reforzar su conjetura de que la vida era en efecto un miserable nudo de pasiones, un agua inconstante que no admitía remansos ni daba tregua a la vicisitud.

Fue así como empezó a aficionarse a la soledad y a los libros. Un día, sin habérselo propuesto, se levantó recitando una larga lista de los virreyes, auditores y gobernadores de las Indias, y al otro se aprendió de carrerilla el censo de los pueblos que combatieron en las guerras del Peloponeso, y entonces se sintió tan milagrosamente seguro de sí mismo que una mañana, al llegar a la escuela, pasó ante sus compañeros erguido, sereno, fijos los ojos en algún punto secreto del aire, sin oír las burlas y siseos, atento sólo a su salmodia erudita («beocios, megarenses, ampraciotas, anactorios, quiotas, mesenios...», enumera aún hoy sin otro titubeo que el de la edad y el escepticismo), recitándola para sí como una plegaria o un ensalmo. Y de ese modo, para escapar a las perfidias y accidentes del mundo, se encontró con la decisión tomada de consagrarse de por vida a los trabajos y placeres de la erudición. Nada le gustaba más que adentrarse en el pasado histórico, en aquellos hechos acotados a los que ya nada podía quitarse ni añadirse, con sus terrores contados y medidos, y con sus glorias ya aplaudidas y a salvo por tanto de circunstancias y de azares. Y entonces sí, entonces fue como si hubiese conseguido hacerse en verdad invisible, porque ya apenas se le vio fuera de casa, y cuando los ociosos del banco de aquellos años quisieron fijarse en él, se encontraron con un desconocido, un jovencito trajeado de oscuro e insólitamente grave para su edad, que andaba con pasos reflexivos y lentos y que parecía invulnerable a la curiosidad del prójimo. El mismo que, apenas terminada la guerra (que la pasó encerrado en su casa, enriqueciendo su visión desolada del mundo y remachando definitivamente la determinación de vivir al margen de los torbellinos de la vida), se marchó a estudiar a Madrid, y el mismo que regresó con los estudios brillantemente culminados y al que luego, convertido ya en catedrático de historia, los cronistas del banco verían ir o venir todos los días lectivos durante doce años, vestido siempre con trajes académicos, y en invierno con un abrigo de estilo inglés y guantes de ternera, y con la misma cartera profesoral de cuero negro que usaría ya para los restos, avanzando lento y absorto, como si caminase por los espacios y las fechas de sus propias cavilaciones, y que al pasar frente a la hilera de caras giratorias saludaba con una cabezada distante y cortés y seguía hacia su casa, de donde ya no volvería a salir hasta la mañana siguiente. Muchos jugaron a calcular el tiempo que tardaría en sucumbir al desaliento o a la inercia y en sumarse a los modestos pero infalibles placeres provincianos; sin embargo, pasaron los años y él continuaba allí, enclaustrado en el caserón, levantándose con el alba y acostándose con las campanadas de la medianoche y devorando los cargamentos de libros que cada algunos meses recibía de su librero de Madrid.

Desde entonces, y hasta el día en que cumplió sesenta años, Belmiro Ventura había leído 4598 libros. Lo sabía con exactitud porque de cada libro había hecho un resumen y un comentario crítico, además de anotaciones muy diversas, bien en agendas y libretitas de colores, bien en los márgenes y anteportadas de los propios libros. Los comentarios ocupaban 79 cuadernos grandes, y los resúmenes 85, a todo lo cual había que añadir casi un centenar de libretitas y agendas donde había ido apuntando en cualquier orden noticias curiosas y observaciones marginales, y desde luego las 15.000 fichas temáticas, además de muchos montones de hojas sin clasificar, con datos y reflexiones sobre pintura, música, filosofía o cuestiones científicas, y que guardaba en grandes cartapacios amarrados con cintas de colores. En otros tiempos había leído con un fin inmediato y concreto. Su primer proyecto, que urdió en los hervores de la adolescencia, fue el de completar de una vez por todas la biografía del Conquistador, que ya habían intentado sin éxito otros dos miembros de la estirpe. Durante sus años de estudiante en Madrid, descifró manuscritos, revolvió archivos de biblioteca, legajos de sacristía y trastiendas de librerías de viejo, pero las noticias que reunió sólo alcanzaron para sacar en limpio unos cincuenta folios, que años después publicó extractados en una revista especializada y en una separata editada a su costa. Sin embargo, inspirado en la afición que le tomó a la conquista, sobre ese proyecto vino enseguida a superponerse otro más ambicioso: el de hacer una tesis doctoral que explorase el origen y desarrollo de las ideas renacentistas en la América española. Pero, apenas se sumergió en la época, quedó tan deslumbrado por el Renacimiento, tan felizmente envuelto en aquel espacio clausurado, sereno y luminoso, que siguió ampliando la bibliografía hasta desbordar y desechar por angosto y accidental el tema de la tesis. Y según se adentraba más y más en aquel mundo espléndido, que muy pronto aprendió a conocer mejor que el de su propio tiempo histórico (para entonces sus padres habían muerto y él se había trasladado a Madrid), un tercer proyecto se encabalgó definitivamente sobre los otros dos. Poco a poco, y sin saber cómo, fue surgiendo la idea de que podía aprovechar el motivo del primer intento, la biografía, para componer una vasta historia apenas novelada en torno a cinco o seis generaciones ficticias, pero absolutamente rigurosas en todo lo demás, que abarcase desde la invención de la imprenta al inicio de la Revolución francesa, y cuyos protagonistas no fuesen tanto los personajes como el laberinto de ideas, acontecimientos y pasiones a través del cual se origina y desenvuelve el espíritu de la edad moderna. Calculó con una especie de vértigo alborozado que, antes de pensar siquiera en emprender aquella obra monumental, iba a necesitar muchos años, quizá veinte o treinta, de dedicación completa a la reflexión y al estudio. Pero eso no le importaba, sino muy al contrario, porque para entonces ya había descubierto el placer de la soledad laboriosa y ascética y la garantía de los espacios estables y privados, allí donde la existencia y hasta la historia se remansan y cesan en su flujo fatídico, y tanto como la meditación y la lectura, o el mero afán de conocer mejor el mundo, le gustaba el orden de su vida, gobernada por la serenidad y la virtud, como los sabios estoicos, aquellos varones ejemplares que, frente a los diezmadores de tigres y buscadores de tesoros, habían sido los verdaderos héroes de su adolescencia. De tal manera le seducían sus propios ritos, y la exactitud de sus placeres solitarios, que en adelante ya no sintió el apremio de emprender la obra, y hasta se olvidó de ella, y si alguna vez la recordaba, la remitía de inmediato al limbo de las cosas siempre postergadas pero que se supone que habrán de cumplirse por sí solas cuando les llegue el momento propicio, ocasión feliz que no elige uno sino el destino, el azar, o la propia e implacable inercia de los hechos. Y en esa confianza vivió hasta el día en que, en efecto, el suceso tan largamente pospuesto cayó sobre él con la misma furia bíblica con que el sol prematuro y ardiente había calcinado en un instante su jardín clandestino.

«Sesenta años», volvió a decirse, sin dar crédito, sin entender el alcance exacto de aquel número pero sintiéndose amenazado por él e imaginándolo a veces como un águila que gravitaba sobre su futuro. En ese estado de ofuscación llegó esa mañana al instituto, subió los cuatro escalones con una lentitud que en otro tiempo —incluso ayer mismo, evocó pródigo— podía haber sugerido el vigor latente de un arco en reposo y que ahora le parecía de una torpeza obstinada y estéril, saludó al bedel (que se adelantó trascendente unos pasos para corresponder con una cabezada servicial), enfiló un pasillo y entró en el aula perseguido por los malos presagios.

Sus alumnos, a los que llamaba de usted y trataba con la misma cortesía exquisita e inescrutable que usaba para todo el mundo, quizá no lo escuchasen, y hasta puede que por la letanía de la costumbre ni siquiera reparasen en aquel hombre enjuto de modos académicos que todas las mañanas desde hacía muchos años subía al estrado, extraía algunos útiles pedagógicos, los desplegaba sobre la mesa, dejaba la cartera a sus pies (y siempre había en ese instante un cuchicheo festivo, quién sabe si porque, al ver la cartera desceñida de hebillas y correas y como aliviada voluptuosamente de su carga, estuviesen viendo en ella al propio dueño aligerado de ropa y apeado por tanto de su dignidad profesoral: quizá ése era el lado cómico del asunto), se recogía unos momentos en sí mismo e iniciaba la exposición. Su voz era grave y disertadora, con mucho caudal erudito, y los jóvenes la oirían con la misma incredulidad soñolienta con que miraban la cartera: al fin y al cabo como a dos estantiguas que se hubieran confabulado contra la ardiente y despreocupada juventud. Sin embargo, también se habían acostumbrado a respetarlo, aunque sólo fuese porque la exactitud y la severidad iban acompañadas siempre por la tolerancia, y nunca nadie lo había oído alzar la voz ni menos aún hacer un aspaviento. Le era suficiente, en último extremo, mirar con un pronto fulgurante de halcón para restablecer la frontera entre lo tolerado y lo prohibido. Todo lo razonaba con una paciencia amable y rigurosa. Si alguien tenía una duda, se la resolvía sin prisas y al instante, y si ignoraba la respuesta, le bastaba inclinarse hacia la cartera y meter la mano en aquellas honduras para encontrar la solución. Los exámenes los devolvía minuciosamente corregidos. En un redondel verde encerraba las faltas de ortografía; las de sintaxis, en un redondel amarillo; las de léxico, en azul; las de concepto y orden expositivo, en círculos rojos, y si el error era muy grave, con advertencias en forma de rayos, flechas y exclamaciones. Al final, el examen semejaba una traca de fantasía. Cada quincena hacía inspección de cuadernos de apuntes, y los exigía limpios, claros y concienzudos, a imagen y semejanza de sus disertaciones y de su propio ejemplo personal. Y toda esa liturgia venía a ser una representación exacta de su vida: la pasión por el orden, el anhelo de rodearse de fidelidad y de decoro, el rechazo de la vicisitud y el descanso en la permanencia, la comprobación en cada instante de que era dueño de un territorio invulnerable a los ultrajes y caprichos de la actualidad. Porque su tiempo, en efecto, era otro, y por eso unos minutos antes del final de la clase, se apresuraba a rescatar la cartera y, desembocando en los desmayos de un tono conclusivo, distribuía por ella el bagaje didáctico, se levantaba, bajaba del estrado y, ya junto a la puerta, remataba el discurso. Justo en ese instante sonaba el timbre, cuya duración era la tregua que él necesitaba para ganar el pasillo y escapar a los gritos, carreras y saltos de los jóvenes, a aquella explosión de vitalidad que era lo que peor llevaba de su oficio.

También con sus colegas mantenía un trato distante y ponderado. Durante el recreo, se refugiaba con su socio en el seminario y, cuchillo en ristre, la servilleta al cuello, daba cuenta de la infusión y la manzana. Le gustaba comer en soledad, y también en la pensión evitaba las comidas espesas, de unte y cuchara, y aún más las sobremesas frívolas y hombrunas, con humazo de puros, licores, anécdotas mercantiles y sobrentendidos de mujeres. Luego, en los minutos libres del recreo, leía algunas líneas y las meditaba. Al lado, su socio, solidario y ecléctico, agachaba las orejas y también por su parte se entregaba al ensueño de estar a punto de ser un animal de compañía.

Pero aquella mañana despachó las clases sin voluntad ni inspiración, comió con bocados ausentes y hubo de volver cuatro o cinco veces sobre la misma frase para enterarse de lo que leía. Desde el seminario, miraba por entre la persiana el chorro continuo de la fuente en el patio y oía las voces de los jóvenes, y una tristeza antigua, que era la misma tristeza salada que había sentido de niño al asomarse a las calles vacías las tardes de domingo, lo iba ganando por momentos. El episodio de Contreras y la imagen del jardín agostado empezaban a colmarlo como un peso físico o una punzada de dolor. «Sesenta años», se dijo, y de nuevo intentó calcular el tiempo que le quedaba por vivir. En cualquier caso, no había que hacer muchas cuentas para adivinar que el plazo sería por fuerza breve si lo comparaba con la amplitud del tercer proyecto, e incluso del segundo, o sencillamente con los libros fundamentales que le faltaban por leer. Bien pensado, entre horario lectivo, preparación de clases, corrección de exámenes, paseo de sobremesa y otros compromisos menores, nunca había dispuesto de mucho tiempo libre para sí mismo. Bien pensado, quizá su vida no había sido tan laboriosa ni fructífera como él había dado siempre por supuesto, y se rascó el cogote, deslumbrado por aquella sospecha. En la fuente había un hervor de avispas, y el resplandor vibrante del sol ponía en el conjunto un temblor borroso, y así es también como se le presentó de pronto la imagen de su propio futuro. «Ah, pobre Belmiro», se dijo entonces, oyendo por dentro, clara y alta, la profecía inapelable de su voz, «te morirás sin leer esos libros, y tu vida y tu obra quedará a medio hacer.» Y además, siguió elucubrando, ya pronto empezarían a menguarle las energías y a flaquearle la memoria, vendrían los primeros achaques, y por esas grietas irían entrando luego, una a una o todas a saco, las miserias propias de la vejez. Quién sabe si tendría entonces que refugiarse en un asilo, sufrir humillaciones, calzar quieras que no zapatillas de fieltro a cuadros, tomar el sol recostado en el muro de un patio de tierra, haciendo hilera con otros viejos, llevar en el bolsillo un pañuelo sucio e indistinto para los mocos y las lágrimas, andar temblón por un pasillo con la garrota por delante, aguantar rapapolvos y carantoñas de monjitas, hacer pucheros, derramar la sopa, ver la televisión en grupo las tardes de invierno, oír villancicos en Navidad, toser y gruñir y esperar a la muerte mientras recordaría vagamente a Tiziano, a Maquiavelo o a Mozart. Pero, sobre todo, pensó de pronto con un escalofrío de pánico, ¿qué iba a ser finalmente de sus libros y de sus cuadernos y papeles, y de su música y de su colección de láminas de arte? Sin esfuerzo ni error, vio cómo su biblioteca se vendía en almoneda y se fragmentaba en tenderetes callejeros, y cómo todo lo demás concluía, rematado al peso, en una trapería, o reciclado en prospectos publicitarios, guías telefónicas y periódicos sensacionalistas. En efecto, la ruina repentina y absoluta del jardín era la imagen exacta de lo que había de ocurrirle a él mismo y a sus cosas. Y fue entonces cuando, conscientemente, se le reveló el absurdo de que su saber, reunido con tanto trabajo y amor durante tantos años, habría de perderse con él, de golpe y para siempre. En ese instante sonó el timbre. Belmiro Ventura distribuyó por la cartera el termo, la servilleta y el cuchillo, sin prisas, dando tiempo a que los estudiantes entrasen en las aulas y cesaran sus gritos. Ahora, en el patio callado y solitario, podía oírse lejano, casi irreal, el surtidor de la fuente. Lo oyó como el parloteo ilegible de su propia conciencia, y siguió oyéndolo sin entender nada cuando cerró la puerta y echó a andar como si avanzase ya por el pasillo del asilo y la cartera fuese su garrota de viejo. Jamás había experimentado aquel sentimiento de postración, ni aquel desánimo sin retorno que lo incitaba a imaginar su vida como un pañuelo a medio uso encontrado en el bolsillo de un suicida o de un soldado muerto en las trincheras de Verdún.

Ahora, en estas tardes de entrega incondicional al tiempo, sin otra expectativa que la llegada de un forastero o del anochecer, Belmiro Ventura accede a recordar que aquel día, y por primera vez en su larga carrera docente, pretextó una indisposición para no entrar en el aula y salió a la calle oyendo a lo lejos un tumulto que confundió al principio con el monólogo del agua y el suyo propio sonándole de memoria en la oreja. Era algo así como la impresión de fragor o el espejismo sonoro que puede sugerir la contemplación de un hormiguero, sólo que aquel torbellino estaba formado por pensamientos e imágenes que se entrecruzaban y sorteaban milagrosamente como un tropel callejero visto en cine mudo. Iba pensando en su desánimo, en sus libros y papeles saldados en la Cuesta de Moyano o en el propio Rastro por mercachifles y feriantes con batas de tendero o patillas flamencas, en los sesenta años, en las enfermedades, en el asilo y en la sopa derramada, y en el pañuelo a medio uso y en el jardín arruinado por el mismo sol inmóvil que lo obligaba a caminar pegado a las paredes y ligeramente encogido, como si temiera que le fuesen a dar un pescozón. Pero también pensaba en las tardes dignas y apacibles bajo el laurel del patio donde había jugado tantas veces de niño y en el miedo a no atreverse a emprender la fuga hacia una nueva vida, y no sólo por falta de coraje sino también por convicción: al fin y al cabo —había concluido cada vez que hubo de ahuyentar aquel fantasma—, allí no iba a descubrir nada esencial que no pudiera hacerlo en cualquier otra parte, con la ventaja de que, dentro de cinco años, cuando lo jubilaran por la vía reglamentaria, se encontraría con la decisión tomada, y a salvo por tanto de toda posibilidad de error. Prudencia, prudencia, ésta era la tabla salvadora en aquella mañana de naufragio.

Pero, mirando al futuro, cinco años le parecían ahora lo equivalente a casi media vida. Se sentía viejo, superviviente en un mundo que ya no era el suyo y dueño de un saber en el que había empeñado la existencia y que desaparecería con él sin el más leve indicio de condolencia o gratitud, y sin que nadie sospechase siquiera que había existido alguna vez. «Sí, debería marcharme, porque quizá aún es tiempo de ordenar mis cosas, salvarlas de la destrucción y legarlas a la posteridad.» ¿Qué hacer?, se preguntaba, sin esperanza de encontrar una respuesta, y siguió caminando al azar de su devaneo pero guiado inconscientemente por el tumulto que venía oyendo desde que salió del instituto y en el que creía reconocer el rumor de su incertidumbre, sólo que ahora parecía sonar más cerca y, lo que era más extraño, también algunos viandantes corrían alarmados y embarullados como insectos al levantar una piedra, y a lo lejos podían divisarse a otros que se acercaban desbandándose a la carrera y que semejaban fragmentos de una explosión cuyos ecos empezaban ya a saturar el ambiente. Belmiro Ventura, desconcertado ante una realidad que encajaba como de molde en la imagen caótica de su conciencia, e incapaz de escapar tanto de una como de otra, continuó su rumbo absorto, pensando en el asilo y en el laurel y en cómo era posible haber caído en un desánimo tan hondo y tan ruidoso, mientras oía acercarse aquel fragor que ya no entendía muy bien si era real o figurado, hasta que de pronto salió a una plaza y se vio envuelto en una algarada callejera.

No sabía exactamente en qué punto de su trayecto habitual se encontraba, si es que se encontraba en él, ni qué es lo que ventilaban a golpes y a gritos los dos bandos en liza. Eran varios cientos, y muchos iban enmascarados con pañuelos o pasamontañas y esgrimían cadenas y estacas deportivas. Al parecer, los oponentes comenzaban a subdividirse en facciones pequeñas y hasta en refriegas singulares, y todo era un galimatías de carreras, repliegues, reagrupamientos, incursiones, amagos y estampidas. Belmiro Ventura, indefenso y perplejo en mitad de una acera, no sabía qué hacer. No recordaba haber estado nunca en aquella plaza, o quizá era imposible reconocerla entre la niebla de los botes de humo y la distorsión de las proporciones por efecto de la gritería y la confusión y de los espacios despoblados, aquella tierra ultrajada de nadie que aún separaba al grueso de los contendientes y donde había ido él a parar siguiendo el rastro sonoro de su rebatiña mental.

Por los gritos y consignas de unos y otros, y por los himnos que descollaban en alguna invisible retaguardia, supo que la trifulca era entre falangistas y comunistas. Recordó que unos meses antes, cuando legalizaron el Partido Comunista, él había vaticinado escenas semejantes a aquéllas, y no porque no creyera en la madurez de sus compatriotas, de la que tanto se había hablado en aquel tiempo, sino porque desde hacía muchos años había perdido la fe en el hombre, en aquel simio aventajado que parecía haber inventado la razón para mejor apurar las ocasiones de la inclemencia y de la infamia, como un niño que juega, por maldad y hastío, a romper el juguete que él mismo construyó. Y en esa reflexión estaba cuando vio venir hacia él a algunos jóvenes cortando la plaza en zigzag y perseguidos de cerca por un grupo de enmascarados que agitaban zurriagos de hierros. Los oyó vocear: cabrones, fascistas, criminales, rojos de mierda. Vio surgir y pasar entre la niebla un caballo oscuro montado por un jinete al que el uniforme y el casco de plexiglás le otorgaban una envergadura de gigante galáctico. Huyendo de él, y de los corredores, Belmiro Ventura se juntó a la pared y trotó junto a ella con la intención de escabullirse por la bocacalle más próxima. Y la alcanzó, pero con tan mala fortuna que justo entonces fue a toparse con otro grupo que desembocaba en la plaza atropelladamente y que lo arrolló a su paso, dejándolo sentado como a un borrachín caído del cielo contra la arista de la esquina.

Tardó en darse cuenta de que al caer había perdido la cartera. La vio alejarse entre un bosque de piernas que, acaso extendiendo a ella la rivalidad, la golpeaban de aquí para allá, la lanzaban al aire y se la disputaban como una pelota en un patio de escuela. Era difícil seguir su trayectoria, y más cuando cedieron las correas y los broches y la carga empezó a dispersarse. Lleno de ira y de piedad, vio cómo rebotaban y volaban y eran pisoteados sus útiles didácticos. Allá iban todos: cuadernos, libros, material de escritura, el termo, el puntero, el plumier, los papeles, arrastrados y desacreditados y agitándose como náufragos en demanda de auxilio, y con quien más se ensañaban era con la propia cartera que, ya vacía, semejaba un pelele víctima de un manteo, una pavesa danzando entre las llamas, una doncella zarandeada y escarnecida tras la violación, todo eso y más imaginó Belmiro Ventura desde su pobre observatorio.

Cuando pasó el vendaval, vio que su socio yacía destripado allá lejos, en mitad de la calle ahora desierta, casi fantasmal, entre cristales rotos, cartones quemados y trozos de adoquines. Entonces Belmiro Ventura se sintió profundamente solo, pero también supo que su soledad era un modo milagroso de estar al fin en paz consigo mismo. Y era una paz que no nacía del desamparo ni de la complacencia sino de una lenta apertura de su voluntad hacia el horizonte de un porvenir que de pronto le pareció luminoso y magnífico. Rehusó la ayuda de algunos transeúntes para ponerse en pie, y no se detuvo a recoger sus pertenencias, y ni siquiera se volvió para mirar a su socio por última vez. Se compuso el traje, se ajustó la pajarita, esbozó una reverencia y se marchó. Eso fue todo, y la sociedad quedaba disuelta. Esa tarde, mientras escuchaba de nuevo a Domenico Scarlatti, cerró los ojos y comprobó que, en efecto, su vida había alcanzado un remanso definitivo de paz. Pocos días después solicitó la excedencia y, cuando se la concedieron a mitad de septiembre, escribió de inmediato a los Tejedores, sus parientes lejanos, para que le fuesen buscando una mujer que lo asistiera, porque en menos de un mes esperaba hacer la mudanza completa.

Así que cuando en octubre levantó la copa en el banquete de despedida y homenaje para corresponder al brindis, el sol repentino y violento le trajo intactas las imágenes desdichadas del día en que cumplió sesenta años. Se miró en el espejo sin saber qué decir. El vino de la comida le había nublado la mente y sentía que la voluntad, como si fuese un perrillo faldero, se escapaba unos pasos de su servidumbre para recrearse en unos volatines de expansión.

Pensó en decir que el hombre, que había perdido su soberanía debajo de un árbol, debajo de un árbol habría de reencontrarla, pero al final se limitó a dar las gracias a todos y a apurar la copa de una vez. Le entregaron un diploma y una bandeja. Se vio en el espejo intercambiar gestos con el director y recibir los dones. Luego esbozaron un abrazo, él con las manos ocupadas y el director con las suyas todavía declamatorias. Debió de ser por el alcohol, pero le pareció como que intentaban torpemente bailar un fox lento. Y aunque siguió mirándose en el espejo, en realidad se estaba viendo debajo del laurel, leyendo a Montaigne y escuchando *El elixir de amor*. «Sí, aún es tiempo», se dijo, y tan contento estaba con la perspectiva del futuro, que pidió que le llenaran otra vez la copa y otra vez la vació de un trago, como si con ella apurara los últimos escrúpulos, y los temores, y las incertidumbres y los malos presagios.

IX

Contaba una mujer, María la Bonita de nombre, que una madrugada de septiembre, cuando llegó para abrir su despacho de pescado en la Plaza de Abastos, ya estaba Esteban esperando frente a la puerta principal. «Se movía con la impaciencia de un perro en día de caza. Cuando alcanzaba la punta de la puerta, como si el largo de la cuerda diese justo hasta allí, se paraba con un repente brusco y salía rebotado en dirección contraria, y otra vez a empezar. Luego se quedó quieto mirando cómo abríamos las puertas, con la cabeza ladeada, como los perros que hacen por entender, y así estuvo hasta que vio venir el motocarro del pescado. Entonces, sin preguntar ni pedir permiso, como si ya estuviese todo convenido, rompió la cuerda, salió a escape y comenzó a descargar cajas y más cajas, a correr con ellas furiosamente, como si las salvara de un incendio, y a apilarlas aquí y allá a la buena de Dios, y luego se precipitó a las camionetas de la carne y de las verduras e hizo lo mismo, y lo mismo con las furgonetas que traían quesos, pavos o cebollas, forcejeando rabiosamente con quienes querían arrebatarles los bultos, y cuando ya no hubo más que descargar, agarró una escoba y se puso a barrer por todas partes, hasta en el interior de los puestos, estorbando y apartando a su paso a cuantos le estorbaban y sin levantar la cabeza ni dejar de avanzar con la escoba cuando le preguntábamos que a cuento de qué todo aquello, cambiando violentamente los bultos de sitio para poder seguir barriendo hasta los últimos rincones y contestando una única cosa, más para sí mismo que para los demás: "Esto es sólo el principio, esto es sólo el principio". Y cuando acabó de barrer, tiró la escoba y se encaró conmigo: "¿Qué hago ahora?". Y yo le dije: "¿Y qué más vas a hacer, hijo, si ya está todo hecho?". Y él respondió exactamente en el mismo tono tranquilo y fanático de antes: "¿Qué hago ahora?". Así que yo le dije, por decir algo, que fuera a la cantina y me trajese un café con leche. Y él lo trajo al instante, y enseguida recorrió los otros despachos preguntando lo mismo todas las veces que hizo falta y cumpliendo los encargos que acabaron encomendándole para quitárselo de encima, y al cabo de la mañana, después de ayudar a desmontar y a limpiar los puestos, disputándoles aquella tarea a quienes intentaban ahuyentarlo, se acercó a todos con la mano extendida y cada cual le fue dando según su caridad, y él al final se apartó a un rincón, se puso en cuclillas, esparció por el suelo su montón de monedas y las contó con el dedo una por una, y después las metió a puñados en un bolsillo y se alejó diciendo, como si hablase de un plan de venganza contra alguien: "Esto es sólo el principio, esto es sólo el principio". Y al día siguiente, de amanecida, otra vez estaba ya en la puerta, con su aire de perro tratando de desatarse de la soga.»

De ese modo empezó su nueva vida. Nadie supo nunca con exactitud si se enamoró de Sofía Sánchez, del lujo o de ambas cosas a la vez, pero el caso es que, desde la noche en que se asomó a aquel mundo deslumbrante y descubrió de golpe la naturaleza de los auténticos tesoros y fue consciente de su propia miseria, no sólo cambió su carácter sino también su concepto de la realidad, y por cambiar, hasta su destino debió de tomar por esos días el rumbo y el ritmo que habrían de llevarlo inexorablemente a un punto sin continuidad y sin retorno. A quien quiso oírlo le contó, en un tono desaforado y confidencial, que ahora estaba trabajando para hacerse rico y convertirse en un caballero, y que en cuanto juntase lo suficiente pensaba adquirir mercancías y revenderlas por los pueblos de los alrededores y de las provincias vecinas. Entonces, si el oyente seguía con ganas de escuchar, él desplegaba un mapa roñoso de España con los dobleces rotos por el uso, y después de golpear con el dedo y decir: «¡Aquí estamos nosotros!», señalaba lo que serían sus futuros itinerarios comerciales: «¡Almendralejo, Zafra, Fregenal de la Sierra!, ¡Daimiel, Almagro, Valdepeñas!, ¡Montoro, Andújar, Pozoblanco! Y esto es sólo el principio», bajaba la voz con un susurro enfático, «porque el comercio también puede ser internacional.» Y sirviéndose esta vez del hule con el mapamundi que había aprovechado como capota para el carricoche, y donde apenas sobrevivían unos restos de mares y países, se ponía a golpear furiosamente con el dedo: «¡Aquí estamos nosotros! ¡Y esto de arriba es Francia, y aquí pegando está Portugal, y a este otro lado, Italia, y todo esto de abajo es Africa, con los negros, y aquí hay dos mares, uno que va a América y el otro al Asia!, ¡y todo esto es mundo! ¡Todo esto es comercio internacional!», y plegaba furiosamente el mapa de mano y seguía su camino. Porque ahora andaba siempre con prisas, reuniendo su capitalito inicial moneda a moneda, y con una fe donde no había lugar para la duda o para el desaliento.

De las distintas maneras que había, según su padre, de conseguir poder y hacienda, Esteban había elegido la única que estaba a su alcance: el trabajo y el ahorro. Así que ahora, cuando a mediodía daba de mano en la Plaza de Abastos, corría al taller mecánico que estaba en la placita de Ultramar, se paraba delante del dueño y preguntaba: «¿Qué hago ahora?». Y el otro, que los primeros días había intentado espantarlo con el pretexto absurdo de que no había nada que hacer que no estuvieran ya haciéndolo él o sus operarios, acabó también por resignarse a la fatalidad de sus servicios —pues Esteban, firme en sus propósitos, persiguió al dueño preguntando siempre lo mismo en un tono de invencible y pura terquedad, sin mezcla de súplica o de insolencia, como una gota cayendo en una lata—, y le asignaba algunos cometidos elementales o meramente inútiles: enderezar hierros y latones, petrolear piezas de motor, clasificar tuercas y tornillos, mover cosas de sitio o, como mucho, llevar o traer un gato, un soplete o una batería. Y después del taller, se acercaba a la herrería o al matadero o se afanaba en las huertas y tierras de los alrededores zachando, regando, deshierbando, reparando cercas o manejando la azada o la guadaña con esa violencia que en los levantamientos populares pueden alcanzar los aperos agrícolas, y aún le quedaba tiempo para darle el turno a su padre en la pastoría, ordeñar y repartir la leche, y desde luego para sentarse cada noche a echar las cuentas del día y a recrearse en la leyenda dorada del porvenir. A la luz del carburo, y asistido por Manuel, que lo ayudaba no sólo en los números sino también en la ilusión, contaba las monedas en voz alta y, después de anotar el resultado en un cuaderno y agregarlo al total, como antes hiciera con los pasos que daba por el mundo, las guardaba en el cabás de la escuela (donde aún conservaba la piedrecita azul: la única cosa permanente que había sacado en claro de su aventura estudiantil), que acto seguido aseguraba con un candado y soterraba muy hondo en un costal de trigo. En sus ratos libres, a veces en mitad de la noche, nada le gustaba más que sacar el cabás y el cuaderno y cotejar las cifras con las monedas, y calcular el capital que, a ese ritmo, juntaría en unos años.

«Te digo que a ese muchacho habría que desengañarlo del cuento de la lechera», le decía a menudo Leonor a Manuel, y Manuel lo intentaba a su modo, recurriendo a su mejor inspiración realista para aconsejarle que con los ahorros comprase en el futuro chivos y cerdos, y alguna vaca de marca, tanto para ir labrándose un patrimonio propio como para llegar incluso con el tiempo a ser tratante de ganado.

—¿Y así podré ser rico?
—Ya lo creo que sí.
—¿Tanto como don Celestino Sánchez?

—Eso ya es más difícil —se excusaba Manuel—, aunque una cosa te digo: que tampoco hace falta ser tan rico para vivir como un marqués.

Pero Esteban, todavía aturdido y extenuado por la visión espléndida de la fiesta y el lujo de verdad, se quedaba inerme y escéptico, con la mente perdida en los cuadros de ciervos y caballos, en los dragones de piscina, en los carritos dorados de bebidas exóticas, en el Oldsmobile perfumado de cuero, en las lámparas y en las mesitas bajas de cristal, que ésas eran las mercancías que le gustaría vender por las rutas comerciales del mundo, y de las que vivir rodeado cada minuto de la vida. Y, como desde la noche de agosto, además de los ruidos del mar y de la guerra, albergaba en la memoria uno nuevo, hecho de cohetes, risas, entrechocar de copas, músicas y bailes, mucho más absorbente y terrible que los otros dos juntos, enseguida se quedaba absorto en él, con los ojos y el pensamiento extraviados en aquel espacio mágico y remoto, adonde ya no alcanzaba el poder de las palabras cotidianas. Entonces, cuando su afán y su asombro no daban para más, iba al costal de trigo y recontaba otra vez sus caudales, y la luz del carburo agigantaba en la pared el temblor obstinado de lo que parecía la conspiración de un alquimista contra los fundamentos lógicos de la naturaleza.

Una mañana de mediados de octubre, suponemos que siguiendo las sugerencias prácticas de su padre, se personó en la agencia bancaria con el cabás y el cuaderno y pidió hablar con el director. Uno de los empleados, después de observarlo con largo y sereno asombro, dejó el bolígrafo a un lado, entrelazó servicialmente los dedos, ladeó la cabeza y se dispuso a atender su petición. «Dígame», dijo. Esteban permaneció ajeno a la argumentación de aquellos gestos. «Vengo a tratar de negocios con el señor director», repitió. El empleado, como un vendedor que muestra nuevos artículos a un cliente remiso, se corrigió esta vez la posición de las gafas y retomó el bolígrafo: «Dígame de qué se trata y yo mismo se lo arreglaré». Pero Esteban, que debía de creer que lo estaban distrayendo de su objetivo con un juego de manos, volvió a decir lo mismo en un tono invulnerable a los gestos progresivos del empleado, que esta vez, en lo que parecía un alarde de solvencia dialéctica, alcanzó un impreso y consideró largamente la posibilidad de escribir algo en él. Luego dobló el papel en dos y miró fijamente a Esteban, como si intentase hipnotizarlo, mientras golpeaba con el bolígrafo en el mostrador. «El director está ocupado», declaró al fin. Y Esteban: «Esperaré», dijo, y se quedó exactamente en el mismo lugar, boquiabierto e inmóvil, con el cabás en una mano y el cuaderno en la otra.

De manera que al cabo de media hora, después de algunos conciliábulos, se abrió una puerta y el propio director asomó la cabeza y lo apremió con un gesto. «Recuerdo que se sentó con el cabás y el cuaderno en las rodillas, agarrados con las dos manos, y que desde el primer momento anduvo vigilando el funcionamiento de la silla giratoria y supongo que intentando establecer alguna relación entre la inconsistencia del asiento y la posible solidez del banco adonde venía, según confesó apenas yo crucé los dedos y ladeé un poco la cabeza, a negociar con su dinero. "Aquí hay 11.490 pesetas", dijo, y subió el cabás y lo agitó tan violentamente que la silla giró cuarenta y cinco grados, y él entonces maniobró, o más bien se defendió de la incertidumbre con los pies hasta dar la vuelta completa y quedar de nuevo junto a mí. Sonrió: quizá no había pensado que los bancos fuesen unos lugares tan amenos, aunque también era una sonrisa de desconfianza, como si temiese que con aquel juego quisieran engañarlo. "Está bien", le dije, "abriremos una cartilla." De modo que llamé a un empleado y le ordené que contara el dinero. Había, en efecto, 11.490 pesetas, todo en monedas sucias y pequeñas. Luego, él preguntó por los intereses, pero no como si hablase de dinero sino más bien de ovejas o de cerdos, que paren tantas crías cada tantos meses. Para entonces, debía de haber recobrado la fe en nuestro establecimiento, y en general en el sistema bancario, porque mientras yo le explicaba los porcentajes lo mejor que podía, él oscilaba en la silla, impulsándola alternativamente con uno y otro pie, con giros cada vez más amplios, hasta que yo me levanté, le tendí la mano junto con un calendario de bolsillo y un bolígrafo de propaganda, y le dije que en el mostrador le entregarían la cartilla. Y él fue al mostrador, la recogió, examinó las hojas una a una, cotejó los números con los del cuaderno, lo metió todo en el cabás y se marchó.

»Pero lo peor vino después. Al día siguiente, nada más abrir la agencia, entró con la cartilla en la mano y pidió de nuevo hablar conmigo. Fue inútil disuadirlo. Se sentó en la silla y, de inmediato, se puso a girar con repelones cortos y violentos. "¿Qué se te ofrece?", le pregunté. Y él, sin dejar de oscilar, y después de dar unas vueltas completas (quizá pensaba que aquél era uno de sus derechos de cliente, o que formaba parte de la estrategia comercial), dijo que venía a contar otra vez su dinero y a comprobar si estaban sus 11.490 pesetas, más los beneficios que hubiese generado el capital desde el día anterior. Le expliqué que los intereses eran trimestrales, y que ya recibiría una carta de notificación. El, no obstante, exigió ver su dinero. Así que lo mandé al mostrador, donde el empleado del primer día le enseñó un fajo de billetes y le explicó que allí estaban incluidas sus 11.490 pesetas, y que si deseaba, se las reembolsaría al instante. El pidió nuevamente hablar con el director. El empleado, con un gran despliegue de gafas, bolígrafos e impresos, le comunicó que en esta ocasión no era posible. "Esperaré", dijo él. De manera que a mitad de la mañana lo tuve otra vez sentado en la silla giratoria. "Quiero sacar setenta y cinco pesetas", dijo al fin. "Bien, ve al mostrador", le supliqué, "y allí te las darán. Y de aquí en adelante, ve siempre al mostrador. Allí te atenderán en todo." Y él, que se desenvolvía ya en el despacho como en su propia casa, salió de la silla con un golpe de talón y se enfrentó de nuevo con el empleado, sólo que ahora era él quien manejaba también sus propias cosas con la pericia de un mago de la burocracia.

»A partir de entonces, apareció casi todas las mañanas a última hora a ingresar el dinero del día. Había adquirido una gran destreza en el manejo retórico de la cartilla, las monedas, el bolígrafo publicitario, el calendario y el cuaderno —un cuaderno sucio y blando donde al parecer llevaba la contabilidad paralela de los movimientos de su saldo—, y como si las operaciones bancarias, al igual que la silla giratoria o los continuos viajes del mostrador al despacho, tuviesen también un carácter ritual o recreativo, lo primero que hacía era desplegar sobre el mostrador sus útiles frente a los del empleado (que apenas lo veía entrar disponía igualmente los suyos en orden de combate: gafas, impresos, tampones y sellos, material de oficina), y los dos se entregaban a lo que parecía, o le debía de parecer a Esteban, una partida de fichas o una sesión de juegos malabares. Cada vez que el empleado cogía un papel o un bolígrafo, o corregía la posición de un objeto, él hacía lo mismo con los suyos, y a veces lo imitaba tal cual, como dando a entender que a él no iban a ganarle por la mano, y menos a engañarlo con maniobras de tahúres. Algo así es lo que él debía de imaginarse. Y a veces, claro está, ocurría que las cuentas de la cartilla no casaban con las del cuaderno. "Esperaré para hablar con el director", decía entonces. De modo que el empleado tenía que revisar las anotaciones del cuaderno (hechas a lápiz con números de párvulo, o simplemente con largas filas de palotes) hasta detectar el error y convencerlo después de que aquello, en efecto, era un error. Para rematar la confusión, cuando recibía una carta del banco se precipitaba de inmediato a que le explicasen el sentido exacto de cada palabra —el "Muy señor(es) mío(s)" llegó a ser una pesadilla para nosotros, que en vano intentábamos aclararle, durante una hora a veces, el sentido de los paréntesis, del posesivo y del "muy"—, y al revés: cuando pasaba algún tiempo sin recibir correspondencia, venía lo mismo a indagar los motivos por los que no se habían puesto en comunicación con él últimamente.

»Pero eso no fue todo, qué va. Un día de diciembre se presentó a media mañana y pidió hablar urgentemente con el director. Antes de que le dijeran nada, dijo él: "Esperaré". Esta vez venía a comprar acciones. "Eléctricas y textiles", dijo, mientras extendía sobre la mesa su equipo de prestidigitación personal. Por lo que luego supe, desde que salió del banco por primera vez, iba siempre con la cartilla en el bolsillo, y no perdía ocasión de enseñársela a todo el mundo, asegurando de paso que el secreto de hacerse rico consistía en tener el dinero continuamente en circulación. "El capital hay que moverlo a todas horas", decía, y quizá por eso es por lo que frecuentaba tanto el banco, para que su dinero no dejara nunca de moverse. Y así fue como alguien debió de aconsejarle que invirtiera en Bolsa, en eléctricas y textiles, porque después de explicarle yo durante media hora los mecanismos, ventajas y riesgos de la inversión, en tanto que él rotaba en la silla y me obligaba a hablar siguiendo con la cabeza el curso de sus oscilaciones, al final dijo, como si hubiese descubierto un secreto que le habíamos guardado en el banco por malicia: "Ya me he enterado de que el capital se mueve más en la Bolsa que en la cartilla". Hice un gesto problemático de afirmación, y le advertí que en la Bolsa tanto podía moverse para bien como para mal. Me enhebró de perfil con una mirada de astucia: "Pero se mueve". Asentí. "Como un galgo", dijo. "Bueno, más bien como una ardilla", se me ocurrió enmendarlo para mi desgracia, porque él ignoraba lo que era una ardilla y entonces tuve que explicarle no sólo de qué tipo de animal se trataba sino también el sentido y los límites de la comparación. Durante otra media hora estuvimos a vueltas con el galgo y la ardilla, sin conseguir enlazar con la cuestión financiera y sin que Esteban lograra hacerse una idea aproximada del aspecto de la ardilla y menos aún de sus costumbres y de su carácter meramente ilustrativo. Pidió ver una foto o un dibujo de la ardilla. Le debió de parecer inconcebible que si el capital se comportaba en la Bolsa como una ardilla, según aseguraba el director, el banco careciera absolutamente de la más mínima información gráfica al respecto. Total que, tras muchas dudas, finalmente decidió comprar media docena de acciones, eléctricas y textiles. Lo mandé al mostrador y, durante mucho tiempo, lo oí hablar remotamente con el empleado, y de vez en cuando me llegaban aún, obstinadas, fatídicas y monótonas, las palabras "ardilla", "galgo" y "capital". Luego lo vi salir del banco y alejarse hacia la plaza, con *Viruta* a la zaga, y vi sus tobillos desnudos y su espalda terca y encogida, y me pareció que avanzaba por un espacio irreal en dirección contraria a algo, y que era eso lo que le daba aquel aire adverso de titán en activo. Y, claro está, al día siguiente, y al otro, ya estaba allí de nuevo, pidiendo hablar con el director, rivalizando con el empleado en juegos malabares o especulando sobre las ventajas y desventajas del galgo y de la ardilla.»

Se iniciaron así episodios nuevos en su vida. Quizá pensó que, como ahora estaba en camino de ser rico, también sus hábitos debían cambiar conforme a su futura condición. Todos los días, después de una jornada laboral y financiera que comenzaba en la Plaza de Abastos con el amanecer, se pasaba por el casino, donde le regalaban revistas y periódicos atrasados, que él examinaba cada noche a la luz del carburo. Al principio, se limitaba a observar largamente las fotos de la publicidad, mientras Manuel lo iba ayudando a leer los mensajes: «Burdon's. Dry gin. ¡Su ginebra... señor!», o «Hay un Ford en su futuro. Este es el auto que marcha a la vanguardia». Y no pasaba las hojas hasta haber apurado bien el significado de cada palabra. También leían los ecos y noticias sociales: los cócteles de embajadores y magnates, las bodas de los grandes, con el menú deslumbrador de los banquetes, las puestas de largo, las expansiones veraniegas de las familias reales, los romances y pleitos de los famosos, las modas para la próxima estación, o los reportajes gráficos de las mansiones de las estrellas de cine y los cortijos de los toreros de postín. Pero luego, cuando invirtió en la Bolsa, lo que más le gustaba era leer —o más bien juntar las sílabas con el dedo— las secciones de economía, cuyas palabras herméticas debían de parecerle poco menos que mágicas. Pronto su mente empezó a colmarse de tecnicismos, igual que en otro tiempo se había llenado de latinajos y términos marineros, y en cuanto encontraba ocasión hablaba de dividendos, cartera de valores, obligaciones, bonos, déficit o títulos de renta variable, como si evocase países imaginarios o animales míticos, pero asociándolos a los objetos lujosos que conocía por la fiesta nocturna o por las revistas ilustradas. Y asociándolos también, como si se tratase del mismo asunto visto desde otro ángulo, al amor. Porque entonces supimos con claridad que más que de Sofía Sánchez se había enamorado del círculo de boato en que se desenvolvía la amada, y cada vez que hablaba de ella, la describía no por sus ojos, por su figura o por alguna cualidad inefable que sólo el enamorado estaba llamado a descubrir, sino primordialmente por su aparato de ortodoncia. «Tiene aquí unos alambres de plata», decía, y se tocaba los dientes, poniendo cara de relincho, y se quedaba extático en el gesto, como traspasado por la nostalgia de aquella forma prodigiosa e incomprensible de belleza.

Una noche, hojeando periódicos, leyó un anuncio que decía: «¿Quiere ganar mucho dinero? No espere a mañana. Escríbanos hoy mismo y entre a formar parte de Holliday Make Co., una empresa líder en su ramo, donde en poco tiempo podrá labrarse un porvenir de ensueño». Esteban no lo dudó un instante. Una semana después sacó casi todos los fondos de la cartilla, y diez días más tarde se convirtió en vendedor de artículos de perfumería a domicilio. En el vehículo del reparto, y en una estantería que él mismo fabricó sobre las cántaras de la leche, transportaba un extenso y lujoso surtido de pomos, tarros, frascos de formas y nombres exóticos (Orquídea Azul, Imprudence, Gardenia de Persia, Air Jeune, Perfidia de Otoño), barras de labios, esprais, polveras, que ofrecía de puerta en puerta tras presentar una tarjeta de visita que la misma empresa le había enviado junto con los productos: «ESTEBAN TEJEDOR ESTEVEZ. Agente comercial de Holliday Make Co.». Convencido al principio de que con aquel negocio había iniciado el camino seguro de la prosperidad, y de que como el dinero todo lo puede, nada podría oponerse en consecuencia a sus designios, le pidió a Luciano que lo ayudara a escribirle un mensaje a Sofía Sánchez, cuya dirección averiguaron en el Ayuntamiento, donde en pocas palabras le declaraba su amor y la informaba de que muy pronto, cuando fuese rico, y digno por tanto de ella, se presentaría en la fiesta de agosto para solicitar su mano formalmente. Firmó con las iniciales, y despachó la esquela junto a un frasquito de pachulí, y no se olvidó de añadir en una posdata: «Y esto es sólo el principio».

Luego, es de suponer que al mismo ritmo en que iban aumentando sus expectativas financieras y su erudición social, fueron también cambiando su aspecto y sus costumbres. Empezó a sacar de la cartilla pequeñas cantidades para adquirir algunos objetos que había visto en las revistas o en los escaparates de las tiendas. Primero fueron unas gafas metálicas de sol y una cartera de bolsillo de piel imitada con muchos departamentos donde llevaba, además de papeles bancarios, algunos billetes, media docena de carnets (le había dado ahora por los carnets y, junto al de identidad, se había agenciado el de socio de la biblioteca municipal, el de agricultor, el de una peña flamenca, el del equipo local de fútbol, la licencia de pesca y algunos otros de menor cuantía) y una foto de Sofía Sánchez que había encontrado en un periódico regional, y que enseñaba a quien quisiera verla, lamentándose de que hubiese salido con la boca cerrada y no se le viesen sus mejores encantos. No recordamos en qué sucesión de momentos, a las gafas de sol añadió un conjunto vaquero, y después una cazadora de polipiel, y por último unos mocasines con herrajes dorados en el empeine. Y, al mismo tiempo, empezó a fumar mentolado americano, de modo que apenas era reconocible cuando algunas tardes, después del reparto, aparcaba el carricoche frente a la cafetería Cele's, lo bloqueaba con una barra de seguridad, entraba haciendo repicar en la mano un manojo de llaves, tan inútiles como sus carnets, y se estribaba en la barra, ostensible y ocioso, después de encender un cigarrillo y de pedir alguna bebida por su nombre de marca, y a veces también una ración de calamares o berberechos con limón. Fue por entonces cuando un fotógrafo ambulante le sacó una fotografía de cuerpo entero sobre un fondo encrespado de olas de cartón, que llevaba en el portarretratos de la cartera, al dorso de la de Sofía Sánchez. «Has cambiado mucho», le decía Amalia por las tardes, mientras lo ayudaba a trasvasar la leche. «Es que ahora, señorita», decía él, con un tono confidencial de orgullo, «soy comerciante y enamorado, y con el tiempo llegaré a ser un caballero.» Y le explicaba en qué consistía ser rico de verdad. Hablaba del ocio, de las comidas que se haría servir por un criado con guantes y pajarita en manteles de irlanda y a la luz de los candelabros (canapés de caviar y salmón, ensaladilla rusa, pasteles de perdiz, copas de marisco, gambas a la gabardina, merluza en vinagreta, lenguado *meunière*, guisados de faisán y venado, tarta al whisky, enumeraba contando con los dedos, y todo con don Esteban por aquí, señor Tejedor por allá, o «el señor» a secas, que tampoco era mal tratamiento), de la ropa que vestiría, de la casa que se haría construir, con ventanales y piscina, de lo mucho que hablaría por teléfono, de los automóviles que conduciría, de las tarjetas de crédito que llevaría en la cartera, de los perros de marca que tendría («y no como éste», y señalaba a *Viruta*, que bajaba la vista, temblón y famélico) y, sobre todo, de cómo podría estar en muchos sitios a la vez, que ésa era la cualidad principal de ser magnate, y ponía el ejemplo de don Celestino Sánchez, que estando ahora a saber dónde, estaba también en la cafetería Cele's, en el cine Celux, en la farmacia Sánchez y en todos los senderos y bosques de sus campos, y todo al mismo tiempo, señorita Amalia, como dicen de Dios en el catecismo; que está en todas partes a la vez y lo ve todo pero a él nadie consigue averiguarlo. Porque así era también el dinero grande y de verdad, que no se ve, señorita, ni tampoco suena como el dinero chico, sino que está por todo el mundo pero a la vez está lejos como en una mansión. Y entonces sí, entonces iría a la casa de don Celestino, vestido de gala en plena fiesta de agosto, y gritaría desde la puerta: «¡Celestino Sánchez, vengo a casarme con su hija!», y él nada podría hacer, porque contra el dinero grande nadie puede hacer nada. Y Amalia y Luciano, mientras Esteban se enardecía con sus ensueños, intercambiaban sonrisas tímidas y miradas fugaces.

En esas quimeras andaba Esteban cuando un día, al final de la mañana, lo vimos entrar en el bazar de la plaza. «Va a pedir y a conseguir trabajo», aventuró alguien. «No, va a comprar algo», dijo otro, y nos pusimos a mover los pies. Pero no hubo tiempo para más conjeturas porque enseguida salió empujando un carrito dorado de bebidas y, con un gesto bárbaro de triunfo, atravesó la plaza, cada vez más deprisa, hasta que de pronto echó a correr hacia el camino de la Levantinita, por donde desapareció envuelto en una nube de furia y de polvo. «Y esto es sólo el principio, y esto es sólo el principio», cuentan algunos que iba diciendo en su estampida.

X

Las cosas ocurrieron de tal modo que, a finales de la primavera de 1977, Cándida Rebollo y el padre Juan Mirón ultimaron en pocos días los preparativos para que Luciano Obispo ingresara en el seminario el próximo octubre. Decidieron de paso que, hasta entonces, el padre le daría lecciones alternas de latín y de teología, en tanto que ella le bordaba en los pañuelos y camisas los blasones propios de su alcurnia celeste, que era una vara de asfódelo entre las iniciales y una corona de lirios rematando el conjunto. «Hijo, serás diácono, y luego sacerdote, y después obispo, como tu padre, pero lo esencial es que ya Él tendrá marcada la fecha en que vendrá a ti y se te mostrará en toda su pompa para indicarte el camino hacia la santidad», le decía su madre mientras bordaba primores de flores y letras cortesanas. «Y tú lo que tienes que hacer es estar muy atento para entender bien sus señales y seguir sus designios.» Tanto le repitió lo de los designios y las señales que una mañana de principios de julio, cuando ya todo parecía dispuesto para un futuro sin tropiezos, Luciano declaró de pronto que quería también aprender música, para llegar a tocar algún día el órgano en honor de los santos. Fue una petición tan inspirada y repentina que su madre no dudó de que aquel antojo escondía en el fondo una señal inescrutable. Así que esa misma tarde se presentó después del rosario en la casa de la única persona que sabía tocar el piano y le anunció que había sido elegida para enseñarle música a su hijo. «Señora, yo no soy profesora de música.» «Tampoco Saulo era predicador y Dios lo escogió precisamente a él para predicar en Efeso», replicó ella de inmediato, «y tampoco la espigadora Rut parecía destinada a casarse con el rico Boz, y ya ve usted lo que pasó. La Historia Sagrada está llena de casos así, que demuestran que las cosas son como Dios las dispone, y no como los hombres en su locura se figuran.» De modo que, después de contrarrestar cada argumento terreno con algún testimonio bíblico, finalmente acordaron que hacia el día veinte, cuando Amalia volviese de vacaciones, le daría clases de solfeo y piano dos o tres veces por semana. «Dios y mi Esposo se lo pagarán», dijo doña Cándida, altiva y embozada, y se marchó.

Luciano vivió aquellos días exaltado por las zozobras de la espera. Deseaba que transcurrieran pronto y, con la misma intensidad, que no llegaran nunca. Cuando cruzaba por la placita de Ultramar a la misma hora en que otras tardes se detenía a escuchar el piano, jugaba a suponer que había pasado octubre y que él estaba ya muy lejos, en un seminario que se imaginaba como un interminable corredor lóbrego y helado adonde llegaban los ecos de una música que era el reverso triste de la que él escuchaba cada tarde con el corazón inflamado por una plenitud que no había modo de desatender ni menos aún de mitigar. Se sentaba escondido bajo el castaño, cerraba los ojos y de inmediato se le aparecía la imagen sombría, y el sabor a ceniza, de lo que sería su vida sin Amalia. Y cuando recibía las lecciones de latín y de teología, la aridez de los argumentos, la cantinela de las declinaciones y el olor a fermentos del padre Mirón, le traían anticipadamente el recuerdo desolador de su propio futuro. Quizá por eso, cuando al fin una tarde vio a Amalia bajar del autobús de línea, morena de mar y más prodigiosa que nunca, tuvo la sensación de que la estaba viendo idealizada, tal como habría de evocarla desde la lejanía del seminario. Y entonces supo con seguridad que no sobreviviría a la desdicha de su ausencia.

Las clases, sin embargo, lo devolvieron de la pesadilla

del futuro al abismo sin fondo del presente. Dos días por semana, lunes y jueves, empujaba la puerta entornada, esperaba un instante a que la franja de luz anunciase su presencia y la voz de Amalia lo invitase a pasar, y sólo entonces entraba en el saloncito con su sigilo de monaguillo e iba a sentarse en el sillón de mimbre que le habían asignado el primer día. La diferencia de edad, y sobre todo el pudor temerario de sus ya viejas relaciones, tan viciadas de evasivas y sobrentendidos, habían reducido a casi nada el repertorio de frases protocolarias, de modo que enseguida se veían envueltos en un silencio incómodo, que los dos sillones de mimbre aprovechaban de inmediato para resaltar y jalear con sus crujidos y que Amalia rompía apelando, como último recurso, a la euforia profesional que usaba en la escuela para tratar a sus alumnos. Entonces, al dirigirse a Luciano como a un niño más pequeño de lo que en realidad era (andaba por los trece o catorce años, y su aspecto ensimismado y dolorido le daba ya ese aire aparatoso de madurez que suele tener la adolescencia), la situación se volvía aún más equívoca, porque era como si Amalia le prestase voz al silencio para que éste proclamara en alto su propia ambigüedad.

Al principio, sentados formalmente en la mesa camilla, procuraban no mirarse, y cuando sus ojos se encontraban por fin, con una intensidad explosiva de efectos retardados, atenuaban la tensión conjurándose en una sonrisa desmayada de náufragos que se encontraran por casualidad en pleno océano e intentaran darse ánimos en su desdicha, y entonces hasta las mismas palabras didácticas adquirían un segundo sentido de apariencia, de pretexto, como si valiesen más por lo que ayudaban a silenciar que por lo que realmente decían. Pero la situación no tardó en desahogarse. Luciano le pidió un día que tocara otra cosa que no fuesen las escalas cromáticas y los arpegios académicos, y sobre todo que tocara *Mirando al mar,* que era pieza obligada en los conciertos diarios y la más bonita que él había escuchado en su vida, e incluso que la cantase, a lo que Amalia accedió de inmediato con un suspiro de alivio. En otro de aquellos silencios insolubles, Luciano sugirió, sin levantar los ojos del cuaderno, que le gustaría mucho que le hiciese un retrato, como a Esteban. Amalia puso los ojos en blanco: «No sé si sabré sacarte esa carita de ángel», bromeó. De manera que él se sentó al piano, con la vista absorta en el teclado y las manos en pose, y ella no sólo le hizo el retrato sino que por primera vez pudo contemplar sin pudor y a sus anchas la belleza inverosímil de aquel perfil al que la luz cernida del atardecer le otorgaba un trazo esfumado y tibio de porcelana e inflamaba sus rizos con una irradiación de oro que parecía ciertamente el de la santidad. Y Luciano, que también sabía dibujar, propuso luego que intercambiaran los papeles, y entonces ella posó para él tal como él le indicó, y como Amalia no acertase a interpretar con exactitud sus instrucciones, Luciano se levantó dos veces y sin apenas rozarla le corrigió la posición hasta dejarla en el sofá con un abandono de odalisca en trance filosófico, una mano olvidada en el vacío y la otra sosteniendo con más arte que eficiencia el mentón y la mejilla, y mirando en oblicuo hacia un horizonte legendario. Amalia se preguntó si también aquel niño (se obstinaba en llamarle niño) habría sentido su mirada como la sentía ella ahora: como un peso físico cuya opresión llegaba por momentos a ser insoportable. Era ya casi de noche cuando reunieron su curiosidad bajo una lámpara para comparar los retratos, y comentaron sus errores y sus aciertos y acabaron riendo juntos y mirándose por primera vez francamente a los ojos.

Desde esa tarde, las lecciones perdieron el envaramiento y la irresolución de los primeros días. Ahora, él le pedía de vez en cuando que le leyera algún poema, y ella recitaba en susurros versos escogidos de Juan Ramón Jiménez, de Salinas, de Neruda o de Bécquer. También le leyó algunos propios, y ya puestos a las confidencias, le enseñó sus dibujos y sus álbumes de fotografías de otros tiempos. «Fíjate qué cara de pava tengo aquí», decía, y le imitaba teatralmente el gesto de pava, a lo que él replicaba: «¡Pero si estás guapísima, señorita!», y quedaban mirándose hasta que, con una explosión contenida de risa, pasaban la página, sin que el silencio los enredase ya en segundos sentidos. «Bueno, y tú, Luciano, ¿qué es lo que sabes hacer?», le preguntó en una ocasión. Y él: «Pues no sé. Por ejemplo, sé silbar bastante bien», y silbó muy serio *Mirando al mar,* con la cara elevada patrióticamente, como si entonara un himno. Decidieron entonces intercambiar destrezas. Amalia era experta en chascar los dedos, y consiguió sacar quince chasquidos, que Luciano fue contando como un juez de boxeo. El, por su parte, sabía arrugar la cara como un viejo, y ella ponerse bizca, y cada cual vio al otro aparentando gestos insufribles de horror. El imitaba el viento de los huracanes, y se sabía un juego de manos con monedas, y parodiar a los borrachos en los andares y en el habla. Y ella, después de dar unos pasos de ballet y de inmovilizarse en un arabesco, confesó que, desde niña, imitaba a la perfección el gruñido del cerdo. «Verás», y se acercó a Luciano y, rozándole la oreja con los labios, le hizo un sonido cálido y gutural: «güin, güin». Entonces se quedaron muy serios, trabados en una larga mirada incondicional y extática, y lentamente fueron esbozando una sonrisa de complicidad que Amalia desvió al final hacia la cortesía, como si todo hubiese sido una artimaña pedagógica.

En la clase siguiente, mientras él hacía un ejercicio escrito y ella se paseaba por la habitación comiendo una manzana, Luciano preguntó con un hilo de voz: «¿Tú has tenido alguna vez novio, señorita?». «Sí, una vez», contestó ella con desenfado, sin dejar de andar y exagerando el tono y los gestos como si estuviera en escena, «pero hace tanto tiempo que ya no me acuerdo ni de qué cara tenía. ¿Y tú, te has enamorado alguna vez?», bromeó con aire distraído, mientras se acercaba a la mesa, se extraía delicadamente de los dientes una hebra de manzana y la dejaba en el borde del plato. El la miró con ojos diáfanos y asustados. «No lo sé, pero estoy seguro de que sí.» «Los que van a ser sacerdotes no deben enamorarse ni hacer preguntas indiscretas.» Entonces Luciano, quizá sin darse cuenta, sin levantar los ojos de la mesa, adelantó una mano, tomó la hebra de manzana y, jugando con ella como si fuese una brizna de hierba, se la llevó a la boca, la saboreó unos instantes con la lengua y los labios y se la comió. «Yo es que creo que no quiero ser sacerdote. Yo lo que quiero, señorita...», balbuceó, pero Amalia, que lo miraba boquiabierta, con una sonrisa leve de incertidumbre, de piedad y de gratitud, no lo dejó acabar. Le dio una palmadita en la cara y con la misma mano temblorosa alcanzó el cuaderno y se dispuso a corregirlo.

«Eres un niño malcriado», le dijo al despedirlo con la misma voz de regañina maternal con que lo recibió tres días después, una tarde de viento en que él llegó con el pelo alborotado y enredado de arena. «Anda, ven que te peine, calamidad.» Lo llevó al cuarto de baño, lo sentó en un taburete frente al espejo, y no sólo le desenmarañó el pelo y lo peinó sino que jugó a cambiarle el peinado y a juzgar, tomando distancia con poses cómicas, cuál le favorecía más. «No hay quien pueda con estos rizos rebeldes», le dijo, y contó que de niña quería ser peluquera y que se pasaba las horas inventando peinados para las muñecas. Luciano aprovechó para confesar que él había hecho lo mismo con las pelucas de los santos, poniéndoles flequillo y rematándoles la melena en cuernos de media luna para que se pareciese a la de ella, que era tan bonita y airosa. Se sonrieron un instante a través del espejo, y enseguida Amalia dio por concluida la faena. «Venga, vamos a dar clase, que no sé yo qué sacerdote sacaremos de aquí.» Luciano se interesó entonces por los tarros y frascos que tenía frente a él, y aunque Amalia le explicó para qué servía cada uno, él dijo que muchas veces se había preguntado cómo podía pintarse los labios para que le quedaran tan perfectos, o cómo conseguía en las mejillas aquel rubor tan natural de melocotón, y en los ojos aquella línea tan tenue de sombra, y ella, de pie tras él, se inclinó para revelarle algunos secretos del arte de la cosmética, hasta que finalmente, como él seguía con cara de incredulidad, decidió hacerle una demostración práctica. Cambiaron las posiciones y, después de desmaquillarse y de desordenarse el pelo con ímpetu infantil, comenzó de nuevo a pintarse los labios. «¿Ves qué fácil?», le iba diciendo. «Esto lo puede hacer cualquiera.» Luciano tomó la observación al pie de la letra: «¿Me dejas entonces probar a mí, señorita?». Y puso una cara tan angelical, que Amalia, tras un instante de desconcierto, le cedió la barra de carmín y le ofreció la cara con un gesto afectado de abnegación.

Mientras la pintaba, y cuando manejó luego el colorete, el rímel, el lápiz para ojos, el esmalte de las uñas, el cepillo y la laca, convinieron en que ella no se miraría en el espejo hasta que él se lo ordenase.

—No mires, ¿eh, señorita?
—No miro.
—Mejor cierras los ojos.
—Cerrados.

Y Luciano, sobreponiéndose a una especie de deflagración interna que le ponía en el pulso un temblor errático de dicha, saturado no tanto por el olor de los afeites como por la fragancia envolvente y turbadora de la intimidad, sin saber bien lo que hacía y pidiéndole a Dios y a san Luciano Obispo que el premio de la gloria fuese la perpetuación de aquel instante portentoso, iba demorándose en retoques y sutilezas e improvisando combinaciones de tonos, cremas y perfumes, mientras Amalia, con los ojos cerrados, aparentaba de vez en cuando un fruncimiento de resignación.

—¿Has venido de la iglesia?
—Sí, señorita, de ayudar al rosario —y abrió una polvera con microesferas de colores—. Ya verás qué guapa te voy a dejar, señorita.

—¿Y quieres mucho a Dios?
—Ya lo creo que sí.
—¿Y es verdad que Esteban está enamorado de Sofía Sánchez?
—Mucho. Y yo lo he ayudado a escribirle una carta —y le repasó los labios de carmín.
—¿Carta? ¿Le ha escrito una carta de amor?
—Sí, y la hemos escrito entre los dos.
—Pero, ¿y tú qué sabes de esas cosas?
Luciano empezó a cepillarle muy lentamente el pelo.
—Pues cosas que se me ocurren.
—Como qué.
—Pues lo primero que se me ocurre —explicó, mientras le moldeaba las puntas de la melena—, porque cuando alguien está enamorado, todo lo que se le ocurra, no importa qué, son cosas de amor.
—Pero, ¡si tú eres un niño!
—Sí, señorita, pero el amor hace a todos iguales —y se puso a pasarle el peine por el flequillo.
Entonces Amalia, inquieta por el rumbo que iba tomando aquella disquisición amorosa, en la que tan cursado parecía mostrarse Luciano, decidió en ese instante acabar con el juego.
—Bueno, y ahora voy a abrir los ojos. ¿Ya?
—Ya.
Se volvió hacia el espejo y, al comprobar el desastre, fingió una mueca de espanto que poco a poco fue derivando hacia la duda y enseguida hacia el estupor. Al fondo del espejo había visto a Luciano que la miraba con su carita seráfica de siempre, sólo que también había advertido, sin dar crédito, y sin poder disimular su asombro, que ostentaba una enorme, inverosímil y brutal erección. «Pero, ¡si es un niño!», pensó y anotó esa misma noche en su diario, sin saber, ni entonces ni después, qué la alarmaba más: si la fascinación ante lo que quizá fuese una anomalía óptica, o la discrepancia de aquella desmesura con la inocen-

cia de los ojos que seguían mirándola inalterables al otro lado del espejo. Con movimientos bruscos, de una violencia proporcional a su ofuscación, acabó de repintarse, se cepilló fogosamente el pelo y, aprovechando esa misma actividad frenética, murmuró en un tono imperativo e implorante: «Ve a preparar los ejercicios».

Apenas salió Luciano, se quedó con el cepillo en el aire, preguntándose lo que se había preguntado desde el primer momento sin atreverse a la respuesta: si no habría sido víctima de un espejismo. Con ese sentimiento, más próximo al escepticismo que a la curiosidad, apagó la luz del baño y entró en la sala como si no hubiese ocurrido nada, y hasta fortaleció esa impresión cuando al pasar junto a él, que estaba ya ensimismado en el cuaderno, le revolvió el pelo y le dijo desde el confín amable de la paciencia: «Calamidad».

«A veces no entiendes nada», escribió esa noche en su diario, «no entiendes por qué la majestad del mundo se anuncia a través de las cosas pequeñas, las grandes nubes continentales que traen una sola gota de lluvia, los aguaceros de verano que sólo sirven para enseñar a volar a las hormigas, la llamita del candil que alumbra el cuarto donde se trama una revolución o un crimen, o se compone una sinfonía heroica. No entiendes y tienes miedo de las pequeñas cosas, de los actos más leves, de que el aire que viene a mover un visillo traiga un olor prohibido y adormezca también tu voluntad, y entonces te entra el pánico de que tus manos te traicionen, de que ellas comprendan lo que a ti se te escapa, de que recuerden lo que tú no recuerdas y de que luego vayan por ahí haciendo gestos que no son tuyos, abriendo puertas de casas donde tú no has estado jamás, acariciando objetos que ni en sueños has visto, anhelando el fuego y la humedad, despabilando a los espíritus que gobiernan las sombras. Y a tus ojos les tienes también miedo, porque ellos ven más allá de la conciencia, y donde tú ves sólo la lluvia o la luz ellos llueven o lucen, y miedo también de tus oídos, que escuchan en la oscuridad de la memoria y distinguen pasos que se acercan por un sendero donde sólo el viento y las hojas, sólo eso, deberían escucharse. No entiendes nada y estás rodeado de extraños, de gente perversa y sabia, de forasteros que habitan en tu propio cuerpo, conspirando dentro de ti, tus pies por ejemplo, que un día te extraviaron en una gran ciudad, o tus ojos, que donde hay un caballo ellos sueñan sólo el movimiento, y donde hay un abismo ellos ven el terror, y en los caminos ellos adivinan no tanto el color y la forma como la fatiga de tener que andarlos o el gusto de haberlos andado ya, los mismos ojos que ahora le sonríen a un niño con una ternura que también te da miedo, el mismo miedo que les tenías a los marineros sin patria cuando eras una niña y vivías junto al mar. No entiendes a esos forasteros audaces que van y vienen dentro de ti, y si dejas que tu mano escriba lo que libremente se le ocurra, ella deja la pluma, te quita la manzana de la boca y se la ofrece al niño grande, al Santito, le dice que muerda fuerte, calamidad, con toda tu alma, porque las manos son así de tontas y de salaces y no hay modo de comprender por qué ahora son tan obedientes y escriben al dictado, se paran, se quedan alertas, echan a correr, vuelven otra vez a pararse, parecen dos liebres, dos pájaros, dos hojas en el viento, dos niños, y a lo mejor es por eso por lo que se entienden tan bien con el Santito, ese niño maleducado, ese angelito diabólico con esa cosa grande de hombre, de marinero sanguinario, que aparecerá ahora, dentro de un rato, cuando apagues la lámpara y se te venga encima la oscuridad del mundo, y entonces pondrás las manos a dormir sobre el embozo de la sábana, pero enseguida ellas se escaparán a saber hacia dónde, a buscar qué tinieblas y cosas palpitantes, y lo mismo los otros forasteros, los ojos sin luz, las orejas sin ruido, la nariz sin olor, los pies sin camino, la boca sin palabras, porque cuando tú te duermas será el momento de la libertad para las cucarachas, para el aire, para los conspiradores, para los marineros y para las sombras. Pero desde mañana, tú eres ya dueña de ti misma, y ya nadie te obligará a jugar a juegos que te dan miedo y que no entiendes ni quieres entender.»

Y en la próxima clase, que fue la primera de septiembre, cuando él le pidió que le leyera algo, ella eligió en efecto no un libro de versos, como era ya costumbre, sino una historia erudita de los estilos musicales, se sentó rígida en el sofá y comenzó a leer con voz neutra el primer capítulo: los orígenes del canto gregoriano. Llevaba una blusa amarilla con una espiga blanca bordada en el bolsillo, y al levantar la vista tras un punto y aparte creyó advertir que Luciano, sentado a dos pasos en su sillón de mimbre, tenía los ojos fijos en la espiga o en las inmediaciones de la espiga. Dudó entre cambiar de posición para escapar a aquella mirada que sentía como una invasión física o acercar el libro a los ojos para cubrirse y refugiarse en él. Se preguntó si, por descuido, no se habría dejado demasiado escote en la blusa, así que en otra pausa, durante la cual no se atrevió a levantar la mirada, se llevó una mano negligente a la cadena del cuello y, jugando con ella y con los colgantes, contó los ojales y pudo comprobar que llevaba desabrochados al menos tres botones. «Dios mío, espero que sólo sean tres», se dijo, mientras seguía leyendo con voz distraída y ya insegura. Entonces sintió miedo, el miedo solidario de la víctima (contó esa noche en su diario) que, huyendo de su verdugo, lo que hace en realidad es enriquecer con nuevos motivos la labor del destino y contribuir a la apoteosis final de su propia muerte, y eso es lo que debió de ocurrirle: la atracción irresistible del espanto, porque sin saber cómo, impulsada por un sentimiento temerario de aniquilación, se puso a jugar también con las solapas de la blusa y a leer cada vez más deprisa, hasta que el miedo fue tan grande que retiró la mano, se recostó en el sofá y ladeó la cabeza para que él, aquel niño desvergonzado y cándido (ganas le daban de darle unos azotes para que aprendiese un poco de urbanidad, y de mandarle que escribiera mil veces «Soy un niño impertinente y tonto que hace lo que no debe»), pudiera ya mirar sin disimulos ni tropiezos. «¡Tunante, sinvergüenza, truhán, diablo con cara de arcángel!», iba desahogándose cada vez más llena de miedo y más convencida de que nada podía oponerse a los designios de la fatalidad. Al rato tuvo que pararse, incapaz de dominar la voz ni de resistir la intensidad y el peso de la mirada de Luciano. Dejó caer sobre el regazo, desalentados, las manos y el libro, y dijo: «Lee tú ahora». Y mientras él leía, la misma fuerza del miedo la llevó a comprobar que el espejo del baño no la había engañado. Sintió otra vez la congoja ante aquella discordancia entre el hombre y el niño. Exasperada, sugestionada ya por la plenitud de su desamparo, retorciéndose las manos, abandonada a los presagios, se levantó, fue hasta el piano y se sentó en el taburete. También desde allí veía por un espejo, o adivinaba, aquella desmesura. Invalidada para dominar la situación, aprovechó la primera pausa para implorar: «La clase ha terminado».

Luciano recogió el cuaderno y el lápiz, se puso en pie y aguardó a la despedida. Y ella, creyendo que iba a encontrar en su semblante celestial las señales flagrantes de la ambigüedad o de la perfidia, se volvió en el taburete y lo miró bruscamente, pero al verlo allí, tan obstinado en su inocencia, se preguntó otra vez si lo que acababa de ocurrir no habrían sido en realidad figuraciones suyas. Se sintió culpable. Así que al pasar a su lado para acompañarlo a la puerta, le acarició fugazmente el pelo y la cara y volvió a decirle: «Calamidad». Uno tras otro, fueron a detenerse en la penumbra fresca al fondo del pasillo. De algún lado llegaba un zumbido de avispas, y durante unos instantes estuvieron oyéndolo como si oyeran el silencio. Finalmente Luciano, trémulo y cabizbajo, dijo: «Ya sé que estás enfadada conmigo, señorita. He hecho algo malo, ¿verdad?». «¿Algo malo? ¿Tú crees que has hecho algo malo?» «No lo sé, señorita, tú sabrás, que eres la que estás enfadada.» «No, yo no estoy enfadada», conjeturó Amalia. «¿De verdad que no?»

«Pues claro que no, calamidad», y le dio una bofetadita en la cara. Entonces se miraron como en sus mejores momentos y se confundieron en una sonrisa de reconciliación. «Si quieres saber la verdad, señorita, no he podido dormir estos días pensando que estabas enfadada conmigo.» Amalia volvió a sucumbir al pánico. Vio aterrorizada cómo una de sus manos se movía en la penumbra, sin poder hacer nada para detenerla, y acariciaba largamente la cara y los rizos del doliente. «Criatura», oyó decir a su voz. Y al ver que también una mano de Luciano subía y se posaba en su mejilla y se deslizaba luego hacia su cuello por debajo del pelo, supo que aquel niño maleducado tenía tanto miedo como ella, y que los dos eran víctimas de la misma e inevitable adversidad. Lo atrajo hacia su hombro: «Calamidad», volvió a decirle al oído, «¿por qué iba a estar enfadada contigo? Anda, cuéntamelo». «Es que no lo sé», dijo él, «pero estos días he estado con ganas de llorar, y sentía una cosa muy rara.» «Qué cosa.» «No sé, señorita, pero era como si tuviera la carne caliente y el hueso frío», y se hundió en el olor a laca y a perfume de hierbas como para protegerse de aquel mal recuerdo, y ella correspondió al abrazo para defenderse del terror, y huyendo de ellos hacia ellos mismos, en un acto recíproco de dicha y de infortunio, de búsqueda y de fuga, de sumisión y de dominio, comenzaron a intercambiar besitos rápidos y huérfanos en el pelo, en las orejas, en la frente, en los ojos, mientras se peinaban y se despeinaban con los dedos, como si jugaran a hacer y a deshacer, Sísifos felices de la misma piedra, buscando y demorando el instante en que al fin coincidieron en el fondo de su desamparo, y fue tanta la incredulidad, el miedo y el asombro, que tuvieron que besarse en los labios muchas veces y de muchas maneras para convencerse de que, en efecto, lo que estaba ocurriendo no era una alucinación, un simulacro o un error. Unas veces se besaban como niños y otras como adultos, unas veces jugando y otras batallando, y cuando luego se miraron agotados por los ahogos del amor, y cuando parecía que iban a sucumbir a los escrúpulos de la conciencia, se confabularon espontáneamente en una risa nerviosa de diablura infantil. Era como si compartiesen un secreto risible y ajeno, y aún más risible al verse embadurnados de carmín y con el pelo revuelto como si hubiese pasado un vendaval. «Qué desastre», dijo Amalia, y lo cogió de la mano y lo llevó al baño, y allí jugaron a limpiarse la cara uno al otro, y cada vez que se miraban, se unían en una explosión de risa y volvían a besarse veloces y traviesos, y a despeinarse esta vez a conciencia, envueltos en una atmósfera de irrealidad y de osadía que se esfumó de golpe cuando se oyó berrear en la puerta: «¡La leeecheee!».

Durante unos segundos se miraron aterrorizados, como implorando ayuda o comprensión, pero enseguida, con una avidez proporcional al miedo y a la atracción del riesgo, sin atenuar ya la evidencia y madurez de sus actos con sonrisas y gestos infantiles, volvieron a abrazarse sin pudor ni indulgencia, y Amalia buscó y sintió entonces la presión inverosímil de lo que, desde luego, no había sido un espejismo («¡Ay, criatura!», le dijo, sin dejar de besarlo), mientras afuera se oía ya el trajín de las cántaras («Hazme el cerdito, por favor, señorita»), y luego el chirrido de la puerta al abrirse (y Amalia rápidamente le buscó la oreja y se la devoró con un bocado tierno antes de susurrar: «güin, güin»), y en ese instante una franja de luz corrió por el pasillo y otra vez se oyó el grito destemplado de Esteban: «¡La leeecheee, señorita Amalia!».

Amalia se adecentó la cara y el pelo, y adecentó también a Luciano, que la miraba con su expresión invencible de candor. Antes de salir, lo contempló de arriba abajo, hizo un gesto de impotencia, le revolvió los rizos y le dijo: «Calamidad».

XI

Durante la primavera y el verano, Esteban y Luciano volvieron a enviarle a Sofía Sánchez mensajes anónimos y apremiantes de amor. Uno ponía el aliento poético y la letra florida y el otro aportaba cifras y fundamentos terrenales, de modo que al final las cartas les salían con un tono de expedientes líricos donde las ilusiones financieras competían en fervor imaginativo con las mejores prendas de la amada, y donde las esperanzas y tribulaciones del amor parecían venir desglosadas en partidas de crepúsculos, corretajes, miradas trémulas, libranzas y suspiros, como si se tratase de un inventario entre sentimental y mercantil. A Luciano le bastaba con pensar en Amalia para que el torrente de la elocuencia anegase el mundo de afinidades imprevistas. Como todo le recordaba a la amada, y como por eso mismo le daba igual evocar una cosa que otra, terminaba diciendo lo primero que se le ocurría: a qué hora se había levantado y con qué pie, si hacía claro o nublado, de qué color era la camisa que llevaba puesta o qué estaba viendo en el instante exacto de escribir la carta: «Ahora ha pasado una golondrina por aquí, y ahora un moscardón, y ahora se oye muy lejos una motosierra».

—Y eso, ¿son palabras de amor? —dudaba Esteban.

—Seguro que sí. Cualquier cosa sincera que se cuente cuando se está enamorado de verdad, es por fuerza de amor. No puede ser de otra manera.

—¿Y si le digo lo que he comido hoy?

—Pues también, siempre que se diga con amor.

De modo que, dándole vueltas a aquel fenómeno, y después de llegar a la conclusión alentadora de que el amor venía a ser como el cerdo, que todo se aprovecha, entre los dos contaban los episodios menudos de la vida de Esteban, y llamaban a las cosas más sencillas por sus nombres más simples, y cuando al final Luciano leía todo de un tirón, a los dos les parecía que, en efecto, se trataba de una carta desbordada de pasiones románticas, y capaz de estimular el corazón más duro o desganado. Esteban, por su parte, crecido por la naturaleza tan hospitalaria de la inspiración, contaba también sus propias cosas: contaba por ejemplo que ya pronto, quizá ese mismo año si, como él esperaba, hubiese una explosión al alza en sus valores eléctricos y textiles, o empezaba a funcionar el negocio de los perfumes, aparecería en la fiesta de agosto para pedir su mano formalmente. «¿Le mando también algún recibí del banco para que vea que esto va en serio?» Luciano no dudaba: también aquel papel era una prueba más de amor. Y en cuanto a los regalos, a Esteban le hubiera gustado mandarle objetos de precio, como perfumes, joyas o pañuelos de seda, pero Luciano le aconsejó que no, que como mucho le enviase alas de mariposa, rizos del pelo o pétalos de violeta silvestre. «¿Cómo voy a mandar esas tonterías?», se escandalizaba Esteban. Y Luciano: «Porque ésos son los mejores regalos que se pueden mandar los enamorados por carta». Esteban no comprendía aquella extravagancia, pero siguió las instrucciones de Luciano, y ya puestos, añadió por su cuenta otras reliquias semejantes: un ala de grillo blanco, una pluma de abejaruco, un trozo de cordel dorado y hasta la piedrecita con vetas de luz azul de su época escolar. ¿Y los viajes, la casa, los proyectos de futuro? Pues lo mismo, porque nada había más holgado y dispendioso que el amor. Así que Esteban le enumeró a la amada los lugares exóticos que visitarían en la luna de miel, y le describió, con detalles aprendidos en revistas de moda, la mansión de ensueño en que habrían de vivir, lo que iban a comer (y Luciano escribía al dictado la interminable relación lírica de menús), la marca y el color de los automóviles y hasta el uniforme de los criados y los nombres que les pondrían a los perros de raza que andarían sueltos por el jardín.

Con esas quimeras vivió algunos meses. Conocía casos de gente que por una mala jugada en la Bolsa se había arruinado en un momento, pero también de otros que en idéntico plazo se alzaron con una fortuna incalculable. Todas las mañanas entraba al casino y leía en el periódico la sección económica con el mismo ánimo que si consultara un décimo de lotería, convencido de que en cualquier instante habría de encontrarse con la noticia de que sus acciones se habían multiplicado como en las bodas de Caná. Porque así de inescrutable era el mundo de las altas finanzas, y así el portento por el que los dineros chicos se pueden desbordar como un arroyo en una noche de tormenta y convertirse en el río sin orillas del dinero grande de verdad. «Es como la religión y los milagros», le explicaba a Luciano, y con la esperanza del milagro se levantaba cada día, y a todas horas se imaginaba entrando en la fiesta de don Celestino Sánchez vestido de esmoquin y fumando en boquilla, mirando alrededor con un licor largo en la mano y reconociendo aquel mundo como el suyo propio. «Cuando se tiene mucho dinero», seguía contando, «se entra muy bien en los sitios y es muy fácil el trato con las cosas, porque es como si las cosas te conocieran de muy antiguo. Pero cuando se es pobre, se tropieza con todo, porque las cosas se ponen en tu contra, y cuesta mucho traspasar los jardines y atravesar las salas sin que los espejos te descubran.»

Esos eran sus sueños, y con ellos vivió hasta que un domingo de finales de julio leyó en *La Voz* que la familia Sánchez estaba por llegar. Entonces, en un momento de desconcierto, que también lo fue de clarividencia, decidió concederse un plazo para poner a prueba su esperanza. Algo así debió de ocurrir, porque a partir de ese día se le vio hacer cada vez más despacio la ronda de la leche, como si quisiera dejarse alcanzar por la sospecha atroz que ya lo perseguía, y aún más despacio salía del casino, después de leer el periódico con el aire ufano y siniestro de quien comienza a recrearse en el triunfo de ver confirmados sus más negros presagios, y con la misma parsimonia errática de adolescente solitario en tarde de domingo llegaba a casa, se le mareaban los bocados de la cena entre conjeturas y aprensiones, y acto seguido llevaba a la mesa el cabás, sacaba el cuaderno de finanzas y los papeles del banco y se ponía a echar cuentas a la luz del carburo. Sus padres lo miraban entre alarmados y solícitos. «¡Qué! ¿Salen o no salen esos números?», preguntaba Manuel, pero Esteban hacía parapeto con los brazos y agitaba la pelambrera y se ponía jorobado para defenderse mejor de la pregunta. Sus tareas se hicieron más lentas e imprecisas. Un día lo vimos apartarse en la plaza para ceder el paso al Oldsmobile descapotable. Cruzó con un rumor fluvial, dejando un rastro festivo de músicas y risas sobre el cual volvió a oírse al rato la estridencia lúgubre del carricoche y el chapaleteo de las cántaras, y vimos a Esteban caminar más y más despacio, como un juguete al que se le fuese acabando la cuerda y cuyos movimientos preludiasen ya ademanes patéticos o agónicos, deteniéndose ahora en las esquinas o en los márgenes de los caminos para rascarse la cabeza y calcular el tamaño de su esperanza y su infortunio, y retomando luego un trayecto que cada vez sugería más el trazado de un laberinto sin salida. Y todas las noches volvía a echar cuentas bajo la vigilancia consternada de Manuel y Leonor, números y números, mientras un remoto confín de grillos avanzaba en el silencio hasta ocupar el primer plano, como si también ellos se obstinasen en una infinita pesadilla de operaciones aritméticas. Tras la puerta abierta de la cocina, se abría cada noche un diseño lunar de bultos fugitivos entre distancias quietas y calizas, y por el día un sol abrasante descomponía los objetos en una brusca geometría de sombras, y ponía en el aire una insidiosa vibración de espejismo.

No habló con nadie durante ese tiempo circular de expiación, ni siquiera con Luciano, y despachaba la leche con la misma tardanza huraña con que pastoreaba los chivos o atendía en el pueblo sus empleos de ocasión. No se le vio ya entrar en la cafetería Cele's con su aparatosa solvencia mundanal y su ropa estival y chillona, ni pasó por el banco para que el capital no dejara nunca de moverse, y a quienes le preguntaban por sus proyectos financieros, les respondía con un aspaviento de contrariedad, y seguía adelante, recorriendo sin descanso su laberinto de números premonitorios y lunas claras por la noche y de calles ardientes y veredas de polvo por el día, cada vez más lento y abrumado, y perseguido cada vez más de cerca por la certeza de la adversidad, hasta que a últimos de agosto se detuvo por fin: como era de prever, el laberinto lo había llevado al mismo callejón sin salida del que había partido un año antes en busca de una esperanza cuyo último plazo se cumplía ahora. Y allí lo vimos, parado definitivamente al fondo del sendero de arena, con las manos caídas y los labios flojos, como exhausto por el largo camino que lo traía de vuelta a aquel paraje sin continuidad ni retorno: vio por el ventanal lejano las luces y los bailes, vio la piscina iluminada y las tumbonas ofrecidas en el césped y bajo los sauces, oyó la música y las risas mezcladas con el agua oculta de las fuentes, y finalmente avanzó unos pasos con torpeza de buzo para comprobar que todo continuaba igual que hacía un año, como si aquel espacio estuviese preservado de la acción del tiempo y fuese por eso mismo inalcanzable o intangible. Había luna creciente, el sendero estaba brillante de riego, corría una brisa desmayada con aromas de cosmética y esparto perfumado, y Esteban, que no llevaba camisa bajo el mono, bizco el compás de los pies, parecía un payaso perdido en el fondo del mar.

Esa noche no echó sus cuentas, y al otro día, y en los días sucesivos, vino Manuel a repartir la leche. Entonces comenzamos a mover los pies y a reconstruir la pieza que nos faltaba de la historia. El propio Manuel nos contaría luego que, a la mañana siguiente, y cuando lo suponía trabajando en la Plaza de Abastos, lo encontró sentado con una especie de ocio titánico en un diferencial roñoso de tractor que había desde hacía años debajo de una higuera. Allí estuvo todo el día, sin querer comer ni atender a razones, y sólo cuando llegó la hora del reparto, Manuel se atrevió a acercarse para decirle que las cántaras estaban ya dispuestas. «Yo de aquí no me muevo», respondió en un tono anticipado de terquedad y de despecho. «¿Y hasta cuándo no vas a moverte, si se puede saber?» «Nunca.» «¿Nunca más?» «Nunca. Sólo para comer y dormir.» Así que Manuel repartió la leche, y esa misma noche, durante la cena, le preguntó en un tono templado pero a la vez conminatorio qué acuerdo era aquel de retirarse a vivir en un hierro debajo de una higuera. Leonor zurcía y hacía escrutinio en un canasto revuelto de retales y ovillos. Esteban se negó a responder, pero cuando su padre se calló definitivamente y el silencio comenzó a saturarse de grillos, preguntó casi a voces, como de lado a lado de una calle:

—¿Cuántas maneras decías tú que había de hacerse rico?

Manuel lo miró haciendo puntería con la memoria:

—Pues ahora mismo no me acuerdo bien.

—Entonces te lo voy a recordar yo. Una era acertar a la lotería o a la quiniela. Otra era la compraventa al por mayor. Otra eran los robos, la extorsión, el contrabando y los secuestros. Otra eran los inventos, como el de la cremallera o el papel del water, otra era la especulación financiera, y la última era el trabajar mucho, el ir ahorrando y el meterse en negocios. ¿Era o no era así?

—Más o menos —dudó Manuel.

—Y ahora, vamos a ver, ¿cuánto hace al año 400 pesetas por día?

Manuel cerró los ojos y se puso a bisbisear.

—Yo te lo diré también: 150.000 pesetas. ¿Y cuántas veces 150.000 pesetas son 200 millones de pesetas?

Manuel hizo un gesto de indefensión.

—Pues también eso te lo diré. A casi siete años el millón, unos mil cuatrocientos años. ¿Es o no es?

—Sí, pero...

—Pues ése es el tiempo que tardaré yo en ser millonario.

—Vaya por Dios —dijo Leonor, y siguió revolviendo en el canasto.

La luz del carburo desquiciaba en las paredes el vuelo de las moscas.

—Esos números están mal hechos —dijo al final Manuel.

—¿Mal hechos? ¿Y eso cómo puede ser? —gritó Esteban.

—Porque hay cosas que los números no pueden medir. Lo dicen los sabios y es una gran verdad.

Alcanzó de una repisa el libro de las frases célebres, se puso los lentes de oro, se mojó un dedo y empezó a pasar las hojas.

—Vosotros buscad, que acabaréis encontrando la desgracia —dijo Leonor mientras desenredaba un ovillo.

—Aquí sólo hay palabras —contestó distraído Manuel—, y las desgracias vienen de la vida, no de los libros.

—Las desgracias vienen de donde uno las busque.

Manuel se ajustó los lentes:

—Aquí está: «Salen errados nuestros cálculos cuando entran en ellos el temor y la esperanza. Molière».

Se hizo un gran silencio de ranas y grillos.

—Y eso ¿qué tiene que ver con los millones y los años? —preguntó Esteban.

—Este sabio quiere decir con esta frase célebre que en las cuentas intervienen dos números invisibles, que son el temor y la esperanza. Es muy difícil de explicar pero es así.

—Y según ese libro —dijo Esteban—, ¿qué cosa hay que hacer para ser rico?

—Este libro enseña a ser sabio, no rico. Pero hay otra frase, no me acuerdo ahora de quién, que dice que el hombre más rico no es el que más tiene sino el que menos desea. Me parece que lo dijo un sabio que vivía dentro de un tonel.

—Pues si él vivía dentro de un tonel, con más razón voy a vivir yo debajo de una higuera —dijo Esteban, y se levantó como impulsado por un soplo interior—. Pero una cosa os voy a decir. He echado cuentas y me ha salido que de la casa a la huerta hay 200 pasos, del campo al pueblo hay 3 kilómetros, yo mido 1,66 y peso 58 kilos, estamos a 2 del 9 del 1977, las cabras son 58 y las gallinas 14, la vaca, una, nosotros, 3, los pavos, 7, y los años que necesito para ser un magnate, 1400. Todo en la vida son números. Toda la vida cabe en una hoja de libreta. Y otra cosa voy a decir, y es que he pensado que, como no puedo ser rico, tampoco voy a ser pobre. No voy a ser ni pobre ni rico —declaró con la voz quebrada y sin mirar a ningún sitio—. No voy a gastar ni a trabajar. Por la noche voy a dormir, y por el día me voy a sentar en el hierro a no hacer nada. Si hay qué comer, comeré, y si no hay, ahí seguiré en el hierro. Y tampoco voy a repartir la leche ni a vender perfumes. Ni voy a bailar debajo de las lámparas ni voy a trabajar nunca más, porque yo no voy a ser ya ni rico ni pobre. Ni tampoco sabio. Ni voy a ir al banco, ni a madrugar, ni a andar por los jardines. No voy a salir al porche con las damas, pero tampoco voy a entrar en el establo. En avión no voy a montar, pero el carrito tampoco lo empujo. No hablaré por teléfono ni firmaré papeles, pero tampoco voy a llevar bolígrafo ni a hablar nunca con nadie. Ni una cosa ni otra. Esas son las cuentas que yo me he echado.

Salió sin fijar la mirada, chocando con el quicio y atropellando a su paso a *Viruta*. Leonor y Manuel, concertados en un mismo pasmo, lo vieron perfilarse en el claro de luna con un trastrueque de pelele. «Puto perro de pobre», lo oyeron maldecir.

De modo que ahora era Manuel quien venía a repartir la leche, mientras Esteban se pasaba los días bajo la higuera acompañado de *Viruta*, al que no le debía de parecer mala aquella decisión, ajeno al mundo y al tiempo, y en un estado de letargo del que apenas salía para ir una o dos veces a la cocina y comer a manotones de cara a la pared. Fue una época simplificada por la terquedad y la quietud. Sólo una tarde, a mitad de septiembre, se levantó de pronto y tomó el camino del pueblo. Buscó a Luciano y le pidió que lo ayudara a escribir a Sofía Sánchez una carta de ruptura, pero esta vez no necesitó de la inspiración ajena sino que él mismo dictó el mensaje de un tirón, y en un tono abrupto que más parecía de vituperio que de excusa. Le explicaba por qué no había aparecido en la fiesta de agosto. Le decía que a lo mejor ella había estado esperando a que él llegase, y que hasta igual había pensado que todo era una mentira o una burla. Pero no era verdad: él había estado allí, mirando de lejos, y si no había entrado es porque todavía no era digno de entrar, ni lo sería ya nunca, y por eso ya nunca habría de aparecer ni volvería a escribirle. Así que la liberaba y se liberaba de todos los compromisos y esperanzas y se despedía para siempre. No quiso escuchar a Luciano, que si en algo creía por esas fechas era en los milagros del amor, y volvió a la higuera y se sentó en el hierro a no esperar nada y a mirar al vacío.

«Bueno, por fin se ha desengañado», dijeron sus padres, que habían asistido con dolor y piedad a su cambio de aspecto y de maneras, y que se habían unido en una mirada de angustia cada vez que en las comidas Esteban acercaba a la mesa el carrito dorado de bebidas con el agua y el vino o cada vez que hablaba de lo que haría cuando cobrase hacienda y poder. Leonor pensaba que nada mejor que aquel desengaño para empezar a encontrarle otra vez el hilo a la realidad. «Déjalo que sufra», decía, «que las heridas se curan mejor cuanto más pican.» Pero a Manuel se le partía el alma de ver a su hijo inerte debajo de la higuera, y se preguntaba si no sería mejor y más fácil traspapelarse en un futuro de proyectos utópicos que intentar la reconciliación con un presente que contenía y agotaba en sí mismo su propio y estéril porvenir. No veía qué ventajas le había reportado a él la vigilia después de un sueño de más de tres años, ni qué mal podía hacerle a Esteban la esperanza desaforada de llegar a ser inmensamente rico, si hasta en las frases célebres se hablaba de la voluntad y de la audacia como afecciones capaces de torcer la fortuna más adversa y hasta de remover los fundamentos de la historia, y en cuanto a los sueños, ahí estaban también los sabios, como Gustave de Bon, que dice que los pueblos pueden vivir sin pan antes que sin ilusiones, y André Maurois, que afirma que una ilusión eterna está muy cerca de la absoluta libertad, o aquel proverbio persa donde se asegura que quien no sabe soñar despierto no conoce de verdad lo que es la dicha.

Tantas vueltas le dio a aquella vieja y delicada certidumbre que, cuando a final de septiembre recibieron la carta de Belmiro Ventura donde les anunciaba su regreso y les pedía que le buscasen una mujer de confianza para las faenas domésticas, y según la leía en alto, la cara se le fue encendiendo con una luz risueña que Leonor reconoció de inmediato porque era la misma de la tarde lejana de otro septiembre en que vio la luna reflejada en el pozo y después miró a la luna de verdad, y luego al pozo, y otra vez a la luna, hasta que de repente el mundo le pareció un juego de dioses en el que sólo entonces le habían concedido el privilegio de participar. Ya toda la tarde anduvo enredado en las alternativas de un soliloquio hecho a dos voces, una que absolvía y otra que condenaba, y fue al anochecer, mientras ordeñaban las cabras a la luz de un farol de petróleo, cuando dijo de pronto, como si hubiera conseguido conciliarlas en una única convicción:

—Ya te habrás dado cuenta de lo que esa carta significa.

—Si significa que también tú te vas a volver loco, más vale que no sigas —dijo Leonor.

—Significa —dijo Manuel sin perder el curso de su pensamiento— que donde el diablo cierra una puerta, Dios abre otra.

—En esta casa es siempre el diablo quien abre las puertas y Dios el que las cierra —replicó Leonor, pero él había empezado ya a ordeñar y, sin hacerle caso, mirándola de vez en cuando por encima de la cabra, se puso a explicarle su versión de los hechos.

Le parecía evidente que Belmiro Ventura, vencido al fin por los escrúpulos de la conciencia, y quién sabe si por el propio barrunto de la muerte, regresaba como los toros buscando el arrimo de las tablas, y con la idea purificadora de restituirles los derechos usurpados del Conquistador. «¿Por qué si no iba a volver a este lugar de decadencia, cinco años antes de la jubilación?» No hubo ya quien lo desengañara de esa hipótesis, y cada vez que Leonor intentaba argumentar en contra, él decía:

—Pero si la cosa está más clara que el agua. Don Belmiro no tiene descendencia, y nosotros somos sus únicos parientes, y Esteban es el primogénito de la estirpe. Por ley, y por lógica, y por decencia, le tiene que dejar la herencia a él. ¿Por qué crees tú si no que nos iba a escribir? ¿Es que no tiene medios, con su fortuna y apellidos, de contratar una criada en cualquier otra parte? Te digo yo que lo que busca con la carta es un acercamiento y una reconciliación entre las dos ramas de la familia, los Venturas y los Tejedores. Y te digo además que a ese hombre no le dejan vivir los remordimientos. Lo dice Juvenal: «El primer castigo del culpable es que jamás será absuelto por su conciencia».

—Tú con las frases arreglas siempre el mundo.

—Yo no. Los sabios. Como dice Federico el Grande, un hombre no es más que lo que sabe.

—Pues a ese Federico lo ponía yo aquí a ordeñar y a padecer, a ver qué decía entonces, y a ver qué era y qué no era.

La cabra, muy docta y severa, giraba imparcialmente la cabeza y los oía a los dos, como haciendo examen y censura del coloquio. Sí, el asunto estaba tan claro que parecía mentira que Leonor pudiera oponerse a que la fortuna entrase por la puerta.

—Es más, te voy a pedir una cosa, y es que, como gesto

de buena voluntad hacia don Belmiro, y para establecer desde el principio buenas relaciones, aceptes tú el puesto que nos solicita en la carta.

Y sin dar tiempo para la réplica, le cogió las manos por debajo de la cabra:

—Hazlo por nuestro hijo, para que cuando faltemos nosotros pueda seguir siendo persona. Piensa en él y luego escucha a la razón a ver lo que te dice.

Leonor supo entonces que cualquier respuesta sería absurda o inútil, y reconoció en el tono de la voz de Manuel, y en sus ojos fijos asomados por encima de la cabra y alumbrados a rachas por la llama oscilante del farol, el signo fatal de las esperanzas invencibles. Uno tras otro, sin hablar, cruzaron el corral nevado de luna y entraron en la cocina, donde Esteban comía con gestos de forzudo de cara a la pared. Manuel esperó a que acabara la cena, y cuando ya se levantaba para retirarse a su cuarto, lo detuvo con una mano en el pecho:

—Siéntate un momento y escucha lo que voy a leerte.

—Si es una de esas frases célebres, prefiero no oírla.

—Tú escucha y calla.

Se ajustó los lentes en la punta de la nariz, acercó la luz, estiró los brazos y leyó la carta con voz clara y silábica, enfatizando las palabras como si les sacase un segundo sentido. Y cuenta Manuel que, al principio, Esteban no comprendió, o no se atrevió a comprender, y que lo miró desde la lejanía del recelo, calculando quizá la hondura de aquella nueva ofensa que le infligía el destino, mientras en el silencio se oía el zumbido del carburo y el trajín de Leonor con la leche.

—Y ahora —dijo por fin Manuel, quitándose gravemente los lentes—, te voy a explicar el trasfondo de estas letras.

Entonces se levantó como si estuviera en un juicio o ante una asamblea, y paseándose con una mano en la barbilla y argumentando con la otra, expuso otra vez su versión de los hechos. Habló de la primogenitura, de las usur-

paciones, de la herencia, de los cuatro siglos de oprobio, del resplandor final de la justicia. Pero enseguida, exaltado por la sonoridad y altura de sus palabras en la noche calma de septiembre, empezó a elevar la voz y a hacer aspavientos y a pasearse con trancos cada vez más rápidos y largos, hasta que de pronto se detuvo y agitó un índice triunfante:
—¡Te enseñaré la prueba!

Se precipitó a un rincón, abrió el arca, buscó y sacó del fondo el tubo de lata, lo desenroscó y extrajo un trozo de pergamino, sucio e ilegible, que los Tejedores se habían legado a través de las generaciones y donde se mostraba irrebatiblemente, porque estaba escrito de puño y letra del Conquistador —siguió gritando y agitando el índice—, la validez de sus derechos.

—¡Tú eres el primogénito, ya es hora que lo sepas, y él es sólo un usurpador! Y ésta es la historia de un expolio de cuatro siglos. Pero ahora, Dios ha querido que la rama de los usurpadores se haya extinguido y que quede la nuestra, representada en tu persona.

Apenas se distinguían en el documento unas letras salteadas y borrosas que Esteban examinó no tanto en el papel como en la cara exultante de su padre. Preguntó si aquel don Belmiro tenía mucho dinero. «¿Mucho?», se asombró Manuel, e hizo un gesto de cosa incalculable. Esteban preguntó si era más rico que don Celestino Sánchez. «Pues muy seguramente, y hasta puede que más», y contó que de niño había oído hablar a sus padres y a sus abuelos del tesoro de don Quintín, parte del cual fue a parar a manos de los usurpadores y parte soterró, y hasta se decía que en el pergamino, cuando era legible, constaba el sitio exacto: debajo de una losa del patio, justamente aquella que alumbrara el primer rayo de la luna llena de julio. «Pero, de esto, ni una palabra a nadie», susurró, «porque éste es el gran secreto de los Tejedores.» Y enumeró a continuación los bienes que, según el pergamino y la leyenda, contenía el tesoro, porque aquel sí que era un verdadero tesoro, y no el que ellos guardaban en el arca. Había allí, además de muchas perlas y monedas ensayadas de oro, una piedra bezaar sacada del buche de una cervicabra, y que tenía propiedades curativas inmensas, un ramito de hololisque, con cuyo olor, si seguía oliendo, se podía vislumbrar el porvenir, un yelmo de plata pura del Potosí y hasta la cabeza reducida del jefe araucano Michimilongo, y muchas cosas más, a cual más extraña y costosa. «Y eso por no hablar de la herencia de don Belmiro, que debe de ser enorme, porque son las riquezas amasadas durante cuatro siglos de dominio», dijo, mientras cerraba el tubo y lo escondía otra vez en el arca.

—¿Y si todas esas cuentas tampoco salen luego? —preguntó Esteban.

—Tú piensa sólo en esto: ¿a quién le va a dejar la herencia sino a nosotros? ¿A los curas o a los pobres? No, eso no puede ser. Y además, su regreso sólo puede significar una cosa: que está enfermo y ha olido ya a la muerte.

—A lo mejor se muere antes de un año —aventuró Esteban.

—No me extrañaría —murmuró Manuel.

Leonor se santiguó:

—Que Dios os perdone a los dos por pensar esas cosas.

Siguió un silencio largo, que enseguida se llenó de grillos. En la cocina, los tres Tejedores se habían quedado absortos, como hechizados por aquel coro unánime. La luna lucía en lo alto del hueco de la puerta.

—Sí —dijo al final Manuel con la voz remota y la vista desparramada en el vacío—, algún día tú serás un caballero de verdad.

Segunda parte

I

1

Belmiro Ventura ya no recuerda con exactitud cómo empezó a enredarse en la telaraña de la realidad. Quizá todo se inició con los ruidos, o quizá con las lluvias de noviembre, o con los papeles, los ratones o el tiempo, vayan ustedes a saber, y hace con los brazos un gesto de abdicación y se queda con la vista floja en los cerros del fondo, congraciado ingenuamente con los ángeles, mirando el camino por donde llegó una noche clara de hace ya muchos años. O quizá todo sobrevino a la vez y de golpe. Belmiro Ventura no está seguro de la cronología y va contando y titubeando con los dedos: los ruidos, las lluvias, los papeles, las melodías, el tiempo, y no le sale el orden, se ríe con una mueca mellada de sátiro viejo y se rasca el cogote, hasta que luego la memoria se pone a recordar hechos dispersos, va rescatándolos al azar y disponiéndolos en una secuencia que no es la lineal y progresiva de los episodios históricos sino la simultánea y envolvente de los laberintos o los sueños, donde las piezas se repiten incansablemente en una sucesión siempre ficticia. Y entonces, por evocar alguna fecha exacta, elige un día cualquiera de finales de enero y recuerda que aquella noche, en una duermevela laboriosa que ya iba siendo crónica, había vuelto a oír a los ratones, y al perro, y al pájaro en el laurel, y al viento recorriendo la casa con la misma obstinación estéril con que él la transitaba por el día como un ánima en pena. Al perro lo había oído ya la primera noche, y cuatro meses después continuaba aullando sin consuelo. Comenzaba al filo de la medianoche, y aunque el aullido se producía muy lejos, por alguna extraña carambola acústica llegaba al dormitorio como si viniese desde el patio.

Y luego estaba la pesadilla diurna, tejida de leves contratiempos que le turbaban a todas horas la paz del espíritu. Por ejemplo, Leonor, la mujer que en mala hora lo asistía, y que de pronto se ponía a cantar el estribillo de un bolero, una y otra vez, con intervalos de calma sobre los que se cernía implacable, y mucho peor que el estribillo mismo, la amenaza de su repetición. Y cuando se atrevió a prohibirle los cantos (para escándalo de Leonor, que consideraba la actividad musical como uno de los más antiguos y sagrados privilegios de la servidumbre doméstica), fueron en el silencio reconquistado las campanadas de las horas, cuyos ecos lúgubres dejaban en el aire la pesadumbre de otros siglos, el rumor del aire en el laurel, el soniquete de las baldosas en el piso de abajo, y que cada vez que Leonor las pisaba resonaban arriba (y ya tres veces le había advertido que procurase evitarlas, y ella se había alejado refunfuñando contra tanta santísima puñeta), y los chirridos del carricoche de aquel espantajo que rondaba la casa como si la estuviera sometiendo a un asedio, y el concierto de piano que llegaba cada tarde de la casa vecina, y luego los ruidos de la calle, y el tiempo, el frío, el viento y la humedad. Sí, algo marchaba mal en el mundo, o al menos en la parte del mundo que a él le correspondía. La prueba estaba en que desde que vino aquí buscando la paz y el tiempo libre para dedicarse por completo al estudio y a la reflexión, y sobre todo a ordenar sus papeles y a componer con ellos una obra memorable que lo defendiese de la postergación y de la ruina y que diese sentido a su empeño de toda la vida («toda una vida», decía uno de los boleros invencibles de Leonor, y a él le parecía oír la voz de la conciencia o del destino), casi cuatro meses hacía ya, apenas había logrado leer de corrido más de media página, ni escribir cuatro líneas, ni escuchar el movimiento completo de una sinfonía, sin sufrir algún sobresalto.

Y el caso es que al principio todo había transcurrido mejor de lo previsto. Había llegado al filo de las doce de una noche clara de mediados de octubre. Los que lo vieron llegar (una vieja de más de noventa años que vigilaba tras los visillos y tres o cuatro muchachos que fumaban y escupían sentados en un banco bajo el castaño solitario y a la luz del único farol que había en la plaza) no lo reconocieron, una por su poca memoria y los otros por su poca edad, pero todos contaron que bajó del taxi con una bolsa de viaje y que, sin mirar alrededor ni concederse un instante de duda, se dirigió a la puerta con la llave ya lista, y que apenas necesitó inclinarse sobre la cerradura porque ya los años lo habían encorvado lo justo para acertar con ella a la primera. Y así, con aquel leve encogimiento, que más parecía una cualidad del carácter que un accidente de la edad, lo vimos pasear los primeros días, a cualquier hora y por cualquier parte, correspondiendo con cabezadas protocolarias a quienes lo saludaban al pasar y absorto siempre en su alta tarea de paseante, como si se hubiera perdido ventajosamente en un laberinto que —luego lo supimos— no estaba hecho de encrucijadas y senderos sino de fracciones enmarañadas de tiempo. Pero él sí, él ya sospechaba en qué tipo de extensión se había extraviado, y todavía recuerda que la noche de su llegada, apenas sonó a sus espaldas el chirrido de la puerta, oyó el resuello del silencio, antiguo y rumoroso como el de una caracola, y luego el eco deforme de sus pasos, multiplicados en las bóvedas y más lejos aún, en el trasmundo de espanto de los desvanes, y hasta en los confines del recuerdo, donde se alojaban terrores infantiles largamente olvidados, y cuenta que entonces tuvo miedo de dejarse ganar por la extrañeza o la nostalgia. Buscó la luz a tientas, no tanto en la pared como en la memoria, y una bombilla de pocos vatios insinuó una perspectiva trémula en el corredor. Leonor había limpiado y oreado la casa, y había dejado abiertas algunas ventanas y entornado el portón del patio, donde se oía, como un cauce oculto de agua bajo la claridad lunar, el rumor del laurel. Le pareció que cualquier acto o pensamiento alteraría la delicada trama de aquella realidad inestable, y que estaba a punto de sucumbir al devaneo sentimental, así que dejó la cena tibia e intacta en el fogón y subió de inmediato al piso alto, encendiendo y apagando luces, echando aldabas y cerrojos, trajinó unos instantes en el baño y sólo cuando estuvo a oscuras en la cama y oyó a lo lejos las campanadas de la medianoche y el aullido del perro, sintió por primera vez en la vida la soledad última de quien se ha quedado huérfano de sus propias costumbres.

Al otro día, en efecto, apenas vio alentar por las rendijas la luz del amanecer, sufrió la impresión de que el día iba a ser demasiado grande para gastarlo con provecho. Esa fue la primera sospecha: que en vez de disponer del tiempo que siempre le había faltado para consagrarse por entero a la soledad y al estudio, ahora los días se anunciaban tan anchos que acaso no supiera por dónde empezar a vivirlos. Ahora, las horas le sobraban por todas partes, pero a la vez no le alcanzaban para nada. Sin embargo, recibió con alborozo aquel hallazgo. Tal como había previsto, una tarde templada de octubre se encontró sentado bajo el laurel, con un libro olvidado en el regazo y rendido al prodigio de aquel sosiego apenas turbado por un piano de la vecindad o por las campanadas de los relojes públicos, que venían a romper la ilusión de que el tiempo se había detenido, y con él los trabajos y las servidumbres de la vida. Y tampoco en los días siguientes sintió el apremio de la lectura o de la música. Se levantaba con el amanecer, más por costumbre que por vocación, y salía a pasear hacia el río, deslumbrado por la novedad de los hábitos y por la lisura de las horas, deteniéndose a observar el rastro de un caracol o a escuchar las melodías del agua y del aire entre los chopos, y cuando regresaba, ya con el sol bien alto, se sentaba en el sillón de su despacho del primer piso, junto a la doble ventana gótica cuyos vidrios arlequinados y envenados de plomo cernían la luz y le daban a la estancia una atmósfera de recogimiento monacal, y abría un libro que no leía, o ponía una música que no escuchaba, porque enseguida se dejaba ganar por la extrañeza y el gozo de encontrarse allí, en aquel lugar que invitaba a ser considerado como un refugio invulnerable contra las adversidades de la vejez y los desórdenes del mundo. «Es suficiente con la paz», se decía, «para vivir es suficiente con la vida misma.» Y pensaba si el secreto de la felicidad, e incluso del auténtico conocimiento —como él sabía antes incluso de leer a los viejos estoicos, aunque con esa rutina mental que no llega a formar sabiduría ni menos aún a cuajar en convicción—, no consistiría sólo en el arte de renunciar a esas grandes y vanas tareas que no nacen de las apetencias del corazón sino de las exhortaciones del orgullo, del honor o del miedo, y que impiden el análisis y el disfrute de los modestos enigmas cotidianos. Sí, quizá el principio de la sabiduría fuese eso: observar pacientemente, y con el mismo fervor que había dedicado a los escritos de Jacob Burckhardt, la pureza de líneas de una sombra o el vuelo de una mosca en un rayo de sol, exactamente con aquella científica y piadosa alegría con que Leonardo da Vinci descubre y anota que los árboles son más luminosos por la parte que sopla el viento, o que los objetos oscuros parecen más azules cuanto mayor es la claridad que los envuelve.

«Sí, es suficiente con la vida y con los pequeños misterios de la vida, que al final resultan ser siempre los más grandes», y todas las mañanas se dejaba invadir y purificar por aquellas creencias, hasta que a las diez oía llegar a Leonor, la oía cantar en la cocina y al rato —concentrándose en el placer del oído— seguía el avance de sus pasos en la escalera cuando a las 10.30 en punto le subía el desayuno. «Buenos días, don Belmiro.» Y él respondía con un saludo cortés y mesurado, aunque secretamente jovial, porque también aquella escena formaba parte de los dones diarios de la realidad y era digna por tanto de ser vivida y constatada.

Y del mismo modo que intentaba cultivar la curiosidad intelectual hacia las pequeñas cosas del entorno, se complacía también en la tolerancia y la paciencia cuando Leonor, después de dejar la bandeja en la mesa, se quedaba allí, de pie, con las manos juntas en el regazo, como si esperase una orden o se dispusiera a recitar en público. «¿Ha dormido usted bien?, ¿quiere algo especial para comer hoy?, ¿le parece que le haga ahora la cama y le limpie esto un poco?», y Belmiro Ventura iba diciendo que sí o que no, y ella entonces, aprovechando que las respuestas breves y amables dejaban un espacio disponible para la locuacidad, introducía comentarios a sus preguntas y acababa encontrando la ocasión para decir que Manuel y Esteban («¿Se acuerda usted de mi marido, don Belmiro, de su primo Manuel?») le mandaban recuerdos, que Esteban estaba ya muy alto, casi tanto como su padre, y que los dos se ofrecían para limpiarle el patio de malas hierbas y para reparar otros desperfectos de la casa. Y Belmiro Ventura: «Salúdelos de mi parte», y se recostaba en el sillón como si se acomodase para un largo viaje, mientras Leonor hablaba de lo trabajador y ahorrativo que era su Esteban («¿No lo ha visto usted repartir la leche con un carrito? Pues ése justamente es él»), del buen tiempo que hacía, aunque no para el campo, de las muchas cosas que habían pasado por allí en los últimos veinticinco años, unas buenas y otras malas, como les ocurrió a ellos con la muerte de Florentino y la enfermedad de Manuel, que se pasó tres años con la manía de que estaba soñando, para que usted vea que las desgracias como las golondrinas nunca vienen solas, ¿no cree usted, don Belmiro?, y él asentía, intentando seguir el hilo de la enumeración, y sólo cuando se levantaba para sentarse a la mesa, comenzaba Leonor a retirarse, refiriendo aún lo caro que se había puesto todo, lo dura que era a veces la vida o lo titiritera que les había salido una cabra, como que se pasaba más tiempo en los tejados que en la pastoría y le habían puesto de mote *Pinito del Oro* («¿Usted no ha visto en Madrid a Pinito del

Oro?»), y salía al pasillo sin dejar de hablar del gran invento que era la televisión y de si no la había visto la noche en que los americanos llegaron a la Luna, y de lo dulces que habían salido los higos este año, y cuando llegaba abajo el discurso se le había convertido en monólogo y el monólogo en música, y ya no dejaba de cantar en toda la mañana.

Pero por entonces a Belmiro Ventura no le incordiaban los ruidos ni la música, quizá porque aún tenían el encanto de la novedad, o bien porque los interpretaba como el tributo insignificante que había que satisfacer por el privilegio de habitar en un tiempo exento de afanes y temores, y tan ilimitado y tan pacífico que, al rato, después de deambular por la casa sin saber qué hacer y de todos modos sin ganas de hacerlo, se ponía de nuevo el sombrero y salía a pasear por las calles del pueblo y los senderos del contorno. Caminaba ausente y desahogado, recreándose en la lentitud deliberativa de los pasos y de la mirada, como si más que del paseo o del paisaje disfrutase de la plenitud de los instantes y de la confirmación de la propia y soberana ociosidad. Lo vimos detenerse a examinar un balcón de estilo o a descifrar una inscripción borrosa, lo vimos ganar un alto y divisar el panorama, lo vimos varias veces atravesar la plaza y pasar ante nosotros, que apenas movíamos ya los pies cuando le devolvíamos el saludo y girábamos a una la fila de cabezas para verlo alejarse hacia ninguna parte con el mismo aire absorto y ejemplar de su edad juvenil. Y tanto y por tantos rumbos anduvo, que era inevitable que sucediera lo que nosotros habíamos estado esperando desde el primer día. Llevaba unas dos semanas en el pueblo y nos habíamos acostumbrado a su presencia, o al menos a aquel período ininteligible de tregua, cuando una tarde empezamos a mover locuazmente los pies al verlo tomar al fin el camino de la Levantinita.

2

Desde la noche en que recibieron la carta de Belmiro Ventura y Manuel dedujo que su regreso sólo podía significar la restitución de los derechos usurpados, Esteban dio por supuesto que no había más que sentarse delante de la casa, o bajo el naranjo, o en cualquier parte desde donde se pudiera vigilar el camino para verlo aparecer a lo lejos, andando despacio y cabizbajo, como correspondía a quien llegaba vencido por la enfermedad y por los años, pero sobre todo por el clamor de la conciencia. Y entonces él, Esteban Tejedor Estévez, primogénito de la estirpe, esperaría a que el caminante se detuviese en su presencia con la mirada baja, y aguardaría aún a comprobar que el silencio era ya definitivo, y sólo en ese instante se levantaría sin el menor gesto de servidumbre o altivez y le diría: «Señor, le perdonamos. En nombre de nuestros antepasados, los Tejedores, perdono a los suyos de cuatro siglos de usurpación y de oprobio. Como dijo Napoleón: "El perdón nos hace superiores a los que nos injurian"». Eso ni más ni menos le diría. Había estudiado muchas veces la frase y la había ensayado ante *Viruta*, que sentado a dos patas, ladeando astutamente la cabeza a un lado y al otro, fruncido el ceño, atendía queriendo descifrarla, y que ahora, cada vez que volvía a oírla, la interpretaba como una orden incomprensible y, por hacer algo, se adelantaba al camino a aullarle a la distancia. También la había ensayado desdoblándose en ambos. Primero hacía de sí mismo y, ante la ofuscación desolada de *Viruta*, después de pronunciar la frase histórica de perdón retrocedía tres pasos y, convertido ya en usurpador, se sacaba del bolsillo una hoja de higuera a modo de testamento y se lo entregaba con una agachada versallesca a quien con un brinco de arlequín se ponía de inmediato en disposición de recibirla. *Viruta* entonces, en su angustia de no entender, bajaba avergonzado la cabeza y lo miraba lastimeramente de reojo.

En realidad, todo aquel protocolo y elocuencia procedía de Manuel, que muy pronto empezó a atormentarse con el temor de que, cuando Belmiro Ventura conociese a Esteban, lo juzgase indigno de la estirpe, de la primogenitura y de la herencia. Así que se puso a educarlo a toda prisa en el arte de la sensatez. Le enseñó primero algunas frases célebres, que Esteban trabajosamente logró memorizar. «Si te pregunta algo difícil», le aconsejaba, «tú no hables. Miras a otra parte, así», y ponía un mirar trascendente y lejano, «y si te sigue preguntando y no sabes qué contestar, le dices una de las frases, por ejemplo: "El que habla siembra, el que escucha recoge", y otra vez te callas.» Las demás sentencias eran también enigmáticas y podían encajar en cualquier ocasión. Intentó enseñarle igualmente modales y gestos, y a andar con dignidad, y a comer con fineza, hasta que al final se resignó a la esperanza de que, al ver a Esteban tal como Dios lo había traído al mundo, podría más en Belmiro Ventura la caridad que los prejuicios. De modo que todo (el ceremonial del encuentro, las fórmulas de las capitulaciones, los pactos posteriores) estaba listo para aquella gran escena, con la que concluirían cinco siglos de reivindicación y de expolio. Sólo faltaba por tanto la aparición de Belmiro Ventura, pero pasó una semana y luego otra, entraron en un noviembre ensimismado y tibio, y Belmiro Ventura no había comparecido aún.

A quien sí veían venir dos veces al día era a Leonor, que llegaba cantando por el camino, sin prisas, para que el canto le durase. Apenas la oían, Manuel y Esteban salían a su encuentro y la acosaban con todo tipo de preguntas. ¿Qué hacía don Belmiro? Y ella les explicaba lo de siempre, que se levantaba con el alba, que se pasaba el día paseando o encerrado entre sus libros, escuchando música de muertos y mirando a las musarañas, y a veces recorriendo la casa como un ánima en pena. ¿Y qué había dicho sobre ellos y sobre la herencia? Y Leonor: manda recuerdos, nada más, porque aquel hombre hablaba sólo lo justo, y casi siempre menos que eso. Manuel se mantenía retirado unos pasos, en una zona de serena o vaga expectativa, como si hubiera regresado a su limbo terrenal, pero Esteban no se cansaba jamás de hacer preguntas. Qué comía, por ejemplo. Y Leonor le contaba sus comidas sencillas y frugales —tortilla francesa, verdura cocida, pescado hervido, filetes a la plancha—, y esto es lo que Esteban no podía comprender: cómo un hombre rico y poderoso no se dedicaba a tener coche y a correr a todo gas por esas carreteras de Dios, o a entrar en los bares y restaurantes y a atiborrarse de berberechos, de gambas a la gabardina, de calamares fritos, de huevos rellenos, de caviar, de mariscos, y de todas las cosas buenas y caras que hay en este mundo, y de las que él, cuando fuese rico, no iba desde luego a privarse. Ni automóvil, ni televisión, ni teléfono, ni piscina, ni lámparas en los rincones, ni aire acondicionado, ni perro de marca y compañía, ni caballo de paseo, ni coto de caza, ni actividad deportiva, ni músicas alegres, ni cruceros de lujo, ni la nevera rebosante ni los armarios llenos de trajes a la moda. ¿No era aquello avaricia y pecado? ¿Cómo entender si no aquella villanía de burlarse de los pobres, a los que parecía remedar tan despiadadamente negando la riqueza? Porque en aquellos días de espera, a Esteban se le había recrudecido la pasión por el lujo. Había hecho incluso planes con su padre, que le aconsejaba que con el dinero de la herencia se dedicase a la ganadería fina, con vacas charolesas, gallinas Leghorn y carneros bretones, y que se convirtiese en lo que a él siempre le hubiera gustado ser: un señorito de la tierra. Pero Esteban, embarullado por la televisión (se había comprado con sus ahorros un aparato portátil y se pasaba las horas viendo indistintamente los programas y la publicidad), las revistas ilustradas y las secciones económicas de los periódicos, pensaba más bien en boatos urbanos y en negocios puramente financieros, de esos que se materializan no tanto en mercancías como en papeles que hay que firmar, botones que pulsar y teléfonos que atender, del mismo modo que la riqueza y el poder no necesitaban para manifestarse en su imaginación sino de unas cuantas imágenes alusivas: la luz esparcida de las lámparas, el brillo de los objetos de precio en la oscuridad, las puertas correderas abiertas sobre la profunda geometría de un jardín, la amplitud señorial de un porche iluminado por faroles, el silencio siempre disponible de los criados, los alambres de la sonrisa de la amada o el ritual de los banquetes al amor de las velas y al compás servil de los violines. De esa sustancia despareja estaban hechas sus visiones del lujo y del poder. Pero pasaba el tiempo y Belmiro Ventura no llegaba a la cita. «Ni vendrá», decía Leonor. «Ese hombre ni siquiera sabe dónde vivimos.» «En el fondo da lo mismo que venga o no», aseguraba Manuel con un acento augural en la voz, «porque Esteban es el primogénito y la herencia va a ser suya de cualquier manera. La ley lo protege, y el asunto está en saber si se la va a dejar antes o después de morirse.» Y Esteban lo miraba desde su viñeta de ilusiones sin fin. Los días eran todavía templados, y a él le gustaba quedarse hasta tarde tomando el fresco y viendo cómo la noche iba cerrando sobre el mundo, mientras las imágenes alusivas se combinaban en su mente como bazas de dados, formando figuras que tan pronto eran amables como se deformaban en disparates monstruosos. Y aunque ya habían pasado muchos días sin que el usurpador hubiese enviado ni siquiera una señal de complicidad, él se mantenía invulnerable al desaliento, quizá porque su esperanza había saltado no sólo por encima del presente sino también sobre los hechos de un futuro próximo y más o menos predecible para ir a establecer su reino en la lejanía de un porvenir inviolable y espléndido. Manuel sin embargo parecía agotado y ausente por los trabajos de tener que combatir las incertidumbres diarias con argumentos de apariencia lógica, y quizá por eso era como si viviesen, padre e hijo, en dimensiones distintas del tiempo pero complementarias de la misma apremiante y todavía intangible realidad.

Una tarde, al fin, Esteban divisó al fondo del camino una figura minúscula que ya había visto otras veces y cuyas trazas esquemáticas (un sombrero y un gabán de entretiempo levemente encorvados) eran inconfundibles. Y cuenta Manuel que él estaba limpiando el establo cuando Esteban llegó corriendo y señalando compulsivamente al horizonte. Con la horquilla suspendida en el aire, y luego apoyado en ella con ambas manos para afinar la puntería, Manuel miró el confín desierto. Esperaron: quizá el caminante prosiguiese su avance por una de las depresiones del sendero ondulado. Manuel recuerda que aquel día había amanecido nuboso y que ahora un viento húmedo empezaba a desatarse por el campo inmóvil, polvoriento y exhausto después del largo verano abrasador. «Va a llover», dijo, pero Esteban no lo oyó porque, después de haber escrutado la distancia hasta agotar las expectativas, de pronto echó a correr hacia el primer alto del camino, mientras Manuel seguía examinando el cielo problemáticamente, como si fuese un animal en venta y temiera que lo engañasen en el trato. Pensaba que su hijo había sufrido una ilusión, y también Esteban estuvo a punto de admitirlo cuando llegó al alto justo a tiempo de ver de nuevo al caminante, sólo que ahora más pequeño y en sentido opuesto, porque ya estaba hundiéndose en la línea del horizonte, y poco después sólo quedó el sombrero dando saltitos sobre un fondo de nubes de lluvia. De modo que no tuvo ocasión de alertar a su padre con gritos o aspavientos sino que permaneció un largo rato allí, alelado e inmóvil, con la pelambre agitada por el primer viento del otoño, como una estampa bufa de arquetipo romántico.

«¿Por qué se dio la vuelta cuando ya estaba cerca?», le preguntó esa y otras noches a su padre. Y Manuel: «Habrá sido una figuración. A veces las cosas no acaban de existir del todo, como me pasó a mí con Eisenhower». «A lo mejor es que está esperando a que vayamos nosotros.» Y Manuel: «Quién lo puede saber. Quizá la solución fuese encontrarse a medio camino, como en los armisticios». Así que Esteban decidió que, en cuanto se presentase la oportunidad, se haría el encontradizo con el usurpador, y se puso a idear lo que le diría para que ni su dignidad ni su esperanza quedaran desairadas.

3

Sin embargo, fue justo entonces cuando Belmiro Ventura suspendió bruscamente sus paseos y durante algún tiempo no se le volvió a ver fuera de casa. Su reclusión comenzó la misma tarde en que se detuvo en el camino de la Levantinita, alarmado por la inminencia de la lluvia, y tras unos instantes de duda decidió regresar. Esa noche se inició una llovizna fría sesgada por rachas de ventisca que lo obligó a afrontar de improviso la travesía de un tiempo sin orillas. Y fue también entonces cuando volvió a sentir la llamada de la soledad y del estudio. Interpretó incluso su encierro forzoso como una invitación del destino a cancelar aquella época de imprecisión y de bonanza y a emprender la tarea por la que se había retirado a aquel lugar. Tal como había previsto, una mañana se lanzó al fin a revisar la biblioteca y a ordenar sus escritos. Metódico, activo, secretamente regocijado, revestido con un guardapolvo y con una visera de cartón negro para protegerse de la refracción del papel, y rodeado por el olor melancólico de la cal mareada de lluvia, comenzó a curiosear en las estanterías, aquí y allá, a modo de entrenamiento, y enseguida volvió a hacerse cargo de la verdadera magnitud de su empresa. Todo estaba mezclado inextricablemente. La mayoría de los libros aparecían llenos de notas marginales, que había que examinar y agrupar por épocas y temas. Y lo mismo ocurría con los cuadernos. Abrió uno al azar: noticias sobre la población en algunos pueblos castellanos del siglo xv, apuntes para un estudio sobre la encomienda indiana, comentarios a la filosofía de la naturaleza de Francis Bacon, la reseña de un libro *(El problema cerealístico en España durante el reinado de los Reyes Católicos,* de Ibarra y Rodríguez) del que no recordaba absolutamente nada, notas sueltas sobre el *Oratorio de Navidad,* de Bach, y otros escritos pertenecientes a los distintos proyectos de su vida: la biografía exhaustiva que pensó hacer de su antepasado ilustre y que se quedó en mera separata, la tesis que inició y no concluyó, y el gran fresco histórico seminovelado de la Edad Moderna, que acabó también disipándose en su ambiciosa vaguedad. Pero él mismo cuenta que, a pesar de aquel galimatías, no perdió la compostura ni el rigor de sus actos. Se quitó los lentes y durante un rato vio caer la lluvia tras la ventana gótica, como si confirmase en ella el convencimiento de que, cuando lograse poner orden en aquel caos, resultaría muy fácil que tan ingente material disperso adquiriese un sentido, aunque sólo fuese el inevitable de la cronología o de la temática. Con esa confianza, volvió a la tarea.

Comenzó a elaborar un índice de materias con la intención de pasar a limpio las notas manuscritas de los libros y el contenido fragmentario de los cuadernos, carpetas y papeles. El primer libro que abrió trataba de la actividad bancaria en Amsterdam hacia el 1600. La primera nota al margen decía: «Ir a página 189 de *Histoire de l'Espagne musulmane,* de Lévi-Provençal». Se levantó, trajo a la mesa el libro referido y consultó la página 189. Leyó allí de su puño y letra: «Ver página 94 de *La época del mercantilismo en Castilla,* de José Larraz». Buscó a Larraz, y en la página indicada encontró una nota que, tras algunas disquisiciones, invitaba a cotejar la página 102, volumen III, de la *Biblioteca española económica y política,* de Sempere y Guarinos, la cual remitía a su vez al cuaderno número 11, página 35, donde, en efecto, se comentaba a Larraz y a Sempere y Guarinos pero apoyándose en una referencia a *Los pueblos de España,* de Caro Baroja, en cuya página 97 aparecía una advertencia subrayada en rojo: «¡Comparar con página 187 de la *Historia de la propiedad comunal*, de Rafael Altamira!». Y no sólo eso: Altamira lo llevó a otro libro, y éste a otro, y así sucesivamente, como en un infinito laberinto de papel, hasta que en uno de ellos se le despachó de nuevo a otra página y a otra nota del libro original sobre la banca en Amsterdam hacia 1600. Entonces, tras comprobar que tampoco se cerraba allí la cadena bibliográfica, dejó los lentes a un lado y se concentró otra vez en la lluvia. Sólo con un suspiro que hasta Leonor oyó en la cocina, logró volver al tajo.

Mientras caía en la cuenta de que lo que estaba haciendo era reescribir lo escrito en cuarenta años de erudición y soledad, cedió por un instante a la tentación de calcular el tiempo que tardaría en concluir aquella etapa meramente preparatoria. Siguió trabajando, pero ya indeciso y distraído, oyendo la cantinela de la lluvia y pensando involuntariamente en los libros esenciales que le quedaban por leer, en los muchos cuadernos y cartapacios atestados de papelotes que, letra por letra, habría de transcribir, y en cómo luego aún tendría que organizar y rehacer todo en torno a un plan y a una intención que unificara aquel tumulto. No pudo menos que comparar aquellos cálculos con el de los años que le restaban por vivir, nostalgias que vencer y achaques y enfermedades que sobrellevar. Pero continuó con su labor frenética de amanuense, oyendo la lluvia e identificándose con ella en perseverancia y en mansedumbre, y cuando pocos días después subió Leonor una mañana a avisarlo de que la comida estaba lista, lo encontró oculto entre montones de libros y cuadernos, y escribiendo con la misma furia que le había empitonado el pelo y puesto en los ojos un fulgor errático de fiebre. No quiso comer por el momento, y reaccionó con un laconismo hostil cuando ella sugirió la conveniencia de poner un poco de orden en aquella leonera. Y siguió trabajando, atormentado a veces por el barrunto de que lo que organizaba por un lado se le embrollaba por el otro, de que cada simplificación aportaba al conjunto un nuevo enredo, y cada solución un nuevo enigma, mientras a su alrededor, por la mesa, por el sillón, por el suelo, los libros iban formando frágiles columnas que de vez en cuando se derrumbaban con un fragor de escombros.

En esa situación lo sorprendieron las lluvias torrenciales de últimos de noviembre. Un amanecer abrió los ojos sobrecogido por la sospecha de que no había soñado que estaba rodeado por la lluvia, como creyó al principio, sino que toda la noche había permanecido despierto y oyendo en efecto llover dentro de casa. Precipitadamente salió del dormitorio, contiguo al despacho, encendió luces y encontró el techo convertido en una pura gotera, el suelo anegado, pringosas las estanterías, carpetas y papeles flotando en una capa de agua ya oscurecida por la tinta, y entonces hubo de trasladar a toda prisa, a cualquier parte y en cualquier orden los casi 7000 libros, las 15.000 fichas, las más de doce docenas de cuadernos, el centenar de libretitas y agendas, los cartapacios con cintas de colores, además de 500 discos, la colección de láminas de arte, los frascos de hierbas medicinales y un surtido de material de escritorio que sólo él ocupó un canasto de casi media arroba. Y hubo luego que esperar tres días a que pararan las lluvias, y una semana a que remitiera la humedad y otras dos a que los albañiles remendaran los techos y resanaran y pintaran, mientras por corredores, alcobas, rellanos y escaleras, los materiales de construcción convivían en una continua polvareda con los papeles y los libros y él se multiplicaba para proteger de aquel desastre su patrimonio de erudito. Y en todo ese tiempo, ni Leonor ni los albañiles habían dejado de cantar. Cantaban todos a la vez, con los estribillos cruzados, pero en los últimos días parece que se pusieron de acuerdo o que uno de ellos consiguió imponer a los demás su melodía, que era *Cielito lindo,* y tanto y tantas veces y de tantas maneras la cantaron que, cuando llegó la hora en que el despacho amaneció en orden y la casa en silencio, Belmiro

Ventura se encontró una noche desvelado y tarareando inconscientemente la canción. Apenas se sentaba a leer o a escribir, la memoria se ponía por su cuenta a cantar. Todavía ahora, después de tantos años, de vez en cuando aquella melodía continúa persiguiéndolo. Y fue también en aquellos días de albañilería musical cuando una mañana recibió la visita de don Julio Martín Aguado.

4

Después del episodio de Cibeles, don Julio vivió algún tiempo con la excitación de una esperanza tan prometedora como incierta. Se preguntaba si lo que había ocurrido era cosa de la casualidad, y por lo tanto irrepetible, o si por el contrario poseería algún poder oculto para endulzar los ánimos y aplacar las disputas. ¿Anidarían bajo su inanidad cualidades hasta entonces latentes? ¿Tendría él dotes carismáticas, como los grandes conductores de pueblos? ¿Formaría parte de aquellas élites magníficas de las que hablaba Ortega? De su primera época sabemos que en el mismo invierno del 76 empezó a frecuentar el casino —donde el grupo de observadores nos refugiábamos cuando hacía mal tiempo—, y que apenas oía el altibajo de alguna discrepancia, se acercaba con los brazos abiertos a la consternación y pronunciaba alguna frase hermética. Nosotros, o quienes fueran, no sabemos si por la sorpresa o por la fuerza del ensalmo, nos apaciguábamos de inmediato. Luego, cada vez se le fue viendo menos por su negocio y más por la plaza, hasta que un día lo encontramos agregado al banco de piedra, con la novedad de un bastón de paseo (que tanto servía para insinuar su invalidez laboral como para proclamar su competencia de hombre público), y nos habló de Alejandro Magno: su dimensión histórica, su genio de legislador y de estratega, su estatura cívica, el mismo colorido legendario de Oriente. Enseguida, enlazando con esos hechos imperiales, contó por primera vez el episodio de Cibeles. Y como por aquí las trifulcas públicas, o las simples polémicas, eran raras, para poner a prueba su arte de concertar las voluntades forzaba conversaciones sobre el bien y el mal, sobre la crisis de valores o sobre la rebelión de las masas, y en cuanto el diálogo se encendía un poco, él mismo corría a apagarlo con la panacea de sus conjuros.

Es posible que, por lo demás, continuara siendo el de siempre, y que acaso nadie de por aquí lo oyese exponer ninguna idea que no se le hubiese ocurrido también a cualquier otro, e incluso a él mismo. Pero, como ahora disponía de un montón de palabras, y sobre todo de mucha fe, para hacer frases nuevas, debió de tomar esos dichos por conceptos sutiles, y se consideraba por ello un hombre de pensamiento fértil y profundo. «Nosotros, los intelectuales», solía decirnos a los del banco, no sabemos si incluyéndonos o reservándose el tratamiento para él solo. Yo soy, o era, porque nunca ejercí, maestro de escuela, y casi todos los demás (con la excepción quizá de dos forasteros que habían llegado hacía unos tres años, un tal Gil y un tal Gregorio, y que hablaban mucho de correrías urbanas, y de cafés de artistas, y que se jactaban de haber conocido personalmente a un tal Faroni, una de las lumbreras del siglo según ellos) carecían de otro oficio que el de haber nacido y crecido y estar aquí sentados, observando el mundo y anotándolo al ritmo de los pies. De modo que lo escuchábamos con la misma paciencia y neutralidad con que oíamos el aire o la cigüeña. Y más cuando le daba por meditar en alto. «Razonemos con método», decía, y a partir de ahí toda la elocuencia se le iba en arrepentimientos y rodeos. Carraspeaba mucho (hasta escribiendo se le notaba), y cuando al fin enhebraba una frase, enseguida aislaba una palabra, hacía una filigrana con el bastón y decía: «Ahora bien, antes de proseguir con el razonamiento, debemos preguntarnos, ¿qué entendemos por valores?». Había aprendido a arquear condicionalmente las cejas y a sonreír adversativo, de manera que, apenas se ponía a analizar la palabra, le salía al paso otra cuyo sentido había también que esclarecer. Continuamente hacía una antesala de expectación antes de proseguir y advertía cauteloso: «No nos precipitemos», «procedamos con prudencia», «no echemos todavía las campanas al vuelo», y otras de ese estilo.

Al principio, la palabra dulcificadora era siempre «aquiescencia». Pero luego probó con otras, por ejemplo con «ponderación», «método» o «tregua». Fue así como empezó a elaborar lo que podría haberse llamado «diccionario básico del moderador», que constaba de unas 500 voces de probado prestigio, palabras como «mesura», «temperancia», «idiosincrasia», «afinidad», «simetría», «andadura», «alianza», «clímax», «faceta», «ámbito», «vertiente», «gradación» o «centrípeto», con las que armaba expresiones tan enigmáticas como irrefutables: «la doble vertiente de nuestra idiosincrasia», «las facetas de la andadura histórica», «el ámbito de las afinidades». Y, sobre todo, cultivó la metáfora. Decía: «Consideren este razonamiento. Del mismo modo que las cigüeñas vienen y se van, lo mismo las ideologías. Pero, eterno y centrípeto, el campanario permanece, constante a las veleidades de las estaciones. Señores: las ideologías anidan sobre la tradición. Aves de paso, cuyo plumaje pasajero no debe deslumbrarnos». Y así, a todas horas andaba pensando en cigüeñas, en nubes, en árboles y en vientos, y en cada cosa encontraba materia para extraer ideas, y no había cuestión que se le resistiera, porque enseguida encontraba algo con que compararla y finalmente resolverla.

Pero el segundo gran éxito, que lo confirmó del todo en su esperanza, ocurrió en junio del 77. Era día de elecciones y, de pronto, al poco de abrirse la mesa electoral, estalló una gresca entre franquistas y demócratas. Se entonaron himnos, se enarbolaron banderas, se alzaron manos abiertas contra manos cerradas y acto seguido los bandos se mezclaron en una confusa gritería. Don Julio, que esa mañana había madrugado más que de costumbre, estaba en el banco amodorrado por el primer solecito del verano, y apenas oyó el clamor se irguió como requerido por una voz conminatoria. Con su balanceo un tanto descoordinado, moviéndose como se mueve una botella en el mar, cruzó la plaza, se abrió paso con el bastón hasta el centro de la reyerta y, cerrando los ojos y ofreciendo el semblante a las alturas, ensayó de nuevo la apertura evangélica de conciliación. Los pleiteantes cesaron por un momento en sus gritos y don Julio aprovechó entonces para hacer con el pulgar y el índice un rosco magistral, y decir con voz clara y dolida: «Caballeros: afinidad y temperancia en estos comicios finiseculares», y la trascendencia se le subió a la nariz, amagando un estornudo. Y bien por la magia de la frase, bien por los efectos sedantes de la propia pausa, el caso es que los ánimos se aflojaron milagrosamente.

Ahí comenzó de verdad su carrera de moderador. «Antonia», le dijo esa misma noche a su mujer, «o mucho me equivoco, o el destino me ha elegido para una misión más alta que la del comercio.» Así que todas las mañanas salía de casa recién desayunado en busca de discusiones que reducir y pleitos que apaciguar. Y fue también por entonces cuando empezó a escribir secciones fijas en *La Voz* bajo el sobrenombre de «Crónicas del pacificador». Auxiliado por anuarios, almanaques y revistas ilustradas, y bajo el magisterio de Ortega y Gasset, abordaba todo tipo de asuntos: el origen del universo, culturas aborígenes de la Amazonia, historia de la electricidad, máquinas de guerra de la antigüedad, los sordomudos y su rehabilitación, la flora paraguaya, y siempre acababa apelando a la concordia entre las masas y las élites, celebrando el ocaso de las ideologías y prediciendo un futuro idílico, donde ya no habría nada que discutir porque todo el mundo estaría de acuerdo en lo esencial.

Nunca desplegó tanta actividad como entonces. De vez en cuando se echaba el bastón al sobaco y, con un gesto ampuloso de prestidigitador, sacaba una libretilla del chaleco, extraía de ella un lápiz diminuto y tomaba un apunte de urgencia. «¿Qué habrá escrito ahí con tanto ardor nuestro buen cronista?, se preguntarán ustedes», decía al final, mientras volvía a esgrimir el bastón. «Pues bien, complaceré su curiosidad.» Y nos complacía. A veces era sólo una palabra cuya prometedora hondura de significado habría que estudiar con más atención, exponerla a la lupa, diseccionarla, buscar y separar sus más recónditas y sutiles vetas nutritivas, pulsar su calidad y consistencia y someterla luego a un delicado proceso de elaboración ideológica, y cada cual se imaginaba en día de matanza, pero vestido de cirujano y no de matarife; otras veces, era el esbozo de un tema que le gustaría tratar en sus crónicas (el futuro de la aeronáutica, los secretos de la guerra fría, los orígenes del contrachapado), y casi siempre se trataba de una observación cualquiera en la que había creído detectar un motivo alegórico.

Fue también por entonces cuando se le ocurrió la posibilidad de fundar un partido político. Después de barajar muchas siglas, se decidió por el U.M.I. (Unión Moderada Independiente), compuso un eslogan («Por la moderación a la unidad», y debajo: «Un solar, una lengua, un pueblo, una consigna y un futuro»), y redactó un programa donde prefijaba el porvenir y exaltaba el pretérito, reclamaba valores humanos e instintos ancestrales, celebraba la libertad y alertaba sobre sus peligros, se dolía del atraso de España y se congratulaba de sus anomalías, invocaba a Europa como esplendor y decadencia, hablaba de un río donde desembocaban todas las aguas ideológicas, y de un crisol donde habrían de fundirse todas las doctrinas para alumbrar otra, tan ancha y generosa que en ella se dieran la mano Diógenes y Alejandro, san Francisco de Asís y Atila, Hitler y Stalin, Franco y Azaña, Almanzor y don Pelayo, yugos y hoces, flechas y martillos, cartagineses y romanos, acrisolados todos en feliz amalgama de pueblos, lenguas, razas y destinos. Y cuando alguien se burlaba de él, sugiriendo por ejemplo si aquel gazpacho majado en el crisol no estaría hecho con los ingredientes de su vieja inanidad, él oponía la indulgencia de su sonrisa de angelote y aprovechaba la burla para ofrecer una lección práctica de comprensión, de modo que hasta en eso se convirtió en un hombre incontestable, que todo lo reconciliaba y reducía con su ubicuidad y su ilimitada tolerancia. Increparlo, era confirmarlo en su apostolado. Y así, un día y otro, fue surgiendo en él la quimera de lo que habría de ser su apoteosis de hombre público. Recluido en el altillo de su tienda, o en sus diarios paseos dominicales, soñaba con una masa rugiente y sin orillas a la que él, saliéndole al encuentro, hechizaba con una frase o con el vigor de un gesto feliz y misterioso. Hacía ensayos en casa, como contaría su mujer, que varias veces lo sorprendió ante el espejo, paralizado en un escorzo de ebriedad oratoria. Ya se imaginaba alcalde, gobernador, diputado, presidente electo de la nación.

Algunos lo teníamos por uno de esos tipos pintorescos que un día, en sus inescrutables ocios provincianos, reduce el universo, el hombre y la historia a una visión trascendente de su aldea natal, de sí mismo y de su propio pasado, y entonces se declara cosmopolita, experto en caracteres, averiguador de todo enigma, beneficiario de secretos que conviene callar, especialista en conjeturas y analista certero de la actualidad. Pero otros muchos aprendieron a leerlo y a escucharlo con un respeto proporcional al prestigio de los temas que trataba y de las palabras que escogía, y su espíritu de conciliación iba ganando adeptos a la causa. «Presidente del U.M.I.», firmaba ahora sus crónicas. Instaló en su vivienda privada la sede del partido, y colgó un cartelón en uno de los balcones, con las siglas y el eslogan pintados en los siete colores del arco iris, para que se viese que su agrupación abarcaba todas las tendencias. Y cuando se enteró del regreso de Belmiro Ventura, pensó de inmediato en ofrecerle la concejalía de cultura, convencido de que con el refuerzo de aquel apellido de tantas campanillas ya nada podría detenerlo en su carrera política. Ya se veía alcalde, con frac, bastón de mando y banda al pecho, entrando como invitado de honor en la fiesta anual de don Celestino Sánchez, abriendo los brazos fraternal y ecuménico, y cómo le hacían corro y él disertaba de la Revolución rusa, de la invertebración de España, de las fuentes no convencionales de energía, y oyéndose hablar y viéndose gesticular se iba adormeciendo, arrullado por el ronroneo del gato y por los parabienes y aplausos de quienes ya celebraban en el orador al hombre nuevo, pujante y ejemplar que tanto necesitaba España en aquella hora de incertidumbre histórica. «¡Un solar, una lengua, un pueblo, una consigna y un futuro!», gritaba el loro a veces, y él se removía en el sueño con un puchero pueril de beatitud.

5

Con tanto despliegue cívico, don Julio Martín Aguado tenía por esas fechas un saludo jovial y de lejos, y así irrumpió en el despacho donde Belmiro Ventura había conseguido refugiarse provisionalmente uno de aquellos días de desconcierto que siguieron a los aguaceros de noviembre. Provisionalmente, pues los albañiles lo mandaban a cada rato de una habitación a otra, y él entonces, inquieto por la suerte de sus cosas, con el pelo nevado de cemento, no sólo era incapaz de concentrarse en la lectura o en la espera sino que enseguida salía a vigilar para que en la confusión de las obras no fuesen a tirar a los escombros alguno de sus libros o cuadernos, o para que no se los maltrataran o se los desordenasen todavía más, de modo que acabó siendo un estorbo y agravando el caos con sus continuas rondas y advertencias. Pero aquella mañana, a falta de una mano de pintura, había logrado recuperar el despacho y reunir

allí, mal que bien, las piezas descabaladas de su biblioteca.
«¡Julio Martín Aguado!», oyó de pronto gritar en el pasillo, «¡fundador y presidente del U.M.I. y humilde fámulo de la actualidad!» Belmiro Ventura, que estaba en el fondo del despacho ordenando papeles, sólo alcanzó a ver desde su posición la parte superior de una figura que se detuvo y ocupó la puerta con un gesto mixto de salutación y de asombro. En el suelo se apilaban altas torres vacilantes de libros, junto a otras de ladrillos, sacos de cemento y material de pintura, formando un laberinto de calles por donde de inmediato don Julio se internó y desapareció, de manera que Belmiro Ventura sólo podía seguir sus evoluciones por la voz o bien, de vez en cuando, por la punta descollante del bastoncillo de bambú. Y él mismo cuenta que apenas atendió a su discurso —que se inició celebrando su regreso en nombre del partido, de la comunidad y en el suyo propio—, porque enseguida empezó a temer que aquel hombre, que a juzgar por el bastón debía de andar balanceándose peligrosamente entre las pilas de libros, derribara alguna, con lo cual todo el conjunto se vendría abajo como fichas de dominó. Y más aún fue su miedo cuando don Julio, al encontrar inspiración metafórica en aquel revoltijo, se puso a golpear con el bastón aquí y allá, exponiendo a voces que así también era la vida, y así el futuro que demandaba el U.M.I.:

—Sabios y menestrales, libros y botes de pintura, papeles y arenisca, espíritu y materia, élites y masas unidas en una empresa plural y común —venía diciendo, mientras buscaba a su interlocutor entre los pasadizos.

—Por favor, tenga cuidado con los libros —advirtió Belmiro Ventura, y decidió ir a su encuentro. Pero no era tan fácil acertar en aquella maraña de sendas y callejones sin salida, y hasta era posible que los accesos estuvieran cortados en algún punto y hubiese que retroceder al principio o abrir un boquete en una de las calles.

—¡Ah, los libros! —oyó exclamar exultante a don Julio, aunque era imposible localizarlo porque, en su deambular, la voz subía y bajaba como si alguien accionara caprichosamente un mando del volumen—. He aquí que, casualmente, he venido a toparme con uno del gran Ortega, y he de confesar que algo conozco yo de este eximio filósofo; profeta me atrevería a decir —y lo palmeó amistosamente y con tanto alborozo que la columna estuvo a punto de desbaratarse—. Pero, a todo esto, ¿está usted por ahí, señor Ventura?

—Sí, sí, voy en su busca. Pero, por favor, tenga cuidado con los libros.

—He aquí una nueva lección que nos ofrece la vida —se oyó en algún lado la voz oscilante y melancólica de don Julio—, pues así como los libros unen a los pueblos en un mismo afán, pero también pueden llegar a separarlos, como nos ocurre ahora a nosotros, así también las doctrinas son a la vez causa de afinidad y de discordia. Pero, en fin, ¡allá voy yo también a su encuentro!

Lejos se oía el retumbar de los martillos, las descargas del ripio y las canciones de los albañiles. A Belmiro Ventura todo aquello le pareció de pronto irreal: irreales los ruidos, irreales los libros, irreal el tiempo, irreal él mismo, irreal aquel hombre invisible que seguía avanzando y golpeando a diestro y siniestro y hablando invenciblemente de cosas cuyo sentido e hilazón no había manera de desentrañar. «Ya estoy al tanto, en otro orden de cosas, de que se le inundó la casa», sonó su voz en algún lugar del laberinto. «Así también, cabría concluir, la tradición y la sabiduría están expuestas siempre a las calamidades de la actualidad. ¡Ah!, nosotros, los periodistas y los políticos, ¿qué somos sino los lacayos de la actualidad? Precisamente aquí le traigo algunos números de *La Voz*, en uno de los cuales, por cierto, me he permitido escribir un artículo, o un breve ensayo, me atrevería a decir, animoso y modesto, sobre su persona: un pequeño homenaje que, en mi nombre, quieren rendirle sus paisanos. Pero, volviendo a las lluvias y a las inclemencias atmosféricas en general, y mientras nos buscamos por este dédalo de la tradición, he de decirle que hay una teoría, en la que alguna parte me cabe, admitámoslo, según la cual las derrotas de las democracias se han producido siempre en épocas de calor. Y los grandes caudillos han aparecido por lo mismo en verano: Atila, Carlomagno, Guillermo el Conquistador, Napoleón, el mismo Franco. Y es que con el calor los individuos se ablandan, se abandonan a la pigricia y quedan inermes para defender su independencia. Por el contrario, ¿qué me diría usted que pasa con el frío? Pues que los países despiertan, emergen y hacen sus revoluciones. Esta teoría se llama bioclimatología, y sobre ella he escrito yo más de dos y más de tres artículos. Ya lo dije yo en público en 1974: si Franco muere en invierno, habrá democracia; si en verano, proseguirá la dictadura. Dígame usted si la bioclimatología es o no es una ciencia seria y rigurosa. Y por eso mismo le diré que, con el frío, el espíritu está más alerta, y yo le auguro grandes logros en su labor de sabio retirado», y siguió hablando y balanceándose, de pasillo en pasillo, hasta que Belmiro Ventura lo oyó pasar tan cerca que apartó de pronto una pila de libros y, lado a lado del muro, sus cabezas se encontraron por fin.

Belmiro Ventura recuerda como un sueño que, después de las presentaciones, le entregó los números de *La Voz* y lo invitó oficialmente a colaborar en ella. «Yo no soy periodista», se disculpó. «¿Y cree que acaso lo era el gran Ortega cuando condescendió no obstante a respirar y compartir el aire mefítico de las redacciones de los rotativos? Este pueblo necesita a gente como usted. Hay que educar al pueblo, y por esa razón me permito invitarlo formalmente a dar una conferencia el próximo jueves ante un auditorio que ya le aguarda ansioso.» Belmiro Ventura intentó oponerse, pero don Julio lo atajó apuntándolo con el bastón: «¿Será necesario que le recuerde el compromiso moral de los intelectuales con las masas, y su alto deber de despertarlas de la inopia en que la historia las ha precipitado? Sí, hay que educar al pueblo, y disputárselo a las garras de la ignorancia, y no por otra razón he fundado yo la Unión Moderada Independiente, en la que también le invito y le insto a ingresar como afiliado de honor. Nadie mejor que nuestro hijo más ilustre podría desempeñar la concejalía de cultura, desde la que tanto puede hacerse por, con y para el pueblo. Pero ya habrá tiempo, querido amigo y correligionario, de hablar de este proyecto que, en nombre del progreso y de la tradición que usted representa, espero que abrace y haga suyo. Y ahora me voy, que mis muchas obligaciones ya me reclaman», y sin dejar de hablar volvió a internarse por el laberinto, agitando el bastón y recordando que las tres ofertas, la periodística, la cultural y la política, seguían en pie. «¡Le recogeré el jueves a las 18.40!», gritó desde la puerta, y salió a la calle con su balanceo grave y consistorial, muy ufano de ver cómo de nuevo había sabido estar, y nada menos que frente a un hombre sabio y refinado, a la altura de su yo y de su circunstancia, y cómo su antigua inanidad era ya sólo la sombra de un mal sueño.

El jueves, en efecto, pasó a recogerlo a la hora convenida. Belmiro Ventura, a quien la idea de pronunciar una conferencia ante sus paisanos le había parecido engorrosa pero razonable y hasta de obligado cumplimiento moral, ya estaba preparado. Suponía que su intervención tendría lugar en algún salón de actos, quizá el de la Cámara Agraria, o el del instituto o la escuela, y después de algunas dudas se había decidido por una exposición rigurosa y más bien árida, como era propio de su modo de entender la historia, pero también a su juicio interesante, y clara, y original en sus planteamientos, sobre el arraigo y el desarrollo de las ideas renacentistas en la América española. «¡Adelante!», gritó don Julio al salir a la calle, y enseguida le tomó la delantera, caminando atléticamente al compás de su bastoncillo de paseo. Era un día frío de vientos esquinados y muchos nos habíamos refugiado en el casino, y desde allí los vimos cruzar la plaza uno tras otro y avanzar justamente en nuestra dirección. Entonces recordamos, y empezamos a sospechar. Unos días antes había aparecido en el tablón de anuncios la convocatoria insólita de un acto cultural, organizada por la Unión Moderada Independiente, para el próximo jueves. No le prestamos atención, y ni siquiera sentimos curiosidad cuando don Julio nos recomendó que no faltásemos a la cita, porque el invitado lo merecía. «Ahora bien, es una sorpresa», dijo, «y ustedes me van a permitir que, amparado en el secreto profesional, no desvele la primicia hasta el último instante.» Y no la desveló.

Adivinamos sus pasos en la escalera y uno tras otro los vimos franquear la puerta y detenerse en el espacio despejado entre el salón y la barra del bar. Todas las mesas estaban ocupadas por jugadores de cartas, de dados o de dominó, y en los sofás raídos había algunos lectores de periódicos y otros que hacían tertulia o atendían a un televisor expuesto en las alturas. Se oían los golpes de las fichas, las exclamaciones de los lances del juego («¡arrastro!», «¡pintan copas!», «¡veinte en reyes!», «¡cinco y cierro!»), los altibajos de los coloquios y el fondo sonoro de lo que debía de ser una película urbana de acción. Durante unos instantes, don Julio contempló aquel panorama y luego se adelantó unos pasos y dio unas fuertes palmadas de alerta. «¡Caballeros!, ¡caballeros!», gritó, mientras ocupaba el centro hipotético de lo que parecía ya el escenario de un cafetín de variedades. «Caballeros: humilde, cotidiano y ecuánime, me atrevo a solicitar que hagamos un alto en nuestro placentero acontecer. Hoy me cabe el honor, en nombre del U.M.I., que inmerecidamente presido, y en el mío propio, de presentar ante ustedes a uno de los más esclarecidos hijos de nuestra patria chica. No diré que es descendiente directo de don Quintín de Vargas y Ventura, prócer aventajado de la conquista de Chile, ni aún menos osaría sugerir que, así como aquella estirpe de centauros extendió religión, raza y lengua por los confines del planeta, así nuestro ilustre invitado ha prolongado la conquista no de tribus y selvas sino de ignotos parajes de la historia vedados hasta hoy a la luz del saber. Sólo diré, ponderado y equidistante de ambos términos, que hoy es un día memorable para todos nosotros, y para el U.M.I. en particular, del que sé que don Belmiro Ventura es ya animoso y destacado seguidor. ¡Caballeros: ante ustedes, Belmiro Ventura y Vega, para quien reclamo un aplauso unánime e incondicional!»

Los oyentes, muchos con los torsos y las caras vueltas en escorzo, paralizados repentinamente en sus actividades, continuaron en sus posiciones mientras don Julio tomaba de un brazo a Belmiro Ventura y lo presentaba en escena. Iba vestido de oscuro académico, con su pajarita de terciopelo, y lo vimos pararse atónito y avergonzado, con las hojas en una mano y los lentes en la otra. Y sí, entonces sonaron algunos aplausos sueltos, y fue como una señal para que cinco o seis niños, que debían de estar jugando en la escalera, entraran corriendo y atropellándose y se sentaran en el suelo y en primera fila. Belmiro Ventura se pasó una mano por los ojos, se pinzó el arco de la nariz y miró incrédulo alrededor. «Me parece que aquí hay un malentendido», dijo al fin, en tono de disculpa. «Creo que éste no es el lugar apropiado, ni la ocasión, para un acto de esta naturaleza.» Los hombres, inmóviles en sus actitudes provisionales (algunos sostenían abanicos de naipes o copas de licor, o enarbolaban vegueros), escucharon inexpresivos y tozudos. Y lo mismo los oyentes de la barra, que se habían vuelto y miraban estribados y de perfil. La atmósfera, cargada de humo entre espejos roñosos y cegatos y oscuros cortinajes, ponía en el ambiente una densidad irreal y opresiva. Sobrevino un silencio sólo perturbado por el televisor, hasta que enseguida don Julio se destacó en un lateral de la escena. «De ningún modo», dijo. «Este eximio auditorio no es otro que el pueblo, a quien los intelectuales nos debemos. Y ya que el noble pueblo español no suele frecuentar los ateneos y paraninfos, seamos nosotros los que salgamos a su encuentro. Dignifiquemos este ámbito con frases graves e ilustradas, de ésas que a usted, por méritos personales y privilegio histórico, le han sido concedidas.»

Trémulo, con un ligero temblor de manos, Belmiro Ventura se puso los lentes y encaró sus papeles. Pero de inmediato cabeceó desalentado: «No, señores, no, disculpen, ésta no es la situación apropiada», balbuceó. Desde el fondo en penumbra, entre el humazo del café y del tabaco, una voz apremió: «¡Venga, leches, que es para hoy!». Los niños aplaudieron en la primera fila. «Ya ve», dijo don Julio, con un acento emotivo en la voz, «el pueblo le reclama, el pueblo le suplica que hable, que le ilumine con su sabiduría, me atrevería a decir. No puede decepcionar a quienes han venido aquí con la sola ilusión de escuchar su ponencia. ¡Adelante, pues!»

Así que finalmente se puso a leer, en voz muy baja. Alguien gritó al fondo: «¡Que hable más alto, que no se oye!». Belmiro Ventura elevó el tono y comenzó una lenta exposición erudita, con citas en diversas lenguas y mucho aporte bibliográfico, sobre el Renacimiento y su influencia en la formación de una primeriza mentalidad americana. Don Julio asentía a cada frase, o fruncía apreciativamente las cejas, o se acariciaba la barbilla como si tuviese luengas barbas, y a veces se echaba bruscamente hacia atrás, como asombrado de algún dato, o preocupado por su exactitud. Muchos hombres continuaban fijos en sus posturas, pero otros se habían reacomodado impacientes quizá por proseguir con sus coloquios y partidas. Y aunque alguien había bajado el volumen del televisor, así y todo se oían tiros, gritos y rechinar de neumáticos, además de los estribillos de la publicidad. Los niños, desilusionados sin duda por el espectáculo, se hacían de vez en cuando anteojos con las manos para mirar al orador. Y cuenta Belmiro Ventura que, abochornado por aquella situación humillante y absurda, no sabía qué hacer: si continuar o no leyendo, o si prescindir de los papeles e improvisar algo más fácil y anecdótico. Siguió aún durante unos quince minutos, mientras las mesas más alejadas se desinteresaban del acto y reanudaban sus juegos de naipes y fichas, hasta que al fin encontró un punto y aparte propicio para cerrar la plática: «Y no les canso más. Gracias por su atención», y guardó violentamente los papeles. Sonaron unas palmas, y don Julio se puso en pie para gritar unos bravos. «¿Alguna pregunta?», alzó la voz, «¿alguien desea entrar en debate?» Pero para entonces el auditorio había vuelto a sus actividades y a sus gritos, y alguien había subido el volumen del televisor, y todo había recuperado ya su aspecto elemental de siempre.

«¡Magistral!, ¡sublime!, ¡documentadísimo!», se acercó enseguida a Belmiro Ventura, y lo abrazó. Y aun quiso arrastrarlo a la barra, echándole un brazo por el hombro, para que bebiera algo a cuenta del U.M.I. y contestara a las muchas preguntas que algunos, por humildad o por pudor, no se habían atrevido a formular. Pero Belmiro Ventura, pálido de vergüenza, y con un fulgor de cólera en los ojos, se zafó de él y, dirigiendo un confuso gesto de disculpa a los que lo miraban desde la barra curiosos y risueños, se compuso el traje y salió del casino precipitadamente.

6

Días después, cuando la casa amaneció al fin en orden y en silencio, a Belmiro Ventura lo perseguía aún el sentimiento de irrealidad que experimentó aquel jueves aciago de noviembre. Quizá fue por eso por lo que, después de los ejercicios gimnásticos, y mientras preparaba el escenario para lo que suponía una jornada apacible de trabajo, se le antojó que aquel silencio estaba contaminado por fragmentos de ruidos que perduraban en el recuerdo con tanta o más nitidez y porfía que en la realidad. La canción favorita de los albañiles, sobre todo, la oía en la cabeza modulada por ellos pero también por su propia voz ilusoria de tenor, al compás de martillos, picos y poleas, y jaleada por gritos laborales (¡lista la mezcla!, ¡pasando esa espuerta!, ¡arriba con el porland!), y no había forma de desalojarla de la memoria o de la voluntad. Acosado por aquel silencio lleno de espantajos sonoros, se aplicó no obstante a la tarea. Había logrado ya restituir el orden convencional de la biblioteca, y ahora por tanto se trataba de volver a desordenarla siguiendo la maraña de las notas marginales de los libros hasta dejarla tal como había quedado justo antes de la inundación. Previamente, o al mismo tiempo, había también que reconstruir los daños de las lluvias: pasar a limpio las páginas emborronadas de más de quince cuadernos, además de diez agendas y muchas hojas sueltas que, en las mudanzas, se habían mezclado caóticamente. Pensó por unos instantes que así debía de ser el infierno que algún dios le tendría reservado: ordenar y desordenar infinitamente una biblioteca, rehacer sin descanso los escritos que una catástrofe venía a destruir puntualmente cada tanto tiempo. Y asediado siempre, claro está, siglo tras siglo, por la misma murga musical. Más obstinado que animoso, continuó trabajando, y cuando pocos días después subió Leonor con el desayuno, lo encontró de nuevo rodeado y oculto entre montones de libros, fichas y cuadernos, y con la mirada encendida por la lumbre de un designio febril. En su intento de simplificar y clarear, parecía que la biblioteca iba creciendo y cerrándose a sus espaldas con el vigor renovado de una selva virgen.

Pero lo peor vino algunos días después, cuando empezó a percibir en aquel silencio insidioso la verdadera urdimbre sonora de que estaba compuesto. Apenas se instalaba al amanecer en el despacho, algo venía enseguida a distraerlo y a enredarlo. Y no sólo eso sino que, ajeno ya a su empeño, puesto al acecho previsoramente ante la amenaza fatal, esperaba con una especie de rencor eufórico el momento en que, en efecto, acudía puntual a la cita el primer contratiempo del día. Cuando no eran las campanadas de las horas era el trajín del aire en el laurel o el petardeo lejano de algún automóvil, y ya todo era una sucesión de hostilidades y fastidios: las voces de la calle, el piar de los pájaros, el crujido de los muebles, los cantos de Leonor, y cuando no era eso, eran las repentinas treguas de silencio, tan transparentes que podían percibirse en su fondo las huellas de los ruidos pasados, y hasta el bullicio de sus propias vísceras y la vibración de su conciencia exasperada. Así que al rato se levantaba de la mesa y se ponía a deambular por la casa, preguntándose qué estaría ocurriendo para haber caído en aquel estado de esterilidad y postración.

«Sí, los ruidos, me acuerdo muy bien, como si los estuviera oyendo ahora», y guiña los ojos quince años después para fijar la evocación. Por un lado estaba Leonor, y él no sabía entonces hasta dónde puede llegar en los particulares la pasión musical. Sin duda, sus cantos eran inconscientes, y bastaba cualquier ritmo (el crepitar del fuego, el borbolleo de una olla o la mera actividad de batir un huevo o majar un ajo) para ponerse a cantar mecánicamente. Y él arriba, puesto al acecho contra el riesgo del canto, sentía por adelantado la irritación que habría de producirle, más atento ya a las expectativas del silencio que a las del estudio, y si Leonor no cantaba en toda la mañana, le enfurecía también su discreción, aquel capricho intolerable de cantar de improviso, cuando le viniera en gana, dejándolo así expuesto a la tiranía de sus antojos. Inútilmente la había amonestado, e incluso un día ocurrió que, después de advertirle que era la última vez que consentía sus cánticos, ella bajó refunfuñando contra el rigor de la reprimenda, y al llegar a la cocina el refunfuño se le convirtió en letanía y la letanía acabó derivando hacia un cuplé de ruptura amorosa. Entonces se levantó y con las patas de una silla golpeó furiosamente el suelo. Era su primer acceso de ira en muchos años, y ya no consiguió serenarse en todo el día. Y después, al final de la mañana, los niños de la escuela le habían cogido el gusto a cruzar la plaza gritando: «¡Don Ventura, cara de cura; don Chileno, cara de veneno!», y a veces tiraban piedras a la fachada y los más atrevidos se paraban incluso a orinar contra la puerta, y entonces Leonor salía a increparlos, y cuando los niños ya se habían esfumado, ella se demoraba allí con sus quejas, a las que no tardaban en agregarse algunas vecinas, gritando de lado a lado de la plaza, hasta que la conversación desembocaba en otros asuntos, y él dudaba qué sería peor: si la insolencia de los niños o aquel senado popular de mujeres airadas.

Luego descubrió otros ruidos en los que hasta entonces apenas había reparado. En la plaza había un taller mecánico, a cuya estridencia de martillazos, motores y pistolas de gas, había que unir los gritos, canciones y silbos de los mecánicos. También allí cantaban. Eran tres los músicos: uno cantaba flamenco y otro rancheras, y sus voces llegaban borrosas al despacho. Pero el peor era el dueño, un hombre fuerte y despechugado, con patillas de bandolero de serranía y el punto de gravedad situado muy bajo, como los monos, y que poseía un silbido agudo y floreado, y tan potente que se oía por toda la vecindad. Y aún más molesto que aquellos cantos y chiflidos eran sus voces cuando, antes del turno de la tarde, organizaban allí mismo un partido de fútbol. Jugaban tres contra tres, y ni un instante dejaban de gritar: «¡Aquí!, ¡aquí!, ¡vamos, pasando ya!, ¡a la banda, a la banda!», y otras consignas de ese estilo. Una de las porterías era el portón de hierro del garaje, y cada vez que el balón iba a dar allí, parecía que se estremecieran los fundamentos de la casa. Y Esteban, cómo no, que todas las tardes pasaba por la plaza con su artefacto chirriante, gritando: «¡La leeecheee!», y que a otras horas del día se detenía frente al caserón y lo miraba fijamente durante mucho tiempo. Al anochecer, para rematar la jornada, a veces un grupo de jóvenes acampaba bajo el farol de la plaza, hacían corro en torno a una motocicleta, la ponían en marcha y la aceleraban a tope. Irritado consigo mismo y con el mundo, Belmiro Ventura se sentaba en el sillón y ponía la música a todo volumen, pero así y todo, seguía oyendo al fondo el rugir rabioso de la moto y el de su propia indignación. «Comprendan ustedes. Yo había venido buscando la paz y el tiempo libre para la reflexión y el estudio. Pero, ¿qué se podía pensar o hacer en ese estado? Uno quiere pensar y no puede porque el pensamiento se hace también ruidoso y desemboca en una especie de sonajero infantil para un idiota. Uno quisiera levantarse, pero ¿para qué? La voluntad se desparrama por el suelo como un puñado de calderilla. Así que allí estaba yo ahora, enredado en la telaraña de la realidad incluso por las noches.» Porque ni siquiera por las noches cesaban los ruidos. La casa parecía entregarse en la oscuridad a un monólogo senil. Sonaban los muebles, sonaban los techos, sonaban las cañerías, y las termitas, y el viento sin rumbo ni descanso, y luego estaba el perro, y el pájaro nocturno que aprovechaba los mejores silencios para intercalar desde el laurel el reclamo de dos notas instantáneas y lúgubres, tan lúgubres como su propio estado de ánimo cuando se levantaba desvelado y paseaba por el dormitorio y el despacho maldiciendo la hora en que se le ocurrió regresar a estas tierras.

Sólo al atardecer, cuando los afanes de la vida quedaban como suspendidos en el remanso de una melancolía ya inofensiva, lograba Belmiro Ventura reconciliarse otra vez con el mundo. Era entonces cuando llegaba de la vecindad el concierto diario de piano. Aquella música ingenua y lírica lo serenaba milagrosamente, como si lo extraviara hacia una galería lateral del tiempo común de la existencia, donde no había anhelo que no se colmara con el prodigio de su propio suceso. Algunas tardes consultaba impaciente el reloj para comprobar si ya había llegado el momento de compartir las incertidumbres del concertista cuando tropezaba y se repetía, cuando se atascaba en una pausa, cuando ensayaba en sordina la misma frase cinco o seis veces, como un escolar que musitase la lección con objeto de memorizarla antes de recitarla en alto de un tirón. ¿Quién sería? ¿Una mujer, un hombre, un niño? Sí, un niño, casi un adolescente, decidió. Eran piezas fáciles, semiclásicas, y había un aire melódico lleno de dulzura y nostalgia que al parecer era parte obligada del repertorio, y que a Belmiro Ventura le sirvió para desalojar del recuerdo la pesadilla de las otras tonadas. Duraba el concierto alrededor de una hora, y cuando el eco de la última nota se extinguía en la memoria, él salía a la realidad con el alma ensopada por una tristeza ilusa, que parecía purificarlo de los trabajos y celadas del día.

Una mañana le preguntó a Leonor quién tocaba el piano por allí cerca.

—Amalia Guzmán —dijo ella despechada y lacónica, tal como le habían ordenado.

—Debe de ser una colegiala —aventuró él.

—Pues no señor. Es maestra de escuela y vive sola ahí al lado, en la casa de los maestros. Y, por si quiere saberlo, la señorita Amalia Guzmán es de la parte de Asturias, donde la leche, y lleva viviendo aquí unos dos años. Y si quiere seguir sabiendo, le diré que es una mujer muy elegante, simpática y moderna. A mi Esteban le ha sacado un retrato que ni en fotos. Y si quiere enterarse todavía más, le diré también que escribe en el periódico, que es soltera y que tiene unos treinta años. Eso, para que usted lo sepa —y se retiró, muy digna y ofendida.

La analogía era demasiado fácil para no sentirse vagamente solidario con aquel prójimo que, al igual que él, vivía solo, le gustaba la música, se dedicaba a la enseñanza y escribía en el periódico. «Aunque sea en el periódico», se dijo, y entonces se acordó. Buscó los números que le había llevado don Julio y, firmados por A.G., encontró dos poemas etéreos e indolentes, con algunas neblinas otoñales, tan ingenuos como su música diaria, un artículo de tema pedagógico y otro de divulgación histórica sobre el arte gótico de la región. Sí, justo lo que él había supuesto, pensó con cierta piedad no exenta de ironía: una maestrita de pueblo, quizá un poco pueril, pero sensible y animosa al fin y al cabo en un mundo cada vez más cautivo de la barbarie de la actualidad. «O de la estupidez», se dijo, tirando el boletín donde don Julio, aquel fantoche, le llamaba «fámulo de Minerva», y lo elogiaba en un tono tan aparatoso que parecía más propio para una sátira que para una alabanza. ¿Qué habría pensado de él la maestrita al leer aquella necedad?

—Sí señor —le dijo al otro día Leonor mientras le servía la comida—, se llama Amalia Guzmán, y ya que me ha preguntado le diré de paso que los niños están muy contentos con ella, y que aquí todo el mundo la respeta mucho, y también le diré otra cosa, ya que quiere saberlo: que si no se ha casado es porque no ha querido, y eso es algo que se le ve a la legua, porque esa mujer es miel en pico de ave. Y hace además muy bien, porque los hombres son todos unos sansirolés y para lo único que sirven es para dar trabajo y quebraderos de cabeza, y para otra cosa que mejor me callo. Si yo volviera a nacer, ¿sabe usted lo que haría? Quedarme de señorita, como ella, y dedicarme a no tener penas y a cantar todo el día. Eso, para que usted lo sepa —y se marchó, lacónica y altiva.

Sí, ¿qué habría pensado de él la maestrita al leer aquella patochada? Y lo mismo volvió a preguntarse cuando una de aquellas tardes, acosado una vez más por los ruidos y por la desmesura del laberinto de papel en que se iba hundiendo sin remedio, se asomó ocioso a las ventanas exteriores y la vio cruzar fugazmente la plaza. Había vuelto a llover y ella pasó apresurada, con el pelo mojado y revuelto en torno a la capucha a medio bajar de un impermeable amarillo, sorteando juvenilmente los charcos y abrazada a los libros como una colegiala. Fue una visión muy breve, pero él supo sin error que era ella, la maestrita, y poco después, en efecto, oyó las primeras notas del piano.

Belmiro Ventura se acostumbró a sentarse tras la ventana gótica, con los cristales entornados, y a veces en el patio, para escuchar todas las tardes aquella música que lo serenaba incluso después de que hubiera cesado, cuando él continuaba aún adormecido en la penumbra, retrasando el instante de enfrentarse otra vez a una soledad que le iba siendo ya demasiado hostil y trabajosa. Algunas noches, al filo de las diez, le parecía escuchar muy lejos a alguien que pasaba silbando aquel aire dulce y nostálgico que ninguna tarde ella dejaba de tocar. Quizá fuese una ilusión, quizá no, pero él acompañaba con un tarareo gutural al silbador nocturno, hasta que la melodía se perdía en la distancia. Belmiro Ventura no sabía por entonces el título de la canción, ni menos aún que el silbador era Luciano Obispo, que regresaba a aquella hora de sus últimos deberes en la iglesia, traspasado de soledad, de desdicha y de amor.

II

1

«Dentro de un mes, todo habrá sido lo que en el fondo ya es ahora: un sueño, sólo eso», había escrito Amalia en su diario la misma noche del día de septiembre en que sucumbió a lo que parecía un juego inocente de niños más que un arrebato temerario de amor. Al principio, cuando se vio en el espejo con el pelo todavía desordenado y con restos de carmín en la cara, se asustó tanto que decidió allí mismo cancelar para siempre las lecciones de música. El propio ímpetu de la decisión, sin embargo, le hizo caer en la cuenta de que un remedio tan desproporcionado sólo conseguiría exagerar la importancia de lo ocurrido y dejarlos indefensos ante las inclemencias de la culpa. Por otra parte, Luciano se marcharía al seminario a principios de octubre, y nada mejor que aceptar aquel plazo del destino para que la situación fuese por ella misma derivando hacia lo que dentro de un mes sería apenas lo que en el fondo ya era entonces: un sueño, sólo eso, y ensayó en el espejo un gesto cómico de resignación.

Todo adquirió en esos días un aire leve de trastada infantil. Amalia intentaba dar las clases con más decoro académico que nunca. Pero era inútil, porque bastaba que sus ojos se encontraran un instante para eternizarse en una mirada de embeleso o para coincidir en una sonrisa pícara de niños conjurados. Entonces proseguían las lecciones cogidos de la mano, y unas veces jugaban a robarse besitos y caricias furtivas, y otras se abrazaban con avidez laboriosa de adultos.

—Esto es una locura —protestaba Amalia, adecentándose el peinado y ordenando los lápices y los papeles de la música.
—Yo quiero casarme para siempre contigo, señorita —imploraba Luciano con cara de susto.
—Eso es imposible.
—¿Por qué?
—Por qué, por qué. Porque tú tienes catorce años y yo tengo treinta. ¿Te parece poco?
—Pues esperaremos a que yo tenga dieciocho.
—Yo entonces tendré treinta y cuatro. ¿Y tú sabes lo que dirían en el pueblo de mí?
—Pues nos iremos a otro sitio. El mundo está lleno de escuelas y de iglesias.
Pero ella le hundía una mano en el pelo y le decía que no. «¿No ves que eres un niño, calamidad, y que todo esto es una niñería? Además, dentro de nada te irás al seminario. Serás sacerdote.» «Yo no quiero ser sacerdote. Yo quiero vivir siempre contigo», y la miraba con una hondura tan elemental y sincera que Amalia tenía que romper el hechizo con un gesto fingido de severidad. «Prohibido mirarme», decía, y le pasaba una mano por los ojos; «prohibido hablar», y le ponía un dedo conminatorio en los labios. Luego le apresaba la mano y volvían al solfeo.
Y debió de ser así como una tarde, jugando cada uno con los dedos del otro, Amalia se encontró sin querer explorando peligrosamente las inmediaciones de aquel prodigio que acaso, volvía a dudar ahora, había sido sólo una ilusión. Sintió una vez más, y así lo anotó en su diario, cómo la mano tomaba su propia iniciativa para entregarse a una estrategia de acercamientos y evasiones. Sus dedos iban y venían, tejían y destejían, como cuando los abandonaba en el piano para que ellos solos buscaran en el instinto secreto de sus hábitos las notas de una melodía que la conciencia había olvidado. Tres veces la voluntad logró detenerlos y tres veces ellos impusieron la suya. Hubiera de-

seado que Luciano la ayudase a decidirse entre el miedo y la curiosidad, pero él se mantenía inmóvil con los ojos fijos en un ejercicio de armonía del que los dos se habían desinteresado hacía ya tiempo, y sólo cuando uno de los dedos, después de rozar el objetivo, se retiró con una contracción eléctrica, sintió que él lo detenía y se lo acariciaba en toda su extensión, no para forzarlo a regresar sino para individualizarlo y reconocerlo entre los otros y expresarle así su gratitud y su complicidad. Y el dedo entonces, acompañado ahora por otro de Luciano, avanzó a ciegas, y juntos y a ciegas, con la misma parsimonia con que transcurrían los minutos en aquel lento atardecer de septiembre, fueron recorriendo y demorándose en los dominios prohibidos de la aprensión y del deseo.

En su diario, Amalia habla figuradamente de su dedo como de un pájaro migratorio perdido en una tempestad de viento o en un océano de niebla, y a veces es también una oruga ascendiendo por el tallo de una adormidera, y luego la adormidera se transforma en el arpa polvorienta de Bécquer, y la oruga en la mano de nieve, y el arpa en dragón y la mano en princesa que sueña despierta con las perlas de Ormuz. «¿Sabes que eres un niño muy maleducado?», susurró sin mirarlo. El se volvió lleno de asombro y de inocencia. «Mi madre dice que en eso se nota que soy hijo de san Luciano Obispo», y le apretó la mano para ilustrar el sentido exacto de la frase. Amalia, tras un gesto de pasmo, se echó a reír con una carcajada tan espontánea que la situación perdió de pronto su malicia para convertirse en juego o en ensueño. Y entonces sí, entonces giró en el sillón para quedar frente a él y mirarlo de lleno a la cara, y vio cómo sus manos, fogosas y alarmadas por lo que no había sido desde luego una ilusión óptica, lo acariciaban ya sin disimulo ni pudor, como si evaluase críticamente aquel testimonio problemático de santidad. «Eres un niño muy maleducado», volvió a decirle, «y una calamidad y un mocoso sin entrañas», mientras apuraba las caricias de aquel momento mágico que quizá estaba ya a punto de extinguirse, «y un descarado y un granuja», y muy lentamente retiró las manos haciéndole cosquillas por las piernas hasta llegar a las rodillas y allí se paró sin saber qué hacer o qué decir. Entonces él la miró con ojos suplicantes de náufrago, primero a la cara, después hipnóticamente a la blusa entreabierta y luego otra vez, exasperado ya por la súplica, a la cara. «Eres un niño impertinente y consentido», le reprochó Amalia con voz afligida y remota, «y el más descarado y truhán que he conocido nunca», y le cogió una mano y se la posó sobre sus senos, «y el más ladrón y el más tunante», e hizo lo mismo con la otra mano, «y el más tramposo y desagradecido que pueda imaginarse», y se desabotonó la blusa, y por cada botón iba musitando un improperio: bandido, pirata, malhechor, y para que se enterara aquel niño de hasta qué punto era cruel y perverso, se levantó con un aire de víctima propiciatoria, se soltó el sujetador y se quedó de pie frente a él, «un demonio con cara de ángel, eso es lo que tú eres», y le cogió la cara y lo atrajo hacia ella, «un renegado y un hereje», mientras le tiraba del pelo hasta hacerle daño y le iba diciendo entre suspiros que estaba deseando que llegase octubre para que se fuese de allí para siempre, y lo apretaba y lo mecía y lo rebullía sin tregua ni piedad, y que esperaba no ver jamás aquellos ojos tan inocentes y diabólicos, «santito mío de mis tormentos, niño mimoso y desalmado», y siguió con las injurias hasta que la voz desembocó en un sofoco agónico de sílabas borrosas: «idólatra, perjuro, canalla, embaucador», logró decirle aún en sus últimos espasmos de contrariedad y de repudio.

«Ya pronto será octubre, ya pronto será un sueño», escribió en su diario. Y así se lo dijo y se lo repitió la víspera del día en que Luciano se iría al seminario:

—Un sueño, no olvides que todo ha sido un sueño, y que para mí es como si tú no hubieras existido nunca.

Había ya anochecido, y en voz muy baja, un poco ronca

por el tono confidencial, le explicó que él era como Henry, aquel fantasma inventado a quien ella esperaba cuando era niña en los escalones de una casa inventada también, oyéndolo llegar por los boscajes y senderos de un jardín que tampoco existía, o evocándolo de marinero errante con la canción *Mirando al mar*, pero al que jamás había conseguido verle la cara ni averiguarle otra cosa que su nombre ficticio.

—Y así eres tú también: la sombra de un deseo, y lo único real es el miedo que tengo cuando te oigo llegar y te veo aparecer por esa puerta.

Estaban sentados en el sofá, hablando en susurros, mezclando los alientos y envueltos en la penumbra fresca del final del verano, y habían comenzado a despedirse y a intercambiar caricias hacía más de una hora. Esteban había venido con la leche y se había ido, y afuera sólo se oían los chillidos de los vencejos y algún grito lejano.

—Y no quiero que pienses en mí. Cuando salgas de esta casa, quiero que empieces ya a olvidarte de todo, y que cuando vuelvas de vacaciones, sólo te acuerdes de mi nombre. Yo te diré: «Hola, Luciano», y tú: «Hola, Amalia», y ya está, eso será todo. ¿De acuerdo?

Luciano Obispo escuchaba cabizbajo, sin saber qué decir, y acaso sin comprender el sentido de aquellas palabras tan consoladoras pero a la vez tan inquietantes.

—Y no quiero que estés triste, porque yo no voy a estar triste, ni que me escribas, porque yo no te contestaré, y ni siquiera abriré tus cartas, ni quiero que mires atrás cuando nos despidamos porque yo no estaré en la puerta para decirte adiós. ¿Lo harás?

—No lo sé, señorita. Yo no sé por qué me dices todas esas cosas.

—Por qué, por qué. Porque lo mando yo y ya está.

Luego permanecieron mucho tiempo en silencio, mirando sin firmeza el horizonte de la habitación ya casi a oscuras y oyendo alrededor los primeros sigilos de la noche. Dos mujeres pasaron cuchicheando por la acera.

—Ya es hora de irse —dijo al fin Amalia, en un tono triste que parecía constatar un hecho ya pasado—. Pero antes, pídeme lo que quieras.

—Que me prometas que te casarás conmigo cuando cumpla dieciocho años —respondió Luciano de un tirón.

—Tú nunca tendrás ya para mí dieciocho años, porque mañana serás sólo un sueño y los sueños no tienen edad. Eso no te lo puedo conceder. Recuérdalo.

—Entonces, que me dejes escribirte.

—Eso tampoco es posible, porque los fantasmas no escriben. Nada del futuro es posible. Tiene que ser algo que suceda ahora mismo, antes de que te marches.

—Entonces, señorita, quiero que me dejes peinarte por última vez.

Amalia le acarició los rizos al pasar a su lado, y al regresar del baño cerró suavemente la puerta de la calle y entró de puntillas afectando un gesto de suspense.

—Pero recuerda —le dijo al entregarle el cepillo del pelo— que esto también será mañana sólo un sueño.

Y él empezó a peinarla.

—Ya verás cómo en el seminario tendrás amigos y serás feliz.

—Yo no quiero ser sacerdote —susurró él.

—¿Y qué es lo que quieres ser que no sea mi novio? —y le rodeó con una mano la cintura.

—No sé. De pequeño me gustaba ser conductor de trenes.

—Pues yo creo que tú tienes cara, ¿sabes de qué? —y le deslizó la mano por debajo de la camisa—, de marinero pescador, como san Pedro.

—Yo lo que quiero de verdad es... —pero Amalia le puso un dedo en los labios y le dijo:

—Puedes peinarme, pero en absoluto silencio.

Y mientras él, de rodillas en el sofá, le peinaba muy suavemente su melena de princesa egipcia, ella comenzó a actuar en la penumbra con la precisión y la fluidez temerarias de un sueño. No quiso reconocer los indicios de la realidad ni siquiera cuando oyó el murmullo de la cremallera y buscó en las sombras hasta tener entre las manos la brasa viva que aquel querubín había heredado sin duda de su muy santo padre («Ay, calamidad», lo reprendió, «pero ¿cómo puede ser esto?, ¿qué clase de dragón es este niño?»), ni cuando le quitó el cepillo y le preguntó en la oreja si quería hacer un viaje hacia las tinieblas, ni cuando tomó una mano del viajero y la fue guiando bajo su falda, con paradas aquí y allá, hasta el centro de su ansiedad enajenada.

—¿No le tienes miedo a las tinieblas? —le iba diciendo según avanzaban.
—No, señorita.
—¿Y ahora?
—Tampoco.
—¿Eso significa que quieres seguir adelante?
—Sí, por favor.
—Ay, eres un viajero muy intrépido —le dijo cuando llegaron y descansaron al final del trayecto.

Entonces se tumbó en el sofá (segura de que no habría una segunda oportunidad, y como si aquel episodio perteneciera ya al pasado y lo estuviera reviviendo desde la fatalidad del presente) y le recordó otra vez que todo aquello no sería mañana más que un sueño, e incluso que ya ahora era sólo un sueño, y le preguntó si quería hacer otro viaje al país de Irás y no Volverás, el último que harían juntos antes de despertarse cada cual en su edad, en su oficio real y en su verdadera y única condición.

—¿Sí?
—Sí, señorita.
—¿Y nunca le vas a contar esto a nadie? —y se quitó la falda.
—Nunca.
—¿Lo juras?
—Te lo juro por Dios.
—¿Y tú sabías, santito mío, que se podían hacer estos

viajes? —y con una contorsión de nadadora quedó desnuda como por arte de magia.
—Sí.
—Porque en el fondo eres un diablo con cara de arcángel. ¿Y has hecho ese viaje alguna vez? —y lo atrajo hacia ella.
—¡Nooo! ¿Y tú, señorita?
—Los niños educados no deben hacer esas preguntas —y le desabrochó el cinturón, le bajó los pantalones y lo acomodó en su posición propicia de viajero.
—¿Estás preparado para el viaje? —y se puso a maniobrar enérgicamente en las sombras.
—Sí —tartamudeó Luciano.
—¡Pues ahora, niñito mío, cierra los ojos y hazte la idea de que estás soñando! —susurró a gritos, y entonces gimió de terror y de dicha porque otra vez oyó muy cerca los pasos de quien ya se acercaba por la espesura de un jardín donde ella volvía a ser una niña que se mecía y se mecía al compás lento, y luego veloz, y luego frenético, de una canción de cuna.

Así se lo contó Luciano en el confesionario al padre Mirón, y así lo cuenta Amalia en sus diarios, con una posdata donde explica que los viajeros se despidieron en la puerta al filo de las diez. No hubo ningún conato de patetismo, ni siquiera cuando ella separó de los colgantes que llevaba al cuello la cruz egipcia y la deslizó en el bolsillo de la camisa de Luciano, y por haber, no hubo apenas palabras.

—Adiós, Luciano Obispo.
—Adiós, señorita Amalia.

La luz del pasillo agigantó sus sombras en la plaza. Ladró un perro muy lejos, Amalia le acarició la cara, y lo empujó muy suavemente, cerró la puerta y, apoyada de espaldas en ella, oyó los pasos del viajero alejándose en la oscuridad como en un sueño ya soñado.

Esa misma noche, apenas llegó a casa, Luciano le reve-

ló a su madre que había recibido un mensaje celeste. Dijo que estaba en la iglesia aseando a los santos, como tantas veces, cuando oyó de lo alto una voz que lo llamaba por su nombre.
—¿Estás seguro?
—Sí.
—¿Era una voz gruesa con un dengue andaluz?
—Creo que sí, madre.
—¡Entonces era Él! ¿Y lo viste?
—Sí, traía el báculo, la piel de oveja y la corona de lirios.
—Y ¿cómo relucía?
—Como un ascua, madre. Estaba todo oscuro y él brillaba en la altura como las luciérnagas.
—¿Y qué es lo que te dijo?
—Me dijo que me quedase aquí un año más, y que en ese tiempo el destino ya me saldría al paso.
—¡Alabado sea Dios! Si ya se te nota en la cara el fulgor del milagro. ¡Estás como coronado por un resplandor de santidad! Hijo, ahora mismo aviso al seminario para que no te esperen, que te quedas aquí, porque ésa es sin duda la voluntad inescrutable de nuestro protector.

A la mañana siguiente, todo el pueblo conocía la noticia, pero Amalia no se enteró hasta que Esteban fue por la tarde a llevarle la leche. «¡A Luciano Obispo se le ha aparecido Dios!», gritó mientras se afanaba con las cántaras. «¿Dios?» «Dios o su padre, no lo sé, pero se le apareció ayer noche y le mandó por lo visto que no se fuera para el seminario.»

No lo pensó dos veces. Al anochecer, después del último oficio, fue a la iglesia y aguardó en el fondo hasta que vio a Luciano salir de la sacristía, vestido aún de monaguillo y con un matacandelas en la mano, y venir hacia ella apagando las luces de las capillas y los santos. Oculta tras una columna, esperó a que estuviera cerca para llamarlo con un susurro: «¡Luciano, ven aquí!». Él se volvió con un repente de terror y de súplica, pero enseguida bajó la cabeza y dio unos pasos tímidos hacia ella.

—Quiero que ahora mismo le digas a tu madre que mañana te vas al seminario.

No lo miraba, y su voz era silábica y cortante, como la que le salía en la escuela cuando se ponía seria de verdad.

—Eso no puede ser, señorita, porque le he dicho que tuve una aparición.

—Pues ahora vas y le dices que has tenido otra.

—Pero es que yo no puedo irme, porque no sabría vivir lejos de aquí. Aunque quiera, no puedo irme. Perdóname, señorita, pero ¿yo qué le voy a hacer?

—Si no puedes irte, entonces yo tampoco puedo perdonarte. Si mañana sigues aquí, nunca más volveremos a ser amigos. Nunca más, ¿lo entiendes?

—Sí, señorita, lo entiendo, pero yo no puedo irme, porque además yo no quiero ser sacerdote.

Dio un paso adelante y habló con voz segura e inspirada:

—Yo quiero ser marinero pescador o conductor de trenes, y casarme contigo para siempre.

Amalia comprendió que aquella declaración invalidaba cualquier razonamiento o cualquier ruego.

—Está bien —endureció el tono—, está bien. En ese caso recuerda bien esto: que tú y yo no nos conocemos, ni nos hemos conocido jamás. Y que sepas también que me arrepiento mucho de haber sido tu amiga y de haber confiado tanto en ti. No quiero verte nunca más —y sin mirarlo ni esperar respuesta, se volvió bruscamente y se marchó.

Con el comienzo del curso, Amalia recuperó casi de golpe el hilo perdido de la realidad. El verano se alejó violentamente en la memoria hasta confundirse con los recuerdos legendarios. No sentía escrúpulos porque tampoco conseguía recordar lo ocurrido como algo real. Y cuando vino el otoño y a Luciano le dio por pasar por la plaza al anochecer silbando los compases de *Mirando al mar* como si fuesen una contraseña, ni siquiera eso la enojó o la conmovió. Se entregó a sus clases, a sus sesiones de piano y a todos los ritos y preciosismos de su soledad. Pero ya no era la misma, y así lo confiesa en sus diarios, donde hay desde entonces un temblor de incertidumbre, como si con el final del verano hubiera entrado en una nueva edad de la vida cuyos límites, promesas y costumbres empezaba ahora a conocer.

2

Nadie podía imaginar por entonces que aquellos episodios eran piezas sueltas que acabarían por combinarse para formar una sola historia, ni que cada personaje, con sus actos insignificantes de cada día, trabajaba ya para un riguroso desenlace común. Durante los meses de otoño e invierno los veíamos pasar sin apenas reparar en ellos, mimetizado cada cual con la espesura de sus hábitos, y ya no movíamos los pies cuando Amalia iba y venía de la escuela o Luciano de la iglesia, ni cuando Belmiro Ventura salía excepcionalmente a pasear por el camino solitario del río. Ni siquiera Esteban nos ofrecía algún motivo de curiosidad o de inquietud. Al principio aprovechaba cualquier ocasión para enseñar el trozo sucio e ilegible de pergamino y airear los pormenores de sus expectativas. «Aquí dice que soy el primogénito de la estirpe», contaba, «y en cuanto se muera mi tío Belmiro, y hasta puede que antes, voy a heredar una gran fortuna.» Exaltado por su buena suerte, le había vuelto a escribir a Sofía Sánchez anunciándole que el próximo agosto era casi seguro que acudiría por fin a la fiesta a presentarse y a pedir su mano, y en prueba de que esta vez la promesa era firme, le envió una fotocopia del pergamino y una postal de la placita de Ultramar, donde se veía la mansión en que ellos habrían de vacar algunas temporadas. Pero luego, cuando cesaron las lluvias y Belmiro Ventura siguió enclaustrado en casa y sin enviarle a él, al primogénito, la menor señal de complicidad, Esteban empezó a impacientarse y a sucumbir a sus viejas zozobras. Todos los días esperaba a su madre, a la que le había pedido que aprovechase las ausencias de Belmiro Ventura para examinar sus papeles financieros, y sobre todo para buscar el testamento y conocer sus intenciones, pero Leonor regresaba siempre sin noticias, y en cuanto a Manuel, parecía haberse extraviado definitivamente en algún despoblado de la realidad, y tenía en los ojos la misma luz ilusa de cuando volvió de la guerra o creyó soñar la vida durante tres años. «Hay que seguir esperando», era lo único que decía, «porque es posible que el usurpador nos esté poniendo a prueba, pero lo seguro es que, tarde o temprano, algo ocurrirá.»

Tanto esperaron, y tantas vueltas le dieron a la esperanza, y tanto combatieron las invitaciones al desánimo, que un día Leonor llegó por fin con una noticia que al pronto no supieron si sería buena o mala.

—Don Belmiro quiere ahora que le prestemos una temporada el gato —informó.

—¿El gato? —dijo Esteban—. ¿El gato *Carlos*?

—El mismo.

Intervino Manuel desde la bruma de su encantamiento:

—Eso es que quiere vernos para capitular y no sabe cómo. O a lo mejor es que nos está poniendo a prueba. Así que mañana mismo vamos todos, los tres, a llevarle el gato. Porque, o mucho me engaño, o todo esto es un pretexto para un asunto de mayor trascendencia —y se puso a cavilar sobre aquel gran misterio.

Si Leonor, que había entrado en la casa a cambiarse de ropa, hubiese podido oírlo, quizá le hubiera contado, nadie sabe con qué fortuna, la versión sencilla de los hechos. En sus largas horas de insomnio, aliviadas apenas por breves dormilonas confusas, Belmiro Ventura había aprendido a distinguir y a tolerar los ruidos que poblaban la noche. Ruidos que, por cierto, se combinaban y hasta parecían retrucarse, y a un chasquido en el dormitorio respondía al instante un golpetazo sordo en los desvanes, y al gemido de un mueble le daba la réplica un borborigmo en el estómago, y al tintineo de algún hierro ocioso le contestaba el pájaro con sus dos notas lúgubres. Una noche, sin embargo, escuchó un ruido nuevo. Intentó al principio establecer si venía del dormitorio, del despacho, del corredor o de las habitaciones clausuradas que daban a la calle, pero era imposible averiguarlo porque el rumor se producía a intervalos nerviosos, como telegráficamente, y unas veces era apenas un susurro cercano y otras crecía hasta resolverse en un súbito tropel de alarma. Luego creyó dormirse, y también en el sueño le pareció que seguía escuchando las alternativas de aquel trajín incomprensible.

Por la mañana, y no tanto para enterarse de lo que había sido quizá una pesadilla como para congraciarse con Leonor por la prohibición de los cantos, le preguntó qué novedad podía ser aquélla, y le describió el ruido.

—Son los ratones —contestó ella sin dudar.

—¡Cómo ratones! ¿Es que hay ratones en la casa? —preguntó asombrado.

—¿Que si hay? —se escandalizó ella—, ¿pues cómo no había de haberlos en este casumbo? ¡A cientos y a cientos los habrá!

—Si fueran ratones —razonó él—, ya habrían aparecido antes.

—¡Ay, don Belmiro, esos bichos aparecen cuando ellos quieren! Lo que pasa es que hasta ahora no se habrán enterado de los libros.

Así que enseguida empezó a establecer una relación fatal entre libros y ratones y a llenarse de malos presagios, y más cuando examinó las estanterías y encontró tres cuadernos roídos, y algunos libros, y fichas y papeles, y hasta algunos lápices y gomas de borrar que había sobre la mesa. Excitado por el hallazgo, esperó a la noche, y apenas el ruido llegó a su apogeo, se levantó de puntillas, entró en el despacho y violentamente encendió la luz. De todas partes, de los estantes, de la mesa, del sillón, del suelo, comenzaron a saltar ratones, docenas o cientos de ratones, chillando y corriendo y trenzando sus trayectorias vertiginosamente, hasta que en un instante, como por un pase mágico, se esfumaron todos. Ya no pudo dormir, porque de pronto comprendió, y se quedó deslumbrado por la lógica absurda del hallazgo, que como no pusiera remedio los ratones iban a devorarle el trabajo entero de una vida, y según crecía la convicción y la incredulidad, frenéticamente se puso a buscar agujeros y holguras y a cegarlos con cuanto encontró a mano. Ese día, por primera vez en muchos años, no se bañó ni se afeitó, y trabajó con tanta dedicación y exactitud que, cuando se acostó, convencido de que el despacho era ya inexpugnable, se quedó dormido en el acto. Dormido, pero esperando quizá desde un resquicio de la conciencia el momento en que los primeros ruidos inconfundibles empezaron a filtrarse en el sueño. Entonces se levantó, encendió la luz y se quedó allí, cabeceando abrumado ante aquel espectáculo formidable y ridículo.

Así se inició su guerra contra los ratones: la guerra del hombre que había venido aquí en busca de la paz y del conocimiento contra los más leves, absurdos y divulgados estorbos que le oponía la realidad. Al otro día nos pusimos a mover los pies cuando lo vimos atravesar la plaza y subir trabajosamente los tres escalones de la droguería. Llevaba barba atrasada, el pelo revuelto de insomnio y desabrochado el cordón de uno de los zapatos. Nos pareció más viejo de lo que era, y aún más viejo cuando lo vimos salir abrazado a un paquete de estraza y bajar los peldaños un poco al sesgo, como si sufriera de vértigo, y alejarse agobiado de hombros y con una prisa desordenada que contradecía su imagen pulcra y ejemplar. Se entregó a la contienda con la fe y la energía de un pionero contra los azotes de la naturaleza. Durante varios días distribuyó por toda la casa platitos con veneno de todos los colores y sabores, y esperaba al amanecer con la ilusión incierta de un niño en noche de

Reyes para ir a ver si los intrusos habían comido o no, y luego buscaba por los rincones y a veces encontraba algún cadáver y se ponía contento como un niño, convencido acaso de que los ratones eran el único obstáculo que le impedía consagrarse a la paz y a la ejecución de una gran obra histórica. Pero una semana después los ratones continuaban invadiendo cada noche el despacho, con la novedad de que ahora no sólo dejaban intactos los platitos sino que cuando él encendía la luz para ahuyentarlos, ellos seguían aplicados a su tarea de destrucción como si tal cosa. Noches hubo en que, para sobrellevar el desvelo y defender sus pertenencias, se sentaba a vigilar en el sillón, y al verse allí, rodeado de ratones que, lejos de asustarse, se le acercaban curiosos a husmearlo, le parecía que era un rey de opereta instalado en su trono burlesco e importunado por un pueblo festivo y descarado.

Una semana más tarde, Belmiro Ventura creía haber perdido definitivamente aquella guerra. Ahora, dedicaba mucho tiempo a recomponer de día lo que los ratones le roían por la noche. Pero sus enemigos trabajaban más deprisa que él, y en distintos frentes. A finales de enero extendieron los saqueos a los estantes más altos del ala norte y le devoraron veinte hojas del catálogo comentado de los ochocientos volúmenes de la biblioteca de Niccolò Niccoli, además de un estudio que había compuesto en su juventud sobre las propiedades del extracto de vitriolo según Paracelso, y fue entonces cuando, al intentar reconstruir el escrito, descubrió que las ratonaduras ya existían previamente en la memoria, porque no recordaba nada del extracto ni de la biblioteca florentina, ni menos aún de las apoyaturas bibliográficas que aparecían continuamente a pie de página. «Así que también en la memoria hay ratones», pensó. Y otra vez lo asaltaron los fantasmas terribles de la vejez, de la muerte y finalmente del olvido. Humillado y exaltado por la derrota, apeló al recurso último de armarse con una escoba, ponerse al acecho y esperar el instante de arremeter a escobazos y a voces contra sus adversarios. Cuando Leonor le subía el desayuno, lo encontraba exhausto y ojeroso, en medio del desorden que él mismo agravaba con su furor nocturno.

—¡Ay, don Belmiro! —le dijo una mañana—, esos bichos son más listos que el veneno. Pero si usted quiere, yo le puedo decir cuál es el único remedio.

—¿Cuál? —preguntó desalentado.

—Pues un gato.

—Un gato —dijo él en eco—. ¿Y de dónde voy a sacar yo un gato?

—De eso no se preocupe usted, que mañana mismo le traigo yo uno, y ya verá cómo se acaban los ratones.

Desde el primer momento, Leonor se opuso a que acudieran todos en comitiva solemne, como si llevaran el gato a bautizar, que era lo que proponía Manuel, pero finalmente aceptó que lo acompañara Esteban, ya que en definitiva el gato era suyo, y suyo el nombre que le había puesto y suya también la voluntad de regalarlo.

—Y acuérdate que esto en el fondo es una treta de tu tío para ponerte a prueba —le dijo Manuel a la mañana siguiente, cuando Esteban se disponía ya a partir, vestido con su mejor ropa y con el gato metido en un capacho—. Tú habla poco, y sólo cuando te pregunten. Encáralo sin miedo, sin agachar la cabeza ni ponerte modorro, para que él vea en ti la majestad de la estirpe. Y al final le dices que, por nosotros, quedan saldados los cuatro siglos de oprobio, y que aquí seguimos esperando, por si quiere mandarnos algún mensaje. Eso le dices, ni más ni menos, y no se te ocurra pedirle nada, ni rebajarte, que sepa que, aunque pobres, nos queda todavía la dignidad.

Los acompañó un trecho dando buenos consejos y luego los vio irse, Leonor alegrando el camino con una canción de penas amorosas, y Esteban a la zaga, el pelo brillante de agua, las canillas al aire y haciendo vaivén con el capacho como en los tiempos de la escuela. No hablaron durante el trayecto, y sólo cuando se disponían a subir al despacho dijo Leonor: «Tú esperas en la puerta hasta que te manden entrar. Y no vayas a decir alguna tontería, que a lo mejor tu padre tiene razón con eso de que te va a dejar la herencia. Quién sabe. Al fin y al cabo somos sus únicos parientes». De modo que Esteban permaneció en la puerta, asomadizo y dentón, mientras ella se adelantaba con el desayuno y con la noticia jovial de que allí venían, don Belmiro, con el remedio infalible contra los ratones.

—Mi hijo ha querido traerle el gato personalmente y aprovechar la ocasión para saludarlo. ¿Sabe usted? El gato es suyo y él tiene mucho gusto en obsequiárselo. ¡Esteban, saluda a don Belmiro!

Belmiro Ventura, desconcertado por la novedad, se asomó por encima de los lentes y de un montón de libros que había sobre la mesa y vio a Esteban, que avanzó unos pasos abrazado al capacho y que enseguida se detuvo con la boca pasmada y los ojos atónitos perdidos en aquel tumulto incomprensible de libros y papeles.

—Hola, Esteban —dijo, y se levantó y se quitó los lentes, pero no como acciones separadas sino como si un acto fuese consecuencia del otro.

Esteban miró asombrado lo que acaso le pareció un intento de escamotear los lentes a su curiosidad. Quiso hablar y no pudo. Movió los labios y le salió un gemido ronco y apasionado. Ni siquiera lograba fijar los ojos en algún punto estable. O quizá es que no entendía que aquella estancia fuese la de un hombre rico e ilustre. No había allí atributos o símbolos del lujo y del poder: ni luces cautivas en lámparas de pergamino o de vidrio historiado, ni carrito dorado de bebidas, ni cuadros de caballos ingleses o de tílburis y berlinas, ni mesitas bajas de cristal, ni trofeos de caza ni otra cosa que libros y más libros, y casi todos, además, en un desorden absoluto. ¿Cómo podía entenderse que aquel fuese el espacio en que se desenvolvía un hombre poderoso? ¿Qué clase de opulencia era aquélla? ¿Dónde estaban los signos de cuatro siglos de opresión y rapiña?

Sin embargo, al descubrir los ficheros metálicos, cuyo uso ignoraba por completo, los confundió con algún tipo de cajas fuertes y se preguntó si sería allí donde estarían guardados el dinero y los papeles y los objetos de valor.

—Es que, ¿sabe usted?, es muy tímido —lo disculpó Leonor—. Pero no vaya a creer que es así siempre. ¡Anda, enséñale el gato a don Belmiro!

¿Y los lentes, dónde estarían los lentes?, se preguntó mientras se agachaba y sacaba a dos manos un gato pardo, viejo y huraño, con cascabel, el cual, después de olisquear el aire e inspeccionar su nuevo territorio metiéndose por los pasadizos que formaban los libros, ceremoniosamente y con el rabo en pompa tomó posesión del sillón orejero.

—Anda, Esteban, no seas corto, dile a tu tío cómo se llama el gato.

Esteban, con la vista todavía extraviada en el entorno, dijo con voz súbita y desabrida:

—*Carlos*.

—En realidad se llama *Miulino* —aclaró Leonor—, pero atiende por *Carlos*, como el de los tangos, que es el nombre que le puso Esteban de su propia inventiva.

«Carlos», murmuró satisfecho Belmiro Ventura, que había escuchado con una paciencia tan extremada que Esteban sospechó que tanta cortesía sólo podía explicarse como una forma de desdén. «Carlos», volvió a decir, y se acercó a él y lo examinó con cabeceos de admiración.

—Parece que hubiera estado ahí toda la vida —dijo por decir algo, y señalándolo con los lentes.

—Es un buen gato, y muy juicioso y cumplidor, aunque eso sí, muy suyo. Ya verá cómo ahora se acaban los ratones —dijo Leonor.

—Pues no sé qué decirles. En fin, que les quedo muy agradecido.

—El gato es de Esteban. El es el que tiene el gusto de obsequiárselo.

—Gracias, Esteban. Cuando los ratones desaparezcan, te lo devolveré.

Entonces Esteban dio dos pasos al frente y logró decir:

—Buenos días, tío Belmiro —y lo miró fijo y boquiabierto.

En el largo silencio que siguió, Belmiro Ventura volvió a ponerse los lentes y a abismarse en la contemplación del gato.

—En fin, gracias otra vez —dijo, y se quitó de nuevo los lentes—, y me vas a permitir que también yo te haga un regalo.

Se acercó a un estante y regresó con un libro ilustrado de arte.

—Son cuadros de pintores famosos. Estoy seguro de que te va a gustar —y se lo tendió con la misma mano con que sostenía ahora los lentes.

—¡Esteban, dale las gracias a tu tío! —lo apremió Leonor.

Él cogió el libro, dudando si los lentes entrarían en el lote obsequiado y si tendría, por tanto, que tomarlos también, lo sostuvo como si se tratara de un trozo de resilla y luego le dio la vuelta como buscando un resorte secreto. No hacía mucho, también él se había comprado, y debió de recordarlo entonces, unos libros de adorno: unas obras completas de Shakespeare, según constaba en los lomos, pero facturadas en madera y que formaban un ingenio que, al abrirse, resultaba ser una tabaquera y una caja de música que interpretaba los primeros compases de *El sitio de Zaragoza*. Así que pensó que a lo mejor aquel libro también se abría, y que en su interior guardaba algún objeto de precio. Con esa esperanza levantó la vista, miró a su interlocutor, y enseguida cerró los ojos y pronunció de carrerilla:

—Nosotros seguimos allí esperando después de cuatro siglos de oprobio, por si hay algún mensaje.

—No le haga usted caso. Son cosas de muchachos —se apresuró a decir Leonor—. Cosas suyas sin importancia.

Belmiro Ventura volvió a ponerse los lentes. La luz de la mañana se inflamó en ese instante en ellos, de modo que a Esteban le pareció que irradiaban una luz fantástica, como los ojos de un robot o de un extraterrestre. Y entonces sí, entonces confusamente vio en Belmiro Ventura al usurpador, y reconoció en él a un hombre en verdad poderoso.

—Espero que te guste el libro —dijo, y se inmovilizó allí, dominador y refulgente, mientras Leonor agarraba del brazo a Esteban y lo sacaba del despacho con la mirada aún extraviada en aquel espacio incomprensible y luminoso.

3

Esa noche, en efecto, no aparecieron los ratones, pero a cambio Belmiro Ventura hubo de soportar los sigilos del gato, las notas del cascabel, el concierto de sus soñolencias y el apremio de sus maullidos cuando a las tres de la mañana se le antojó salir al patio y, una hora después, volver a entrar. Y también por el día encontró en él un nuevo motivo de distracción y pesadumbre, porque continuamente lo acechaba desde su sitial con sus inescrutables ojos amarillos. Dudaba a veces qué sería peor, si el gato o los ratones, y más cuando intentó desalojarlo para ocupar él el sillón. Apenas descubrió sus propósitos, el gato se puso a bufar y a erizarse con las zarpas en guardia. Así que tuvo que llamar a Leonor, que lo acomodó junto a la estufa en un cojín. Desde su nuevo emplazamiento, el gato acentuaba la fijeza hostil de su mirada, y no sólo vigilaba sus más leves movimientos sino que se ponía en posición de ataque cada vez que Belmiro Ventura hacía gimnasia o se levantaba para consultar algún libro o para ayudarse con un paseo a la reflexión.

Por si fuera poco, apenas se iba por la tarde Leonor, Esteban aprovechaba a veces para entrar en casa e interesarse por el gato. «¡Tío Belmiro, ¿qué tal se porta *Carlos?!*», gritaba desde la puerta con su voz desabrida. Y él, que a esa hora andaba ocioso y a la espera quizá de que Amalia iniciara su sesión de piano, acudía a decirle que todo iba bien, y que los ratones no habían vuelto a dar señales de vida. Y Esteban sonreía orgulloso, y casi siempre repetía al final que ellos seguían allí, en la Levantinita, esperando el mensaje.

El mismo día en que regresó con el capacho vacío, le contó a Manuel su versión de los hechos. Empezó por imitarle la forma en que Belmiro Ventura se había levantado de la mesa al tiempo que se desembarazaba de los lentes, y cómo él, Esteban, se había quedado indeciso entre seguir las evoluciones de los lentes o mirarlo francamente a la cara. «¿Es que ése es algún truco de gente rica?», preguntó. «Yo creí que eso sólo lo hacían los empleados de los bancos.» Manuel le explicó que se trataba de una fórmula convenida de respeto. «¿De respeto?», se asombró Esteban. «Bueno, pues sea lo que sea, el caso es que a mí eso me despistó. Usaba los lentes como los toreros la capa. Se los ponía, se los quitaba, se los cambiaba de mano, y una vez se los escondió en la espalda y me los enseñaba desde allí, asomando la punta, igualito que los toreros. Y yo allí, sin saber qué hacer ni a qué lado mirar. ¿Es eso respeto? Pues a mí me pareció una chirigota.» Pero lo que más le había sorprendido era la cantidad descabalada de libros y papeles que había por todas partes, no como complemento decorativo sino como sustancia única y principal. Porque él había esperado encontrar otras cosas, y aunque Manuel y Leonor le habían explicado en qué consistían los ficheros, él seguía viéndolos como cajas de hierro, y se preguntaba si no sería allí donde estaba la clave de la riqueza invisible, y si no serían los montones de libros la treta para camuflarla de la codicia de los curiosos y ladrones. Pensaba incluso si lo de los lentes no habría sido también un modo de distraerlo de algo que, fuesen o no los ficheros metálicos, escondía en todo caso el secreto de la fortuna, y hasta puede que del tesoro. «Quizá hay un botón que, si lo aprietas, se abre una librería que da a un pasaje escondido, y ahí está el tesoro, y no en la losa del patio que tú dices», decía, inspirándose en el cine. Y Manuel, desde las brumas del ensueño, se preguntaba si aquella conjetura no tendría algo de verosímil. Recordó entonces que, durante la época de los albañiles, Belmiro Ventura no salió ni un instante de casa, y que a todas horas vigilaba de cerca las obras. Y eso de que los libros anduviesen revueltos por el suelo, y de que continuamente los trasegase de una estantería a otra, sólo podía quizá entenderse como el modo de manipular a hurtadillas algún cuerpo de librería practicable. El tesoro era cierto, la casa antigua, ilimitada la esperanza, prometedores los indicios. Todo parecía juntarse para halagar a la quimera. Los pensamientos más juiciosos parecían venir a celebrarla, y no había ilusión que no llegase envuelta en su propia audacia. «Quién sabe», decía, «a lo mejor, junto con la inocencia, te ha dado Dios luces visionarias. Ya lo dijo Hipócrates: "La naturaleza obra sin maestros"», y se quedaba en silencio, fijos los ojos en la lejanía de aquel vislumbre.

Así que cuando Esteban se acercaba por las tardes a preguntar por *Carlos*, iba siempre con la esperanza de que Belmiro Ventura lo invitase a subir a verlo y lo iniciase en los secretos de familia, pero él lo despachaba con cualquier pretexto, y también en aquella urgencia encontraba Esteban motivos para confirmarse en sus sospechas. Y en su ciego afán de perspicacia, aún descubrió nuevas señales de alarma cuando dos semanas más tarde Belmiro Ventura le comunicó consternado que el gato había huido de casa, no sabía dónde ni por qué.

Todo había ocurrido, desde luego, de un modo tan repentino como inexplicable. Después de los conciertos de piano, Belmiro Ventura dedicaba el resto del anochecer a escuchar música, como había hecho siempre, sólo que ahora elegía los discos pensando, más que en sus propios gustos, en los de aquella maestrita de pueblo con la que se había acostumbrado a sentirse unido por un vago vínculo sentimental, y quizá con la secreta intención de refutarla o deslumbrarla. El gato, mal que bien, parecía tolerar lo que acaso consideraba como una afrenta personal, hasta que finalmente se desinteresó, o fingió desinteresarse, del fenómeno. Pero un atardecer, Belmiro Ventura escogió *Tristán e Isolda*, de Wagner, y cuando la heroína entonó el aria para solicitar el filtro de la muerte, el gato dio un brinco electrizado, se sostuvo inmóvil en el aire durante unos segundos, ajustó un largo maullido de espanto a la alta octava de la doncella y, bufando y derrapando, saltó al patio, voló sobre el pozo, trepó por una pared, se inscribió un instante en el redondel de la luna y desapareció por los tejados para siempre. «No es de extrañar con esa música de difuntos», comentó Leonor por la mañana. Pero Belmiro Ventura ni siquiera la escuchó porque de pronto, sin gato, sin lluvia y sin ratones, le pareció estar a punto de encontrar en su angustia un remanso insólito de paz. Durante algunos días Leonor siguió oyendo desde abajo los cachetes de los libros al caer al suelo, el estrépito de los cajones de la mesa, los golpes de la escalera de mano contra las estanterías y los porrazos de los ficheros al abrirse y cerrarse, y cuando subía al despacho oía el furioso rascar de la pluma en un desorden tal que costaba trabajo acercarse a la mesa y acomodar la bandeja con el desayuno, pero luego los ruidos fueron decreciendo un día y otro día, cada vez más suaves y espaciados, hasta que una mañana de febrero cesaron de repente y en toda la casa se hizo un silencio milagroso. «¡Dios mío, a este hombre le ha dado un soponcio!», se dijo. Antes de entrar en el despacho se santiguó dos veces, y aún volvió a santiguarse una tercera, con el mismo pavor que si lo hubiese encontrado muerto, al ver la biblioteca en orden, el suelo despejado, cada cosa en su sitio, y a Belmiro Ventura sentado en el sillón con los ojos fijos en el techo, un libro en el regazo y haciéndose con una mano un candelabro en la barbilla. «¿Le ocurre algo, don Belmiro, se encuentra usted bien?» Y él: «Creo que nunca me he sentido mejor que ahora», y había en su voz un eco extrañado de dulzura.

Todavía ahora, quince años después, recuerda que fue por aquellos días precursores de la primavera cuando de golpe se le reveló, con una claridad que la propia compulsión del empeño le había impedido distinguir hasta entonces, que la tarea en que estaba obstinado no sólo era demasiado larga y trabajosa para sus años y sus fuerzas sino que, antes que eso, resultaba excéntrica e inútil. Por ese camino, no acabaría nunca. Nunca conseguiría reunir y dar sentido a aquella maraña de notas desconcertadas y fragmentos fugaces. Era necesario encontrar otro método, resignarse quizá a componer breves trabajos monográficos o, en último extremo, renunciar incluso a hacer obra y recuperar la plenitud del mero acontecer, y el gusto del conocimiento sin otro objeto que su propio deleite, como le había ocurrido en los primeros días y como había sido en definitiva su vida desde que allá en su juventud se aficionó para siempre a la soledad y a los libros.

«Primero es necesario serenarse; luego ya encontraré un método apropiado para hacer lo que debo. Cualquier cosa antes que traicionar, por ambición o por orgullo, los ideales de mi vida», se dijo. De manera que un amanecer restableció el viejo orden de la biblioteca, guardó cada cosa en su lugar y se sentó a leer en el sillón. El libro que Leonor había visto en su regazo era el de Marco Aurelio, y la frase que acababa de leer, subrayada hacía muchos años, decía así: «Se buscan retiros en el campo, en la costa y en el monte. Tú también sueles anhelar tales retiros. Pero todo eso es de lo más vulgar, porque puedes, en el momento en que te apetezca, retirarte en ti mismo. Sólo te queda, tenlo presente, el refugio que se halla en este diminuto campo de ti mismo. Y por encima de todo, no te atormentes ni te esfuerces en demasía; antes bien, sé hombre libre y mira las cosas como hombre, como ciudadano, como ser mortal». Suspiró ante aquel sencillo alarde de lucidez casi doméstica, porque ése había sido su viejo ideal de siempre: no llegar a ser tanto un hombre sabio y ejemplar como un hombre razonablemente feliz. Y he aquí que la amenaza de la vejez, y la tentación atolondrada de dejar constancia de su paso por el mundo, habían venido a embaucarlo y a confundirlo en el último tramo de su vida. Sí, era necesario recuperar la paz del espíritu, reconciliarse con el orden natural de las cosas, desterrar de su alma el mísero afán de la posteridad, ser un hombre libre y laborar a la sombra apacible de los días, sin ambición, sin prisa, sin angustia. Tan purificado se sintió ante aquellas verdades poderosas y humildes, que en un instante comprendió lo que había sabido desde la adolescencia aunque sin saber realmente que lo sabía, y que sólo entonces se le reveló como un hallazgo providencial y deslumbrante: que si pactamos con nuestra condición antes que con los sueños o los dioses, el camino hacia la paz puede llegar a ser el más corto y liviano de todos.

4

Eso fue un viernes. Lo recuerda con exactitud porque al otro día salió a media mañana a pasear hacia el río con la intención de buscar un lugar tranquilo donde tomar el sol y entregarse sin apuro a la meditación y a la lectura. Se sentó en un tronco, en un claro presidido por el rumor del agua, dejó el sombrero a un lado y una agenda de cuero con un portaminas de plata en el otro, por si quería subrayar alguna frase o tomar una nota, y luego leyó muy despacio, palabra por palabra, los primeros párrafos. A veces se levantaba una leve brisa perfumada de hierba nueva que dejaba al pasar por los chopos una breve tiritona de brillos. El libro era una antología de textos presocráticos y lo había elegido sin otra intención que abandonarse a los buenos oficios del azar. Leyó: «Acoplamientos: cosas íntegras y no íntegras, convergente divergente, consonante disonante; de todas las cosas una y de una todas las cosas». Miró alrededor, desbordado por la plenitud y el placer de aquel alto enigma, que acaso contenía y exaltaba la inmemorial obsesión del hombre por el conocimiento y la verdad. Se llenó de piedad por cuantos congéneres habían contemplado alguna vez las cosas enfebrecidos por la pasión de descifrarlas. La luz se fragmentaba al atravesar las enramadas y hacía espejos rotos en el suelo de hierba. Se sintió secretamente unido a Pitágoras, a Heráclito, a Parménides. El era ellos: de todas las cosas una y de una todas las cosas. Lejos sonaban las campanas, y en una angostura de zarzas y juncos retumbaba la misma agua oscura que ellos, los viejos filósofos, oyeron y pensaron muchos siglos atrás. Nada era más hermoso y consolador que compartir con sus contemporáneos ancestrales el vértigo de la razón ante los misterios esenciales del mundo. Leyó otro párrafo, y enseguida levantó los ojos para acomodarlo en la memoria y amplificarlo a la luz de su propia experiencia. Entonces oyó unos pasos menudos en la arena y vio a una figura avanzar entre los claroscuros de la maleza que bordeaba el camino. Supo quién era, y hasta tuvo tiempo de anticiparse a la inquietud que habría de depararle aquel encuentro, antes de verla aparecer en el claro y detenerse con un respingo indefenso de susto. Vestía una falda estampada de algodón, un suéter pálido de lana lavada y unas zapatillas deportivas con calcetines de color violeta. En una mano traía un libro, y con la otra sostenía en la boca una brizna de hierba. Durante el breve instante que se quedó inmóvil, con la brizna y el libro en actitud combinada de marcha, Belmiro Ventura tuvo la impresión de haber leído en alguna parte la escena real que ahora estaba viviendo. Era imposible saber dónde, pero en cambio sí creyó recordar que su papel se limitaba a la disyuntiva entre levantarse locuaz y hospitalario o saludar protocolariamente y regresar a la lectura. Todo ocurrió, en efecto, como si estuviera previsto de antemano.

Amalia deshizo el escorzo, devolvió a los labios la brizna de hierba, dio hacia el tronco unos pasos recreativos, como si jugara a bifurcar y esparcir el avance, y preguntó jovial y espontánea:

—Usted es el señor Ventura, ¿no?

Y él, que había sido siempre un hombre de pocos recursos para el floreo social, se levantó entonces, inspirado por una súbita levedad mental que atribuyó de inmediato a la paz de espíritu y a la lucidez recuperadas ayer mismo tras cinco meses de expiación, y quiso rivalizar en desenfado:

—Y tú eres Amalia Guzmán, ¿no es eso?

Ella reaccionó con un gesto de sorpresa y él con otro de resignación:

—Sería una descortesía asistir diariamente durante casi medio año al mismo concierto y no conocer el nombre del solista —y tarareó unas notas de la canción que ninguna tarde ella dejaba de tocar—. ¿Cómo se llama, por cierto, esa música? —preguntó, mientras cerraba el libro y se quitaba los lentes.

Amalia se sacó un momento la brizna de la boca e hizo un mohín sincero de contrariedad.

—¿Le molesta mucho el piano?

—No, no, todo lo contrario, de veras —y la invitó a sentarse en el tronco.

Ella sonrió con añoranza:

—Se llama *Mirando al mar*. Es una canción que aprendí de niña. Verá... Pero no —denegó enérgicamente con la cabeza—, es una historia muy tonta para contarla ahora.

Belmiro Ventura se volvió y la miró sin apuro, como si la conociera, al igual que ocurría con los filósofos presocráticos, desde hacía muchos años.

—Es lo mismo. Cuéntala, ya que la has empezado.

—Bueno, pues el caso es que yo de niña quería tener los ojos azules como las princesas, y entonces mi padre, que tocaba el acordeón, me decía: «Si oyes mucho esta canción, y la cantas muchas veces, a lo mejor un día los ojos se te

229

ponen azules». Y todos los días él la tocaba para mí. Es una tontería, y además bastante cursi, como ve, y no sé por qué se lo he contado —y se mordió los labios como si hubiera cometido una indiscreción.

—Ahora, cuando vuelva a oírla, me gustará todavía más —la ayudó él.

—Que conste —levantó Amalia un índice inquisitorial— que también yo escucho su música después de la mía.

—¿Y te gusta?

—Es como estar de pronto en Viena o en Salzburgo —y los dos coincidieron en una sonrisa de vaga mundanía.

—A mí me hubiera gustado ser pianista —aventuró él tras un silencio de nadie.

—Y a mí también —dijo ella, y esta vez se echaron francamente a reír.

Todo fue ya más fácil a partir de ese instante. Hablaron primero de música. Belmiro Ventura aprovechó para referir el episodio de Wagner y el gato, y Amalia declaró que nunca había conseguido entender ni a los gatos ni la ópera. En cambio le gustaban los valses y los perros callejeros, pero también los fados, los tangos, los boleros, las barcarolas, las sonatas de Mozart, los lagartos por su modo tan antiguo de soledad, los burros por Juan Ramón Jiménez, e incluso permanecía fiel (aunque esto era un secreto que no debería divulgar) a las mariposas y a las cajitas de música. A él le pareció una enumeración tan amena y caótica, que correspondió con algunas muestras contrapuntísticas de sus fobias: su desdén por las palomas y por los himnos militares sólo era comparable al respeto que le inspiraban las rapaces nocturnas y los *lied* de Schubert, y había ciertas arañas y zarzuelas que detestaba tanto como tanto le complacían las cigüeñas y los preludios corales de Juan Sebastián Bach. En lo de las cigüeñas, Amalia estaba de acuerdo, pero de los preludios nada podía decir porque con ellos le pasaba más o menos lo mismo que con los nematodos y los oxiuros, que sabía que existían en alguna parte, y hasta les hablaba de ellos a sus alumnos, y sin embargo había perdido hacía tiempo la esperanza de llegar a verlos en la realidad.

—¡Ah, pues yo te los dejaré con mucho gusto!

—¿Los oxiuros? —preguntó Amalia, pero justo entonces él se encabalgó para corregir el equívoco:

—¡Los preludios!

El silencio que siguió a las sonrisas sirvió de mudanza para pasar a hablar de libros. El de Amalia estaba en el tronco, entre los dos, y era una novela: *Ultimas tardes con Teresa*, de Juan Marsé. En ese momento una oruga de colorines la exploraba sin rumbo, como buscando una salida.

—¿De qué trata?

—Hasta ahora es una historia triste de amor —y se agachó para alcanzar otra brizna de hierba.

Sin dejar de mirar a la oruga, él comentó que hacía ya años que no leía novelas, y que en el tiempo en que las frecuentó le interesaban más por cuestiones de época que de trama.

—Para mi desgracia, soy historiador —dijo, y tras un instante de duda añadió—: Lo cual significa más o menos hacer lo mismo que ese pobre insecto —y enseguida se dio cuenta de que la broma no era tan inocente como había previsto.

Acto seguido, y a petición de Amalia, él enseñó su libro y le leyó la frase sobre la que había estado elucubrando antes de que llegara ella: «De todas las cosas una y de una todas las cosas». Y le explicó lo próximo que se había sentido a las inquietudes de aquellos viejos pensadores.

—Quien oye el agua y reflexiona sobre ella, representa en ese momento a toda la humanidad —dijo—. El es Heráclito y Parménides, y es también el hombre que dentro de cien años volverá a oír el agua y a asombrarse con ella.

Amalia escuchó muy seria, pero luego, para endulzar la melancolía que había dejado en el ánimo aquella sugerencia, dijo en tono de broma:

—Pues a mí la frase me había parecido al principio el lema de los tres mosqueteros —y otra vez se echaron a reír.

A pesar de su última intervención, Belmiro Ventura estaba sorprendido, y hasta un poco alarmado, de la ligereza de sus palabras, y no recordaba haber hecho nunca tantas concesiones seguidas a la frivolidad. Y aún más se le agravó la extrañeza cuando Amalia dijo: «Por cierto, ¿sabe usted, señor Ventura...», y él la atajó con un gesto teatral de protesta: «Por Dios, dejémoslo sólo en Belmiro». Amalia parpadeó despistada:
—¿Qué estaba diciendo?
—Que si sabía usted, señor Ventura...
—Ah, sí. Que si sabías que hace dos años se me ocurrió organizar un concurso histórico, literario y artístico sobre tu antepasado, el Conquistador.
Belmiro Ventura lo ignoraba, y forzó la ocasión para atenuar el tono festivo del diálogo:
—Pues te lo agradezco, y si en algo puedo ser útil, estoy a tu disposición.
Amalia sugirió que podía formar parte del jurado, o al menos participar en la entrega de premios.
—Por supuesto —dijo él, y contó que allá en su juventud había compuesto una biografía de don Quintín, que luego publicó extractada en un librito del que con mucho gusto le proporcionaría un ejemplar.
—Pues yo te dejaré los trabajos premiados. No son gran cosa, claro está, pero quizá te agradará leerlos —y siguió un silencio arrullado por el agua, los chopos y los pájaros.
Hacía un día fresco y soleado, impropio de aquella época del año, y también eso lo comentaron, junto con la opinión sentimental que les merecía cada una de las cuatro estaciones, mientras él recogía del tronco, que empezaba ya a quedar en sombra, el sombrero, la agenda y el lápiz, y sin haberse puesto de acuerdo se levantaban a la vez para iniciar el camino de vuelta. Entonces pareció esfumarse de golpe la magia de los gestos leves y de las frases gratuitas. Los dos supieron que, de retomar el juego, sólo lograrían remedarse. En la voz apareció un nublado de trascendencia

cuando se interrogaron sobre el caso general de sus vidas. Ella dijo que había llegado aquí dos años antes por traslado forzoso, y él que hacía veinticinco que se había marchado, y que todo ese tiempo podía despacharse contando los sucesos de un día cualquiera de cualquier mes y de cualquier año, porque la historia verdadera, y acaso insólita, discurría bajo la apariencia de los hábitos, como casi siempre suele ocurrir.

—Eso es una gran verdad —dijo ella—, y a mí me pasa exactamente lo mismo.

Iban caminando sin prisas, él académicamente y ella abrazada al libro, y mirando los dos al suelo: las zapatillas juveniles de Amalia con los calcetines de color violeta junto a los serios y acordonados de Belmiro Ventura. Los pasos desparejos en la arena parecían llenar de incertidumbres y sugestiones las pausas del relato. Y él contó el día cualquiera y las razones por las que había solicitado la excedencia. Habló de sus libros, de sus proyectos intelectuales y de la paz, sobre todo de sus ansias de paz.

—Yo ya voy para viejo y necesito estar en paz, si no con el mundo, sí conmigo mismo —dijo, intentando un acento jocoso.

Amalia se detuvo para quitarse un espino de los calcetines.

—Qué va —dijo mientras se agachaba—. La edad es cosa del espíritu, y como suele decirse, uno tiene en parte los años que quiere tener.

—En parte —subrayó él, y siguieron andando.

El aire traía un olor mezclado de hierba, sol y aguas de tocador.

—¿Sabes que he leído algunos poemas y artículos tuyos en el periódico?

—¡No me digas!

—Sí, y me gustaron. Me llevó unos cuantos ejemplares don Julio.

—¿Don Julio Martín Aguado, el pacificador? —agrandó

ella los ojos cómicamente—. ¡Tremendo! —y miró al cielo implorando socorro.

Un perro alto y afilado, con el rabo entre piernas, los adelantó en ese instante y se alejó por el camino con un trote lobero y perdulario. Siguieron tras él, hablando de perros y de poesía, y poco después llegaron a la placita de Ultramar.

Antes de despedirse, enumeraron los encargos pendientes: los preludios de Bach, la biografía del Conquistador, los trabajos premiados. Quedaron en verse al otro sábado en el mismo lugar y a la misma hora.

—¿Cómo se llamaba la canción de los ojos azules?

Ella se volvió juvenilmente sobre un pie con un gesto de patinadora:

—*Mirando al mar* —fueron sus últimas palabras.

III

1

Cuando Esteban se enteró de que Belmiro Ventura se había enamorado de Amalia, se subió a un alto del camino y juró desde allí, poniendo por testigos a la oscuridad y a su propia conciencia, que en último extremo empeñaría su vida en la defensa de la primogenitura. Al principio, había reaccionado con incredulidad cuando Leonor llegó con la advertencia de que no se hiciesen ilusiones, que aquel hombre se había enamorado de Amalia Guzmán y que acabaría casándose con ella.

—Es viejo ya para eso —sentenció Manuel desde su incorregible lejanía.

—El amor no tiene edad —dijo Leonor—, y los viejos y los muchachos son precisamente los peores.

—No, no, eso no puede ser. ¿Cómo se va a enamorar Amalia Guzmán de esa reliquia?

—¿Y por qué no? No sería ni la primera ni la última vez que pasa eso. ¿O es que no has leído en el libro que el amor es ciego?

Entonces intervino Esteban con un eco sombrío en la voz:

—Sí, ¿por qué no? El dinero lo puede todo. Los ricos se casan con quien les da la gana.

—Pero tú eres el primogénito —argumentó Manuel.

—¿Y qué? —dijo Leonor—. Todos los Tejedores han sido primogénitos desde hace cuatro siglos, y ya ves para lo que ha servido.

—Ha servido para tener ahora razón. Así se hace la his-

toria, a fuerza de quebrantos. Y además, ¿de dónde has sacado tú que está enamorado de la maestra?
Leonor contestó sin dudar:
—Porque ahora canta boleros.
—¿Boleros?
—Boleros. Por si no lo sabes, así es como empiezan casi siempre las historias de amor.
Pero Leonor lo había sospechado ya antes, incluso desde que Belmiro Ventura le preguntó quién tocaba el piano por allí cerca y ella no sólo le habló cumplidamente de Amalia sino que exageró sus encantos para vengarse de quien había impuesto en la casa un silencio perpetuo de clausura. Su ciencia sentimental, adquirida en tantos años de música melódica, y en tantos dramas de la radio y el cine, verídicos como la vida misma, no podía engañarla. Por eso, cuando dos días después del encuentro con Amalia, le subió el desayuno y desde el pasillo lo oyó tararear una canción ligera, ya no tuvo la menor duda de que aquel era un caso clamoroso de amor. «Sí, mirando al mar soñé que estabas junto a mí», recuerda aún, y cuenta que si los sucesos ocurridos a partir de entonces hubiesen tenido un fondo musical, como en las películas, todavía hoy, al recordarlos, no podría dejar de oír inevitablemente los compases de aquella canción.
—Así que estaba cantando esa canción.
—Sí. Y entonces yo entré con la bandeja y le dije: «Hoy está usted contento».
—¿Ah, sí? ¿Y por qué? —preguntó él despistado.
Tenía un libro sin leer en las manos y estaba sentado en el sillón.
—Lo digo porque está cantando, y no precisamente música de muertos.
—¿Y él que dijo?
El la miró incisivo por encima de los lentes:
—Ni me había dado cuenta.
—Pues eso es justamente lo que me pasa a mí —aprove-

chó ella la ocasión—, que canto también sin querer. Ahí tiene usted lo que hay.
 El se quitó intrigado los lentes y preguntó:
 —¿Y qué es lo que estaba cantando?
 —¿De verdad no lo sabe? Pues escuche —y cantó las primeras frases de *Mirando al mar*.
 —Ignoraba que esa canción tuviese letra.
 —Pues sí señor, ¿no había de tenerla?
 —¿Y eso es lo que yo cantaba?
 —Eso era, y bastante desafinado, por cierto.
Belmiro Ventura sonrió benévolo:
 —Usted, sin embargo, lo hace muy bien.
 —¿Eso dijo?
 —Eso dijo, y yo le dije: «Y eso que no me ha oído de joven. Pero, hablando del canto y del mar, le diré una cosa. Soy la mujer que mejor canta por estas tierras, pero también debo de ser la única que no ha visto nunca el mar. ¿Qué le parece el golpe?».
 —Bueno, ya tendrá tiempo de verlo, mujer.
 —Pues no sé qué le diga. De las tres cosas que hacen falta para ir al mar, dinero, tiempo y humor, yo sólo tengo lo último, y cada vez un poco menos. Ahí tiene usted materia para escribir un libro.
 —¿Y de ahí es de donde sacaste tú que estaba enamorado?
 Pues sí, porque luego, por si quedara alguna duda, vinieron los suspiros. Abajo, en la cocina de muros de piedra y alta bóveda, Leonor miraba un día y otro el fogón, atolondrada por la música de muertos cuyos ecos persistían a todas horas en el aire, o en la memoria, o a saber dónde, pero la oía resonar en alguna parte, funesta y obstinada, y maldecía su suerte por no poder cantar, y precisamente en aquel marzo tan templado, sus canciones bonitas de siempre, que era uno de los pocos consuelos que le quedaban ya en la vida. Y como en aquel casumbo hasta los ruidos más leves se difundían por todos los sitios, y de bóveda en bóveda iban rodando y rebotando hasta deformarse en una

farfulla cavernosa, también hasta allí comenzaban a llegar los suspiros de Belmiro Ventura, y cada vez que uno bajaba despedazándose contra las paredes, ella lo retrucaba con otro, para que supiera al menos que también ella entendía de penas, y que no era él solo el que amanecía en el mundo tan suspirador y tan maltrecho.

—Los suspiros no son todos de amor —decía Manuel—, y los hay de muchas clases y maneras.

—Estos eran de amor —se reafirmaba ella en su intuición, porque efectivamente fue justo por esas fechas de los suspiros cuando, además de la manzanilla endulzada con violetas para aligerar la digestión y de una tisana de musgo de Irlanda a media tarde para templar los nervios, añadió a su dieta medicinal un diente de ajo en ayunas que tanto servía contra las celadas de la irrealidad como contra los achaques primerizos de la vejez, y al filo de la medianoche, antes de acostarse, dos castañas crudas, que según Jerónimo de Cardano es el alimento preferido de las hadas y garantiza sueños apacibles.

Pero así y todo, siguió dejando en sus actos diarios un sutil rastro malherido de amor. Leonor lo reconocía en el fondo ambiguo de sus silencios, en los bizcochos mordisqueados puerilmente, en la irresolución del gesto cuyo trazo persistía en el aire aún después de haber apartado la taza de la leche sin apenas probarla, y sobre todo en los cambios súbitos de humor. Tan pronto se mostraba locuaz como huraño, tan pronto efusivo como enojadizo. Unas veces se olvidaba de contestar a sus saludos y otras se explayaba en preguntas bajo cuyo aspecto inocente latía el apetito desordenado de una curiosidad sesgada e insaciable. Como no se atrevía a hablar abiertamente de Amalia, se enredaba en pesquisas oblicuas con la esperanza de que la propia Leonor le encontrase el cabo a aquel ovillo de alusiones.

—¿Y qué cosas son ésas que pregunta? —preguntaba Manuel.

Pues preguntaba por ejemplo cuántos niños había en el pueblo, y si había escuela para todos, o fingía interesarse por los asuntos de la vecindad, quejándose de cómo en estos tiempos uno podía vivir pared con pared de otra persona durante muchos años, oírla toser, hablar, conocer los sobresaltos de sus sueños y hasta su signo del zodíaco, y sin embargo no cruzar nunca dos palabras con ella. Leonor unas veces le seguía el juego y otras jugaba a complacer sus sugerencias al pie de la letra. Fue así como un día le contó (ya que se interesaba tanto por el vecindario) que en una de las casitas de la plaza, la que estaba al lado del garaje, vivía sola una mujer muy vieja, de más de noventa años, doña Cipriana de nombre, y que, temerosa de enfermar o morirse sin que nadie se enterara, había concertado con los vecinos que todas las mañanas abriría el postigo a eso de las ocho, y que lo cerraría hacia la medianoche, de modo que el día que no lo abriese o lo cerrase a sus horas quería decir que estaba enferma o que había muerto.

—¿Eso le contaste?

—Sí señor, eso mismo.

—¿Y qué tiene que ver eso con los amoríos?

—Pues ya verás si tiene o no que ver —y contó que a Belmiro Ventura le impresionó mucho aquel suceso, y al final comentó que quizá también él tuviera que pedir algún día el mismo favor a los vecinos, y lo dijo en un tono tan espontáneo y tan sentido, que Leonor, en parte para consolarlo y en parte para sondearlo, repuso como sin darle importancia: «Pues cásese usted, que todavía está a tiempo».

—¿Yo?, ¿casarme yo? Por Dios, qué cosas tiene —y se removió en el sillón—. Además —añadió tras una larga pausa, y en un tono que quería expresar escándalo y que sin embargo le salió desmayado por un matiz de súplica—, ¿con quién podría casarme yo?

—Quién sabe. A lo mejor con una mujer que está más cerca de lo que usted cree.

—No es posible que le dijeras eso.

—Pues sí, ¿por qué no se lo iba a decir?
—¿Y él?
—Pues ahí lo cacé, porque él no preguntó quién podría ser aquella mujer que vivía cerca, sino que dijo: «No, yo no tengo ya edad para eso», pero como si no estuviera muy seguro de lo que decía.

Fue entonces cuando supo sin duda que no sólo se había enamorado sino que, tarde o temprano, la idea del matrimonio surgiría en él con la temeridad y el ímpetu incontenible de los amores tardíos.

—Sí señor, y ahora canta boleros —contó una noche en casa, después de advertir a los suyos que se fuesen olvidando de la herencia, porque antes de un año, calculaba, estaría ya casado con Amalia. Y, para zanjar la cuestión, cantó *Mirando al mar.*

—¿Es que un viejo como él, y más serio que un palo, puede cantar esto si no está enamorado? —dijo a mitad del primer estribillo, y ni siquiera Manuel se atrevió a discrepar de la rotundidad de tal argumento.

Y así fue como Esteban se aprendió también aquella melodía, en la que creyó ver condensada de golpe la adversidad de su destino. Esa misma noche se subió a lo alto del camino y juró ante su conciencia que antes muerto que pobre, mientras la canción le resonaba en la memoria con el mismo fragor que los ruidos del mar y los estruendos de la guerra de su edad infantil.

2

Cuenta Belmiro Ventura que un día de no hace mucho tiempo encontró entre las páginas de un libro que no había abierto desde la más remota juventud una hoja suelta donde, dibujada por él mismo a regla y compás en tinta china, aparece una Rueda de la Fortuna que ostenta en el punto más alto al dios Mercurio con su caduceo, y en el más bajo un monstruo de tifón que enarbola un tridente. Personifican en general las fuerzas bienhechoras y maléficas; en general, porque según los comentarios del propio Belmiro Ventura a pie de página no siempre el caduceo es portador de buenas nuevas, sino que a veces el destino, que gusta de las paradojas, lo utiliza como encubridor y agente de la adversidad. Y también a veces (por puro amor a la excepción, y hay que estar muy atentos al lance) el destino nos brinda al monstruo contra su propio equívoco. En tal caso, en el descenso de uno de los giros es preciso apoderarse del tridente y, con él en el puño, armados con la furia de la tribulación, ascender hasta la cumbre de la Rueda y allí lanzarlo al corazón del pérfido Mercurio, sin darle tiempo a que nos embauque con sus locas promesas de felicidad. Eso es lo que había escrito allá en su adolescencia, persuadido de que su vocación estudiosa y recóndita lo haría particularmente vulnerable a la melancolía, y de que aquella fatalidad habría de agravarse todos los años con la primavera. El resto de las casillas estaban originalmente vacías y a disposición por tanto de quien quisiera distribuir en ellas las piezas magistrales de su destino personal. Tres aparecían ya rellenas con los monstruos y anhelos de entonces: un águila, que valía por el espíritu del azar, de la violencia y del desorden; un búho, que era lo opuesto, y una pluma de ave atravesada sobre un libro, símbolo de la vida que finalmente había elegido para sí.

De dónde le llegaba aquella creencia hermética, lo ignoraba: quizá de algún libro olvidado de magia o de ascetismo donde leyó o supuso que, como a los santos ermitaños, también a él habrían de venir a tentarlo y a intentar disuadirlo de su proyecto de vida retirada. Ignoraba también bajo qué apariencia gentil o virtuosa, o con el hechizo de qué cánticos, comparecería ante él el enemigo, y era preciso por eso estar muy atento a sus asechanzas y con el tridente bien dispuesto. Porque las máscaras del bien y del mal son a veces incomprensibles, del mismo modo que el caos y el orden se complacen a menudo en permutar o confundir sus cualidades. Cosas así pensaba en aquella época juvenil y aprensiva de la que, cuarenta años después, sólo quedaba el vago temor de que, en efecto, algún suceso, terrible o placentero, pudiera venir de improviso a socavar el edificio de su vida. Pero en aquellos días de marzo de 1978 volvió a acordarse de la Rueda, y de Mercurio, y de sus perfidias primaverales. No la había recordado con las lluvias, ni con los ruidos, ni con los ratones ni con todas las pequeñas calamidades con que lo había acosado la realidad desde su regreso, y sin embargo surgió de pronto en su memoria cuando, dos o tres días después de conocer a Amalia, se sorprendió a sí mismo pensando en ella con una excitación acongojada y gozosa que resultaba completamente nueva en el repertorio de su educación sentimental. «Es la tentación», se dijo, «a estas alturas de la vida, he aquí que me visita la tentación, cuando ya creía haberle ganado todos los pulsos al destino.»

Y cuenta que si ahora, quince años después, cuando su vida parece ya cumplida y a salvo de sorpresas, tuviera que rellenar las casillas restantes de la Rueda, comenzaría por dibujar, para su propio y asombrado bochorno, las notas musicales de una frívola canción bailable. Porque por esos días, mientras esperaba la primera cita con Amalia, había intentado retomar sus convicciones estoicas y encontrar de nuevo el camino que le restituyera la paz del espíritu y el placer del conocimiento sereno y sencillo de las cosas. Pero fue inútil. En cuanto se atrevió a aceptar ante su conciencia la posibilidad de que a sus años, y después de una vida consagrada a templar el carácter en las llamas diarias de la soledad, de la docencia y del estudio, pudiera estar sucumbiendo como un colegial a los encantos del amor, cayó en un estado de postración y de ansiedad del que hasta entonces sólo tenía noticias por los libros. Se pasaba las horas sentado en el sillón mirando al aire, o yendo del despacho a las ventanas exteriores para observar las nubes o la plaza, hasta que los ojos se le desorbitaban de puro tedio en el vacío, y entonces necesitaba de toda su voluntad para fijarlos otra vez en las cosas. Por las tardes, solía sentarse bajo el laurel a oír el concierto de piano con un libro que ni siquiera abría porque enseguida el recuerdo de Amalia, o de la canción emblemática, lo extraviaban en desvaríos de los que salía sobresaltado por algún ruido repentino, y con la boca pastosa de tristeza. Y cuando Amalia dejaba de tocar, él seguía allí, en una actitud insoluble de espera, oyendo el aire y las hojas, o las voces lejanas de algún niño, o el oleaje interior del silencio, preguntándose adónde habría ido a parar la sensación invencible de armonía y de dominio que unos días antes creía haber recuperado para siempre.

«Es la tentación, es el monstruo de la juventud perdida que viene a confundirme con su innoble esperanza», se decía a aquella hora en que Leonor ya se había ido y él, incapaz de regresar al piso de arriba a entregarse a lo que sería quizá otra noche de dormilonas breves y confusas, seguida implacablemente de otro día sin orillas, deambulaba por el zaguán escuchando sus pasos desiguales distorsionados en las bóvedas y acosado por el espectro de la canción, hasta que al fin se resignaba a subir, cenaba vagamente lo que Leonor le hubiese preparado, ponía cualquier música que pudiera agradar a Amalia y se hundía en el sillón a esperar el sueño. Pero al rato, desazonado por la espera, iba otra vez a las alcobas exteriores y, sin encender la luz, se sentaba junto a la ventana a contemplar la noche. Miraba pasar a algún viandante rezagado, miraba al grupo de muchachos que fumaban y escupían bajo el farol, y cuando ya no había nada que mirar, todavía se quedaba mucho tiempo mirando al vacío, perdido en pensamientos borrosos, cuya sustancia no intentaba siquiera precisar. Y allí esperaba hasta que, al filo de la medianoche, la vieja que vivía sola en una de las casas de enfrente cerraba el postigo, dando así parte al vecindario de que el día había transcurrido sin novedad: se oía el chirriar del cerrojo y poco después se encendía una luz, y al rato se apagaba. Belmiro Ventura llegó a obsesionarse con aquella mujer a la que nunca había visto, y apenas daban las ocho iba a comprobar si también esa mañana se había abierto el postigo. Como ella, se sentía viejo y solo. Y fue entonces cuando le dio por vigilar su cuerpo con tanta atención que no tardó en descubrir pequeñas punzadas, borbolleos profundos, palpitaciones, leves pero indudables malestares que estaban allí, gestando el mal y anunciando la cercanía de la vejez.

A veces intentaba concentrarse en la lectura, o en los papeles, y recuperar el grave deleite del conocimiento. Pero aquella canción lo perseguía sin piedad, o bien la olvidaba y entonces era él quien se afanaba en darle alcance por los pasadizos y recovecos de la memoria, hasta que de pronto volvía a aparecer ella sola, por propia iniciativa, donde menos la había buscado, como si jugara con ventaja al escondite, y con la misma nitidez milagrosa con que la oía cada tarde tocar en el piano. Otras veces, cuando quería darse cuenta estaba intentando reconstruir inconscientemente el escenario minucioso del primer encuentro: el susurro del agua y de las hojas, los olores a savia y a cenizas, los gestos, la oruga, la brizna de hierba, los sobrentendidos, las palabras. Y como siempre había algo que no lograba recordar con exactitud pero cuya presencia se le imponía con una intensidad intolerable, también aquella impresión de efecto sin causa lo dejaba inerme ante la autoridad antojadiza del absurdo.

Para poner un poco de orden en aquel tumulto de sensaciones sediciosas, volvió a leer los versos de Amalia, y no le parecieron tan ingenuos como la primera vez, sino por el contrario dueños de una gracia que sólo ahora, a la luz precisamente de aquellas sensaciones que había creído torpes y caóticas, conseguía descubrir. Le produjeron la misma placidez que las humildes sesiones de piano. Y no era tanto la música y los versos lo que lo cautivaba como la facultad que poseían para crear después un silencio poblado de sugestiones inefables. Fue entonces cuando se le ocurrió que debía escribir el artículo que le había pedido don Julio, quizá con la secreta intención de deslumbrarla, pero también y sobre todo para que ella supiera algo de él, en justa correspondencia de las muchas cosas que él necesitaba saber ahora de ella.

Lo escribió, y aquélla fue la puerta por la que se precipitó de la apatía a una curiosidad desatinada e insaciable. De pronto se encontró interrogando a Leonor sobre los asuntos más peregrinos con la esperanza ilusa de que ella captase sus mensajes cifrados. Hablaba de requilorios inmobiliarios cuando lo que en realidad deseaba saber era si la casa en que vivía Amalia era propia o ajena; mezclaba en una frase la docencia y los meteoros con la oculta pretensión de indagar si el aula donde Amalia impartía sus lecciones daba al norte o al sur, o un día le elogiaba a Leonor el peinado porque, tirando de aquel hilo, a lo mejor podía llegar a enterarse de si la peluquera de Amalia se llamaba Fernanda o Caridad. El, que había sido siempre enemigo de averiguar vidas ajenas, hubiera querido conocer ahora sus preferencias, sus fobias, sus dudas, sus anhelos. ¿Le gustarían los refranes y los paisajes llanos, o más bien las colinas y los graves discursos? ¿Preferiría lo caliente a lo frío, el gótico al barroco, el laurel al olivo, la república a la monarquía, el pimentón a la canela? Era imposible entender las razones de aquella repentina hambruna indagatoria, que no sólo parecía una réplica burlesca de su erudición sino que también parodiaba su época de niño, cuando se aprendía retahílas de reyes, pueblos, pactos y batallas, para poner un poco de solidez y permanencia en un mundo donde todo fluía incansablemente hacia su destrucción.

Fue así como descubrió que estaba enfermo de curiosidad. Y era una curiosidad desconocida, porque no se trataba de la del historiador que, en su libre albedrío de madurez, allega o combina datos para contribuir a la mejor comprensión de una época o de un suceso, sino la del niño que explora un mundo todavía novedoso, y para quien vivir y conocer es una misma cosa. Una tarde se puso a hojear la biografía del Conquistador que había compuesto en su juventud y le resultó insólita, como recién escrita, o escrita por otro, y todo porque la leyó situándose en el lugar de Amalia, e intentando anticiparse al placer que ella sentiría acaso ante la precisión de una palabra o la cadencia de una frase. Sin embargo, se negó a admitir la sospecha de que su curiosidad desaforada pudiera ser un síntoma de amor. Le parecía tan ridículo como la supersticiosa alegoría infantil de Mercurio y el monstruo de tifón, y prefirió atribuir aquellos desórdenes sentimentales a los efectos primerizos de la vejez. «Así que esto es ser viejo», se decía, maravillado de lo que, más que un ocaso, parecía el trasunto de una segunda adolescencia. Y cuenta que si ahora tuviera que rellenar la casilla de la Rueda de la Fortuna correspondiente a aquellos días, hubiese dibujado, junto a las notas de la canción bailable, un signo de interrogación, y algunos números y letras, y unos palitos rotos, y un puñado de trapos, y un agua suelta entre unos juncos, y otras cosas absurdas mezcladas en el orden secreto que el amor, o lo que aquello fuese, había venido a darle ahora a su vida.

3

Fue, sin embargo, la curiosidad la que lo salvó de las tribulaciones de la primera cita. Tantas veces, y con tantos detalles arrancados tan laboriosamente a la memoria, había reconstruido las circunstancias del primer encuentro, que dio por hecho que el segundo habría de desarrollarse en el mismo escenario y sin apenas variantes. Con esa convicción, esperó sentado en el mismo rincón del tronco, con la agenda y el lápiz de plata a un lado y una gorra de esport que había traído en lugar del sombrero —quizá para conjurar las novedades adelantándose a ellas— en el otro, leyendo sin enterarse e intentando atrapar los pensamientos difusos que de vez en cuando cruzaban por su mente como relámpagos de sombra, hasta que al fin oyó los pasos en la arena y levantó los ojos con un atisbo de temor para ver avanzar una figura inconfundible entre los claroscuros del camino. Entonces cedió a los presagios que venían inquietándolo desde hacía una semana y tuvo miedo de no encontrar ni el tono de voz ni las ocurrencias oportunas para romper el protocolo del saludo. Ofuscado, dio unos pasos escénicos y ensayó una reverencia añeja que Amalia interpretó como un donaire y a la que correspondió con el esbozo de una zalema cortesana. Pareció por un instante que todo iba a transcurrir con la fluidez y la levedad del otro sábado, pero enseguida se sentaron y, después de intercambiar, examinar y agradecer los preludios de Bach, la biografía del Conquistador y las composiciones del concurso escolar, y mientras Amalia, a petición de Belmiro Ventura, hablaba luego de sus experiencias didácticas, él empezó a sentirse incómodo y a percibir en el ambiente un aire anómalo de incertidumbre y hasta de hostilidad. Miró alrededor y advirtió, desolado, que el escenario no era el mismo de la primera vez. Descubrió por ejemplo que no había viento y que los chopos estaban muy quietos, con sus brillos apagados, y que quizá por eso los silencios eran también distintos y las palabras sonaban con un timbre afectado de cotorra erudita; descubrió que había por el poniente nubes altas e inmóviles, que algo cantaba histéricamente en la espesura, y que de todos lados venía una furiosa vibración de insectos que se confundía con el hervor del agua y envilecía la atmósfera de codicia y ahínco. Se acordó entonces de la oruga, de la brizna de hierba, de la falda estampada, del viento, de los libros: los evocó con una nostalgia inconsolable de paraíso perdido y deseó desesperadamente regresar de golpe al sábado anterior y vivir para siempre en aquel mundo estable, a salvo ya de alternativas y mudanzas.

Pensó que el mundo, la vida, deberían ser como un libro, que en un momento dado concluye y, si uno quiere, comienza otra vez a leerlo, y de inmediato recordó la Rueda de la Fortuna, y cómo el tiempo a cierta edad no trae promesas sino sólo desorden y sarcasmo, o como mucho el oprobio final de la resignación. Le hubiera gustado referirle todo aquello a Amalia, y explicarle cómo aquel lugar ya no era el mismo de antaño, y cómo aquel cambio lo había entristecido de repente con una tristeza sucia y justiciera, dejándolo sentado en el tronco como un pavo murrio en su palo de dormir, y tal como él era de verdad: un hombre viejo, serio, huraño y silencioso, y no aquella especie de galán palabrero que ella había conocido la semana anterior. «Las cosas desde luego no son nunca como las habíamos previsto», pensó en alto en una de las pausas. Amalia asintió porque justo en ese instante acababa de establecer las diferencias que había entre lo que imaginaba en su infancia que era ser maestra de niños y la brega diaria de la realidad. «Hay días en que los estrangularía a todos», bromeó con las manos en garra y exagerando un aspaviento de dragón sanguinario. Vestía pantalones vaqueros muy lavados y dóciles, una blusa roja con un barco de vela bordado en el bolsillo y un jersey por los hombros con las mangas atadas sobre el pecho, de modo que la truculencia del gesto le pareció a Belmiro Ventura encantadoramente juvenil. Fue suficiente esa frivolidad, sólo eso, para reconciliarse con las novedades del escenario y hasta con la fugacidad y las vicisitudes de la vida. Sin embargo, tampoco entonces aceptó que aquella súbita alegría, tan súbita e inexplicable como la angustia que había sentido hacía sólo un momento por los mismos motivos que ahora precisamente le regocijaban, pudiera interpretarse como un signo de amor. Al fin y al cabo, desde que su vida había descarrilado de los hábitos, aquellos repentinos cambios de humor empezaban también a ser habituales. A lo mejor era que, en efecto, la vejez se parecía mucho a una segunda adolescencia: la caricatura del muchacho que vuelve solo a casa un anochecer de domingo, después de dilapidar sin éxito su caudal de expectativas e ilusiones.

Pero la curiosidad vino a salvarlo de la tristeza de aquella afinidad. «Cuéntame cosas de tu infancia. Cuáles eran tus juguetes, por ejemplo», suplicó sin mirarla. Y mientras Amalia hablaba de una muñeca con trenzas y perifollos de pastora holandesa, y de un payaso músico y funámbulo, él fue pactando con la letanía de los insectos, con el pájaro en la espesura, con el letargo de los chopos o con la nitidez excesiva del silencio, y le pareció que cada cosa estaba en su sitio sin necesidad de que las ideas, los sentimientos o las palabras le inventasen un orden o le otorgasen un rango oficial de fealdad o belleza. Se sintió como la gota de lluvia que, liberada por su propio peso, regresa al vacío donde se originó. Jamás había experimentado aquella ingravidez que lo invitaba a salir de su frágil reducto de larva para ir al encuentro de otra vida y confundirse con el mundo exterior. Y cuando se hubo reconciliado con todas las cosas del entorno, que era tanto como hacerlo consigo mismo, se entregó sin escrúpulos a los placeres inmoderados de la curiosidad.

Como un adolescente que se inicia en una ciencia nueva, aprendió y memorizó muchos y muchos datos, y amplió así su erudición hacia campos insólitos del saber. Esa mañana supo, por ejemplo, que Amalia había visitado Egipto y Méjico, y que proyectaba para algún verano un viaje por el Mediterráneo, aunque eso de hacer un crucero, a pesar de que era un viejo anhelo infantil, o quizá por eso mismo, se le antojaba un poco charro, y más teniendo en cuenta que, siendo solterona y tocando el piano, eran ya demasiadas coincidencias para parecer casuales, y sólo le faltaba el caniche, la sombrilla de seda, las sales para los soponcios y los paseos por cubierta a la luz de la luna para completar lo estrafalario del conjunto. Supo también que hacía unos cuatro años se había sacado el carnet de conducir, pero que aún no se había animado a comprarse un coche por miedo a atropellar a alguien, y Belmiro Ventura aprovechó para contar que también a él le sucedió más o menos lo mismo, que se sacó el carnet para poder ir de pueblo en pueblo investigando en los archivos parroquiales y que después, cuando abandonó o pospuso la tesis doctoral, también esos viajes, que tanto le hubieran gustado, fueron archivados definitivamente. «Bueno, ahora es el momento de cumplir ese deseo», dijo Amalia. Y él: «Pues la verdad, no se me había ocurrido pensarlo», y por un largo rato se quedó con la mirada asomada a un abismo. Y esa misma mañana se enteró de otras cosas tan apasionantes y fundamentales como las anteriores para el aprendizaje de aquella nueva ciencia. Se enteró de que Amalia medía 1,74, que calzaba un 37, y levantó una pierna con desenfado de corista, que su manía más antigua era que no soportaba que le tocasen la nariz, que su número mágico era el 9 y que no sabía por qué contaba aquellas minucias, ni qué interés podían tener para nadie. Sin embargo (porque iniciarse en una nueva ciencia siempre es arduo y desalentador), siguieron explorando la letra pequeña de la vida, pero era tanto y tanto lo que restaba por saber, que concertaron otra cita didáctica para el martes, donde Amalia expuso algunos de sus gustos culinarios y él algunas de las razones por las que deploraba los anocheceres de domingo, y sólo eso les llevó casi toda la tarde, de modo que no les quedó más remedio que continuar el jueves, y luego el sábado, y otra vez el domingo, y en cada encuentro iban descubriendo lo poco que avanzaban en aquel infinito mar de erudición, porque, por ejemplo, para entonces Belmiro Ventura no conocía (lapsus imperdonable en un alumno tan aplicado como él) algo tan elemental como el nombre del perro que ella tuvo de niña, y ella ignoraba de él si sabía volar una cometa o hacer pajaritas de papel o si le gustaban o no las adivinanzas o los juegos de manos.

De manera que pasó el tiempo y los encuentros empezaron a ser menos circunstanciales, y es de suponer que fuimos nosotros, los ociosos, los primeros en sospechar que aquellas sesiones amistosas e informativas, encubrían citas primerizas de amor. Y ya sólo hubo que esperar una inspiración del azar, el instante fatídico y feliz en que ella llevaba un libro que, como era de prever, cayó al suelo como por propia iniciativa, dejando en el aire un aleteo acrobático de pétalos y hojas. Al recogerlo, a Belmiro Ventura se le cayeron los lentes, y entonces ella se agachó a socorrerlo. Todo esto ocurrió aquí, en la plaza de España, con nosotros de espectadores, que enseguida nos pusimos a mover los pies ante aquella escena que parecía un número de mimo largamente ensayado. Y allí mismo, en cuclillas, compartieron la primera perplejidad sentimental: el libro era de versos, los pétalos de jazmín, pero las hojas podían ser de terebinto o de abedul. Bastó con el planteamiento de aquella duda para que desde ese día sus paseos se hicieran más lentos, reflexivos y crepusculares. Bastó y sobró con el dilema de las hojas: enigma que convenía resolver, tarea aquella que les había asignado el destino y que ellos, sus elegidos, no podían eludir. La realidad los surtió enseguida de nuevas incógnitas. Ya no se trataba sólo de intercambiar noticias de sus vidas sino de dilucidar los muchos problemas que surgían continuamente a su alrededor. No estaba claro si aquel árbol sería un peral o un ciruelo, o si el pájaro que había posado en él sería un tordo o un mirlo. Se detenían a deliberar si en tal prado olía a heno o bien a higos y a piñones, o en tal calleja a horchata o a humo frío, o si tal azul sería índigo o añil, o si las nubes eran nimbos o cirros, o si por tal sendero irían avanzando hacia el sureste o hacia el sur. A veces la ciencia que cursaban, y que tanto había ampliado ya su campo de estudio, los extraviaba en conjeturas melancólicas. ¿Qué querría decir Juan Ramón Jiménez cuando decía «el jardín cerrado es lo mismo que abierto»? ¿Y Petrarca, adónde pretendía llegar con aquel verso de «presto está el espíritu pero la carne cansada»?; *«lo spirto è pronto, ma la carne è stanca»*, repetía él en eco, y sus silencios se bifurcaban de pronto hacia inefables lejanías. Uno y otro fueron aportando cuestiones que indagar: ¿por qué Napoleón no atacó a tiempo en Waterloo?, ¿por qué aceptaría Sócrates tan gentilmente la cicuta?, ¿por qué se extinguieron los dinosaurios?, ¿qué validez tendría la teoría del Big Bang?, ¿qué hubiera pintado Mozart de haber sido pintor, y qué música Goya? Y así un día y otro día. Cuando quisieron darse cuenta, se habían comprometido con todos los misterios del universo: el destino los elegía a ellos para poner orden y luz en aquellas tinieblas. Tal era la tarea, titánica, infinita, que habían contraído en un instante. Así de rudos y legendarios eran los trabajos que la amistad, o el amor, o lo que aquello fuese, les había encomendado, y al que habrían de dedicar quizá ya toda la existencia.

Fue también por aquellos días cuando apareció en *La Voz* el artículo que había escrito secretamente en honor de Amalia. En principio se titulaba «Apuntes sobre la estética del Barroco», y constaba de doce páginas, con no poco aparato crítico y erudito, además de un apéndice de bibliografía selecta, y todo ello subrayado por un leve hilo doctrinal que permitía analizar algunas muestras artísticas de la región a la luz de los ideales estéticos del catolicismo. Ya don Julio lo había abordado un par de veces en la calle para felicitarlo por el artículo y lamentar de paso que, así y todo, se viese obligado a retocarlo para darle el tono pujante e instantáneo que exigía el periodismo. «Son las servidumbres de la actualidad, esa tirana sin entrañas», se había condolido, «pero créame que, como los ríos respecto a la mar, lo que se pierde en fuste y en volumen se gana con creces en dinamismo y majeza. ¡Querido amigo, le sorprenderá el nervio y el espíritu acometedor de su propia prosa!» Y, en efecto, cuando Belmiro Ventura recibió el boletín, se quedó boquiabierto. Don Julio, en su propio lenguaje, había reducido el estudio a algo más de una página hasta transfigurarlo, bajo el título «Arte y fe: el cisma que no cesa», en un esbozo, sensacionalista y pueril, de ciertos rifirrafes tópicos entre ética y estética. Y no sólo eso sino que, a continuación, había escrito otro artículo de tres páginas, titulado «Arte y fe: superación del cisma», donde replicaba a Belmiro Ventura, se dolía de los extremismos, llamaba a la moderación, conciliaba posturas, gestionaba encuentros, proponía síntesis, se ofrecía mediador, y finalmente lo invitaba a entrar en pública y fructífera polémica con él.

En otro tiempo, quizá a Belmiro Ventura le hubiese irritado aquella burda manipulación de su escrito, pero ahora ni siquiera se paró a considerarla porque, además de los trabajos del idilio, y como si no fuese ya bastante con aquel empeño, se había entregado de repente a una actividad poco menos que frenética. Debió de ser uno de los tantos efectos secundarios del amor, o de la vejez, o de la soledad, o quién sabe de qué, pero el caso es que una mañana convocó a albañiles y pintores y se puso al frente de ellos para ordenarles que aquí quería tal tonalidad de blanco y allí tal otra de azul, y aquí que le bajaran los techos, y en esta alcoba que le colocaran parqué de espigas, y que alicataran esto y empañetaran lo de más allá. Llevado por aquel quehacer imparable, un día cedió, más por inercia que por convicción, al consejo del maestro de obras y se compró un televisor, y aquello vino a trastocar el orden general de la casa. Siguiendo las instrucciones del profesional, lo hizo instalar en una de las habitaciones exteriores, con lo cual hubo que mudar a otro cuarto el viejo y enorme aparador que había allí desde principios de siglo para dejar sitio a otro también enorme, pero de corte moderno y funcional (y comprar consecuentemente vajilla y mantelería para los compartimentos destinados a tal efecto, y cerámica y otras piezas decorativas para los estantes meramente decorativos, y botillería para la vitrina, y otros muchos objetos funcionales que el mueble funcional exigía), de tal modo que el viejo aparador desplazó a un ropero, el cual pasó a una estancia del piso bajo donde había una mesa camilla y una máquina de coser, que a su vez desbancaron a otros enseres, y así sucesivamente, como en una reacción en cadena, hasta que la casa adquirió una nueva fisonomía. Casi sin darse cuenta, Belmiro Ventura hubo de alterar también algunas de sus costumbres domésticas. Ahora compartía el despacho con la habitación exterior, donde se instalaba a menudo a comer, a leer y a ver los telediarios o alguna película de sobremesa, y puesto que en el mueble funcional había botellas de licor, alguna noche endulzaba el tiempo con una copita de pippermint, que además le ayudaba a sobrellevar las fatigas, angustias y exaltaciones del amor. Fue también por aquella época de actividad y de inconsciencia cuando empezó a usar ropa algo más clara y juvenil, y cuando decidió comprarse un automóvil para llegar a conocer mejor el arte y el paisaje de la región, y cuando se dio a planear el viaje que a Amalia le gustaría hacer por el Mediterráneo y que acaso ya, secretamente, aspiraba a compartir con ella.

La primavera avanzaba hacia su plenitud. Se alargaban las tardes, las sombras del crepúsculo adquirían un tono cada vez más dorado y ellos, los elegidos, cruzaban todos los días la plaza para entrar en el salón de la cafetería Cele's (tomaban refrescos en rincones umbríos, imprecisos los dos entre las luces íntimas y tibias que acababan de inaugurar, y en las que ya Esteban había reconocido el estilo inconfundiblemente ubicuo de don Celestino Sánchez y su mundo) o, más a menudo, para emprender largos paseos campestres, caminando a un ritmo medio entre el juvenil y espontáneo de Amalia y el pausado y circunspecto de Belmiro Ventura. Y nosotros, al divisarlos, empezábamos a mover analíticamente los pies y a girar la fila de cabezas, quizá todavía incrédulos ante las muchas sugerencias que divulgaba aquella escena, y los veíamos perderse por las calles y reaparecer y alejarse luego por el camino que iba hacia la ribera. A veces aflojaban la marcha hasta detenerse en el remanso de sus propios pasos: estarían planteando o resolviendo enigmas. O se separaban, dividiendo el camino, cada cual por su margen, como si jugaran ya a las travesuras y melancolías del amor. Al rato eran dos puntitos perfilándose en el horizonte, que enseguida giraban noventa grados sobre la línea del confín hasta que la arboleda los borraba. Nosotros nos sosegábamos entonces y quedábamos a la expectativa, en esa hora de bonanza en que hombres de limpio, niños con una moneda sucia en el puño y parejas de novios confluían ociosos hacia la plaza, y luego retomábamos nuestro compás unánime de cronistas de la actualidad al mismo ritmo creciente con que una hora más tarde los dos puntitos aparecían de nuevo en el camino, esta vez agrandándose, mientras nosotros acelerábamos el ritmo, cada vez más deprisa, velozmente ya cuando ellos desaparecían por las calles en dirección a la placita de Ultramar o se acercaban entre los claroscuros de los naranjos con los primeros faroles del anochecer para entrar un rato en la cafetería a descifrar algún misterio universal de última hora o para dar un último paseo, altos y susurrantes, por la calle Real. En aquellos días templados, nosotros seguíamos hasta la medianoche golpeando en el banco de piedra para dejar constancia de nuestras certidumbres y suposiciones: de los enigmas que también a nosotros nos tocaba resolver cada día.

Si tuviese que rellenar la casilla de la Rueda de la Fortuna representativa de esas fechas, cuenta Belmiro Ventura que quizá hubiese dibujado a Argos, el vigilante de los cien ojos, en el momento en que Mercurio lo hechiza con la dulzura de sus cuentos y va cerrando los ojos uno a uno, como una aldea que apaga lentamente sus luces, hasta hundirse en un laberinto de cien sueños iguales —y chupa del cigarro y sonríe con media boca mirando el camino todo de un andar que va hacia la ribera y luego, ya muy lejos, se pierde en el pasado.

4

Muchos fragmentos de los diarios de Amalia, donde queda constancia de algunos de los enigmas que los elegidos hubieron de resolver por esos días, fueron escritos al anochecer, con el breve fondo musical que ponía Luciano Obispo cuando a esa hora pasaba silbando su contraseña melódica por la placita de Ultramar. Se preguntaba Amalia a veces si aquellas notas fugaces valdrían por un homenaje, una penitencia o una imploración, pero en el fondo le daba igual porque se había acostumbrado a recordar los sucesos del verano con indiferencia, o más bien con irrealidad, como si todo, efectivamente, hubiese sido un sueño, o un episodio remoto perteneciente a ese otro sueño incesante que es la infancia, de modo que había conseguido esa forma sutil y laboriosa de olvido que no consiste tanto en omitir como por el contrario en añadir y enriquecer, hasta que el hecho agraviante, saturado por la prodigalidad de la memoria, se hace por sí solo improbable, legendario o apócrifo. Sin embargo, ella misma explica que fue como si la vida imitase a esos cuadros que sólo a distancia revelan sus mejores matices, porque en el curso del invierno, aquellos sucesos abolidos fueron reapareciendo en el recuerdo con una nitidez casi intolerable, y con una dimensión moral de la que habían carecido hasta entonces. De manera que poco a poco empezó a sentir el vértigo de su propia audacia, y un día fue consciente de cuánta humillación, cuánta vergüenza y cuánta rabia anidaban en lo más hondo de su corazón desde aquel verano transgresor y fatídico. Alguna vez se habían cruzado en la calle, y él había bajado los ojos aparatosamente y se había juntado a una pared o a un árbol como si buscase refugio ante una algarada callejera, y también ella había fingido no verlo, o como mucho lo había mirado con un reojo fulgurante que acaso era de odio, asustada de aquel efecto emocional repentino y tardío, y sin atreverse a admitir ante su conciencia el vago sentimiento de culpa que ya empezaba a torturarla.

Estaba más delgado, y más guapo y atónito que nunca, y la palidez había acentuado la inocencia umbría de sus ojos. Cuando perdió el apetito, justo al día siguiente de anunciar en casa que se le había aparecido el espíritu paterno, su madre lo interpretó de inmediato como voto de ayuno y abstinencia. Perdió el sueño, y ella creía que velaba y oraba en la alta noche. Y cuando lo veía a todas horas andar distraído y como en un ensalmo, y tropezar con las cosas y perder la noción del tiempo y del espacio, ella lo supuso ensimismado en requerimientos místicos, y dócil a un destino que cada vez parecía menos terrenal. Si silbaba el bolero, ella lo confundía con un himno cifrado de acción de gracias. Interpretó su soledad como recogimiento, su silencio como diálogo interior, sus súbitas e intempestivas salidas de casa, y sus regresos no menos imprevistos, como señales que acreditaban la cercanía de la santidad, quién sabe si a través de la inmolación y de la palma del martirio: de la inocencia ofrendada para reparar los muchos males antiguos y modernos que afligían al mundo. Un día de primavera lo vio atravesar el patio envuelto en la irradiación sobrenatural que debía de provenir de la última luz dorada del atardecer filtrada a través de la enramada de un almendro en flor, y acaso intensificada por el mismo entorno de levedad y ausencia de que lo había dotado su infortunio, pero ella creyó verlo tal como lo había imaginado muchas veces en sus trances contemplativos, y tal como se le había aparecido a ella bajo una higuera su esposo celestial.

No fue el único milagro, o la única trampa de aquella primavera. Antes incluso de que las citas con Belmiro Ventura, ocasionales e imprecisas al principio, se hicieran tan habituales que ya no era necesario siquiera concertarlas, el infalible instinto femenino le reveló a Amalia que aquella amistad tan especulativa y esforzada (más que dos amigos parecían los dos únicos miembros de un comité creado al efecto de inventariar y analizar todas las cosas de este mundo) sólo podía ser un trámite sentimental hacia otro tipo de relación donde ellos mismos acabarían siendo el único enigma que exigiría en verdad ser resuelto. Desde los primeros días ya supo, sin miedo ni sorpresa, que aquel hombre afable, sabio y reposado, estaba sucumbiendo al amor con la ilusión ingenua de un adolescente, y no hizo nada para evitarlo, en parte porque los mansos paseos crepusculares le proporcionaban un sosiego y un equilibrio emocional largamente ignorados, y en parte porque quizá también en ella alentaba la curiosidad, o la fascinación, de jugar hasta el final aquellas cartas que le ofrecía la vida. Desde hacía tiempo, además, había creído saber que el amor con el que alguna vez había soñado sólo existía en los versos de sus poetas favoritos, y acaso por eso mismo se dejó llevar por el envite de un sentimiento que era quizá demasiado razonable para aceptarlo como amor, pero que a cambio tampoco embarullaba el futuro ofreciendo mucho más de lo que podía dar. Se sentía halagada y protegida por la devoción con que Belmiro Ventura la escuchaba, por su coherencia y sentido del orden, que le servía a ella de contrapeso a su imaginación caótica y a menudo pueril, por la dulzura con que a veces compartían los silencios, por las dimensiones reducidas y acogedoras que iban definiendo el espacio privado, casi conyugal, que tarde a tarde habían creado entre los dos, y donde Mozart, Petrarca, Bécquer o Plutarco tenían algo de servidumbre doméstica —y el camino ya dócil a sus pasos, el viento apurado para llegar a tiempo de arrebatarle a él el sombrero y llevárselo un trecho junto con los gritos y las risas de ella, el lejano contingente de nubes prestando servicios fronterizos entre el reducto hogareño y el mundo ilimitado y míseramente seductor, y el agua de la ribera al fondo, que ahora no ilustraba un tiempo inmemorial sino que medía el de la historia íntima y exacta del presente, y el pájaro que pasaba para acotar la última escena, con la tarde ya desvanecida, cuando los adioses revalidaban y renovaban tácitamente las promesas del día.

Entre las muchas ofrendas que Belmiro Ventura solía aportar en cada cita al espacio doméstico (a veces comparecía con una cestita de cerezas de Chatenay o con un libro raro cuyas curiosidades había que esclarecer y comentar), quizá no tanto para adornarlo como para comprometerlo con la realidad, una tarde llevó un mapa donde había trazado con líneas rojas la ruta que a ella le hubiera gustado hacer por el Mediterráneo. Fueron enumerando con el dedo: «¡Nápoles!», dijo él; «¡Palermo!», dijo ella; «¡Siracusa!», «¡Atenas!», «¡las Cícladas!», «¡Rodas!», «¡Chipre!», como en un juego de bazas alternas, y después siguieron la línea de regreso, bordearon las islas Jónicas, dejaron Corfú a un lado y se aventuraron por el mar Adriático hasta detenerse finalmente en Venecia. Otra línea, ésta opcional y azul, partía de allí hacia el norte. «Porque si se planea bien el viaje, se puede llegar a tiempo de asistir al Festival de Salzburgo», y había en su voz un acento de entusiasmo infantil. Estaban sentados en el tronco del claro en que se habían conocido, que era quizá el centro del territorio hogareño que iban creando o los iba envolviendo, y donde el estruendo de otros nombres ilustres (¡Rubinstein!, ¡Von Karajan!, ¡Markevitch!, ¡Menuhin!) sonaron de pronto con un tono amable y coloquial.

—Desde luego sería como un sueño, pero una maestra de escuela no puede permitirse esos lujos. Y, además, ¿qué iba a hacer yo sola por esas islas de Dios?

Y, claro está, Belmiro Ventura cogió entonces una piedrecita y la tiró al agua.

—Yo podría acompañarte —dijo admirado de su propia respuesta, como si se le acabase de ocurrir, o la hubiese deducido con el rigor de un corolario de las palabras últimas de Amalia.

Durante el silencio que siguió, los dos fueron conscientes de las minucias casi siempre invisibles de la realidad: el peso y consistencia de sus cuerpos, la temperatura del aire, el vasto proceso de veranos y otoños que originaba el fluir del agua, el movimiento en reposo de las cosas inmóviles, las fracciones del tiempo cayendo en el abismo de la eternidad. Tiró otra piedrecita y completó la deducción: «Si yo no he hecho ese viaje ha sido también por no ir solo, y en cuanto al dinero, ése es un problema en el que ni siquiera merece la pena pensar». Señaló el mapa: «Total, sería como una prolongación de estos paseos diarios».

En el ambiente gravitaban no sólo las partículas doradas y la palpitación aún fértil propias de una tarde de finales de abril, sino también la majestad lírica, y las hermosas perspectivas que habían ido creando los altos enigmas planteados hasta entonces: el espíritu de Mozart, la sonrisa o el ceño de los dioses antiguos, la estrategia de Aníbal en los Alpes, la sombra de Darwin o Charlot, todo lo cual les impidió extraer de la realidad cotidiana cualquier argumento adverso al viaje que no fuese frívolo o mezquino. Así que durante algún tiempo no volvieron a hablar del proyecto, aunque los dos sabían que era allí, en aquel punto exacto (según Belmiro Ventura había que partir a finales de junio para llegar puntuales a Salzburgo), donde habría de decidirse la suerte de un idilio que hasta la hora de ponerse en camino seguiría siendo incierto.

Y lo que son las cosas: cuando Amalia comprendió que la sugerencia de viajar juntos era en definitiva una declaración amorosa, y que su decisión al respecto muy bien podría ser afirmativa, ya que al fin y al cabo no se trataba de aceptar o rehusar abiertamente una proposición formal sino de elegir entre embarcarse o no hacia determinadas islas orientales (algo, por tanto, que comprometía a mucho sin arriesgar apenas nada), entonces, empezó a reconciliarse con Luciano, y a recordarlo con un sentimiento indómito de gratitud y de ternura que hacía tiempo que le estaba debiendo. Lo oía pasar con el humilde reclamo de su silbo al filo del anochecer, y alguna vez se escondió tras los visillos para entrever su cara y su figura y compararlas con las que guardaba en la memoria, deformadas por la vergüenza, el rencor y la culpa. Se sintió desarmada ante aquel alarde de lealtad e inocencia. El sí la amaba con la fidelidad, la locura y hasta el sublime fatalismo de los que hablaban los poetas («En la tierra desierta eres la última rosa»; «Mi sed, mi ansia sin límite, mi camino indeciso»): esos amores demasiado grandes y excluyentes, casi catastróficos, para que el mundo los acoja. Se llenó de nostalgia por los días irreparables del verano, que acaso habían sido los más sinceros e intensos de su vida. Recordó con una tristeza desfondada la tarde en que se entregó a él sin los pudores, ni el instinto de rendición, que pudiera haberle inspirado un hombre experto —como si se hubiesen invertido los papeles de aquel tiempo lejano en que ella era una niña consciente ya de que sus encantos habían sido creados únicamente para ser ofrendados al macho que, atraído por ellos, llega a cobrárselos, e irrumpe en el jardín desde remotos reinos—. Volvió a soñar con él. Despierta o dormida, lo evocó con su halo de santo, devorado por los leones, mirándola embelesado desde el pupitre de la escuela, y más de una vez le peinó los rizos, calamidad, mientras le iba pidiendo perdón por tanta inclemencia, y por tanta traición, y por tanto sucio desafecto. Sólo ella era la desleal, ella la pervertida, ella el macho y la puta, ella la despótica, la indigna y la menguada.

Alguna noche de mayo lo esperó en la oscuridad hasta que empezó a oír el silbo a lo lejos, un silbo tan borroso que era como si ella misma silbara con el pensamiento, y según se acercaba la canción sintió que se le aflojaba la voluntad y que quedaba expuesta al doble peligro de la temeridad y de la cobardía, de no atreverse ni a forzar el encuentro ni a oponerse a él si al paseante se le ocurriese traspasar el umbral e imponer así la autoridad de su presencia. Una noche de lluvia menuda dejó la puerta entornada, con una apertura aún más invitadora por cuanto se pintó los labios y se sentó al piano a tocar la canción que él habría de silbar dentro de unos instantes. Hacía pausas muy largas entre los compases para oír la llegada de quien quizá no viniese esa noche, o pasase de largo. En el último momento se levantó y corrió a cerrar la puerta y a apagar la luz del pasillo cuando ya se oían muy cerca las notas ambulantes, y desde allí mismo escuchó sus pasos, torturada por la angustia de haber evitado el peligro y al mismo tiempo de no haber tenido el coraje de ceder a él. Le asustó entonces la facilidad con que un acto en apariencia inofensivo puede llegar a torcer una vida. Supo que acaso su destino lo estaba decidiendo ella misma esos días, pero a través de gestos, de palabras e incluso de omisiones sobre los que no ejercía ninguna potestad. Con ese pensamiento se instaló en la cama, rodeada por el hervor de la lluvia, encendió la lamparita de noche, abrió el diario, confió la conciencia al albedrío insolente de las manos y durante un rato estuvo escribiendo frases absurdas donde tan pronto hablaba de Venecia como de las tardes futuras en la soledad de su casa y de su plena soltería.

Se imaginó un noviembre cualquiera peinada con un moño que le ponía la mirada altiva y puritana, y convertida ya en maestra de la suspicacia y de la bordadura; se imaginó a Belmiro Ventura vestido de Felipe II y a Luciano Obispo de arlequín dolorido, y al revés; vio a Mozart de monaguillo y a ella misma trasmutada en Platero, y se imaginó otras cosas extravagantes mientras se iba diciendo que qué complicada era la vida, primero un niño y ahora un viejo, era para morirse de risa, y más cuando se vio desembarcar en Venecia ataviada de marquesona dieciochesca y tropezar en la pasarela e irse de bruces arrastrando en montón a Belmiro Ventura, a Luciano Obispo, a Felipe II, al arlequín, a Mozart y a Platero.

IV

1

También alguno de nosotros llegó a escuchar por esas fechas el programa de radio que, emitido por gentileza de una cadena de salones nupciales, comenzaba los jueves y domingos después de medianoche y se prolongaba hasta el amanecer. Se oía primero la queja vehemente de un violín, y luego dos voces se turnaban para presentar el espacio y al patrocinador. La voz del hombre era viril y trascendente, y avanzaba como sonámbula entre las palabras, deteniéndose largamente en ellas, sorteándolas o escogiéndolas al fin tras muchos arrepentimientos y tanteos. La de la mujer era confidencial y afónica, como si hablase desde un oráculo. El decía: «Ronda...», y ella: «... de corazones...», y al rato (parecía que hubiese ido muy lejos a buscar la palabra) concluía él: «... rotos», y otra vez el violín y los avisos comerciales. «Ronda de corazones rotos», así se llamaba aquel programa de mensajes de amor, canciones dedicadas, variedades sentimentales en general. Los mensajes eran unas veces de súplica, otras de homenaje, y otras muchas de reproche o de franca repulsa. Había uno fijo, firmado por «Quien tú ya sabes», que decía: «¿Recuerdas la tarde de los meteoros y el té con menta y medias lunas? ¡Ingrata! ¡Ojalá no te hubiera conocido nunca!», y a continuación ponían invariablemente *Lilí Marlén*. En los intervalos, la mujer y el hombre hacían remansos efusivos. Decían por ejemplo: «Hoy no vemos a Venus desde nuestro estudio. ¿Dónde estarás? La noche es clara, infinita y azul. La luna ha abierto caminos de esperanza en el mar, y en tus ojos, amor, hay un sueño de verano infantil. Hoy no ha venido Venus, amor, y en mi soledad se ha perdido el fantasma de un vals». Decían cosas así, y también daban horóscopos, interpretaban sueños, y sacaban la personalidad y el porvenir por una muestra de escritura. De vez en cuando se debilitaba la señal y se oía un remoto cántico árabe y fragmentos del guirigay de una tertulia deportiva.

El programa existía al parecer desde hacía varios años, pero Esteban debió de descubrirlo por casualidad una de aquellas noches de mayo en que la humillación, la furia y los secretos designios lo mantenían desvelado hasta el alba. Ya sabía por Leonor que, desde hacía algún tiempo, habían empezado a aparecer sobre la mesa del despacho de Belmiro Ventura prospectos de marcas y modelos de automóviles, y otros con ofertas de cruceros de lujo por el Mediterráneo. Recibió con sombría indiferencia (al fin aquel hombre empezaba a actuar como el magnate que en realidad era) aquellas noticias alarmantes. Cuando sus padres se retiraban a dormir, él seguía inmóvil frente a la lumbre, con el aire torvo y ultrajado que lo envolvía a todas horas desde que se desengañó por completo de la primogenitura y de la herencia. Pero para entonces debía de haber urdido ya sus designios secretos, porque cuando una de esas noches descubrió casualmente el programa de radio, se le ocurrió de inmediato que también él podría enviar un mensaje de amor, y quién sabe si recibir respuesta por el mismo conducto. Y como aquella decisión estaba a la altura de sus grandes proyectos, al otro día habló con Luciano y acordaron escribirle a Sofía Sánchez para informarla de la frecuencia y de la hora del programa, y luego idearon los mensajes en clave y eligieron la canción emblemática.

Locuaces y absortos, dueños de esa gravedad prematura que otorga el infortunio que genera ilimitadamente su propia esperanza y se renueva en ella, los veíamos pasar otra vez por la plaza al final de la tarde. Era como si regresaran a escena cuando todos creíamos que habían representado ya completamente sus papeles. Ignorábamos por entonces que la pasión amorosa de Luciano fuese algo más que el deslumbramiento fugaz de un niño ante su maestra, y en cuanto a Esteban, suponíamos que olvidaría la ilusión de la herencia y de Sofía Sánchez con la misma facilidad intrépida con que la había concebido. Pero ahora, al verlos departir con aquella seriedad insólita de hombres de negocios, alguien de aquí comentó medio en broma que a lo mejor estaban juntando sus intereses y sus fuerzas contra sus ya comunes adversarios.

Una semana después se emitió el primer mensaje: «Para Sofía, de quien en agosto le ofrecerá bajo las lámparas su corazón y su fortuna», y la canción dedicada era el *Vals de las olas*. Fue entonces, ante aquel optimismo incomprensible, cuando entendimos que, en efecto, los dos amantes desairados debían de tener entre manos algún plan secreto. Por si quedara alguna duda, una mañana Esteban atravesó la plaza, entró en la estafeta de correos y al rato salió abrazado a un paquete de gran tamaño y, seguido de *Viruta*, se perdió por el camino de la Levantinita. Y cuenta Manuel que él estaba sentado en una piedra junto a la huerta cuidando las cabras y que lo vio venir mirando siempre al frente por encima del bulto y que pasó a su lado sin apartar los ojos, ni aminorar el paso ni responder a sus preguntas («¿De dónde venimos a estas horas?», «¿qué llevamos ahí?»), sino que subió la cuesta hasta la casa, entró en la cocina y una hora después reapareció disfrazado como de extraterrestre. Desde la piedra, Manuel oyó un zumbido cósmico y vio unas luces intermitentes de colores. Y dice que entonces se levantó y ganó unos pasos estratégicos para observar mejor las evoluciones de Esteban, que llevaba un legón en una mano y el ingenio del zumbido y las luces en la otra, y que se acercaba hacia él muy despacio y dando rodeos, porque tan pronto se paraba, como retrocedía, como se alejaba sin criterio aparente en cualquier otra dirección. Cerca ya de la huerta se detuvo, dejó a un lado el ingenio y se puso a cavar furiosamente. Manuel avanzó un poco más, aturdido por la sospecha de si no seguiría varado en la tarde aciaga de septiembre desde la que creyó soñar los accidentes de la vida, y más cuando vio cómo su hijo tiraba el legón y levantaba una mano enarbolando triunfalmente un objeto magnífico y absurdo: una herradura.

—¡Una herradura! —gritó—. ¡Funciona, padre, mira cómo funciona! —y *Viruta* subió la cara al cielo y se entregó a unos aullidos de celebración.

Y dice Manuel que, mientras Esteban le explicaba el funcionamiento del aparato, tuvo la sensación de que la historia se había invertido desde los tiempos lejanos en que era él quien le contaba a su hijo episodios fantásticos del mar y de la guerra. Ahora, Esteban hablaba ante él con una autoridad que no admitía réplica, y con el mismo asombro exultante que debió de sentir un mes atrás, cuando leyó en una revista el anuncio de un detector de metales, una, dos, diez y veinte veces, incrédulo al principio y luego conmovido y admirado de la facilidad con que el destino le ofrecía la ocasión de apoderarse de una parte de la fortuna que tan legítimamente le correspondía.

—Porque ese tesoro existe de verdad, ¿no es eso? ¿O eran cuentos para niños, como el de las historias de piratas?

—No, no, eso dice la leyenda, y yo se lo oí contar a mi padre y a mi abuelo. Que yo sepa, yo no me inventé nada —se exculpó Manuel, repartiendo la vista entre Esteban, *Viruta* y la campiña.

—Y te dijeron dónde estaba, ¿no es así?

—Pues ya te lo conté. Decían que en la losa del patio donde alumbre el primer rayo de la luna llena de julio. Yo lo oí contar muchas veces, y tal como lo oí te lo cuento a ti.

—Eso son aleluyas de gente antigua, porque con este aparato ya no se necesitan lunas ni leyendas. Esto es una máquina científica y sirve para encontrar tesoros. Se pasa por el suelo, y donde pite allí se escarba. Lo único que hace

falta es que el tesoro sea de metal. Si es de perlas, el aparato no funciona.
—De haberlo, tiene que contener oro chileno.
—Entonces sí pita.
—Pero, ¿y si el tesoro lo ha desenterrado ya alguno de los Ventura?
—Entonces no pita.
Manuel hizo un vago gesto de conformidad.
—No sé, a lo mejor a tu madre no le gusta mucho este asunto.
—Pues no le quedará otro remedio. Somos dos hombres contra ella, ¿no es así?
—Qué sé yo. ¿Y si acabamos todos en la cárcel?
—¿En la cárcel? ¿No hiciste tú una guerra por menos beneficio? Como dijo el sabio anónimo: «Valor y querer, facilitan el vencer». Viene en el libro. ¿O es que ahora resulta que también el libro es mentira?

Viruta miró a Manuel, Manuel miró a Esteban y Esteban miró la herradura y luego la tiró al centro del corro. Y durante un rato, los tres se quedaron mirándola como si les hubiesen puesto un acertijo.

Decidieron ante todo no contarle nada a Leonor, sino que una tarde de pocos días después (para entonces Belmiro Ventura se había comprado un Ford azul y ahora los elegidos se dedicaban a hacer giras históricas y artísticas por la comarca) se presentaron en el caserón y entraron sin llamar. Cuando Leonor, que estaba limpiando y cantando en el piso de arriba, bajó y vio los bultos en la penumbra del zaguán, ellos ya habían desenfundado y armado el ingenio, y acababan de ponerlo en marcha, de modo que el zumbido y el parpadeo de las luces mudó su miedo en irrealidad, y se quedó boquiabierta, con el grito de terror abortado en la cara.

—¿Quién anda ahí? —suplicó amenazante.
—Somos nosotros, los Tejedores —dijo Esteban.
Ella encendió la luz y se acercó rodeando el ingenio.
—¿Y esa cosa qué es?

—Un detector de metales. Venimos a investigar.

Manuel cabeceó abrumado por el rigor de la declaración:

—Sí señor, es un detector de metales —dijo, acreditando la evidencia.

—Ya voy entendiendo. Y, si no me equivoco, ustedes vienen...

—A buscar el tesoro usurpado —dijo Esteban—. En el papel dice que ese tesoro es propiedad de los Tejedores. Y yo soy el primogénito. ¿Es o no es así, padre?

—Así es —siguió cabeceando Manuel ante lo que una vez más era indiscutible.

—Vosotros no estáis buenos de la cabeza —bajó Leonor la voz—, y ahora mismo os vais por donde vinisteis. Y cuidadito con protestar —y se acercó a la puerta y la entreabrió, invitándolos a salir.

Pero ellos aprovecharon el paso franco para avanzar hacia el patio haciendo pases con el ingenio sobre el suelo. Así que Leonor volvió a cerrar y los alcanzó en el momento en que Esteban se había parado y exigía silencio con un dedo en alerta.

—Los papeles dicen que si el metal está hondo tarda más en pitar, y se oye poco. Hay que estar muy callados.

Encogidos y de puntillas, la comitiva salió al patio.

—Pero eso —susurró Leonor—, ¿puede ser verdad?

—¿Es que no ves los relojes, las luces y los cables? ¿Y no oyes los zumbidos? —se escandalizó Manuel—. Se trata de un aparato científico.

—Científico o no, lo que estáis haciendo es pecado.

—«Poca ciencia aleja de Dios, y mucha ciencia acerca a El. Jacinto Benavente.»

—Y que además habrá costado un dineral.

—Se abona en tres años, y total para entonces ya seremos ricos —dijo Esteban.

—Sí, ya me imagino yo ese chisme dentro de un mes o dos. En el tinado, lleno de polvo y para diversión de las gallinas.

Pero también Leonor pareció ceder finalmente a la seducción de la esperanza. Durante muchos días, aprovecharon las ausencias de Belmiro Ventura para escudriñar la casa palmo a palmo. Iban los tres reunidos en torno a las luces, golpeando con una piocha en suelos y paredes y evaluando la calidad musical de las resonancias, buscando resortes secretos, apartando cuerpos de librería, palpando muros, agitando libros por si tuvieran las entrañas huecas, revolviendo papeles, sondeando el pozo, escuchando rumores y hasta tanteando con estacas en el arriate del jazmín. Y los ficheros, claro está. Porque Esteban seguía viéndolos como cajas fuertes y no acababa de entender que contuviesen sólo cartulinas, miles de cartoncitos anotados incansablemente con la misma letra menuda y cursiva, y por más que sacó las gavetas y metió la cabeza y las manos para estudiar las tripas de aquellos artefactos, no encontró nada digno de interés sino su propia perplejidad ante el absurdo de un envase tan recio para tan pobre y leve contenido. En el cajón de la mesilla de noche descubrieron un talonario de cheques, y un extracto bancario con un haber de casi tres millones. «Y esto es sólo una mínima parte de lo que ese hombre tendrá desparramado por los bancos», susurró Esteban, cabeceó Manuel, se mordió los labios Leonor, sobrecogida por la incertidumbre. Sulfurados y tal vez agraviados por el hallazgo, siguieron arrastrando el ingenio (que ahora guardaban en una alacena de la cocina) por todos los rincones de la casa, desde la cuadra a los desvanes. Y tantas y tantas veces lo arrastraron, y tanta fe pusieron en la búsqueda, que una tarde de mediados de mayo Esteban se detuvo en una losa esquinera del patio y los tres se concertaron en un escorzo para oír cómo en efecto el detector emitía un chiflido entrecortado, y más agudo de lo usual. La aguja de un reloj saltó temblando hasta demediar el cuadrante. «Aquí está el tesoro», balbuceó Esteban, cabeceó Manuel en el abismo del asombro, se santiguó por tres veces Leonor. Como era ya tarde, se limitaron a hacer una segunda comprobación, y pospusieron para otro día la culminación de la faena.

Esa misma noche, Esteban debió de idear con sus propias luces el mensaje perentorio de amor que cursó a la mañana siguiente y que se emitió una semana después: «Ya soy digno de ti, y de ser tu señor», y de nuevo pusieron el *Vals de las olas*. No fue sin embargo la única notificación sentimental que habría de sorprendernos esa noche. Alguno de nosotros estaba ya intentando por entonces casar aquellos mensajes enigmáticos con los fragmentos sueltos de la realidad que iban saliendo a la luz pública. Los rumores habían detectado ya la existencia del detector, y también habíamos visto a Manuel y a Esteban entrar en la casona a horas intempestivas y alejarse de ella conjuntados en un silencio furtivo y vigoroso. Pero cada cual interpretó aquellas incursiones clandestinas como el juego inocente o inútil de una mente enajenada por la esperanza y rendida incondicionalmente a los desafueros de la ilusión. «Cosas de los Tejedores», era lo más que llegábamos a deducir. De modo que también nosotros nos quedamos sorprendidos cuando supimos que la noche anterior, poco después de divulgar el mensaje de Esteban, la voz de la mujer emitió otro aviso amoroso: «Para quien toca el piano en la casita de Ultramar, de quien espera el día de irnos juntos muy lejos para siempre». Y acto seguido pusieron la canción *Mirando al mar*.

Quizá alguien tuvo la duda momentánea de quién podía haber enviado aquel mensaje, pero Esteban lo identificó de inmediato. Su instinto del honor, la propia madurez que había alcanzado para los presagios funestos, lo impulsaron a reconocer sin error a Belmiro Ventura: su crueldad, su codicia, la falacia de los ficheros y la mezquindad de los cartoncitos anotados, el malabarismo de las gafas, los cuatro siglos de fechorías y oprobio, su música de muertos, su inesperada elegancia estival, las celadas de su cortesía: en fin, todas las trampas y embustes que conspiraban desde la antigüedad para convertirlo a él, a Esteban Tejedor Estévez, en lo que había llegado a ser: un pelagatos sin porvenir y sin historia. Todo estaba allí, en cada palabra del mensaje y en cada nota de la canción que también él conocía, y bajo la cual había nacido el idilio que lo condenaba a él a la postergación y a la miseria. Era el estímulo que necesitaba para confirmarse en su último designio. O quizá no: quizá ya había sentido aquella misma clarividencia lúgubre la tarde en que levantaron la losa del tesoro y, después de ahondar unos tres palmos, se toparon con un pequeño cofre de hierro. Mientras escarbaba, volvió a hacer planes para cuando fuese un hombre poderoso. Lo primero de todo se construiría una mansión con columnas griegas y una gran escalinata de mármol, y con una balaustrada central para asomarse al jardín, que tendría avenidas, fuentes, parterres y quioscos. Se compraría luego automóviles y perros de adorno, y un teléfono portátil, y un traje de equitación, y otro de montería con una pluma en el sombrero. Y también se arreglaría la boca y se pondría de marfil y platino los tres o cuatro dientes que tenía de menos. A Leonor le compraría un aparato de música para que se pasara el día oyendo y aprendiendo canciones, y la llevaría a Madrid y a París a ver funciones de teatro, y en cuanto a Manuel, le regalaría para él solo un sofá de terciopelo y unas gafas nuevas, y todos los libros de frases célebres que hubiese en este mundo. Y continuó con su sarta de quimeras mientras cavaba, se escupía las manos y sacaba la tierra con un cazo, y cuenta Leonor que cuando la piocha rebotó en el cofre ella se asustó ante la inminencia de una realidad hasta entonces disparatada, y por un momento se vio a sí misma entrando muy señora en el teatro y oyendo en directo a las grandes estrellas, y era tan clara y cierta la visión, que miró aturdida a Manuel y comprendió de golpe con qué facilidad se puede llegar a confundir la vida con los deseos y con los sueños, y lo difícil que debe de ser luego volver a reconciliarse con las cosas del mundo.

Todo transcurrió, en efecto, como en el teatro o en los

sueños. Parecían representar papeles convenidos, o al menos eso pensó Leonor al ver allí a Manuel, cabeceando maravillado al borde del hoyo donde Esteban se afanaba compulsivamente mientras aliviaba la ansiedad y el esfuerzo con un monólogo fogoso y oscuro, del que sólo descollaba a veces, obsesiva, la palabra «agosto». Sacando coraje y fuerza de aquella letanía, al fin logró desenterrar y aupar el cofre y allí mismo intentó abrirlo con las manos. Pero la cerradura estaba sellada por el óxido. En ese instante los tres relojes públicos comenzaron a darse la réplica de las ocho. «¡Dios santo!, ¿a que todavía nos encuentra aquí don Belmiro?», se asustó Leonor. Manuel se agachó entonces precipitadamente y entre los dos se pusieron a hacer palanca con la piocha. Leonor los veía desde arriba, saltando en cuclillas en torno al cofre por efecto del propio forcejeo, como dos monos bailando un mambo, y otra vez tuvo la impresión de que aquella escena no ocurría en la vida sino en la letra y en la música de una canción que había olvidado. Atraído por el trajín, *Viruta* se asomó desde el zaguán y muy cumplidamente se relamió dos veces el hocico. «¿Será posible que yo también me haya vuelto loca sin saberlo?», pensó Leonor, y continuó avanzando pasito a paso tras ellos, que giraban en pequeños círculos por el patio dando saltos de rana, hasta que por fin la tapa cedió y Manuel se fue de espaldas agitando las piernas al aire con una especie de rabieta infantil. Cuando logró incorporarse, Esteban había abierto el cofre y estaba vaciándolo a puñados, y todavía recuerda que miró a su hijo y que vio su cara retroceder en el tiempo a través de las sucesivas caras que le había conocido: primero, la expresión contenida de triunfo cuando la piocha rebotó en el hierro del cofre, luego la contenida y grave con que explicó el funcionamiento del ingenio, y las que fue poniendo según menguaba o crecía la ilusión de convertirse en caballero, y muchas otras intermedias: la de la noche en que descubrió el lujo, el poder y el amor, la de la época en que llevaba las cuentas de los pasos que daba por el mundo, la de la tarde en que apareció gritando sus primeras palabras en latín, la de conmovida gratitud al empujar y guiar por primera vez el carricoche de la leche, la del día en que llegó de la escuela con la piedrecita que le dieron de premio, y todas las caras de esperanza, de desaliento, de amargura, de admiración y de gozo, hasta que, desandando los años (y en el instante en que Esteban sacaba el último objeto del cofre y miraba a Manuel con ojos desamparados de estupor), reconoció en sus ojos de nuevo, puro e intacto, el estupor y el desamparo de cuando oía las historias que él le contaba de la guerra y del mar. Los tres en cuclillas, contemplaron en el suelo el botín esparcido: un breviario, una hoja enrollada de pergamino con versos ilegibles, una bolsita de cuero con una sortija y un rizo de cabello, una cabeza reducida y borrosa, una pluma de ave y unos puñados de semillas: tal era exactamente el contenido del cofre.

—¿Es éste el tesoro del que tú hablabas, y tu padre y tu abuelo? ¿Esto es lo que queda de los cuatro siglos de usurpación y oprobio? —preguntó Esteban.

—Yo sólo sé lo que me dijeron —murmuró Manuel—, y creo que esa cabeza debe de ser la del indio Michimilongo, el rey de los araucanos. Si la cabeza está ahí, los pesos de oro no han de estar muy lejos —cabeceó deductivo—. Lo que no sé es por qué habrán enterrado lo demás. Parecen prendas malogradas de amor. En fin, mañana habrá que seguir buscando.

—No señor —dijo Leonor—, aquí nadie busca ya más, que ya está bien de sufrir en balde. Ahora mismo metéis la tierra, ponéis la losa y os vais a ordeñar a las cabras. Y no quiero volver a oír nada de herencias, ni tesoros, ni primogénito ni usurpadores. Vamos a ver si en esta casa podemos vivir como la gente de bien. Si no somos ricos, por lo menos tampoco seremos desgraciados.

—Eso mismo más o menos lo dejó dicho creo que Blas Pascal.

Esteban no preguntó más, pero quizá fue entonces cuando empezó a sentir la clarividencia lúgubre que lo desbordó ya plenamente unos días después al oír el mensaje amoroso dirigido a Amalia, y que él atribuyó de inmediato a Belmiro Ventura. Esa noche se confirmó en su último designio, o en su última esperanza, y el amanecer lo sorprendió ideando maneras de acabar impunemente con el usurpador. Eso pasó a finales de mayo, cuando ya los elegidos habían encontrado también una salida a su laberinto sentimental.

2

Hasta entonces, hasta aquel día prematuro de verano en que el dilema que lo había torturado durante las últimas semanas se resolvió milagrosamente en un instante, Belmiro Ventura había anhelado rendirse sin condiciones a una relación tan saturada de sobrentendidos que algo iba teniendo ya de noviazgo formal, pero a la vez, y con la misma convicción, hubiera deseado retirarse, ahora que aún era tiempo, a su vida austera y soberana de siempre. En mayo probó a refugiarse de nuevo en los papeles y en los libros. Volvió a levantarse con el amanecer y a restaurar sus viejos hábitos, intentando sentir el placer, y el temblor esencial del espíritu, ante el discurso ardiente de la historia. Y todos los días, sin saber cómo, se había encontrado al rato preguntándose qué le importaría a él la política monetaria de Felipe II o las cerámicas de Bernardo de Palissy, y se levantaba a por una manta, pues lo que urgía de verdad en esos momentos era defenderse del frío de la mañana, y se envolvía en ella y empezaba a amodorrarse y a repetirse que qué puñetas podrían interesarle al mundo los telares de Flandes o las minas de cobre de Hungría o las grescas entre jesuitas y erasmistas, y se acercaba al mueble funcional a servirse un dedal de coñac, o la actividad de los cartógrafos mallorquines, y regresaba al despacho acordándose de la sonrisa de Amalia y de sus andares juveniles, o las sutilezas jurídicas de los glosadores de Bolonia, y evocaba el olor de su pelo y la gracia de su cintura cuando se agachaba para coger sobre la marcha una flor o una hierba, o las contradicciones de la burguesía ilustrada, y tantas otras cosas que en otro tiempo habían sido la razón de su vida y que ahora apenas le inspiraban desdén y fastidio, y tiraba sobre la mesa fichas y papeles y con el mismo impulso iba otra vez al baño a mirarse al espejo. Porque allí estaba el objeto de su verdadera y más honda inquietud.

    Observaba no sólo su cara (exagerando de mala fe la piel avellanada, donde ya los años habían tejido su laberinto de arrugas, los ojos chicos y nublados, el cuello pellejudo, la boca marchita y ya un tanto fruncida) sino la propia cara del miedo ante la ilusión absurda de que Amalia pudiera prendarse de semejante carcamal, y aún más allá veía la cara de la angustia al anticiparse al bochorno de que todo fuese un equívoco y de que ella, consciente de la realidad, lo rechazara justicieramente cuando llegase la ocasión. Sin embargo —y ensayaba una mueca de ánimo—, alguna tarde en que él había vuelto a aludir a las tribulaciones de la edad, aparentando un tono entre festivo y contrariado, como si confesara una pillería infantil, ella había respondido con un gesto de displicencia, repitiendo que los años son relativos, y que lo que se pierde en vitalidad se gana en conocimiento, en templanza y hasta en dulzura. Y él entonces, atormentado por el barrunto de si aquel comentario equivaldría a una insinuación o era sólo un consuelo, la había mirado con una mezcla también ambigua de gratitud y de ironía. Precisamente por entonces el infatigable don Julio Martín Aguado había publicado en *La Voz* un artículo donde aludía veladamente a ellos. Se titulaba «Eros y Minerva» y trataba sobre las diferencias de edad en el amor. Venía a decir allí que, más importante que los años, era la afinidad de los caracteres. Había, según él, tres tipos de caracteres: carbónicos, fosfóricos y fluóricos. Los carbónicos resultaban serios y rígidos, amantes del orden y la seguridad, disciplinados, solitarios, muy estudiosos y de pocas palabras. Tendían a congeniar espontáneamente con los fosfóricos, que eran de andar gracioso y de cabeza alta, un tanto soñadores, amantes de la música y del dibujo artístico, y con la dentadura inferior y superior en el mismo plano, pero no con los fluóricos, a los que se les notaba el carácter por sus andares flojos, y porque les sobresalía la dentadura superior y porque eran viajeros e inestables, y muy buenos para abogados y políticos. Para ilustrar con algún caso práctico, don Julio ponía el ejemplo de cómo una mujer fosfórica de unos treinta años podía ser feliz con un carbónico de unos sesenta, pero nunca con un fluórico, aun cuando fuesen de la misma edad. Las alusiones eran tan directas que Belmiro Ventura lo comentó con Amalia, y su indignación fue creciendo proporcionalmente a su vergüenza, y ya clamaba contra la temeridad de la ignorancia y la barbarie de la superstición, cuando ella se echó a reír y dijo: «Pero ¡si es una tontería! Además, a lo mejor hasta tiene razón, porque es verdad que los carbónicos y los fosfóricos combinamos muy bien», y Belmiro Ventura no sólo se serenó de inmediato y sonrió ante la visión cómica del asunto sino que se congració secretamente con don Julio y hasta agradeció que hubiese escrito aquel artículo, que ya no le pareció tan torpe, ni tan inoportuno ni tan temerario. ¿Sería verdad que un carbónico viejo estaría llamado a ser dichoso con un fosfórico joven?, habría de preguntarse desde aquel instante. Así que frente al espejo divagaba entre la esperanza y el desánimo, yendo luego otra vez al mueble funcional, donde veía cómo sus manos gobernaban la botella con la misma ineficacia exasperada con que a menudo habían ya explorado en sueños la temperatura prohibida de la cintura o los senos de Amalia. Porque ésa era ahora la auténtica pasión que había irrumpido en su vida con la autoridad de una dolencia aguda desde la noche en que, contemplando sus láminas de arte, cuando quiso darse cuenta, los deseos reprimidos se habían sobrepuesto a las imágenes ficticias. En *La primavera*, de Botticelli, él era ahora el verde céfiro que, surgiendo de la espesura, sorprendía a la más casta de las Gracias, trasmutada de pronto en Amalia, con un abrazo trasero y pujante, y en cierta estampa pastoril de Claudio de Lorena, se convertía en el sátiro que danzaba con la ninfa en el claro del bosque ataviado apenas con un retal de cabra y que más tarde, cuando ya se había acostado y apagado la luz, la perseguía jocosamente no sólo por el paisaje agreste del cuadro sino por los lugares diarios de sus paseos al atardecer.

Aquellas ensoñaciones se deformaban a veces en pesadillas. Una noche rescató del fondo de la memoria y desde la frontera del sueño el recuerdo de quien había sido su ama de cría y luego su niñera, una mujer que tenía unas tetas muy grandes y muy blancas, sin canaleta de tan grandes, y que daban tanta leche que, años después, durante las penurias de la guerra, toda su familia se alimentó de ellas. Nadie se explicaba cómo aquella gente, que eran diez o doce, podía estar tan lustrosa sin moverse de casa, hasta que un atardecer él mismo fue a llevarle un recado y la sorprendió amamantando a su propio padre, que era un viejecito que ella arrullaba en su regazo, y que al oír la puerta se volvió ahíto y celestial, con la boca desdentada rebosada de leche. En el curso del devaneo, Belmiro Ventura se imaginó que también a él lo amamantaba Amalia, y que lo acunaba al compás de una cantinela de niños al corro, de yo soy la viudita del conde Laurel, y entonces sintió un vahído de humillación y de voluptuosidad y de molicie e intentó aturdirse la mente con cualquier retahíla erudita (los beocios que acaudillaban Clonio y Arcesilao, los focenses de Esquedio, los locrenses de Tarfa y Escarfa, los abantes, los lacedemonios, los arcadios, los cefalonios, los dánaos y los teucros), como en sus tiempos escolares. Pero una voz ajena e inicua, salida de lo más hondo de la alucinación, iba retrucando en eco aquellos altos nombres con otros (los picharrones, los comecoños, los jodemarranas, los pollaenristre) que hubiera jurado ignorar hasta entonces. ¿De qué oscuro paraje de la experiencia le vendría ahora el recuerdo del ama de cría, del estribillo infantil y de aquellos dichos cimarrones? Así que, para desenredarse de esos desvaríos, al final tenía que levantarse y salir al patio a tomar el fresco, o bien se obligaba a leer alguna página de los tratados más áridos o más edificantes, hasta que al rato los fantasmas del miedo y del deseo aprovechaban el menor resquicio, la menor distracción, para deslizarse otra vez en su mente embozados bajo cualquier disfraz inofensivo, absurdo o fortuito.

Muy pronto, sin embargo, descubrió que uno de los efectos sorprendentes del amor era que la desdicha traía consigo su propia medicina. Era como si también al amor se le pudiera aplicar el refrán de «lo que no mata, engorda», porque ahora la pesadumbre no sólo se ofrecía como paliativo contra ella misma sino que enseguida se convirtió en un motivo secreto, incomprensible y hasta fascinante de deleite. Cuando quiso darse cuenta, se encontró a todas horas aguzando el ingenio para buscar razones con que alimentar el fuego de aquel sufrimiento placentero. Le maravillaba que tanta sombría exaltación, que conocía por Petrarca y algún otro poeta lastimado, y a la que no había concedido más relieve que la piedad que le merecía el acto confusamente heroico o retórico de enaltecer ciertas pasiones vulgares hasta trasmutarlas en delicadas manufacturas del espíritu, pudiera haberse encarnado en él a esas alturas de la vida. Sufrió por su edad y por su decadencia física, sufrió por el recuerdo de la sonrisa juvenil de Amalia, y por sus silencios y por su locuacidad, y por la doble incertidumbre de acompañarla o no en el viaje por el Mediterráneo, y sufrió por la lentitud de las horas que le quedaban para volver a verla y al mismo tiempo por la brevedad intolerable de la vida, y por otras muchas cosas grandes y pequeñas en las que más se complacía cuanto más desalentadores fuesen los presagios o más abrumadora su indefensión sentimental. Desempolvó sus más viejas creencias para fundamentar la convicción de que el matrimonio y la sabiduría eran incompatibles, y cada uno de sus argumentos fue rebatido de inmediato por las verdades inobjetables y sencillas del corazón. Empezó así a ceder a los encantos del orden conyugal, y a las dulzuras de la soledad compartida y a la lisura de los hábitos —y ya se veía entregado otra vez al estudio y a la composición de la obra memorable tantas veces pospuesta, sólo que sin los sobresaltos anímicos de ahora, y sin aquellos súbitos extravíos por rincones hostiles de la realidad desconocidos hasta entonces—. Se imaginaba al atardecer contándole a Amalia sus lecturas, sus logros, sus tropiezos, cogidos descuidadamente de la mano mientras la penumbra iba borrando el mundo, en esa hora mortal en que la nostalgia del ayer y la amenaza del mañana juntan sus efectivos para crear un instante milagroso de infortunada plenitud, y cuando los susurros adquieren la entonación sobrenatural de una delación o de una profecía. Pero para entonces ya no existiría el miedo a los monstruos nocturnos de la soledad, ni el desaliento que lo invadía alguna vez de amanecida al encarar el momento en que habría de levantarse y retomar de nuevo su existencia, la carga de un presente que sólo encontraba algún alivio en la promesa de un futuro que iba siendo cada día más incierto.

Tantas vueltas le dio a las ventajas y placeres domésticos, que un día se encontró desbordado por un sentimiento de pasmo ante la posibilidad nada inverosímil de tener un hijo. Un hijo a quien educar y a quien legar su nombre, su biblioteca y sus papeles, se decía estupefacto, acudiendo de nuevo al mueble funcional a celebrar aquel suceso prodigioso, imaginándose ya los gritos y carreras del niño por el mismo corredor por donde él regresaba al despacho a ensimismarse en la perspectiva de un futuro que ya no era sólo el suyo sino que se perpetuaría más allá de su muerte, y esta vez se figuraba al hijo dentro de muchos años, de sesenta años, en el 2038, tal como él era ahora, sentado en el mismo lugar y recordando a su padre exactamente con la misma añoranza con que el padre evocaba en ese instante al hijo antes siquiera de haber sido engendrado.

Pero también aquel ensueño degeneró muy pronto en pesadilla. ¿Serviría él para tener un hijo? En vano intentó imaginarse lo que sería aquel acto de apoteosis conyugal, entre otras cosas porque nunca lograba llegar al desenlace sino que inevitablemente se enredaba en las fases preparatorias del proceso. Aquellos prolegómenos eran en verdad agotadores. Cuando no eran los botones, o las presillas y cremalleras que se atascaban o se negaban a ceder, era el cuello de un jersey en el que se quedaba atrapado o una manga a la que no le hallaba solución, o bien no había forma de deshacer el nudo de los zapatos y se oía a sí mismo jadear en la oscuridad con un forcejeo que parecía ya un simulacro de las fatigas del amor. Una vez se figuró que desnudaba a Amalia, y que le quitaba capas y capas de ropa, blusas y más blusas, y luego faldas, camisetas y justillos, y polisones y corpiños, y más blusas y faldas, y canesús y bragas y refajos, hasta que hubo de levantarse y golpear furiosamente la mesa con los puños para liberarse de aquel rapto extenuante. Pero si con un esfuerzo de la voluntad conseguía calibrar la maniobra y llegar a sus últimas fases, entonces era peor, porque el verismo de la escena acababa produciéndole un acceso de pánico que lo dejaba amilanado ante la virulencia de la realidad. Por esos días decidió enfrentarse a su desnudez en el espejo del ropero. Se sintió avergonzado, ridículo, incluso repulsivo. Vio su estampa flaca y desgalichada, su piel mujeriega y tensa pero ya con lorzas y amondongamientos y asperezas de saurio, su trasero magro y arrugado, y luego vio su pubis canoso y por fin se inclinó y entrecerró los ojos para descifrar mejor el caso irrisorio de su gallardete varonil. ¿Serviría él para tener un hijo? Miró aquel pellejo apenas inflamado y comprendió de golpe que era allí, y no en el Mediterráneo o en los proyectos intelectuales, donde finiquitaban todas sus ilusiones.

    Empezó así a reconcomerse con la duda de su virilidad. En otro tiempo, alguna noche se había despertado con los apremios de una erección membruda y soberana, que sólo excepcionalmente había combatido y doblegado en su propio campo de batalla. Recordó con pena aquellas reciedumbres y, al igual que en esos meses creyó que sólo los tropiezos de la lluvia, de los ruidos o de los ratones, le impedían componer una gran obra histórica, ahora se obsesionó con la idea de que únicamente las deficiencias de su hombría lo separaban de una vida feliz junto a Amalia. Se imaginó el momento terrible en que ella reparase en su vigor maltrecho, y tanto fue su bochorno que agradeció que aquel suceso fuese ya irrealizable. No obstante, para explorar la hondura de la nueva calamidad, intentó excitarse con imágenes alentadoras, él de sátiro y Amalia de ninfa, o ella de Europa y él de Zeus, pero fue inútil porque la propia angustia se adelantaba a los estímulos y los iba anulando. Y así un día y otro día hasta que una tarde, cuando creía haberse rendido ya a su suerte, y mientras leía a Montesquieu y escuchaba el *Parsifal*, de Wagner, de pronto advirtió que todas sus energías se habían concentrado por su cuenta en un punto, y con tanto empuje, que le costó entender lo que acababa de ocurrir. Alborozado, corrió al espejo y examinó el prodigio, aquel alarde sanguíneo de altivez, y a partir de ese día repitió muchas veces el experimento, pero con un éxito desigual que, según dedujo tras largas observaciones, dependía del tipo de música y de lectura en que se concentrara previamente. Descubrió que algunos autores (como Tucídides y Falla, Liszt y Montaigne, y sobre todo la combinación de Wagner con algún filósofo ilustrado) lo estimulaban de una forma casi milagrosa, al igual que otros le apagaban los ímpetus, así que pensó que la noche de bodas, antes del momento cumbre, pondría con cualquier pretexto un pasaje del *Tanhäuser* y leería unos párrafos de Diderot, a modo de conjuro o poción mágica que no podía fallar. Pero si por un lado estaba eufórico con la recuperación de su potencia viril, por otro empezó a entristecerse ante la sospecha morbosa de que quizá Amalia no se decidiera a traspasar los límites de la amistad. De manera que la alegría volvía a convertirse en sufrimiento, y el sufrimiento a generar nuevos motivos de placer, como si ambas afecciones guardaran entre sí una relación simbiótica o fatal.

Pero luego llegaban las citas, casi diarias ya por entonces, y en ellas encontraba Belmiro Ventura un remanso para su espíritu atormentado por las contradicciones. Un día y otro los veíamos pasar por la plaza y alejarse hacia el río, vestidos con trajes claros y ligeros y envueltos en un espacio privado de confidencias y sobrentendidos, como si el idilio navegara ya por mar abierto. Nos costaba reconocer que aquel hombre solícito, con una expresión disponible siempre para el asombro y el obsequio, fuese el Belmiro Ventura que habíamos conocido huraño y grave desde su juventud. Y ella: flexible y lírica, ofreciendo soñadoramente la cara al aire o absorta en su condición de criatura elegida, mordiéndose la sonrisa, andando a veces como si jugase a andar, o adoptando de pronto un gesto disgustado, una como autoridad inapelable de adolescente ofendido y hermético, y sin que ninguna de esas actitudes llegara del todo a definirla. Algunas tardes, y las mañanas del domingo, salían de excursión en el Ford, los codos en la ventanilla, una mano pueril cortando el aire ya casi de verano, en una especie de estampa conyugal que parecía reunir el esplendor iniciático del idilio y su futura atonía y decadencia. Ahora sus conversaciones incluían ya largos silencios solidarios, que sabían rematar con carraspeos burlones o con leves sonrisas de complicidad.

Belmiro Ventura había hecho de su caudal erudito un

arte secreto de seducción. Durante tardes enteras expuso al detalle el proyecto de llevar a cabo una vasta narración histórica en torno a unas cuantas generaciones imaginarias que abarcaran desde el Renacimiento a la Revolución francesa, y que en el fondo era un pretexto retórico para escribir una crónica de la evolución de las mentalidades y del concepto del poder durante la Edad Moderna. Se quejaba de lo arduo y descomunal de aquella tarea, y Amalia lo animaba diciendo que, ya que había trabajado toda su vida en ese empeño, sería imperdonable dejar las cosas ahora a medio hacer. Luego ocurrió lo inesperado. Un día de finales de mayo le habló de otro proyecto que había ido ideando por esas fechas sin saber cómo, algo todavía informe y balbuciente, y que no consistía en apilar y combinar datos a fin de reconstruir minuciosamente la trama oculta de una época sino en lograr unas cuantas verdades esenciales, sólo eso, sólo unas pocas verdades que se explayaran en un librito de pocas páginas, ardiente y necesario, que por un lado quintaesenciara su saber y por otro acertase a captar el espíritu de alguna encrucijada histórica. Algo más humilde, desde luego, que *El Príncipe*, de Maquiavelo, o el *Leviatán*, de Hobbes, pero en esa línea de sencillez magistral y de pureza expositiva. A Amalia le entusiasmó la idea, y aportó otros modelos literarios, como *El principito* o el *Lazarillo de Tormes*, y al oírla, él ya no tuvo ninguna duda de que aquélla habría de ser, en efecto, su única meta en el futuro. Tanto fue su contento al saberse eximido repentinamente de la actividad agotadora de poner orden y sentido en su laberinto de papel, que en esos instantes se sintió sobrado de fuerzas y aptitudes para emprender aquella obrita luminosa y feliz. Y tanto fue su contento, que de pronto se detuvo en medio del camino y, ebrio de fe en el porvenir, como si en esa micra existencial se condensaran todas sus esperanzas largamente pospuestas y cesaran todos sus temores, y como si ahora recogiese el fruto de tantos años solitarios de estudio, tomó a dos manos la cara de Amalia y la besó en la boca, y en la frente, y en las mejillas y, ya con codicia autorizada de galán, otra vez en la boca. Luego la miró a los ojos desde muy cerca. «Escribiré ese libro», susurró, «o mejor dicho, lo escribiremos juntos, porque tú me has enseñado el don de la armonía.» Amalia se llevó una mano a los labios, se mordió el pulgar, bajó los ojos. «También yo he aprendido algunas cosas», dijo, pero no en ese momento sino luego, después de haber llegado al claro donde se habían conocido, y de haber mirado y escuchado correr el agua durante mucho tiempo. Hasta entonces, no se habían atrevido a hablar. Habían venido caminando cada uno por su mano, Amalia con el pulgar en la boca y Belmiro Ventura pensando al principio que su destino dependía de las primeras palabras que ella se decidiera a pronunciar, y pensando más tarde que el silencio era ya demasiado largo para albergar la progresión de una duda, y que segundo a segundo iba resolviéndose no en una transición sino en un desenlace inapelable. Lo que quizá no sabía aún conscientemente es que los dos abordaban el nudo sentimental desde ángulos insólitos: él lo cifraba en la obrita clásica que habría de componer; ella, en Venecia y Salzburgo. Podían haberse declarado a través de esas lejanas sugerencias: vayamos a Venecia, escribamos el librito. Por eso, cuando se sentaron y ella dijo al fin que también había aprendido algunas cosas y él preguntó con un hilo de voz qué cosas eran ésas, y ella dijo, en un tono que descartaba cualquier sombra de burla: «Pues no sé, por ejemplo que Rembrandt y Descartes se conocieron en Amsterdam», entonces ya no tuvieron dudas de que habían encontrado la salida del laberinto de amor. Le pasó un brazo por los hombros y juntaron la cabeza para mirar el agua: parecía que allí estuviera el último enigma que había que resolver. Hablaron del libro y del viaje, y cuando se levantaron para regresar, volvieron a abrazarse y a besarse, y Belmiro Ventura comprobó, y le hizo comprobar a Amalia, que su virilidad no necesitaba ya de estímulos de lecturas ni músicas. «Saldremos el día 25; lo tengo todo preparado», y se entregaron a un abrazo largo y malicioso, apurando el deseo hasta los límites del pudor, y aún más allá, hasta que a él se le ocurrió en su temeridad besarla en la nariz y entonces Amalia le puso las manos en el pecho, se apartó, bajó la cabeza y dijo que ya era hora de regresar.

Y cuenta Belmiro Ventura que si hubiese que rellenar en la Rueda de la Fortuna la casilla alusiva a aquella escena, no dudaría en dibujar unas ondas de agua, que representarían a Venecia, y flotando sobre ellas una pluma de ave, para simbolizar las palabras esenciales y claras del librito que, junto con el hijo, habrían de perpetuarlo durante muchos años. Porque ahora había alcanzado al fin, por caminos insólitos, la paz tan anhelada.

V

Más tarde, cuando el destino mostró las cartas de su última jugada magistral, se supo que Esteban y Luciano coincidieron la tarde del 24 de junio, poco antes de que empezara la tormenta, en una esquina próxima a la placita de Ultramar. Fue un encuentro breve e impreciso porque uno tenía que tocar las campanas y ayudar en los oficios fúnebres y el otro iba apremiado por el reparto de la leche y la inminencia de la lluvia. Sin embargo, y según quiso recordar luego Esteban, Luciano le estrechó inesperadamente la mano como si se despidiera para una larga ausencia y él se quedó desconcertado unos instantes, y sólo después de haber recorrido unos metros cayó en la cuenta de que a lo mejor es que se marchaba por fin al seminario, y entonces detuvo el carricoche y se volvió amagando un aspaviento de complicidad. Pero Luciano había desaparecido y él continuó la ronda absorto ya en sus pensamientos, o más bien en un único pensamiento que como el humo renovaba incansable sus formas, y que le ocupaba enteramente el juicio desde hacía una semana. Poco después, algunos que bajaban rezagados a la iglesia lo vieron salir a campo abierto en dirección a su casa, y uno de ellos intentó alertarlo del temporal con un silbido de cabrero. El giró al trote la cabeza y siguió empujando con aquella ciega obstinación que parecía el cumplimiento de un castigo infernal, y justo en ese momento comenzaron a doblar a muerto las campanas.

Enterrábamos aquel día a Hilario Canseco, uno de los habituales del banco, el más silencioso y asiduo de todos («un hombre que con su público silencio nos legó un testimonio inmarcesible del espíritu de nuestra época», como ponderó en el velorio don Julio Martín Aguado), y era como si la tarde se hubiese sumado a las exequias aportando un escenario de tinieblas. Un cielo bajo y denso había sumido las calles en una penumbra azulada por donde corría el viento batiendo furiosamente los árboles, levantando remolinos de tierra, plásticos, hojarasca y papeles, dando portazos y aullando en las esquinas. Lo estuvimos oyendo durante el responso, pero cuando salimos a la calle y se formó la comitiva, cesó de repente, la tarde se oscureció todavía más, se hizo un gran silencio ominoso y enseguida empezaron a caer unas gotas gordas y aisladas que se estamparon como granizo en el techo metálico del coche fúnebre, y luego en los paraguas, en los canales de las casas, en el pavimento, cada vez con más intensidad, hasta que el tiempo se detuvo de golpe para ofrecer el volumen y los perfiles exactos de las cosas a la luz de un relámpago cuyo esplendor se prolongó en un trueno que estremeció los fundamentos del mundo y en un instante disolvió el cortejo.

A esa misma hora Esteban seguía empujando su artefacto rodante bajo lo que enseguida fue un aguacero continuo pulverizado por ráfagas de viento; Belmiro Ventura se había sentado junto a una de las ventanas exteriores a contemplar la tormenta y dudaba si leer a Montaigne o acercarse a casa de Amalia por si necesitase ayuda en aquel trance apocalíptico; Amalia estaría ya instalada en la cama intentando esclarecer una vez más el fondo de la carta que Luciano le había deslizado esa mañana por debajo de la puerta, y Luciano corría de nuevo hacia la iglesia para resguardarse del temporal y cumplir con sus últimos deberes religiosos del día.

Desde que supo sin error que las relaciones de Amalia con Belmiro Ventura no eran tan inocentes como parecían al principio, Luciano bajó un peldaño más en su estado de postergación, en tanto que su madre subía otro en la certeza de que el destino sobrenatural reservado a su hijo estaba ya muy próximo. Invocando la gracia de su esposo celeste, conversando con él en largos parlamentos místicos donde lo iba informando desde sus más altas esperanzas hasta los más leves contratiempos domésticos, hacía todas las tardes tres sartenadas de hojaldres mitrados que Luciano repartía cada mañana en una bandeja de mimbre que llevaba a dos manos como una ofrenda, y con aquel aire indefenso de soñador que parecía otorgarle el privilegio de encarnar la imagen de su propia ausencia. Quizá fue la decisión de hacerse mayor a los ojos de Amalia lo que puso en su estampa un viso que no era tanto de madurez como de desamparo ante la penuria de sus expectativas. La misma austeridad con que ahora elegía la indumentaria, con prendas oscuras y corbatas con motivos mustios, venían a subrayar su adolescencia por la indiscreción de aquella discordancia. Y así, grave y pueril, lo veíamos pasar todos los días camino de la iglesia. Se pasaba allí mucho tiempo, porque era donde mejor podía entregarse a sus tribulaciones y donde más suya le parecía su soledad. Como conocía las costumbres de Amalia mejor que las propias, se encaramaba en los momentos propicios al campanario para vigilar con unos prismáticos los rumbos de la amada, sus entradas y salidas de la escuela, sus paseos solitarios, sus idas y venidas cuando se mezclaba entre la multitud del mercadillo de los martes —sin distinguir muy bien cuándo la veía realmente y cuándo la adivinaba con la imaginación—, y más tarde, desde que inició su trayectoria sentimental con Belmiro Ventura, siguió sus evoluciones atenazado por los celos pero también por la esperanza de que si podía comprometerse con un viejo por qué no igualmente con un niño, o con quien ella consideraba un niño, y ganas le daban a veces de tocar las campanas a rebato para que Amalia se acordase de él y pudiera reconocer en el estruendo el alboroto de su amor, y sobre todo la voz de su propia conciencia por encima de los prejuicios que según él debían de dominarla. De modo que, entre las servidumbres del amor y los trajines religiosos, vivía en otro mundo, donde las cosas del cielo se entreveraban con las de la tierra, y cuando aseaba y lustraba a los santos y santas de más acreditada tradición milagrera, no le parecía que sus prodigios, algunos atestiguados por exvotos y otros recordatorios, fuesen mayores que los comunes y diarios del amor. Recordaba sobre todo el viaje que había hecho con Amalia al país de Irás y no Volverás, y no acababa de maravillarse de que aquel suceso pudiera haber ocurrido de verdad, pues por más esfuerzos que hacía para reproducirlo fielmente en la memoria, sólo lograba recobrar la sensación de vértigo o de sueño que ya sintió en los momentos reales del trance. Oscuramente empezó a descubrir la magia con que la propia vida suele envolver su mejor oferta de experiencias, como si el presente fuese el mensajero prematuro que anuncia ya el olvido y adelanta la futura evocación lírica de la actualidad ensoñada, y quizá por eso, cuando al volver de la iglesia pasaba silbando la contraseña melódica frente a la casa de Amalia, alguna noche estuvo tentado de llamar a la puerta para preguntarle si se acordaba de cuando jugaban a intercambiar habilidades y él imitaba la voz y los gestos de los borrachos y ella ensayaba pasos humorísticos de ballet, y de cuando se hicieron los retratos, y de cuando ella chascaba los dedos y él correspondía con un juego de manos, y de otras muchas cosas que ya no sabía si eran recuerdos o invenciones o una mezcla de ambos, y en el caso de que ella le confirmase que sí, que todo aquello había sido cierto, preguntarle entonces cómo era que habían renunciado a aquel reino mágico, y si era porque había obstáculos que vencer y pruebas que superar, por qué no los vencían y superaban de una vez por todas fugándose juntos, no importa a qué sitio, pero donde él pudiera peinarla y pintarla ante el espejo, y ella hacerle en la oreja el güin güin del cerdito, todos los días y para toda la vida, de modo que ya no hubiera presente que albergara su propia destrucción a cambio de la gloria de ser rescatado idealmente en el futuro. Pero nunca se detuvo, ni menos aún se atrevió a llamar a la puerta. Pasaba de largo flotando en la congoja que le producía la proximidad de Amalia, dejando un rastro malherido de notas silbadas por donde ella pudiera encontrarlo, tanto en el pasado como en la realidad de cada noche, y no al niño que acaso ella recordaba sino al hombre en que por propia decisión, y con la ayuda de la perseverancia en la desdicha y en la fe, y como homenaje a la amada, se había convertido.

El propio padre Juan Mirón, que llegó a conocer casi toda la trama sentimental desde el confesionario, certificó después que, en efecto, Luciano había alcanzado una madurez en el análisis de las afecciones impropia de su edad, y que él dudó si atribuir a la gracia de Dios o a la del diablo, pero en ningún caso a las cualidades propias del amor terrenal. Para entonces había entrado en un estado tal de decrepitud que era Luciano quien prácticamente le decía la misa. Lo ayudaba a elevar el cáliz y a beber el vino, le limpiaba los labios como a un niño de pecho, lo sustituía en los pasajes más activos, le prestaba la voz, le sostenía y le guiaba la mano para dar la comunión, y hasta en nombre del oficiante impartía a veces la bendición última a los fieles. El padre Mirón murió dos inviernos después, pero antes declaró desde sus nieblas teológicas, y utilizando medias verdades para no infringir el sigilo sacramental, que nunca estuvo seguro de si Luciano era hijo espiritual de un santo o de un demonio. Por las confesiones falaces de otros tiempos, donde era el propio anciano quien, para socorrer la timidez del pecador, se inventaba los pecados más intrépidos y los describía con una crudeza que los latines macarrónicos hacían más excitante aún, sospechaba que tras la facha seráfica de aquel aprendiz de santo se escondía quizá un pervertido sexual. Pero luego, desde que se enamoró de Amalia, Luciano fue convirtiendo las confesiones en largos monólogos donde intentaba indagar sus propias dudas y esperanzas y donde sobre todo se desahogaba de su pesadumbre, y descansaba un poco de su continuo y fatigoso estado de exaltación. Como aquellos transportes efusivos, tan llenos de equívocos, no venían contemplados en sus manuales de teología pastoral, ni parecían pecados salvo por cierta magnificación platónica del amor profano, el padre los oía desde la soñolencia de la incredulidad y de los años y al final le ponía unas letanías de penitencia y le echaba sin más el garabato de la absolución.

Pero aquel 24 de junio fue un día muy especial. Luciano ayudó a tres misas, y en todas el sacerdote tuvo la impresión de que era él el monaguillo, porque en una Luciano vertió las vinajeras, en dos se olvidó de tocar la campanilla, en otra confundió el oremus con el ofertorio, y en la última, cuando le sostuvo el pulso para la comunión, le temblaba la mano tanto o más que al anciano, y entre ambas tiritonas, además de los truenos que estremecían las bóvedas, no acertaban con la boca de las tres o cuatro viejas que se habían quedado en la iglesia atrapadas por la tormenta. Ese día Luciano se había levantado en un lamentable estado de ansiedad. Casi dos meses antes, cuando se enteró por Esteban del programa de radio, pensó que era el destino el que le ofrecía aquella ocasión excepcional de comunicarse con Amalia, y reiterarle su amor y su propuesta de irse a vivir juntos a cualquier parte donde ese amor fuese posible. Porque él estaba convencido de que, lejos de allí, desaparecería el único estorbo real que los separaba: los prejuicios. Así que, como ella sólo le había prohibido escribirle cartas, le envió una nota rogándole que escuchase el programa, y sugiriéndole que le contestase en clave por el mismo conducto, y que no hacía falta que le dijese nada explícito para saber que podía seguir esperando y creciendo y convirtiéndose en adulto para ella todo el tiempo que fuese necesario, sino que bastaba con que le dedicase «a quien él sabe» la misma canción con que él habría de acompañar sus mensajes de amor. Durante casi dos meses, vivió con la ilusión de que cualquier jueves o domingo podría recibir la respuesta anhelada. Pero pasó mayo, entró junio, y ni el mensaje ni la canción habían llegado aún. Y aún no había perdido por completo la fe en aquel recurso desesperado cuando se enteró de que una semana después, exactamente el día 24 de junio, Amalia se iría de viaje con Belmiro Ventura, y de que se casarían para siempre al pasar por Madrid.

Algo ocurrió entonces en lo más profundo de su condición desvalida de náufrago. No había sospechado que la desgracia pudiera reservarle aquella última sorpresa, ni menos aún que él reaccionase ante ella con una solvencia igualmente imprevista. De pronto comprendió que todos los intentos por aparecer ante Amalia como una persona adulta eran una realidad y no una impostura, pero no tanto porque hubiese crecido en opinión y en experiencias como porque ahora se sentía milagrosamente respaldado por la desesperanza y fortalecido por la propia hegemonía del amor. Una fuerza inapelable lo abocó a la osadía de ir a visitarla una de esas noches y conminarla con el ensalmo de ese mismo poder a rendirse a los impulsos espontáneos del corazón. Pensó primero en proponerle que en otro lugar él podría muy bien hacerse pasar por su hijo, real o adoptivo, o por cualquier otro pariente, o mejor aún disfrazarse con barba y gafas de miope para parecer mayor, e ideó otras estratagemas disparatadas para ayudar a Amalia en sus escrúpulos. Pero según se acercaba el día fatídico, fue renunciando a aquellas recetas pusilánimes y forjándose sin proponérselo una actitud imperativa y señorial. Se sentía cada vez más dueño de sí mismo, y de sus privilegios y razones, que más que suyos pertenecían a las propias prerrogativas del amor, en nombre del cual se creyó con derecho a exigir lo imposible. Señor de sí mismo y del mundo, al rato sin embargo se despeñaba desde aquellas alturas al pozo sin fondo de la más negra realidad. Así transcurrió la semana, posponiendo la decisión de un día para otro y entregándose a la evidencia de que su destino iba a decidirse la noche del sábado, y de que en el desenlace no habría términos medios.

La noche del viernes escribió dos cartas, una a su madre y otra a Amalia. A su madre le decía que había recibido un anuncio paterno que lo reclamaba para irse muy lejos, pero que la naturaleza de esa lejanía sólo le sería revelada en el último instante. Por si acaso, se despedía de ella para siempre, y le pedía que no cometiese la irreverencia de llorar por él. Al otro día dejó la carta bajo la almohada, donde ella habría de encontrarla al acostarse, cuando ya todo estaría consumado. La otra carta la deslizó por debajo de la puerta de Amalia al pasar muy temprano hacia la iglesia la mañana del sábado. Era muy breve, y escrita en un tono perentorio que no admitía réplica, apenas unas líneas donde vagamente le notificaba que esa noche acudiría a verla con una solución definitiva para cada uno de los obstáculos que ella quisiera oponer a su proposición concluyente de amor. Porque tenía un plan, elaborado por su capacidad de previsión pero sobre todo por las propias exigencias de las circunstancias, y del que luego se supo por las huellas que Luciano fue dejando a su paso y por la confesión general que hizo al final de la tarde, poco antes de salir en busca de su suerte. Durante la semana había ido sisando puñados de la limosna de la iglesia hasta reunir lo suficiente con que comprar dos billetes de tren de largo recorrido, para que ella no pudiera objetar que no tenían adónde ir ni el modo de hacerlo, y además con sus propios ahorros había apalabrado un coche de alquiler para la noche del sábado, de manera que tampoco sirviese el pretexto de cómo llegar a la estación a tales horas, y hasta había organizado al detalle la forma de efectuar la mudanza de enseres y muebles sin que Amalia tuviese que regresar y afrontar la vergüenza y las justificaciones de la fuga. Y en cuanto a la posibilidad de que su madre denunciara su desaparición, tampoco habría problemas, porque al otro día la llamaría por teléfono para advertirle que se encontraba donde quien ella ya sabía le había ordenado estar.

Por los pecados de hurto, malicia y embuste, el padre

Mirón le puso tres rosarios y diez salves de penitencia. Pero su plan incluía un apartado mucho más ambicioso, que no reveló abiertamente sino envolviéndolo en tantos equívocos que el confesor no logró calibrar la naturaleza del nuevo pecado. Al contrario: por un momento se preguntó si aquellas razones de amor tan primorosamente hiladas no tendrían algo de infusión mística a la que la aridez de su escolástica no alcanzaba. Habló de un cáliz, de una custodia, de un tríptico, de un crucifijo y de algunas otras reliquias cuyo valor palidecía ante los altos beneficios de amor que habrían de reportar, de manera que el confesor supuso que se trataba de una imagen poética, y por si hubiese materia de apostasía lo sancionó con un rosario y un vía crucis. Para entonces, había concluido hacía rato la misa de ocho, y la tormenta empezaba a amainar. Antes de recibir la absolución, y tras un instante de duda, aún se confesó Luciano de una última culpa. Desde la soñolencia, el padre Mirón la interpretó también en un sentido figurado, porque no acababa de entender bien si se refería al amor mundano o al divino, ni tenía fuerzas ni inspiración para juzgar de qué alturas hablaba aquel jovencito cuando insinuaba que, en el caso de que fracasara su proyecto amoroso, había decidido subirse al campanario y emprender desde allí su último viaje, que también lo sería de amor. Luciano no le había hablado de Amalia sino de la amada, y ya otras veces había citado un cierto país de Irás y no Volverás para aludir al parecer a oscuras experiencias dichosas, así que no acertó a distinguir si la amada y los viajes se referían a tránsitos espirituales o físicos, o si el tono de convicción desesperada no sería sólo un éxtasis veleidoso de adolescencia. Confuso e impaciente, le mandó un acto de contrición profunda y se retiró a sus dependencias privadas anejas a la iglesia, mientras Luciano Obispo se arrodillaba ante el altar y juntaba las manos para entregarse a la oración.

A esa misma hora, Esteban estaba en la cocina de su casa ultimando también su plan para esa noche. La tormenta lo había sorprendido en mitad del camino, y con tanta furia que al punto se vio obligado a detenerse y a cobijarse con *Viruta* bajo el carricoche. Pero fue inútil porque el camino se llenó enseguida de torrenteras y charcos, y además la lluvia venía de todas partes desordenada a rachas por un viento frenético que no tardó en arrancar la capota de hule y en desguarnecer completamente el tenderete. Así que se levantó e intentó seguir, pero con los primeros esfuerzos se salió del camino y el artefacto se atascó en el barro y ya no hubo modo de sacarlo de sus propias rodadas, y no sólo entonces sino para siempre, porque allí se quedó definitivamente abandonado. Todavía hoy pueden verse unos hierros comidos por el óxido y florecidos de verdín, y algunas piltrafas de trapos y plásticos cubiertos de polvo y anegados por las malas hierbas.

Quizá la miseria de su situación lo ayudó a reafirmarse un poco más en su último designio. Debió de avanzar entre la niebla del temporal con la misma determinación sombría con que había hecho todas las cosas que tejían su existencia, intentando unir los cabos sueltos de sus afanes y desencantos para buscar una salida a los espejismos en que los años y el mundo lo habían extraviado. Porque no entendía nada, ni le llegaba ningún soplo piadoso de lucidez, ni oía otra voz interior que el trajín sordo de su voluntad obrando por su cuenta en la trastienda de la mente. Había percibido por primera vez aquel rumor cuando —al enterarse de que el idilio, y con él su desgracia, era ya inevitable— se le ocurrió que podía acabar de una vez por todas con el usurpador. Fue un pensamiento distante, casi ajeno, más inspirado en el cine que en la realidad. Como en la infancia, el sentido del mundo le llegaba definido por la sonoridad y el movimiento. Siempre había sido así. Y también al encarar la destrucción de quien lo despojaba de sus derechos ancestrales a la dignidad, captó la idea como una bulla donde se distinguía borrosamente un fragor lejano de bombas y alarmas antiaéreas, y música de violines en la penumbra perfumada de un jardín, y un regocijo de damas en el porche, y el ruido del mar, y el de los motores de alta cilindrada, y la sonanta de las cabras y el murmullo invisible de los grandes silencios nocturnos. Y volvió a ver los escorzos de los muertos que su padre le escenificaba al hablar de la guerra, como si los muertos continuaran atareados en una gran quietud laboriosa, y de ese modo se imaginó a Belmiro Ventura, desparramado por el suelo a mitad de un gesto y entregado ya a su actividad incansable de estatua, como la del Conquistador, que señalaba día y noche desde el caballo un punto fijo allá en el horizonte: estatuas, violines, retumbos de olas y cañones, salones inundados de luz, brillos prismáticos en los espejos y en la sonrisa de plata de la amada: tal era el caos a través del cual le llegaba la noción de la dignidad y de la muerte. Pero tras el fraude del tesoro, y sobre todo desde que supo que los elegidos se preparaban para partir de viaje nupcial, y de que además Belmiro Ventura iba a poner en venta la casona para instalarse en otras tierras, aquellas imágenes y estruendos empezaron a combinarse entre sí hasta cobrar un sentido tan desolado y exacto como la visión de su propio futuro. Se sintió profundamente herido por lo que consideraba una afrenta personal no del destino o del azar sino de Belmiro Ventura, que venía a representar a cuantos habían conspirado contra sus derechos en la sombra de los siglos, y conspiraban en el presente y seguirían conspirando en el porvenir. Si hubiese tenido acceso a Dios, hubiera armado quizá su ira contra él; o si hubiese sabido de la historia, contra ella, o hubiera aprovechado su enojo para afirmarse contra el mundo de haber sido orador o poeta, pero huérfano de esos dones, dirigió su rencor hacia un solo hombre, y más concretamente hacia su Ford azul y su gorra de *tweed*, y hacia sus libros y su música incomprensible, y hacia sus lentes de quita y pon, y hacia otras muchas cosas pequeñas que lo llenaron de indignadas razones contra el causante de todas sus desgracias.

Pensó primero en invitarlo a comer con el pretexto de despedirlo con honores, envenenarlo con vidrio molido y enterrarlo en algún lugar recóndito donde nunca pudieran encontrarlo. Pero como no quería mezclar a sus padres en lo que consideraba un lance personal, urdió otros planes (como tenderle una emboscada en alguno de sus ya raros paseos solitarios y acuchillarlo y escapar con ventaja, o entrar de noche en la casona y asfixiarlo durante el sueño), que sin embargo fue rechazando o aplazando, bien por indecisión, bien porque todavía confiaba en encontrar otro mejor y más seguro. Pero las guerras eran más difíciles de lo que él había imaginado, y los días tan cortos que, cuando llegó la víspera del viaje nupcial, aún no se le había ocurrido ningún plan concluyente. Había amanecido un sábado radiante, y las esquilas de las cabras tenían una pureza de timbre que parecía corresponderse con los perfiles nítidos de la cosas, y había una brisa de bonanza que estremecía apenas los trigos altos y todavía primaverales. Durante toda la mañana anduvo Esteban de pastoría, silbando, tirando piedras o agitando el garrote, en un estado de excitación que tan pronto era de júbilo como de abatimiento. Porque si por un lado no sabía qué hacer, por otro su decisión era más firme que nunca, y aquellas mudanzas producían en su mente monstruos de euforia y de impotencia, mientras la voluntad, o el instinto, o lo que aquello fuese, seguía con su rumor sordo, como de quien trasiega fardos en lo clandestino de la noche.

Todo el día anduvo ya náufrago en aquel hervidero de dislates. Durante el sopor de la siesta, que hizo sentado bajo la parra, aparecieron en el horizonte las primeras nubes, y el viento empezó a agitar los árboles y a levantar remolinos de polvo. Manuel, que estaba afeitándose en la cocina para ir al entierro, se asomó a la puerta con media cara untada de espuma y apuntó con la navaja al cielo: «Va a llover. Habrá que recoger los chivos». Y todo aquello (las nubes, los árboles, el polvo, la espuma, el entierro, la navaja, los chivos) se le convirtió de inmediato en un nuevo revoltijo mental. En vano intentaba restablecer el orden lineal de las cosas y retomar sus planes de venganza, porque una y otra vez las piezas se le juntaban en montón. Se acordó de que en otros tiempos, cuando llevaba la cuenta de los pasos que daba, o cuando guardaba en el cabás sus prendas más queridas, entonces, la vida tenía un sentido, y la memoria era como un plantío bien cultivado donde cada suceso se alineaba con otros y se prolongaba en mansas hileras hacia el porvenir. Aquella imagen nostálgica lo persiguió mientras hacía la ronda de la leche. Lo que ignoraba es si el sentimiento de desorden que lo afligía era una propiedad del mundo en la que hasta ahora no había reparado, o sólo un accidente de su conciencia atormentada. Pero miraba alrededor y todo le parecía tan embrollado como su propia vida: calles, casas, perros, árboles, automóviles, gente: todo revuelto igual que sus recuerdos y esperanzas.

—Menudo jaleo hay hoy, ¿eh? —le había dicho a su padre hacía un rato, cuando venían juntos de camino.

—Qué jaleo.

—Pues todo, ¿o es que no lo ves? Esas piedras de ahí, o aquellas nubes, o el muerto adonde tú vas, o nosotros dos andando por el polvo. ¿Cómo se come junto todo eso? O acuérdate de los derechos adquiridos y de lo ricos que íbamos a ser. Las cosas van todas a guisacontraria.

—Así es la vida —dijo Manuel por decir algo.

—Tú siempre andas con los dichos famosos. Pero acuérdate de cuando viniste de la guerra, y de los camaradas y la batalla de Teruel, y de cuando te casaste y tuviste los hijos, y de cuando conociste en Madrid a Eisenhower. Has corrido tierras, te has aprendido un libro, y ahora fíjate cómo vas de elegante a alternar a un entierro.

—¿Y eso qué quiere decir? —preguntó Manuel sin dejar de andar.

—Quiere decir que todo eso se puede contar por junto. Que puedes contar la vida, una cosa detrás de otra, y decir al final: señores, ésta es mi historia. Pero yo no puedo contar nada porque desde que salí de la escuela a mí no me ha pasado nunca nada. La gente va cada cual por su rumbo, pero yo no voy ni para adelante ni para atrás, como las repionas.

—Todavía eres muy nuevo para hacerte esas cuentas.

—Y acuérdate de los reyes antiguos, de las películas y de la gente que habla por los micrófonos, y de la historia de barcos y piratas que me leías de noche cuando niño. Las cosas van todas en carrefila, pero a mí se me han amontonado y así en montón ando yo por el mundo. Y así será ya para siempre, porque ahora ya no va a haber herencia, ni teléfonos, ni anteojos para dormir en avión, ni bonos del Estado ni carneros bretones. Ahora la vida ya es toda un trampantojo. Fíjate en esas nubes negras, y en aquellos pájaros tan lejos, y en el camino éste por donde vamos y luego volveremos, y dime si se han acabado o no los siglos del oprobio.

Y así siguió, señalando con el dedo las cosas que habrían de ser mañana como eran hoy y como fueron ayer, y cuando se despidieron en la plaza y Manuel intentó una frase célebre de consuelo, él lo atajó diciendo que también esa frase había existido hacía ya muchos años, y que continuaría siendo la misma dentro de muchos más.

Cada vez más sombrío, gritando de puerta en puerta, siguió su camino, tan absorto en lo suyo que sólo después de encontrarse fugazmente con Luciano cayó en la cuenta de que su único amigo se había despedido de él porque quizá se iba por fin al seminario, y aquel descubrimiento le agravó la sensación de desamparo ante la certeza de que todas las vidas, menos la suya, se desenvolvían hacia nuevos tiempos, nuevos lugares y nuevos objetivos. «Así que todo el mundo se va para algún sitio», pensó mientras se apresuraba en el reparto, «se va Luciano, se va la señorita

Amalia, se va el usurpador, y hasta Hilario Canseco se ha ido también con tan sólo morirse. Parece que aquí todos se han puesto de acuerdo para salir corriendo a la vez como en los campeonatos.» Todos menos él, claro está, que parecía pertenecer más al mundo de las cosas que al de las personas. «¡La leeecheee!», gritaba en cada puerta, jaleado por los ladridos de *Viruta*, y medía y trasvasaba sin perder el hilo de su triste monólogo. En todas partes le habían advertido que buscase refugio contra la tormenta, y en efecto, cuando acabó el reparto se dirigió con su farfulla hacia los soportales de la plaza, pero a mitad de camino sonó el primer trueno y él se detuvo asustado y miró alrededor: la tarde había cerrado sobre las calles desiertas en una umbría azulada que le recordó también el caso oscuro de su vida, y los silbos del viento se le confundían con el rumor continuo de su mente.

Al segundo trueno se acordó de la guerra: retumbaron en su memoria bombas, descargas, cañonazos. Avanzó un poco más y otra vez se detuvo: un nuevo trueno le trajo la imagen del arca y de las gestas: recordó los gemelos de campaña, la guerrera militar, el reloj de bolsillo y otros objetos ganados en combate, hasta que finalmente llegó a la pistola. Algunos que venían al entierro, y que en esos momentos aparecieron por la punta arriba de la calle, lo vieron dar la vuelta y empujar el vehículo en dirección contraria. Pensaron que quizá no había acabado aún con el reparto, pero cuando comprobaron que trasponía las últimas casas y salía a campo abierto, alguien le silbó con todas sus fuerzas para alertarlo del peligro. El se volvió sin detenerse, girando al trote la cabeza, y vio cómo a lo lejos le hacían aspavientos que no supo entender, o que acaso le parecieron de hostilidad o de añagaza. En ese momento doblaron a muerto las campanas. Aceleró el paso, mientras oía dentro de sí el trajín insomne de su voluntad o de su instinto —aquella resonancia que iría creciendo hasta confundirse con el estrépito de la tormenta cuando poco después abandonó el carricoche y corrió a su casa bajo el aguacero—. «Esta es la guerra de los siglos y de las estirpes», se dijo sin dejar de correr. «Es la hora buena de las hogueras y de las arcas. Como padre en la guerra, aquí está también mi hora de caballero.»

Leonor había quemado unas hojas de romero en honor de santa Bárbara y se había acostado a oscuras por el miedo a los rayos. Desde la cama oyó los ladridos de *Viruta* y enseguida oyó a su hijo entrar a escape en la cocina.

—¿Eres tú? —gritó.

—Sí.

—Pero ¿cómo te has venido con este temporal?

—Me vine y aquí estoy.

—Bueno te habrás puesto. ¿Y tu padre?

—Se quedó en el entierro.

Al rato oyó trastear con un bullicio sordo que no logró entender.

—¿Qué hacemos ahora?

—Estoy haciendo lumbre.

—¿No te cambias de ropa?

—Ahora voy.

—¿Y has ido a despedirte de tu tío?

—No ha habido tiempo.

—Pues eso está muy mal. Tenías que haber ido.

—Luego voy cuando escampe.

Para entonces, Esteban había sacado del arca los dos envoltorios de trapo con la pistola y los cuatro cartuchos. Echó agua en un barreño, lavó cuidadosamente el arma, le rascó la roña, la secó a fondo y después la lubrificó con la misma grasa animal que usaba para los ejes del ingenio rodante. Tenía una vaga idea del funcionamiento, lo justo para comprobar las posiciones del seguro y cargar el depósito con la munición. Luego encendió la lumbre, se puso un mono limpio y se sentó a mirar el fuego y a esperar. El ruido de su mente había cesado y en su lugar se extendía ahora un silencio propio donde no alcanzaba el fragor de la tormenta. «Ahora las cosas de mi vida empiezan a tener un orden, como en el cine y en los libros, y cuando sea mayor podré contarlas a los postres. Contaré cómo hice justicia después de cuatro siglos de oprobio. Y cómo después corrí en la oscuridad, me puse a salvo y heredé una fortuna, me casé con quien quise, conejeé con mujeres de precio, apreté botones de mando, crucé los océanos con el antifaz, entré en los salones y salí a los porches fumando en boquilla y festejado por las damas.»

—¿Y de Amalia, no te has despedido tampoco de ella?

Se levantó, sobresaltado por el grito, sintiendo bajo el peto el peso frío de la pistola, y vio en la pared su sombra de gigante, y cómo su boca se abría deforme para decir que, si había ocasión, también pasaría a despedirse de ella esa misma noche.

A esa hora, Amalia se había instalado en la cama y escribía en su diario, no tanto quizá por el placer de dejar constancia de los hechos del día como para intentar poner en claro su estado de ánimo en su última tarde de soltera. Había estado hasta entonces preparando el equipaje nupcial, o más bien recorriendo la casa, revolviendo cajones y preguntándose si no se le olvidaría nada, segura de que todo estaba en orden desde hacía mucho tiempo pero también de que en cuanto cesara en aquella actividad habría de volver a enfrentarse con los fantasmas que la perseguían desde que esa mañana había leído la carta de Luciano. Cuando estaba a punto de estallar la tormenta, había venido Belmiro Ventura para decidir qué hacían con el paseo proyectado, y aunque ella más de una vez y con menos motivo lo había invitado a entrar, y habían tomado café o había tocado para él el piano, en esta ocasión se disculpó con el pretexto de que le dolía la cabeza y de que andaba aún con el equipaje a medio hacer. «Entonces, mañana a las ocho vendré a buscarte», le dijo, y le cogió una mano para pedirle que pensara en él. «¿Lo harás?» «Pues claro.» Se sonrieron, se desearon buenas noches y felices sueños, y enseguida lo vio cruzar la plaza encorvado y esforzado para defenderse del viento, y luego cerró la puerta, recogió las macetas del patio, aseguró las ventanas y retomó sus idas y venidas sin rumbo. «¿No se te olvida nada?», y abría y cerraba los armarios, se paraba a hacer memoria, se rascaba olvidadiza la cabeza, rectificaba distraídamente la posición de algún objeto, encendía y apagaba las luces, pulsaba un acorde al pasar junto al piano, y de vez en cuando se paraba en mitad de una habitación, exasperada, sin saber por dónde proseguir su vagabundeo estéril ni en qué ocupar el tiempo que quedaba hasta el anochecer. Oyó los primeros truenos como signos de alarma, y cuando la lluvia empezó a sonar en los cristales, ya estaba sentada en la cama, envuelta en la burbuja azul de la lamparita de noche y absorta en la escritura.

Ante todo, quería preparar bien las palabras con que habría de contrarrestar los argumentos o las súplicas de Luciano. Desde que a primera hora de la mañana descubrió la nota que le había deslizado bajo la puerta, la había leído muchas veces, tratando de adivinar qué ocultarían aquellas breves líneas escritas con letra escolar donde le comunicaba que esa noche, al volver de la iglesia, entraría a verla para hablar de un asunto muy importante y muy urgente. Y lo decía en un tono tan oficial y autorizado que Amalia no acababa de reconocer en él la voluntad y la mano de un niño. «Confiesa que tienes curiosidad y miedo», escribió, porque ya había barruntado lo mismo al escuchar los mensajes que le había enviado por la radio y vislumbrar en ellos no el fervor efímero de un adolescente, como ella suponía, sino la pasión desesperada y firme de un adulto, desesperada hasta la temeridad y firme hasta la obstinación. No supo si sentirse irritada o conmovida por aquel acto ingenuo de audacia. Y ahora, al releer la nota donde imponía la cita sin un solo matiz de ruego, volvía a debatirse en esa misma incertidumbre. ¿Qué querría decirle? ¿Despedirse sin más? ¿Proponerle otra vez que se fugaran juntos, como en los folletines románticos? Se imaginó huyendo con él en trenes nocturnos, inscribiéndose en un hotel de carretera, disfrazada con gafas oscuras y un pañuelo ceñido a la cabeza para encubrir su identidad de raptora de niños, y se imaginó viviendo con él como esposos formales, lavándolo y peinándolo y anudándole la servilleta al cuello para que no se manchara al comer, calamidad, abrochándole bien los cordones de los zapatos, limpiándole los mocos, cantándole nanas para dormir, arropándolo en las noches de invierno y curándole las heridas de las rodillas cuando viniera de jugar, angelito mío de mis tormentos. Y todo eso lo iba escribiendo de un tirón, a juzgar por la descompostura de la letra, y con el mismo tirón se imaginó también lo que sería su vida de casada con Belmiro Ventura y se vio en una fecha imprecisa del futuro lavándolo y peinándolo y anudándole la servilleta al cuello para que no se manchara con los temblores de la sopa, señor historiador, limpiándole los mocos, ayudándolo a caminar y a orinar, cuidándole los achaques y otras miserias de la edad, viejito mío de mis pesares, y acto seguido y sin punto y aparte se imaginó viviendo sola, tal como había vivido tantos años, señora de sus actos, esposa amantísima de sí misma, maestra de su soledad y de sus manías, y entonces tuvo dudas sobre la gravedad del paso que se disponía a dar. Evocó su vida emancipada, tan llena de pequeños actos soberanos como depilarse las piernas durante horas mientras hablaba con algún personaje de cine o de novela o con su propia conciencia irresponsable, y sintió nostalgia de su soltería perdida para siempre. ¿Y si se marchara, y si fuese ella quien huyera esa noche, del niño, del viejo, de las dudas, de las promesas, de las amenazas? Pero luego recordó la sensación de paz, de comprensión, de orden, de compañía, que había sentido con Belmiro Ventura, y hasta pensó en la posibilidad de tener un hijo, al que quizá le pondría Pablo, o Gonzalo, y si era niña, Laura o Julia, y su fantasía se disparó en el tiempo, fue niño, lo bautizaron Gonzalo Ventura Guzmán, lo lavaba, lo peinaba, le anudaba la servilleta para la papilla, le limpiaba los mocos, le enseñaba a leer y a tocar el piano, volvía de la escuela con raspaduras en las rodillas, hasta que creció tanto que se convirtió de pronto en un adolescente que entraba en casa y corría hacia ella para besarla en los labios y decirle que la quería mucho, señorita, y la miraba con unos ojos tan agradecidos e inocentes que ella se sintió avergonzada tanto en el ensueño como en la realidad. Recordó que, en el mismo momento en que aceptó casarse con Belmiro Ventura, puso como condición que se irían a vivir a otra parte. Pediría un año de excedencia, y luego concursaría y se instalarían donde quisieran enviarla. Entonces supo que la razón no era otra que la vergüenza de tener que ver a Luciano casi todos los días, pero ahora empezaba a comprender que también era el miedo a la pasión secreta que seguía inspirándole aquel santito seductor. Hasta es posible que se casara con Belmiro Ventura como penitencia por haber comido del fruto prohibido, escribió, y rememoró la tarde irreal en que se entregó a él, o más bien lo sometió al desorden instantáneo de sus deseos, quizá con la misma inconsciencia con que partiría mañana hacia Venecia. Desde entonces, quién sabe lo que habría sufrido aquel niño, y armado con qué clamor acudiría a verla esa noche. ¿Qué vendría a decirle? ¿Le propondría una fuga de amor? ¿Y encontraría ella palabras para disuadirlo de aquel rapto poético? Supo que, en todo caso, si él le pidiera quedarse allí esa noche, ella no tendría valor para negarse. Sí, ésa era la mejor solución: lo despediría con todo el amor que desde hacía tiempo le estaba debiendo, para que él conservara al menos aquel buen recuerdo y mitigara con él la desdicha futura. «Y ahora voy a arreglarme para él, y a preparar todo para recibirlo como le corresponde a un príncipe, como si ésta fuese mi verdadera y única noche de bodas», y dejó la pluma y es de suponer que se levantó rodeada por el fragor de la tormenta y que, como interpretando un rito sagrado, se bañó, se perfumó, se pintó y se vistió ceremoniosamente con un traje de noche para ofrecerle a Luciano aquel último homenaje o aquella primera servidumbre de amor. Después guarneció la mesa con su mejor mantel, esparció unos claveles, colocó dos copas altas y, entre ellas, una botella de vino descorchada. Y a última hora, cuando se fue la luz con la tormenta, situó una vela en el centro para presidir el conjunto, a cuya luz quizá se iniciarían los esponsales.

Y es de suponer que a continuación se sentó a esperar en la oscuridad, mientras iba amainando la tormenta, hasta que los truenos se oyeron muy lejos y sólo quedó en el patio un cuchicheo apagado de lluvia. Había ya anochecido cuando llegaron, remotas, las primeras notas silbadas de la melodía cómplice. Entonces encendió la vela, corrió al dormitorio y, a la luz no sabemos de qué, escribió precipitadamente en el diario: «Son las 10.40 y ya está aquí. Esperaré a que llame. ¿Te atreverás a abrirle? Pero no, no le abras, sigue escribiendo y engañando a tus manos para que no corran hacia la destrucción», y otra vez revivió el sentimiento infantil de terror y de gozo cuando se imaginaba los pasos del marinero errante acercándose por el jardín del que quizá ella no había salido aún.

Las 10.40. Belmiro Ventura se acuerda de que había nubes altas y presurosas, todavía sucias de tormenta, y de que por los claros asomaba la luna creciente, porque a esa hora más o menos se acercó a una ventana exterior y vio afuera la noche cerrada: el apagón eléctrico había dejado el pueblo en tinieblas y ni siquiera en la atmósfera de finales de junio, o en los atisbos pálidos de luna, había luz bastante para alumbrar los charcos de la plaza. Y se acuerda de eso porque desde hacía mucho tiempo había estado esperando que escampara para acercarse a ver a Amalia con algún buen pretexto que hasta entonces no se le había ocurrido pero que ahora se le ofrecía con una naturalidad pasmosa: llevarle una vela o una linterna, o las dos cosas a la vez, decidió en el último instante, eufórico de haber llegado al término de lo que había sido la tarde más larga de su vida. Había corrido a casa de Amalia poco antes de los truenos para preguntarle qué hacían con el paseo de cada día, con la esperanza finalmente infundada de que ella lo invitara a entrar o que acordaran refugiarse en la cafetería Cele's, y desde entonces parecía que el tiempo se hubiera fraccionado en micras infinitas. Por la mañana había hecho el equipaje, y aún le había sobrado tiempo para guardar bajo llave en cajones y armarios sus cartapacios y papeles, y para proteger con plásticos la biblioteca de la que por primera vez iba a ausentarse durante casi dos meses, además de lo que tardaran en encontrar una vivienda para establecer el hogar —un plazo que en otro tiempo le hubiera resultado escandaloso pero que ahora se le antojaba más fácil de vivir que el que lo separaba del día siguiente, cuando partiese con Amalia hacia el futuro prometido—. La tarde anterior le había dicho a Leonor que no viniese el sábado, y ella lo había felicitado por el matrimonio («Ahora ya no hace falta que abra y cierre el postigo», le dijo) y le había deseado que fuesen muy felices por esos mares de Dios, y se había ido cantando escaleras abajo, de modo que el sábado comió cualquier cosa y luego se sentó en el sillón del despacho a escuchar una serenata de Schubert y a devanear sobre el porvenir y a adormecerse con el bochorno de la siesta. Un rayo de sol iluminó violentamente un trozo de suelo ajedrezado y de inmediato las moscas se reunieron en el haz de luz y se pusieron a evolucionar dentro de él. Le recordaron los movimientos de los astros, y las estuvo observando con ojos aborregados durante largo rato, persuadiéndose de que hasta en las cosas más pequeñas se reflejaba el orden general y secreto del mundo que él había descubierto a los sesenta años por gracia del amor. Aquella idea lo reconfortó, y con esa confianza se fue hundiendo en el sueño. Lo despertó el viento enloquecido en el laurel. Había oscurecido y el aire estaba saturado de olor a lluvia. Tenía la boca pastosa de fastidio, y ya no lo abandonó en toda la tarde el pálpito de desamparo que había sentido al abrir los ojos y no saber en qué punto de su existencia se encontraba.

A partir de ahí, la tarde se hizo interminable e insidiosa. Cuando volvió a casa después de que Amalia le hubiera dicho que le dolía la cabeza y que aún estaba atareada con el equipaje, se sentó junto a la ventana a leer a Montaigne, pero a las pocas líneas detuvo la lectura con el dedo, miró afuera por encima de los lentes y empezó a comprender, sobrecogido por la revelación, lo que hasta entonces había sido sólo una sospecha: que no podía vivir sin ella. En ese instante recordó que en la siesta había soñado que era joven, y que dentro del sueño había sentido un alborozo desatado, una especie de exaltación vital que era el reverso justo de la pesadumbre que ahora lo atenazaba. Desbordado por la tristeza, fue al mueble funcional a tomarse un dedal de anís y allí mismo se obligó a pensar en la obrita breve y magistral que habría de componer, y echó otro chupito, *De Gutenberg a la Revolución francesa: seis enigmas para tres siglos*, y en el hijo que habría de educar, y se sirvió otro trago, y en el viaje que iniciarían mañana y en los muchos paseos crepusculares que les quedaban por vivir, y no sólo brindó por ellos sino que se llevó la botella y la copa a la ventana por si el amigo Montaigne le diera otros motivos de celebración, y poco a poco se fue animando mientras afuera crecía la tormenta y el tiempo se estancaba en la maraña de sus propios instantes.

Fue una tarde eterna, apenas trabada por la duda vehemente de si debía de acercarse a casa de Amalia a darle las buenas noches y a decirle que no podía vivir sin ella ni soportar su ausencia durante tantas horas. Cuando empezó a escampar, aún estaba por decidirse, pero en el momento en que echaba el último trago se fue la luz y se acabó el dilema. Las 10.40. Animado por la circunstancia y el alcohol, y después de asomarse a la ventana y ver que en efecto la plaza estaba a oscuras, buscó una vela y una linterna y se aprestó a salir. El silencio era tan hondo tras el sigilo de la lluvia, que hasta distinguió muy lejos al silbador nocturno que ya había oído otras veces, y que como siempre venía silbando la canción que tanto le gustaba a Amalia desde su niñez. Y eso acabó por afirmarlo en sus propósitos. Fue al baño a adecentarse y enseguida bajó a tientas, con la linterna en una mano y la vela en la otra, y silbando también él con todas las fuerzas de la esperanza y de los tragos la tonadilla que hablaba del mar y del amor.

«En este pueblo nunca pasa nada», se desesperaba don Julio Martín Aguado cuando a esa misma hora enfilaba una de las calles que desembocaban en la placita de Ultramar. Aquél había sido un mal día para él. Por la mañana se había echado al mundo con la intención de extraer materia para un artículo que pensaba escribir sobre la crisis de valores como esencia y enigma del espíritu de nuestro tiempo, y de paso, si había suerte, intervenir como árbitro en cualquier discusión o conflicto callejero, y hasta liderar alguna protesta o iniciativa popular. Estuvo en el mercado, subió a la plaza, entró en el casino, se agregó al banco de piedra de los ociosos, y después batió la calle Real y muchas otras durante mucho tiempo, pero con tan mala fortuna que cuando regresó a la tienda, sin haber conseguido observar ningún hecho de interés ni moderar la más mínima controversia, estaba de un humor de perros. «En este pueblo nunca pasa nada», se quejó al pasar junto a Antonia, y subió al altillo del comercio echando pestes contra el lugar y la época en que le había tocado vivir. Porque don Julio seguía soñando con grandes moderaciones que pusieran a prueba su temperamento de líder, sus dotes excepcionales y desperdiciadas de conductor de masas: unas veces se veía a sí mismo en sus ensueños deteniendo con un ademán a Atila en las puertas de Roma, o a las huestes del Gengis Khan en su avance hacia Europa, y otras pacificando a tirios y a troyanos o reduciendo a un suspiro la guerra de los Cien Años —lo que tardaba él en convocar a las cancillerías y dulcificarlas con unas frases carismáticas—. O se imaginaba caminando entre bombas y fusilería, y al compás de su bastoncillo de bambú, por el campo de Waterloo o del Marne, dispensando expresiones felices y haciendo gestos de consternación a cuyo ensalmo salían los soldados de las trincheras con los brazos abiertos, aclamándolo como al nuevo caudillo de la paz, y tanta era la convicción con que se entregaba a aquellas fantasías, que él mismo imitaba por lo bajo el griterío de la multitud y el corear rugiente de su nombre, hasta que, sobresaltado por su propio rumor, se incorporaba a la realidad con un carraspeo de competencia y de decoro.

Pero en aquel pueblo nunca ocurría nada, ni tampoco en España, ni en Europa, y ni siquiera en Occidente. Porque ¿dónde estaban hoy aquellas broncas ideológicas entre comunistas y fascistas, entre monárquicos y republicanos, entre tradición y progreso, y qué se hicieron de los levantamientos populares, y de los caudillos, y de las grandes utopías y de otros muchos partos de la historia? Se lamentaba de no haber nacido en una época más turbulenta y de más gresca doctrinal, en los años treinta por ejemplo, porque en sus quimeras se figuraba que acaso podía haber evitado la guerra civil e incluso la mundial. «Antonia, te digo que vivimos tiempos inanes. Yo me hubiera movido como pez en el agua, y hubiera llegado a ser alguien, en las grandes sarracinas históricas. ¡La Revolución francesa!, ¡las guerras de religión!, ¡el octubre soviético! ¡Qué papel glorioso podría haber representado el U.M.I. en esas circunstancias!», le decía a su mujer, y ella le contestaba con un gruñido desde el laberinto de sus faenas domésticas.

—¡Antoooniaaa!
—Quéee.

—¿Es que no oyes lo que te estoy dicieeendo?
—Síii.
—¿Y qué piennnsas?
—Naaada.
—¡Bah! ¡Está claro que ésta es una época insustancial y feble! —murmuraba entre dientes, y ronroneaba Alejandro Magno, y gritaba Ortega y Gasset los títulos de algunas de sus obras.

Así que aquella tarde del sábado se había adormecido en el sofá después de que los truenos hubiesen disuelto el cortejo fúnebre y había soñado con la Conferencia de Yalta, donde no sólo concurrían Churchill, Roosevelt y Stalin sino también él, don Julio Martín Aguado, ocupando una cuarta silla con los pulgares en las sisas del chaleco y eternizado así en las fotografías oficiales del acto memorable. Luego se vio en las Cortes, de diputado, bebiendo agua en la tribuna antes de desplegar ecuménicamente los brazos e iniciar un discurso del que no le llegaban las palabras sino el prodigio de su música y el cierre persuasivo y rotundo de las frases. Oyó los aplausos, y su mente se llenó de amaneceres risueños, con soles coloreados de viñeta, hasta que la ovación se prolongó tanto que despertó de golpe y se encontró rodeado por el estruendo de la lluvia.

—¿Está llovieeendo?
—Síii —le contestaron.

«¡Lo que me faltaba!», refunfuñó, al recordar que esa tarde tenía que ir a despedirse sin falta de Belmiro Ventura y de Amalia Guzmán. De modo que volvió a adormecerse y a recabar información desde la penumbra y la modorra:

—¿Sigue llovieeendo?
—Síii.
—¡Vaya por Dios!

Hasta que al fin, cuando al anochecer le comunicaron que había escampado, se levantó entre suspiros, tomó el bastoncillo de paseo y declaró:

—¡Voy a hacer una gestión!

Y cuenta que al demediar la calle que llevaba a la placita de Ultramar, oyó gritos y ruidos confusos, y que al principio los confundió con alguna de las aclamaciones y pendencias de sus ensueños, porque en aquel pueblo invertebrado nunca pasaba nada, como bien sabía él, y sólo podía tratarse de una alucinación. Pero enseguida vio luces fugitivas y bultos que corrían a reunirse bajo el vislumbre de la luna, y oyó más gritos, éstos claros y distintos, y entonces se dijo: «¡Las masas me reclaman!», y celebrando la ocasión que se le presentaba para probar sus cualidades de pacificador, corrió balanceándose para llegar a tiempo de apaciguar y liderar aquel conflicto.

Todo, en efecto, pareció una alucinación. Alguien vio a Esteban entrar en el pueblo cuando aún no había parado la tormenta. Lo reconoció por la figura y los andares, a pesar de que iba entre la niebla del temporal y del anochecer envuelto en un capote de agua, como los pescadores del bacalao, y de que caminaba a trancos dificultosos debido a los zapatos papales que se había puesto sobre las sandalias, sin pensar (y ahora caía en la cuenta) de que quizá lo entorpeciesen en el momento de la fuga. Pero, fuera de eso, parecía que al fin se le hubiera concedido un instante de piedad y de clarividencia, porque no sólo su plan era perfecto, sino que el destino había querido también contribuir a él ofreciendo un escenario ideal para ejecutarlo: la placita de Ultramar, como todas las calles por las que astutamente había llegado hasta allí, estaba desierta cuando la lluvia empezó a ceder y él bordeó el cerco del farol para apostarse en el sector en sombra del castaño, desde donde dominaba las puertas de Belmiro Ventura y de Amalia y la bocacalle por la que, según sus cálculos, no tardarían en aparecer los dos. Según sus cálculos, Belmiro Ventura y Amalia estarían refugiados como tantas veces en la penumbra perfumada de la cafetería Cele's, bebiendo infusiones o licores altos y esperando a que escampase para iniciar el regreso cogidos de la mano, pasito a paso, con sus susurros y sus risas y con aquel andar desapurado y recreativo que da el dinero y la elegancia, hasta que al llegar a la casa de Amalia, él la despediría tras un breve galanteo para enseguida irse a la suya. En ese momento, al cruzar la plaza, él saldría de detrás del castaño, atajaría en oblicuo cortándole el avance, le dispararía tres tiros a quemarropa, lo remataría en el suelo, y con las mismas echaría a correr en la oscuridad y huiría a campo abierto. Allí, entre unos matorrales que ya tenía pensados, escondería los zapatos papales y el capote para escapar más ágilmente. Así de sencillo y exacto era su plan, y así de sabio y justiciero. Tan orgulloso estaba de él, que le hubiera gustado que su padre pudiera verlo allí, emboscado en aquella trinchera con la pistola bien empuñada en el bolsillo, como un gánster o un agente secreto en misión especial. «Que me vieras aquí de centinela, y que me vieras después cuando se lo cuente a las damas en la frescura de los porches», pensó, recordando las fiestas sociales que había visto en el cine sin entender cómo era posible que aquella gente combinase los dichos con tanta facilidad y tanta gracia, que nunca se embarullaban en las frases ni se atrancaban en los silencios, y lo mismo con las risas y los ademanes, y con aquel saber estar holgado y sin esfuerzo. Pero ahora calculó que quizá también él pudiera hacer lo mismo cuando contara su gesta de esa noche. Se sentía lleno de pericia artesana y de graciosa majestad. Miraba sin apuro la lluvia desmenuzada como chispas de nieve a la luz del farol, y aguzaba las orejas entre los truenos ya distantes para alcanzar el fondo del silencio. Muy altos se abrían en el cielo algunos celajes y por ellos asomaba la luna blanca y fría. «Cuando saque tabaco y lo entrechoque con el reloj o con la pitillera», se dijo en el momento en que los tres relojes públicos daban la campanada de las 10.30. Como a una señal, ladraron perros y aparecieron luces en algunas ventanas, aunque no en las que él vigilaba, y la plaza se encendió aún más con los relumbres de los charcos. De pronto tuvo miedo de que alguien lo reconociera al atacar o al huir. Pero sin duda el destino estaba de su parte, porque poco después se fue la luz eléctrica. Ahora, apenas se distinguían las siluetas de las casas y las oquedades de las calles. Tanta era la oscuridad que temió no ver al usurpador cuando cruzase la plaza, o no dar con él cuando tuviera que salirle al paso. Siguió esperando, oyendo sólo las goteras y el desmayo del castaño cada vez que el aire venía a removerlo, y pensando en las damas.

Eso era todo. Pero enseguida, como si hubiese nacido y se desenredase del propio silencio, alguien se puso a silbar música muy lejos. Era un silbidito que iba acercándose sin prisas, una menudencia que Esteban no se paró a considerar hasta que vio prenderse una luz muy tenue en la casa de Amalia. Debía de ser una vela, por el temblor mortecino de iglesia, y cuenta que al principio se quedó aturdido y sin entender nada, porque si Amalia estaba en su casa, eso quería decir que el usurpador estaría a su vez en la suya. Pero de inmediato, tanta era su perspicacia aquella noche, identificó en el silbo las notas de la canción que Belmiro Ventura le había dedicado a Amalia en los programas sentimentales de la radio *(Mirando al mar,* se llamaba, como ya sabía de antes, desde que su madre llegó con la noticia de que debía de estar enamorado porque se pasaba las horas cantando aquel bolero), y juntando la luz y la melodía descubrió que casaban con la precisión y la malicia de un santo y seña urdido por el destino contra él. Ocurrente como los señores, supuso que Belmiro Ventura habría ido al entierro, que la tormenta lo había sorprendido lejos de casa y que ahora al regresar se anunciaba con aquel silbido de galán —en cuyo honor, y dándose por enterada, Amalia había encendido la luz de la vela—. «Pero yo ya soy casi un caballero y no entiendo de burlas», se dijo, y sacó la pistola, liberó el seguro y se dispuso a salirle al encuentro a la canción. Ahora se escuchaba muy clarita, con su ritmo y sus pausas, y hasta se oía en la acera el contrapunto de los pasos. Todo habría estado en orden si no fuese porque en esos instantes las notas se pusieron a sonar también por la parte del caserón, y también claritas y progresivas y a su ritmo.

Y dice Esteban que entonces anticipó el momento en que habría de festejar a las damas con el cuento de lo difícil que es a veces ganarle la delantera al enemigo, y de cómo quisieron engañarlo, no exactamente su víctima sino el espíritu de su víctima encarnado en el destino y en los derechos adquiridos por cuatro siglos de rapiña y oprobio, porque cuando el usurpador desembocó en la plaza, la música se desdobló en eco y empezó a chiflar por dos rumbos al tiempo. Una era la cierta y otra la aparente, como es natural, una pertenecía a la noche y la otra al reino de la trapacería. Pero él era el primogénito y con él no valían ya trampas ni chirigotas, y tomó en dos dedos la copa que le ofrecía el sirviente, sino que se colmó de una cólera ancestral contra todos los que conspiraban para confundirlo y perderlo al ver salir a la plaza el bulto silbador de quien ya atravesaba la calle y, tal como él había sospechado, iba a detenerse en la puerta de Amalia. Y oyó las exclamaciones de las damas mientras refería con su don de gentes cómo el usurpador no tuvo tiempo de llamar porque el caballero que aquí les habla, Esteban Tejedor Estévez, y las obsequió con una leve reverencia, echó a correr hacia él en la oscuridad armando tan gran zambullida en los charcos con sus zapatos papales que el otro se volvió asustado para ver cómo su vengador, al grito de «¡Esta es la guerra de las estirpes!», y las invitó con un gran ademán galante a entrar en el salón, le daba alcance contra la puerta y le disparaba una, dos y tres veces, y se echó atrás riendo a carcajadas bajo las lámparas de pedrería, y escuchó el fondo de violines y vio en los espejos su gesto de brindis mezclado con los cuadros de marinas y caballos ingleses, y con las damas palmoteando y celebrando el cuento alrededor.

Y no dice más porque nunca supo cuándo ni cómo se asomó por un claro la luna, ni qué sintió al ver muy cerca, angelical y atónita, la cara de Luciano, ni menos aún al descubrir que la tonada seguía sonando indestructible en otra parte. Lo único que recuerda es que a Luciano Obispo las piernas se le pusieron de pronto a correr solas, dejando rezagado al tronco, pero sin adelantar apenas nada, porque después de dar aquí y allá unos pasos sin tino, como un agua escasa buscando hacer cauce, se desplomó en el centro del breve laberinto que había intentado trazar para esconderse de la muerte. En ese momento se abrió la puerta y apareció Amalia pintada y peinada como para una fiesta y vestida con un traje negro y escotado de noche, zapatos de tacón muy alto y dos vueltas de perlas en el cuello. Había confundido los disparos y el grito de Esteban con petardos y júbilo de niños, pero es de suponer que al dejar de oír la melodía, o al oírla de repente ya lejos —no sabía muy bien—, sospechó que Luciano no se había atrevido a llamar en el último instante, de modo que se precipitó en su busca, quizá para invitarlo a entrar, o quizá atraída por la fascinación de algún presagio. Sin embargo, la luna había vuelto a ocultarse y sólo vio el bulto de Esteban y una luz de linterna que se acercaba en zigzag por la plaza. «¿Eres tú?», reconoció la voz de Belmiro Ventura. También él había oído los disparos mientras bajaba las escaleras entre las brumas del alcohol, pero le parecieron truenos distantes y siguió silbando con todas sus fuerzas hasta que al salir a la calle distinguió vagamente dos siluetas inmóviles en la puerta de Amalia. Entonces encendió la linterna y se apresuró para llegar a tiempo de iluminar el más hermoso grito de terror que hubiera podido imaginarse nunca. Porque estaba guapa y esbelta de verdad, con los brazos desnudos, los labios muy rojos y la mirada encendida y rasgada por las sombras del rímel, y señalando con un gesto de exaltación trágica el lugar donde acababa de ver fugazmente a Luciano al pasar por el suelo el haz de la linterna. Lo vio como lo vimos todos enseguida: bocarriba, con las piernas y los brazos desparramados como un títere roto entre la acera y la calzada, pero tan hermoso y celestial como siempre. A su lado, Esteban continuaba con la pistola todavía apuntada. Y cuenta Belmiro Ventura que, cuando quiso entender lo que había ocurrido, ya había un grupo de gente alrededor, y se oían gritos y carreras de otros que llegaban con luces y engrosaban el corro, y que de pronto se oyó una voz enérgica que pidió paso en nombre de la prensa, y algunos se echaron a un lado para hacer un pasillo por donde don Julio avanzó solemne hasta el centro mismo del conflicto. Acariciándose la barbilla como un mal cómico representando a un detective, miró a Luciano, y luego a Esteban, y finalmente a la pistola. Había llegado tarde para evitar el drama, pero así y todo cerró los ojos, respiró hondo, y ensayó la apertura evangélica de consternación: «Señores, paz y aquiescencia en este fin de siglo inane», y cada cual se quedó inmóvil en su puesto. Y nos acordamos bien de ese instante de calma o de estupor porque justo entonces apareció Manuel avisado de urgencia con el traje limpio de cutí que se había puesto para el entierro. Contempló a Luciano en el suelo como si se asomase a un abismo o a un pozo. Luego encaró a Esteban y finalmente buscó la luna y la encontró alta y clara en un cielo que volvía a ser otra vez de verano. «Nunca debí comer tantos garbanzos», susurró dulcemente, y se quedó allí, sonriendo y cabeceando descoyuntado como esos perritos que se ponen de adorno en la bandeja de los coches, seguro al fin de que seguía soñando en su tarde remota e intacta de septiembre.

Enseguida, la escena cobró de nuevo movimiento. Alguien le quitó a Esteban la pistola y lo apartó del corro, y allá lo vimos hundirse en la noche con los belfos pasmados y dando pasos de buzo con sus zapatones papales. Y cuenta Belmiro Ventura que él mismo entró en casa de Amalia a buscar algo con que cubrirle la cara al muerto y que vio en la oscuridad la mesa puesta, con la vela encendida entre el brillo de las copas y los claveles esparcidos. Y más allá vio a Amalia, de espaldas, erguida frente a la ventana con los brazos cruzados, en una actitud de deidad ofendida, y más hermosa y solitaria y lejana que nunca.

Final

Del emporio Cele's, que fue *dancing* en el sótano y hostal en las alturas, sólo quedan sobre la marquesina unos fragmentos de neón (apenas los restos festivos de unas copas de brindis y algunas letras rotas), y la puerta está condenada por dos tablones clavados en aspa, a los que ya don Julio les ha sacado provecho metafórico. Y quizá sea verdad que la historia no admite enmiendas sino sólo tachaduras, porque de los ociosos de entonces sólo sobrevivimos hoy media docena, y aquí seguimos moviendo los pies al ritmo que nos toque la vida. Y aquí está también Belmiro Ventura, definitivamente viejo y sosegado. Después de aquella noche aciaga de junio, vivió casi un año sin salir de casa ni querer ver a nadie, pero un día de la siguiente primavera, cuando llegamos a nuestro observatorio, ya estaba él sentado en el banco, con los pies mecidos en el aire y mirando a lo lejos. Alguna vez ha dicho que se vino aquí abrumado por la soledad y porque, no teniendo nada mejor que hacer, pensó que éste no era un mal sitio para un historiador. De modo que en el banco se pasa la mayor parte de las horas, atento a los mínimos sucesos del entorno, hablando poco y fumando mucho, y luego va a casa y se encierra como siempre entre sus libros y su música. Ignoramos a qué dedica ese tiempo. «Leo, fumo, veo un poco la televisión, y pienso», es todo cuanto dice. Pero en alguna ocasión ha confesado, sin el menor énfasis, que no pierde del todo la esperanza de escribir algún día una obrita ejemplar, unas cuantas palabras esenciales que le puedan ser útiles a alguien con el transcurso de los años, y enciende un cigarro con manos ligeramente temblorosas, sonríe, se rebaña con dos dedos las comisuras de la boca y a menudo aprovecha el gesto para apurarse el gañote y corregir apenas la posición de la pajarita, que es uno de los pocos detalles que conserva de su elegancia de entonces.

Y aquí, donde tarde o temprano todo acaba sabiéndose, hemos reconstruido más de una vez aquella historia que ocurrió hace quince años, y de la que ya apenas nada queda por contar. Dos días después de la muerte de Luciano, Amalia rompió el compromiso con Belmiro Ventura alegando vagas e irrevocables razones de conciencia y un anochecer se marchó de estos lugares para siempre. Nadie conoce su paradero, ni qué ha sido de ella, pero en la mudanza que mandó hacer se traspapelaron sus diarios, y algunos sucumbimos a la tentación de leerlos —como también llegamos a leer las cartas que Esteban y Luciano le escribieron a Sofía Sánchez, y que un día aparecieron devueltas y sin remite en la estafeta de correos, y todas con una nota manuscrita donde constaba que el destinatario ya no vivía allí.

Así que se marchó, y al día siguiente de su ausencia Belmiro Ventura se recluyó en su casa y sobre todo en su infortunio. A Leonor, que fue la única persona que intentó visitarlo, no le permitió traspasar la puerta, y ni siquiera acertó a reunir unas palabras de gratitud cuando le entregó un sobre con el ruego de que aceptara aquel obsequio, y de que lo emplease como mejor quisiera. Eran los dos pasajes con servicios completos del crucero por el Mediterráneo. Leonor pensó enseguida en devolvérselos, pero entonces Manuel, convencido de que tal episodio formaba parte de un sueño, y refugiado en esa última e incontestable esperanza, se apoderó de los billetes y decidió que en cualquier caso partiría él solo, porque de ningún modo estaba dispuesto a rechazar aquel halago que, por una vez al menos, le ofrecía su negro destino. Para entonces, a Esteban lo habían ingresado en una casa de salud, y el juez había prohibido las visitas. Discutieron para volver siempre al mismo punto irreductible del sueño y del destino, intercambiaron súplicas y amenazas, retrasaron unos días más el viaje y finalmente buscaron quien les cuidara las cabras y allá que se fueron los dos. Los recordamos una tarde ardiente de principios de julio vestidos con sus mejores trajes de domingo y esperando en la plaza, silenciosos y absortos, el autobús de línea. Y así fue como Leonor cumplió su vieja ilusión de ver el mar. Mandaron tres postales, una de Creta, otra de Venecia y la tercera de Salzburgo, donde aún llegaron a tiempo de asistir al concierto grande de clausura. Todavía hoy, Manuel suele aportar aquel viaje inverosímil como prueba de una siesta que va ya para los siete lustros. Y también doña Cándida Rebollo sigue segura de que su hijo alcanzó al fin la palma del martirio, tal como ella había supuesto y tal como el propio Luciano Obispo le decía en la carta que le dejó de despedida, donde hablaba de un viaje sin retorno que habría de emprender esa misma noche por designios inescrutables de su padre celeste.

Hoy vuelve a ser junio, día 5 de 1993, y mañana habrá elecciones generales. Don Julio Martín Aguado, que hace ya diez años que es alcalde, concurre a ellas por la provincia al frente del U.M.I., y no sólo espera salir de diputado, sino entrar en un futuro pacto de legislatura y llegar a ministro, y quién sabe si con el tiempo, y en el caso de un colapso político que exigiera recurrir a un líder independiente y moderado, y que represente y aúne todas las ideologías, a presidente de Gobierno.

En cuanto a Esteban, volvió a casa al cabo de seis años. Ahora sigue haciendo el reparto de la leche con otro carrito que él mismo se ha fabricado con diversos desperdicios mecánicos, nadie sabe con precisión su edad, viste el mono de siempre y las sandalias donde echa semanalmente unos puñados de serrín en sustitución de los calcetines, y si está de humor, no pierde ocasión de contar de qué manera, hace ya muchos años, estuvo a punto de convertirse en caballero.